VICTORIA THOMPSON

MORD AUF CONEY ISLAND

Roman

Aus dem Amerikanischen
von Barbara Schnell

WILHELM HEYNE VERLAG
MÜNCHEN

HEYNE ALLGEMEINE REIHE
Nr. 01/13358

Titel der Originalausgabe
MURDER ON ST. MARK'S PLACE

Umwelthinweis:
Dieses Buch wurde auf
chlor- und säurefreiem Papier gedruckt.

Redaktion: Birgit Groll
Deutsche Erstausgabe 06/2001

Dieses Buch wurde vermittelt durch die
Thomas Schlück GmbH, 30827 Garbsen
Printed in Germany 2001
http://www.heyne.de
Umschlagillustration: Ullstein Bilderdienst, Berlin
Umschlaggestaltung: Nele Schütz Design München, unter Verwendung
eines Holzstichs BLICK AUF CONEY ISLAND, um 1880
Satz: Pinkuin Satz und Datentechnik, Berlin
Druck und Bindung: Ebner Ulm

ISBN 3-453-18949-3

Für Roselyn O'Brien und das Personal sowie die ehrenamtlichen Helfer bei March of Dimes, als Anerkennung für alles, was sie tun, um Babys zu retten.

1

Sarah hörte das Klagen schon von der Straße her. Sie kannte den Klang nur zu gut, ein Geheul unerträglichen Schmerzes, und sie war sich sicher, zu spät zu kommen.

Sie war Hebamme, und man hatte sie herbeigerufen, um Agnes Ottos drittes Kind zu entbinden. Sarah hatte die kräftige, junge Frau erst vor ein paar Tagen besucht, und ihr war nichts Besorgnis erregendes aufgefallen, aber wenn Sarah in den Jahren ihrer Tätigkeit als Hebamme eines gelernt hatte, dann war es, dass Geburten oft dramatisch endeten, ganz egal, wie gesund die Mutter zu sein schien.

Sarah, die schon ahnte, was sie vorfinden würde, und betete, sie möge wenigstens eines der beiden Menschenleben retten können, hob ihre schweren Röcke und klemmte sich ihre Arzttasche unter den Arm. Sie wich den Pfützen aus, die der gestrige, unerwartet schwere Wolkenbruch hinterlassen hatte – in einer Stunde hatte es fast drei Zentimeter geregnet –, und eilte über den Gehsteig an den gepflegten Mietshäusern am St. Mark's Place vorbei, dem Herzen des deutschen Viertels von Little Germany, bis sie das Haus erreichte, in dem Agnes Otto wohnte.

Die Eingangstür stand offen, um wenigstens den schwachen Luftzug einzulassen, der sich in der Hitze der frühen Julitage regte, und Sarah hastete die Eingangsstufen hinauf und trat ein. Der dunkle Flur im Inneren war verlassen, doch im Treppenhaus war Weinen zu hören. Entschlossen folgte sie dem Geräusch und fand auf dem ersten Treppenabsatz vor der Wohnung der Ottos mehrere Frauen vor. Sie weinten, rangen die Hände und schluchzten in ihre Schürzen.

Bei diesem Anblick kam Sarah der Verdacht, dass, was auch immer hier nicht stimmte, nicht das war, was sie erwartet hatte.

Dann sah sie den Polizisten.

Er stand gleich am Eingang in der Wohnung. Die Messingknöpfe seiner Uniform saßen stramm auf seinem dicken Bauch, die drückende Hitze ließ ihm den Schweiß über das Gesicht laufen, und ein seltsamer Ausdruck der Panik stand in seinem Gesicht.

Einerseits erleichterte seine Anwesenheit sie. Niemand rief die Polizei, weil bei einer Geburt eine Mutter oder ein Kind starben. Andererseits tauchte die Polizei auch nicht grundlos auf. Etwas Schreckliches war geschehen, auch wenn es nicht das war, was Sarah am meisten fürchtete.

»Oh, da, Mrs. Brandt ist hier«, sagte eine der Nachbarinnen bei Sarahs Anblick. »Gott sei Dank, dass Sie da sind.«

Der Polizist drehte sich ihr zu, und sein verschwitztes Gesicht erhellte sich.

»Die Hebamme ist jetzt hier, Missus«, sagte er zu jemandem im Inneren der Wohnung, jemandem, der noch lauter weinte als die Frauen im Treppenhaus. »Ich gehe dann. Man wird Sie unterrichten, wann Sie die Leiche holen können.«

Die Leiche? Guter Gott, wovon redete er? War Agnes' Mann etwas zugestoßen? Kein Wunder, dass die Frauen außer sich waren.

»Was geht hier vor?«, herrschte sie den Polizisten an, doch der wollte so schnell wie möglich gehen. Er tippte sich im Vorbeigehen an den Hut und schob sich durch die Gruppe der Frauen und an Sarah vorbei. Dann huschte seine massige Gestalt die Treppe hinunter und war fort.

»Es geht um Gerda, Mrs. Ottos Schwester«, erklärte eine der Frauen bereitwillig, während sie sich die Augen mit einem Zipfel ihrer Schürze betupfte. »Sie ist ermordet worden!«

Bei diesen Worten regte sich eine Reihe hässlicher Erinnerungen, die Sarah für immer zu vergessen versucht hatte. Ihr eigener Ehemann war vor etwas über drei Jahren ermordet worden, und erst im vergangenen April hatte sie bei der Aufklärung des Mordes an einer anderen, unglückseligen, jungen Frau mitgeholfen. Obwohl sie bei ihrer Arbeit manchmal mit dem Sterben konfrontiert wurde, war dies zumindest immer ein natürlicher Tod. Sie hatte gehofft, sich nie wieder einem Todesfall gegenüber zu sehen, der durch die gewalttätige Hand eines anderen Menschen verursacht worden war.

Sarah brauchte nicht zu drängeln, um in die Wohnung der Ottos zu gelangen. Die Frauen traten beiseite, damit sie eintreten konnte, und allem Anschein nach waren sie genauso dankbar für ihre Ankunft, wie es der Polizist gewesen war.

Agnes Otto saß in ihrer kleinen Küche am Tisch, den Kopf auf ihre Arme gelegt, und schluchzte, als bräche ihr das Herz. Aus ihr würde Sarah eindeutig keine klaren Antworten herausbekommen.

Sie wandte sich an die Frauen, die sich immer noch am Eingang herumdrückten.

»Hat sie Wehen?«

»Wir wissen es nicht«, sagte eine von ihnen. »Aber wir hatten Angst, dass durch den Schock ...«

Sarah nickte. Ein Schock würde möglicherweise die Dinge beschleunigen, und bei Agnes konnte es jetzt täglich so weit sein. Sarah stellte ihre Arzttasche auf den Tisch und fing an, sich die Jacke aufzuknöpfen, die sie dem Diktat der Mode zufolge trotz der Hitze in der Öffentlichkeit tragen musste.

Aus dem vorderen, der Straße zugewandten Zimmer der Wohnung, konnte Agnes ein kleines Kind weinen hören. Das musste Agnes' Tochter sein, die ungefähr zwei war. Als sie sich umsah, entdeckte sie Agnes' Sohn, einen Jungen von knapp vier Jahren. Er hatte sich unter der Küchenspüle in die Ecke gekauert und starrte seine Mutter mit weit aufgerissenen, entsetzten Augen an.

»Würde eine von Ihnen sich bitte um die Kinder kümmern?«, fragte Sarah und krempelte sich die Ärmel auf. »Sie gehören nicht hierher.«

Zwei der Frauen beeilten sich, ihr diesen Wunsch zu erfüllen, und nahmen die Kinder mit. Sie blieb mit Agnes allein.

»Möchten Sie, dass ich Ihren Mann holen lasse?«, fragte Sarah und streichelte dabei in einer tröstenden Geste sanft die Schultern der Frau.

Agnes zögerte nicht. Sie schüttelte vehement den Kopf und hob ihn dann mühsam. Ihr sonst so bleiches Gesicht war vom Weinen geschwollen und fleckig. Sie fuhr sich mit der Manschette ihres Ärmels über ihre laufende Nase.

»Er wird nicht kommen. Er würde seinen Tageslohn verlieren«, sagte sie dann.

Für manche Männer wäre das ein kleiner Preis dafür gewesen, eine schwangere Ehefrau zu trösten, aber Agnes wusste besser über ihren Mann Bescheid als Sarah.

»Wie fühlen Sie sich? Haben Sie irgendwelche Schmerzen?«

»Schmerzen?« Als hätte sie vergessen, dass sie schwanger war, setzte sich Agnes gerade auf ihren Stuhl und schlug ihre Arme schützend um ihren gedehnten Bauch. Dann sah sie Sarah an, und erst jetzt schien sie sie überhaupt zu erkennen.

»Nein. Ich glaube nicht. Warum sind Sie gekommen?«, fragte sie alarmiert.

»Einer der Nachbarjungen hat mich geholt. Ich dachte, Ihre Zeit sei gekommen.«

»Ich habe Sie nicht holen lassen. Ich habe an nichts

anderes gedacht als ...« Ihr versagte die Stimme, als sie an ihre Schwester dachte, und sie hielt sich beide Hände vor das Gesicht.

»Ich nehme an, Ihre Nachbarinnen haben gedacht, Sie würden mich vielleicht brauchen.« Sarah nahm sich einen Stuhl und setzte sich neben Agnes. »Können Sie mir sagen, was passiert ist?«

Im ersten Augenblick fürchtete Sarah, dass Agnes nicht in der Lage sein würde, etwas zu sagen, doch sie strich ihr weiter über den Rücken und murmelte bedeutungslose Trostworte, bis sich ihre Geduld schließlich auszahlte.

Langsam ließ Agnes die Hände sinken, und ihre Augen, die jetzt zum Vorschein kamen, waren von solchem Scherz erfüllt, dass Sarah sich zwingen musste, nicht wegzusehen.

»Es ist Gerda. Meine kleine Schwester. Sie erinnern sich an sie?«

Sarah nickte. Gerda war ein lebenslustiges, junges Mädchen von ungefähr sechzehn Jahren mit blonden Haaren und glitzernden, blauen Augen gewesen, das vor weniger als einem Jahr nach Amerika gekommen war, um bei seiner verheirateten Schwester zu leben. Ihre Eltern hatten gehofft, dass sie es genauso gut antreffen würde wie Agnes und hier einen passenden Mann und ein gutes Leben finden würde. Sie hatte eine Anstellung in einer Fabrik, wo sie sicherlich genug verdiente, um Agnes und ihrem Mann etwas für ihren Unterhalt zu bezahlen, aber nicht viel mehr. Sarah erinnerte sich vage daran, dass Agnes ihretwegen beunruhigt gewesen war.

»Sie hatten sich Sorgen um sie gemacht, nicht wahr?«

Agnes nickte und erzitterte unter dem erneuten Ansturm der Tränen.

»Sie hat einfach nicht auf mich gehört. Sie ist nicht zu Hause geblieben wie ein anständiges Mädchen. Sie war erst sechzehn …« Die Tränen erstickten erneut ihre Stimme und Sarah musste warten.

Bei dem Gedanken, dass ein so junges Leben ausgelöscht worden war, kamen ihr selbst die Tränen. Mindestens so sehr, um sich selbst abzulenken, wie um Agnes zu helfen, stand sie auf, holte ein Glas Wasser aus dem Krug und half ihrer Patientin, es zu trinken, als sie sich wieder beruhigt hatte.

»Das Leben hier ist ganz anders als in Deutschland«, meinte Sarah. »Ich nehme an, Gerda hatte Anpassungsschwierigkeiten.«

Agnes' Gesicht nahm augenblicklich einen wütenden Ausdruck an.

»Sie hatte keine Schwierigkeiten! Sie war sofort wie ein amerikanisches Mädchen. Seit sie angefangen hat, mit diesen anderen Mädchen zu arbeiten – sie sind böse! Sie haben Gerda in Schwierigkeiten gebracht, nichts als Schwierigkeiten. Sie ist abends oft lange weg gewesen, sodass sie morgens zu müde war, um aufzuwachen und zur Arbeit zu gehen. Sie ist tanzen gegangen und hat sich mit fremden Männern getroffen.«

Agnes schüttelte verzweifelt den Kopf, und Sarah fiel auf, dass sie sich geistesabwesend die Seite rieb. Sarah blickte auf die kleine Uhr, die sie an ihre Weste geheftet trug, und merkte sich die Zeit.

»Lars hat versucht, mit ihr zu reden«, erklärte Agnes, die sich große Mühe gab, Sarah zu verdeutlichen, dass sie sich Mühe gegeben hatten, Gerda aufzuhalten. »Er hat ihr gesagt, dass diese Männer kein Mädchen heiraten würden, das immerfort tanzen geht und die halbe Nacht wegbleibt, aber sie hat nicht auf ihn gehört. Sie hat auf niemanden gehört. Ich habe gewusst, dass etwas Schlimmes passieren würde, und ich habe es ihr auch gesagt.«

»Und was *ist* passiert?«, fragte Sarah so sanft sie konnte.

Agnes kniff die Augen zu, als könnte sie so den Schmerz aussperren.

»Sie ist letzte Nacht nicht nach Hause gekommen. Lars hat sich auf die Suche gemacht, aber er konnte sie nicht finden. Niemand konnte sie finden. Ich habe vor lauter Angst die ganze Nacht kaum geschlafen. Und dann kommt dieser Polizist hierher. Ein Polizist! In mein Haus!«

In ihrem Blick stand die stumme Bitte, ihre Entrüstung zu verstehen, und das bereitete Sarah keine Schwierigkeiten. In Deutschland hätte die Polizei keinen Anlass gehabt, das Haus einer respektablen Familie aufzusuchen, und in Amerika galt dasselbe.

Erneut überflutete der Schmerz Agnes' fleckiges aufgedunsenes Gesicht.

»Sie haben sie heute gefunden. In einer Gasse. Sie war … Ihr Gesicht …« Sie würgte die Worte mühsam hervor. »Die Polizei sagt, jemand hat sie verprügelt.«

»Sie ist zu Tode geprügelt worden?«, fragte Sarah, als Agnes zögerte. Es war genauso schmerzhaft, die Worte auszusprechen wie sie zu hören. Erst sechzehn Jahre alt und wie ein Tier zu Tode geprügelt.

Agnes nickte steif, denn sie traute ihrer Stimme nicht. Sie trank noch einen Schluck Wasser.

»Sie konnten … an ihrem Gesicht … nicht erkennen, wer sie war.«

Sarah musste sich einfach an diesen letzten Hoffnungsfunken klammern. »Dann war es ja vielleicht gar nicht Gerda! Wie können Sie sich so sicher sein, wenn es doch …«

»Ihre Schuhe«, sagte Agnes, ihre Stimme ein kaum hörbares Keuchen.

»Ihre was?«

»Ihre Schuhe. Sie hatte neue Schuhe. Sie waren … *rot.*« Sie sprach das Wort wie etwas Verdorbenes aus.

»*Rote Schuhe*«, wiederholte sie und stellte damit die

unausgesprochene Frage, ob Sarah so etwas schon einmal gehört hatte.

Das war nicht der Fall. »Wie … ungewöhnlich.«

»Sie hat gesagt, sie hätte sie sich selbst gekauft. Sie hat gesagt, sie hat das Geld dafür gespart, indem sie zu Fuß zur Arbeit gegangen ist, anstatt die Straßenbahn zu nehmen. Aber sie hätte nie im Leben so viel Geld sparen können. Irgendjemand hat ihr diese Schuhe geschenkt. Ein Mann.« In Agnes' hellblauen Augen leuchtete Wut auf. »Wir haben es gewusst, aber wir konnten sie nicht aufhalten. Sie wollte nicht auf uns hören – und jetzt kommt die Polizei und sagt mir, dass meine kleine Schwester tot ist!«

Sie fing wieder an zu weinen, und Sarah sah, wie sie sich erneut die Seite rieb. Ein Blick auf ihre Uhr sagte ihr, dass die Wehen nur ein paar Minuten auseinander lagen. Agnes' Geburt war in vollem Gange.

»Ich denke, Sie sollten sich ein Weilchen hinlegen«, sagte Sarah. »Sie müssen an sich selbst und an Ihr Baby denken. Kommen Sie, ich helfe Ihnen.«

Agnes sah sich um, als sei ihr plötzlich etwas eingefallen.

»Meine Kinder? Wo sind meine Kinder?«

»Mrs. Shultz und Mrs. Neugebauer haben sie mitgenommen, damit Sie etwas Ruhe haben. Sie sind gut versorgt.«

»Meine Babys!«, jammerte Agnes, während Sarah ihr auf die Beine half, doch die Gewichtsverlagerung hatte einen Wasserschwall zur Folge, der sich unter ihrem Rock ergoss und sie auf ganz andere Gedanken brachte.

»Mein Gott!«, rief sie und fing an, hysterisch in ihrer Muttersprache zu beten, während Sarah sie auf dem Weg ins Schlafzimmer halb führte, halb trug.

Zwei Stunden später wusch sich Sarah gerade die Hände in der Küchenspüle, als eine der Nachbarinnen einen

Teller vorbeibrachte, der mit einer Serviette zugedeckt war.

»Mr. Otto hat bestimmt Hunger, wenn er nach Hause kommt«, erklärte Mrs. Shultz und stellte den Teller auf den Tisch. Sie war eine kleine Frau von beachtlichem Taillenumfang, die großen Wert auf ihre ordentliche Erscheinung legte. »Wie geht es Mrs. Otto?«

»Gut. Sie hat wieder ein kleines Mädchen bekommen.«

»Schon? Ich habe ja gar nichts gehört.«

»Die Geburt war schnell vorbei.« Sarah erwähnte nicht, dass das Baby kaum geweint hatte. Das machte ihr Sorgen. Dies und die Tatsache, dass Agnes kaum Interesse an dem Kind gezeigt hatte. Sarah hatte dafür gesorgt, dass das Baby trank, bevor Agnes erschöpft einschlief, aber sie fürchtete sehr, dass Agnes' Milch nicht einschießen würde, wenn sie sich nicht bald beruhigte. Unglücklicherweise fiel Sarah nichts ein, womit man ihr hätte helfen können, es sei denn, man erweckte ihre Schwester wieder zum Leben.

»Hat sie Ihnen erzählt, was passiert ist?«, fragte Mrs. Shultz. »Mit ihrer Schwester, meine ich.«

»Ein wenig«, gab Sarah zu, denn sie hätte die Einzelheiten des Falles gern von jemandem gehört, der mehr emotionale Distanz hatte. »Sie hat mir gesagt, dass Gerda umgebracht worden ist.«

»Jemand hat sie verprügelt wie einen Hund und sie dann in einer schmutzigen Gasse sterben lassen«, informierte Mrs. Shultz sie in selbstgerechtem Ton und verschränkte die Arme unter ihren ausladenden Brüsten. Auch sie war deutscher Abstammung, lebte aber schon so lange in Amerika, dass man es ihr kaum noch anmerkte.

»Weiß man schon, wer es gewesen ist?«, fragte Sarah und trocknete sich die Hände an einem von Agnes' makellosen Handtüchern ab.

»Nein, und wenn Sie mich fragen, wird man es auch nie herausfinden. Das Mädchen hat nur bekommen, was es verdient hat. Was hat sie denn erwartet? Ist jede Nacht ausgegangen und hat sich in diesen Tanzsälen zur Schau gestellt. Kein anständiges Mädchen geht in ein solches Haus, das kann ich Ihnen sagen.«

»Sie wollte sich bestimmt nur amüsieren«, sagte Sarah, die sich aus irgendeinem Grund verpflichtet fühlte, das tote Mädchen zu verteidigen. Vielleicht, weil sie noch so jung gewesen war. Sarah konnte sich noch gut daran erinnern, wie es gewesen war, jung zu sein und sich nach Freiheit und Glück zu sehnen.

»Amüsieren!«, höhnte Mrs. Shultz. »Ein Mädchen braucht sich nicht zu amüsieren. Es sollte zu Hause bleiben und seiner Mutter helfen, bis es einen anständigen Mann findet und heiratet. Es ist unnatürlich, wenn ein Mädchen arbeitet und ausgeht, ohne eine Aufsichtsperson zu seinem Schutz dabeizuhaben. Man sieht ja, wie das endet: Schließlich liegt sie tot in der Gosse.«

Sarah warf einen Blick auf die Tür zu Agnes' Schlafzimmer, die sie wegen der Hitze offen gelassen hatte. Zum Glück schien Agnes immer noch fest zu schlafen und nichts von dem vernichtenden Urteil ihrer Nachbarin mitzubekommen. Dennoch zog sie die Tür zu, denn sie wollte nicht, dass Agnes noch mehr Schmerz zugefügt wurde.

»Junge Frauen *müssen* heutzutage arbeiten«, erinnerte Sarah Mrs. Schultz. »Agnes und ihr Mann hätten es sich nicht leisten können, Gerda bei sich wohnen zu lassen, wenn sie sich nicht an den Kosten beteiligt hätte.«

»Ach, aber sie hätte doch nicht so über die Stränge schlagen müssen, oder? Jeden Abend ausgehen, noch dazu in diesen modischen Kleidern, die sie sich von ihrem Lohn gar nicht leisten konnte, nicht, nachdem sie das meiste davon für ihre Unterkunft an Mr. Otto abgetreten hatte. Und diese Schuhe! Ich habe gehört, wie der Polizist Agnes gefragt hat, ob ihre Schwester ein Paar rote Schuhe besitzt. Daran haben sie sie erkannt. Jeder in der Nachbarschaft hat von diesen roten Schuhen gewusst. Und jeder weiß doch, was für eine Sorte Mädchen rote Schuhe trägt!«

»Ja, ein Mädchen, das jetzt tot ist«, rief Sarah ihr grimmig ins Gedächtnis.

Mrs. Shultz zog ein beleidigtes Gesicht, denn es ärgerte sie offenbar, dass Sarah sich ihrer Verurteilung Gerdas nicht anschloss.

»Ich muss zurück. Mein Mann kommt auch gleich nach Hause.«

Sarah weinte ihr nicht nach.

Sie sah erneut nach ihrer Patientin und fand Agnes wach und mit Tränen in den Augen. Sie hatte zumindest einen Teil der Unterredung mitangehört.

»So wird man jetzt über meine Gerda reden«, stöhnte Agnes. »Man wird sagen, dass sie ein verdorbenes Mädchen war. Man wird sagen, dass sie es verdient hat, ermordet zu werden, und niemanden wird es kümmern, dass ein armes, deutsches Mädchen, das in einer Hemdenfabrik gearbeitet hat, in einer finsteren Gasse gestorben ist. Niemand wird sich die Mühe machen, den Mann zu fangen, der es getan hat, und niemand wird dafür bestraft werden.«

Sarah wusste, dass dies die Wahrheit war, daher hatte sie kaum tröstende Worte anzubieten. »Wenigstens hat Gerda Sie, um sie zu betrauern«, sagte sie.

»Sie war nicht verdorben«, beharrte Agnes, denn sie wollte, dass Sarah sie genau verstand. »Sie wollte nur frei sein. Das hat sie immer wieder gesagt. Sie wollte frei sein, ohne dass ihr jemand sagte, was sie tun sollte. Deshalb hat sie Deutschland verlassen. Sie wollte nicht, dass unser Vater ihr sagte, was sie tun und welchen Mann sie heiraten sollte. Sie wollte sich hier in Amerika ein neues

Leben aufbauen, wo sie selbst entscheiden konnte, was sie tat.«

Genauso, wie Sarah das Haus ihres Vaters verlassen und den Mann ihrer Wahl geheiratet hatte, nicht den, der dem Wunsch ihres Vaters entsprach. Als Tom gestorben war, hatte Sarah erneut beschlossen, ihren eigenen Weg zu gehen, anstatt wieder in das Haus ihres Vaters zu ziehen. Sie hatte frei sein wollen, genau wie Gerda. Sie hatte eine Möglichkeit gefunden, sich ihren Lebensunterhalt zu verdienen und ihr Leben selbst zu gestalten, genau wie Gerda es versucht hatte. Nur, dass es ihr besser gelungen war als dem toten Mädchen, weil Gerda einem Mann begegnet war, der ihr jede Wahl geraubt hatte.

Wie launisch das Schicksal doch sein konnte, dachte Sarah unwillkürlich.

»Die Polizei wird es nicht interessieren, wer meine Gerda umgebracht hat, oder?«, fragte Agnes.

Sarah hätte um Agnes' willen lügen und den peinlichen Moment überspielen können, obwohl sie wusste, dass die Lüge mehr Schaden als Gutes anrichten würde. Doch weil sie die Wahrheit kannte, sagte sie sie auch.

»Die Polizei würde vielleicht ermitteln, wenn Sie eine Belohnung für die Ergreifung von Gerdas Mörder aussetzen könnten.«

Agnes schüttelte den Kopf, und Tränen liefen ihr über das Gesicht. »Wir haben kein Geld für eine Belohnung.«

Natürlich hatten sie das nicht. Und in New York gab es Gerechtigkeit nur für die Reichen. Es sei denn …

»Ich habe einen Freund«, hörte Sarah sich sagen. Eine kleine Lüge. Sie und Frank Malloy waren nicht unbedingt das, was man Freunde nannte. »Er ist Polizist. Ich könnte ihn um Hilfe bitten. Vielleicht kann er ja etwas tun.«

Agnes umklammerte Sarahs Hand mit ihren Fingern.

»Bitte!«, flehte sie. »Es ist alles, was wir jetzt noch für Gerda tun können.«

Irgendjemand im Haus kochte Kohl zum Abendessen. Oder vielleicht kochten *alle* Kohl. Es war einfach schwer zu sagen. Die dünnen Wände boten zudem nur wenig Abschirmung vor den Geräuschen des Alltags in den Wohnungen, an denen sie vorbeikam, als sie jetzt die Treppe zur ersten Etage hinaufstieg.

In einer Wohnung weinte ein Baby, in einer anderen schrie eine Mutter ihr Kind an. Töpfe stießen scheppernd aneinander, denn die Frauen bereiteten das Abendessen zu, und zusammen mit den Gerüchen verrottender Abfälle auf der Straße bildeten die Kochgerüche einen Dunstschwaden der Verwesung, der über der ganzen Stadt zu hängen schien.

Sarah wusste noch, welche Tür es war. Sie erinnerte sich an ihren letzten und bislang einzigen Besuch in dieser Wohnung, gleich nachdem sie und Malloy den Mord an einem jungen Mädchen aufgeklärt hatten, das Sarah von Geburt an gekannt hatte. Sie hatte sich an diesem Tag freundschaftlich von Malloy verabschiedet, doch er war mit Sicherheit nicht davon ausgegangen, sie jemals wiederzusehen. Genau wie sie selbst nicht damit gerechnet hatte, ihm noch einmal zu begegnen.

Nicht, dass sie meinte, ihn jetzt anzutreffen. Sie war sich ziemlich sicher, dass er mitten am Tag nicht zu Hause sein würde. Nein, sie wollte ihm nur eine Nachricht zukommen lassen, und es erschien ihr vernünftiger, zu diesem Zweck zu ihm nach Hause zu gehen als ins Polizeihauptquartier. Als sie ihn das letzte Mal in der Wache in der Mulberry Street aufgesucht hatte, hatte sie sich in einem Verhörzimmer eingesperrt wiedergefunden!

Außerdem hatte sie noch einen anderen triftigen Grund, seiner Wohnung einen Besuch abzustatten: seinen Sohn Brian.

Sie hob ihre mit einem Handschuh bekleidete Hand und klopfte lauter, als es ihre Absicht war. Sie konnte es auf der anderen Seite der Tür grollen hören, und dann öffnete sich die Tür. Die Frau, die ihr gegenüber stand, war klein und kräftig gebaut, und ihr stahlgraues Haar war zu einem festen Knoten zurückgebunden.

Sie sah so aus, als sei sie auf alles gefasst, nur nicht auf Sarah Brandts Anblick. Ihr faltiges Gesicht erschlaffte sekundenlang vor Überraschung, bevor es sich zu einem Ausdruck der Wut verhärtete.

»Er ist nicht hier, und es ist auch nicht mit ihm zu rechnen«, sagte Mrs. Malloy und rümpfte die Nase. Oder vielleicht blickte sie ja auch nur auf. Sarah war viel größer als sie.

Sarah spielte die Überraschte. »Brian ist nicht hier? Wo ist er denn?«

Jetzt war Mrs. Malloy wieder überrascht. Und verwirrt. »Brian? Was wollen Sie denn von dem Jungen?«

»Ich habe ein Geschenk für ihn«, unterrichtete Sarah sie mit dem aufrichtigsten Lächeln, das sie angesichts des Bewusstseins zustande brachte, dass Frank Malloys Mutter sie eher die Treppe hinunterstürzen als in ihre Wohnung bitten würde.

»Oh, da kommt er ja!«

In der Tat kam Brian jetzt zur Tür gekrabbelt, die seine Großmutter mit ihrer schwarz gekleideten Gestalt zu verstellen versuchte.

Sein bildschönes Gesicht erhellte sich vor Freude über den Besuch. Er konnte sich wohl kaum an Sarah erinnern. Er hatte sie erst ein Mal gesehen, und das nur für ein paar Minuten, vor über zwei Monaten. Und er war schwachsinnig, wie seine Großmutter Sarah bei ihrem ersten Besuch mit einer perversen Genugtuung erklärt hatte, ganz abgesehen davon, dass ihn außerdem ein Klumpfuß zum Krüppel machte.

Doch Brians Leben musste recht ereignislos sein, sodass jeder Ankömmling für ihn ein Grund zur Freude war.

Mrs. Malloy drehte sich instinktiv um, um nachzusehen, was Brian machte, und Sarah nutzte den Moment, in dem sie abgelenkt war, um ihrer Aufmerksamkeit zu entwischen und in die Wohnung zu schlüpfen.

»Hallo, Brian«, sagte Sarah und beugte sich über ihn, um ihn zu begrüßen. Sie ignorierte Mrs. Malloys entrüstetes Zischen.

»Sieh, was ich dir mitgebracht habe.«

Sie griff in ihren Beutel und zog ein kleines Holzpferd mit Reiter heraus. Das Pferd hatte einen winzigen Ledersattel und Zaumzeug, und der Reiter trug eine Aufmachung, die wohl der Vorstellung des Künstlers von Cowboybekleidung entsprach. Es hätte jeden kleinen Jungen erfreut, und Brian war keine Ausnahme.

»Er braucht kein Spielzeug von Leuten wie Ihnen«, protestierte Mrs. Malloy, doch Brian schnappte Sarah das Pferd bereits aus der Hand. Seine leuchtenden, grünen Augen wurden vor Staunen ganz groß. Er hockte sich auf seine Fersen und fing an, sein Geschenk zu untersuchen.

»Es wird nichts ändern«, sagte Mrs. Malloy heftig zu ihr. »Sie können dem Jungen eine ganze Wagenladung Spielsachen bringen, und es wird Frances' Meinung nicht ändern. Er hat für keine Frau außer Brians Mutter etwas übrig, Gott sei ihrer Seele gnädig, also glauben Sie nur nicht, dass Sie ihn durch den Jungen gewinnen können.«

Sarah musste sich alle Mühe geben, um angesichts der lächerlichen Vorstellung, dass sie es auf Frank Malloy abgesehen hatte, nicht laut loszulachen.

»Ich bin nicht auf der Suche nach einem Ehemann, Mrs. Malloy«, sagte sie stattdessen, auch wenn die Alte ihr ganz offensichtlich nicht glaubte. »Aber ich benötige erneut die Dienste eines Polizisten, also habe ich mir gedacht, ich komme vorbei und hinterlasse ihm eine Nachricht. Würden Sie so freundlich sein und ihm sagen, dass ich ihn sprechen muss?«

»Ich werde nichts dergleichen tun! Ich bin doch kein Dienstbote, den Sie herumkommandieren können und …«

Sie hörte aus demselben Grund auf zu sprechen, aus dem Sarah aufhörte, auf ihre Worte zu achten. Sie wurden beide durch die Erkenntnis abgelenkt, dass Brian innerhalb von Sekunden herausgefunden hatte, wie man den Spielzeugreiter aus dem Sattel hob, den Sattel losschnallte und abnahm und dann alles wieder zusammensetzte.

»Was für ein schlaues Kerlchen du bist, Brian«, sagte Sarah zu ihm und erwartete, dass er ihr mit seinem strahlenden Lächeln antworten würde. Stattdessen sah er nicht einmal auf. Er hatte schon damit angefangen, die winzige Trense des Pferdes abzunehmen.

Vielleicht war er ja einfach nur zu sehr in sein Projekt vertieft, aber Sarah glaubte es nicht.

»Das ist ein Pferd, Brian. Wahrscheinlich siehst du Pferde auf der Straße, wenn du aus dem Fenster schaust«, versuchte sie es.

»Richtig so, Brian, achte nicht auf sie«, sagte Mrs. Malloy, und der Junge reagierte ebenso wenig auf sie.

»Er spricht nicht mit Ihnen«, informierte sie Sarah mit einem Hauch von Genugtuung. »Wenn er in drei Jahren nicht mit mir gesprochen hat, redet er bestimmt nicht mit Ihnen, nur weil Sie ihm ein Geschenk mitgebracht haben.«

Sarah hörte nicht auf sie. Sie war zu sehr damit beschäftigt, den Jungen zu beobachten. Seine kleinen Hände gingen geschickt mit dem Zaumzeug des Pferdes um. Er brauchte es nur einen Moment lang zu betrachten, um herauszufinden, wie man es abnahm und wieder anlegte. Und doch behauptete seine Großmutter, dass er noch nie ein Wort gesprochen hatte.

»Ist er schon immer stumm gewesen?«, fragte Sarah, in deren Kopf eine Idee aufkeimte.

»Stumm? Was ist das, ein modisches Wort für schwachsinnig?«, fragte Mrs. Malloy herrisch.

»Nein, es ist ein Wort für jemanden, der nicht spricht. Hat er als Baby geweint?«

»Kaum«, brüstete sich die Alte. »Er war das liebste Baby der Welt. Hat seiner alten Oma nie Schwierigkeiten gemacht, nicht wahr, Junge?«

Brian ließ sich nicht zu einer Antwort herab. Er bewegte das Pferd über den Boden, als unternähme der Cowboy einen Ausritt über die Holzdielen. Dann wandte er sich ab, und das Pferd lief auf das Sofa zu. Er schien von der Unterhaltung im Zimmer nichts mitzubekommen. Oder vielleicht doch?

»Hah!«, rief Sarah, so laut sie sich traute.

Mrs. Malloy kreischte erschrocken auf und fuhr sich mit der Hand ans Herz.

»Was ist denn in Sie gefahren?«, rief sie voller Entrüstung über Sarahs bizarres Verhalten. »Sie haben mir den Schreck meines Lebens eingejagt!«

In der Tat hatte die Frau bei Sarahs Ausruf fast einen Satz getan, aber der Junge hatte sich nicht eine Sekunde davon abbringen lassen, dem Cowboy im Wohnzimmer zum Ausritt seines Lebens zu verhelfen. Er hatte nichts gemerkt.

Was Sarah zu der Überzeugung brachte, den wirklichen Grund dafür zu kennen, dass Brian niemals sprach, und der hatte nichts mit Schwachsinn zu tun.

»Er scheint sehr geschickt mit seinen Händen zu sein. Haben Sie gesehen, wie schnell er darauf gekommen ist, wie der Sattel funktioniert?«, fragte sie.

»Er war schon immer schnell von Begriff«, sagte Mrs. Malloy defensiv, als hätte Sarah den Jungen irgendwie beleidigt, indem sie andeutete, dass sein Gehirn vielleicht doch nicht so beschädigt war, wie man ihr eingeredet hatte.

Sie warf einen Blick auf Mrs. Malloy, dann wieder auf den Jungen. Konnte sie es wagen, ihren Verdacht offen auszusprechen? Nein, nicht der Alten gegenüber. Sie würde sich nicht für Sarahs Theorien über ihren Enkel interessieren, die Theorien einer Frau, die ihrer Überzeugung nach nur darauf aus war, ihren Platz in Frank Malloys Leben einzunehmen.

Malloy würde sich vielleicht auch nicht dafür interessieren, aber er würde ihr zumindest zuhören. Und wenn Sarah sich irrte, was gut sein konnte …

»Wenn ich das nächste Mal komme, bringe ich dir Plätzchen mit, Brian«, versuchte sie es. Der Junge ließ gerade sein Pferd an der Armlehne des Sofas hinauflaufen und reagierte nicht.

»Nächstes Mal!«, sagte Mrs. Malloy indigniert. »Was bringt Sie denn auf die Idee, dass Sie dann gern gesehen wären?«

Sarah lächelte süßlich.

»Gar nichts«, gab sie zu. »Aber ich wäre Ihnen dankbar, wenn Sie Mr. Malloy sagen würden, dass ich dagewesen bin. Wenn Sie das tun, brauche ich nicht zurückzukommen.«

So, vielleicht war das genau der Anreiz, den die Alte brauchte. Aber wahrscheinlich würde sie sowieso nicht widerstehen können, sich bei Malloy darüber auszulassen, wie gewagt sie es fand, dass Sarah einen Mann besuchte, ohne auch nur eingeladen zu sein. Egal warum, Mrs. Malloy würde sich mit Sicherheit bei ihrem Sohn über Sarah beschweren, und das würde ihn wiederum direkt zu ihr führen.

Zufrieden mit dem Ausgang ihrer Mission, verabschiedete sie sich. Brian bemerkte es kaum.

Als Sarah den Mann vor ihrer Tür sitzen sah, war sie froh, dass sie auf dem Gansevoort-Markt ein paar Häuserblocks weiter ein zusätzliches Kotelett und einen Laib Brot gekauft hatte. Er sah nicht besonders glücklich darüber aus, dort zu sitzen, doch Sarah hatte es nicht anders erwartet. Sie war allerdings recht zuversichtlich, dass sie seine schlechte Laune vertreiben konnte, indem sie ihm etwas kochte. Das hatte schon einmal funktioniert.

»Mrs. Brandt!«

Die vertraute Stimme lenkte Sarah von Malloys finsterem Gesichtsausdruck ab, und als sie sich umdrehte, sah sie, wie ihre Nachbarin ihr durch das halb geöffnete Fenster ihrer Wohnung entgegenblickte. Es gab keinen Vorgang in der Nachbarschaft, den Mrs. Elsworth nicht sah und zur Kenntnis nahm, und jemand, der so groß und formidabel war wie Detective Sergeant Frank Malloy, war es ja wohl wert, zur Kenntnis genommen zu werden.

»Ich habe doch gewusst, dass heute jemand kommen würde. Ich hatte heute Morgen Bläschen in meiner Teetasse«, berichtete sie.

»Bläschen?«, wiederholte Sarah belustigt.

»Ja, ein sicheres Zeichen, dass Besuch im Anmarsch ist. Oder in diesem Fall zumindest ein Besucher. Ich habe mir gedacht, es stört Sie nicht, wenn er wartet, sonst hätte ich ihn fortgeschickt. Es ist dieser Detective von der Polizei, nicht wahr? Er ist schon einige Zeit nicht mehr hier gewesen.«

Auch wenn Mrs. Elsworth zu gut erzogen war, um weiter nachzubohren, schrie ihre ungestellte Frage förmlich nach einer Antwort, aber da es Sarah schon nicht gelungen war, den Aberglauben der Alten zu bekämpfen, wollte sie sie wenigstens nicht auch noch in ihrem Vorwitz ermutigen.

»Nein, er ist schon einige Zeit nicht mehr hier gewesen«, bestätigte Sarah. »Und es ist ganz wunderbar, dass er auf mich gewartet hat. Ich muss mit ihm sprechen. Aber vielleicht hatten Sie ja auch nur Seifenreste in Ihrer Tasse?«

Ohne eine Antwort abzuwarten, schlenderte Sarah weiter über den Gehsteig bis zu ihrer Eingangstreppe, wo Malloy jetzt aufgestanden war und sie aufgebracht anfunkelte.

»Guten Abend, Mr. Malloy«, sagte sie. »Schön, dass Sie gekommen sind.«

Er sah so aus, als hätte er sie am liebsten erwürgt, aber sie war sich ziemlich sicher, dass er das nicht tun würde, zumindest nicht, solange Mrs. Elsworth zusah.

»Was haben Sie sich heute Nachmittag nur gedacht?«, fragte er mit rauer, aber leiser Stimme, sodass niemand mithören konnte.

»Ich habe Ihren Sohn besucht – und was für ein entzückender Junge er ist.« Sie war jetzt an ihm vorbei und hatte die Stufen erklommen, sodass ihm nichts anderes übrig blieb als ihr zu folgen, wenn er sich nicht rufend mit ihr verständigen wollte.

»Meine Mutter hat fast der Schlag getroffen, so hat sie sich aufgeregt«, sagte er zu ihr, als sie ihre Eingangstür aufschloss.

Das konnte Sarah sich vorstellen. »Sie glaubt, ich habe es auf Sie abgesehen, Malloy«, unterrichtete sie ihn in boshaftem Tonfall und drückte die Tür auf.

»*Was?*«, fragte er, aber das hörte nur er selbst, denn sie war schon ins Haus getreten. Da ihm nichts anderes übrigblieb, folgte er ihr hinein.

»Ihre Mutter glaubt, dass ich auf der Suche nach einem Ehemann bin«, erklärte Sarah und schloss die Tür hinter ihm. »Und sie ist offensichtlich der Meinung, dass Sie ein guter Fang sind, daher war sie verständlicherweise nicht besonders erfreut, mich zu sehen. Aber Sie können ihr versichern, dass ich keine Bedrohung für Ihre Unabhängigkeit darstelle.«

Malloy stützte die Hände auf die Hüften und gab sich alle Mühe, sie einzuschüchtern. Sie musste zugeben, dass ihm das auch fast gelang. Malloy konnte furchtbar einschüchternd sein, wenn er es darauf anlegte.

»Das war es aber nicht, worüber sie mir einen Vortrag gehalten hat«, unterrichtete er sie. »Sie sagt, Sie haben den Jungen in Aufregung versetzt.«

»Brian?«, fragte sie aufrichtig erschrocken. Sie hätte sich denken können, dass Mrs. Malloy lügen würde, um sie vor ihrem Sohn schlecht zu machen.

»Er hat sich nicht aufgeregt. Als ich gegangen bin, war er sogar noch sehr glücklich. Hat er Ihnen das Pferd gezeigt, das ich ihm geschenkt habe?«

»Er hat mir gar nichts gezeigt. Als ich nach Hause gekommen bin, hat er in der Ecke gesessen und mit dem Kopf gegen die Wand gehämmert, und die Alte hat geschrien wie eine Verrückte.«

»Oje.« Sarah runzelte die Stirn und versuchte, sich einen Reim auf diese Beschreibung zu machen. Brian war vollkommen selig gewesen, als sie ging, und das war bestimmt auch so geblieben, solange er mit seinem neuen Spielzeug spielen konnte.

War das möglich? Konnte die Alte so grausam gewesen sein, das Spielzeug an sich zu nehmen, um den Jungen um des Vaters willen in Aufregung zu versetzen?

Natürlich konnte sie das, wenn sie glaubte, dass sie damit ihre Familie vor einer Teufelin schützte, was ja offensichtlich der Fall war.

»Nun, dann würden Sie es doch bestimmt genießen, in Ruhe und Frieden zu Abend zu essen. Was für ein Glück für Sie, dass ich ein Extrastück Fleisch habe.«

»Mrs. Brandt!«, rief er ihr nach, als sie in die Küche ging.

Kurz bevor sie in der Tür verschwand, drehte Sarah sich um. »Sind Sie denn überhaupt nicht neugierig, warum ich mir die Mühe gemacht habe, Sie hierher zu zitieren?«

Frank fluchte vor sich hin, während er ihr nachsah. Was in aller Welt hatte ihn nur bewogen, heute Abend hierher zu kommen? Er hätte sich daran erinnern sollen, wie unerträglich lästig Sarah Brandt sein konnte. Oh, sie war klug und sah verdammt gut aus, aber Frank hatte Intelligenz bei einer Frau noch nie besonders begehrenswert gefunden, und schön ist, wer Schönes tut, wie seine Mutter sagen würde.

Er hätte sich kaum weniger für ihre Gründe interessieren können, und er fühlte sich verpflichtet, ihr das zu sagen. Außerdem hatte sie ihn in ihrem Sprechzimmer mit den seltsamen Instrumenten und Ausrüstungsgegenständen stehen gelassen, und beim bloßen Anblick dieser Dinge bekam er schon eine Gänsehaut.

Er traf sie dabei an, wie sie ihr Herdfeuer schürte.

»Mrs. Brandt …«

»Hier drinnen ist es zu heiß. Wie wäre es, wenn Sie sich im Garten auf die Veranda setzten und dort warten? Da draußen steht ein kleiner Tisch, und ein Bier habe ich Ihnen bereits eingeschenkt.« Sie deutete kopfnickend auf ein großes Glas mit einer bernsteinfarbenen Flüssigkeit, das auf ihrem Tisch stand.

»Meine Nachbarin braut es«, erklärte sie mit ihrem typischen, gewieften Grinsen, als Frank sich überrascht zeigte.

Vielleicht war er ja zu voreilig. Er würde ihr sagen, was er ihr zu sagen plante, *nachdem* er das Bier getrunken hatte. Und vielleicht würde er auch ihr Essen annehmen. Wenn er sich recht erinnerte, war sie keine üble Köchin. Und dann … Nun, dann würde er dafür sorgen, dass sie verstand, dass sie nie wieder in Gegenwart seiner Mutter aufzutauchen hatte.

Als sie seinen Teller vor ihn stellte, war er schon ein wenig nachgiebiger geworden. Vielleicht war es das

Bier, vielleicht auch die friedvolle Umgebung. Von der rückwärtigen Veranda blickte man auf das winzige Fleckchen Erde, das sich in der Stadt Garten nannte. Sarah Brandt hatte es mit Unmengen von Blumen gefüllt. Deren Schönheit und Duft überspielten den Gestank und die Trostlosigkeit, die sich jenseits des Zaunes in alle Himmelsrichtungen erstreckten.

Sie hatte ein Schweinekotelett und ein paar Kartoffeln mit Zwiebeln gebraten. Brot aus der Bäckerei komplettierte die Mahlzeit, und Frank merkte plötzlich, dass er ausgehungert war. Sarah setzte sich ihm gegenüber an den kleinen Korbtisch, den sie auf die Veranda gestellt hatte, und lächelte immer noch so, wie sie es immer tat, wenn sie etwas wusste, das er nicht wusste.

»Jemand ist ermordet worden«, riet er, um ihr dieses Lächeln auszutreiben. Er fand es viel zu irritierend.

Zu seiner Erleichterung runzelte sie die Stirn. »Die Schwester einer meiner Patientinnen, ein Mädchen namens Gerda Reinhard. Sie war erst sechzehn. Ihre Familie hat kein Geld, und ihre Schwester befürchtet, dass der Mord niemals aufgeklärt werden wird.«

»Da hat sie wahrscheinlich Recht«, sagte Frank, bevor er es sich gestattete, das Fleisch zu kosten. Es war saftig und zart, nicht zäh wie Schuhleder, wie es bei seiner Mutter gewesen wäre.

Jetzt musste sie wirklich die Stirn runzeln. »Ich dachte, Sie könnten vielleicht helfen.«

Er warf ihr einen Blick zu, der normalerweise abgehärtete Kriminelle verschreckt und zitternd zusammenbrechen ließ, doch sie zuckte mit keiner Wimper.

»Ich habe ihrer Schwester versprochen, wenigstens Nachforschungen anzustellen«, sagte sie. »Können Sie mir sagen, ob es Verdächtige gibt? Ob die Polizei zu wissen glaubt, wer es getan hat, oder so etwas?«

Frank aß noch einen Bissen Fleisch und sagte sich, dass er nur Probleme heraufbeschwor. Es gab nichts, was er für die Familie dieses Mädchens tun konnte, und es war grausam von Sarah Brandt, ihnen etwas anderes vorzuspiegeln. Dennoch hörte er sich sagen: »Was ist mit ihr passiert?«

»Man hat sie in einer Seitenstraße gefunden. Jemand hat sie verprügelt, und ...«

»Oh, die roten Schuhe«, sagte er, denn er war sofort im Bild.

»Was?«

»Sie hatte doch rote Schuhe an, oder?«

»Ja. Woher wussten Sie das?« Es schien sie zu freuen, dass er es so schnell erraten hatte.

»Die ganze Wache hat davon gesprochen. Und Sie verschwenden Ihre Zeit. Sie werden nie herausfinden, wer sie umgebracht hat, wenn sie keine Belohnung aussetzen ... und zwar nicht für die Polizei«, fügte er hinzu, als sie ansetzte, ihn zu unterbrechen. Es war allgemein bekannt, dass die New Yorker Polizei nur dann in einem Verbrechen ermittelte, wenn es eine Belohnung gab.

»Sie würden eine Belohnung brauchen, um eventuelle Zeugen dazu zu bringen, sich zu melden. Man wird ihren Mörder niemals finden, es sei denn, jemand hat ihn bei der Tat beobachtet. Es gibt einfach zu viele mögliche Verdächtige.«

»Wie meinen Sie das?«

»Ich meine, dass wir es diesmal nicht mit einem Mädchen aus der feinen Gesellschaft zu tun haben«, sagte er als Anspielung auf den Mord, den sie gemeinsam im letzten Frühling aufgeklärt hatten. »Gerda Reinhard ist mit ihren Vorzügen sehr freigiebig umgegangen, falls Sie wissen, was ich meine. Jeden Abend unterwegs, jedes Mal andere Männer, sie hat die Schwierigkeiten selbst heraufbeschworen. Sie hat bekommen, was sie verdient hat, wenn Sie mich fragen.«

»Es hat Sie aber niemand gefragt!«, rief sie entrüstet.

»Wollen Sie damit sagen, dass ein Mädchen, das versucht, ein bisschen Spaß zu haben, es verdient, dass man es zu Tode prügelt?«

Wie hatte er nur vergessen können, wie unvernünftig sie sein konnte? Er schluckte den letzten Bissen seines Koteletts herunter, das jetzt gar nicht mehr so köstlich schmeckte.

»Ich will sagen, dass ein Mädchen, das so mit fremden Männern anbändelt, wie dieses es getan hat, früher oder später auf ein faules Ei stoßen muss.«

»Und Sie glauben, dieses faule Ei sollte frei herumlaufen und das nächste, ahnungslose Mädchen umbringen, nur weil Gerdas Familie zu arm ist, um eine Belohnung für seine Ergreifung zu bezahlen?«

Franks Abendessen verwandelte sich in seinem Magen in eine Kugel aus geschmolzenem Blei.

»Ich glaube nur, dass es nicht sehr wahrscheinlich ist, dass man ihn fängt.«

»Aber ist es denn nicht den Versuch wert? Die Verhältnisse bei der Polizei ändern sich. Man wird bestimmt auf Sie aufmerksam, wenn Sie einen solchen Fall gelöst haben.«

»Wer soll denn auf mich aufmerksam werden? Ihr Freund Teddy Roosevelt? Lesen Sie keine Zeitung?«

»O doch! Er wird durch seine Aussage dafür sorgen, dass der korrupte Commissioner Parker seines Amtes enthoben wird, und dann wird er endlich seine Wünsche durchsetzen können. Und das bedeutet, dass hervorragende Beamte befördert werden.«

Er schüttelte den Kopf. »Wohl kaum. Parker ist einer von Platts Leuten«, sagte er. Platt war der Parteichef der Demokraten, der die Macht in der Stadt hatte, weil er die gewählten Politiker manipulieren konnte. »Der Gouverneur würde dessen Amtsenthebung genehmigen müssen, und das wird nie geschehen, ganz egal, was der Bürgermeister beschließt. Wenn Sie also glauben, dass ich meine Zeit mit dem Versuch verschwenden werde, bei Leuten wie Roosevelt Eindruck zu schinden – nachdem er jeden Mann in dieser Stadt vor den Kopf gestoßen hat, der sonntags gern ein Bierchen trinkt –, dann haben Sie den Verstand verloren.«

Sie seufzte angewidert auf und stocherte mit der Gabel in ihrem Fleisch herum, ohne etwas davon zu essen. Jeder andere Mann hätte vielleicht geglaubt, dass sie bereits aufgegeben hatte, aber Frank kannte Sarah Brandt besser. Sie gab niemals auf. Er machte sich auf ihren nächsten Angriff gefasst, und doch erwischte sie ihn an seiner Schwachstelle.

»Außerdem wollte ich mich mit Ihnen über Brian unterhalten.«

»Da gibt es nichts zu sagen«, informierte Frank sie. »Meine Mutter kümmert sich um ihn, und sie weiß, was das Beste für ihn ist. Wenn er Sie sieht, regt er sich auf, also muss ich darauf bestehen, dass …«

»Ihre Mutter hat mir gesagt, dass er schwachsinnig ist«, sagte sie gerade heraus, ohne sich im Mindesten um den Schmerz zu scheren, den ihm das bereiten musste, was Sarah Brandt aufgrund ihrer privilegierten Herkunft nie verstehen würde.

»Das muss Ihnen doch selbst aufgefallen sein«, sagte er und riss sich so sehr zusammen, dass er mit den Zähnen knirschte.

»Ich glaube nicht, dass es stimmt«, sagte sie. Sie legte ihre Gabel hin und verschränkte die Arme vor ihrer gut gepolsterten Brust. »Ich glaube, dass mit seinem Verstand alles in Ordnung ist.«

Jetzt bedauerte Frank es wirklich, sie vorhin nicht erwürgt zu haben. Dann hätte er sich zumindest das hier erspart.

»Der Verstand meines Sohnes geht Sie überhaupt nichts an«, versuchte er eine Erwiderung, doch das kümmerte sie nicht.

»Ich habe Ihnen ja schon gesagt, dass ich ihm ein Pferd geschenkt habe, als ich ihn heute besucht habe. Es war eine hübsche Schnitzerei, die ich bei einem Straßenhändler gekauft habe. Es hatte einen Ledersattel und Saumzeug, und Brian hat ihm diese Dinge innerhalb von Sekunden ausgezogen. Ihre Mutter sagt, dass er eine sehr gute Auffassungsgabe hat, obwohl er erst drei ist.«

Frank musste sich an die Tischkante klammern, um nicht die Kontrolle zu verlieren. »Vielleicht hat sie Ihnen auch gesagt, dass er nicht spricht. Dass er keinen Ton von sich gibt und er kein Wort verstehen kann, das man ihm sagt.« Inzwischen brüllte er, doch selbst das schien sie nicht zu stören. Sie blickte ihm einfach nur völlig ungerührt in die Augen.

»Natürlich versteht er kein Wort, das man ihm sagt. Aber das liegt daran, dass er taub ist.«

2

»*Taub?*« Er sprach das Wort aus, als hätte er es noch nie zuvor gehört. Zumindest war klar, das er es noch nie mit seinem Sohn in Verbindung gebracht hatte.

»Beim ersten Mal habe ich Brian nur ein paar Minuten gesehen, und Ihre Mutter hat mir gesagt, er sei schwachsinnig, deshalb habe ich mir keine Gedanken über sein Verhalten gemacht. Aber etwas hat mich doch gestört. Er war so still. Ich habe schon viele Kinder mit Hirnschäden gesehen und sie waren alle genauso laut und ausgelassen wie andere Kinder – Brian aber nicht. Ich glaube, das ist einer der Gründe, warum ich zu Ihnen nach Hause gegangen bin, anstatt Ihnen in der Wache eine Nachricht zu hinterlassen. Ich wollte Brian wiedersehen und herausfinden, warum er so still ist.«

Er versuchte immer noch zu begreifen, was sie sagte.

»Und jetzt glauben Sie, dass er *taub* ist?«, fragte er ungläubig. Offensichtlich glaubte *er*, dass sie den Verstand verloren hatte.

»Lassen Sie mich sagen, was ich vermute: Brian schläft sehr fest. Laute Geräusche wecken ihn nicht auf. Eigentlich wird er von Lärm überhaupt nicht wach. Und wenn Sie ihn rufen, ignoriert er Sie. Es sei denn, er sieht Sie vielleicht gerade an, und dann kommt er. Für bestimmte Dinge benutzt er Zeichen, und obwohl er nicht spricht, benutzt er diese Zeichen, um Ihrer Mutter seine Bedürfnisse mitzuteilen. Habe ich Recht?«

Er runzelte die Stirn. Zwar war es nichts Besonderes, dass er in ihrer Gegenwart die Stirn runzelte, doch dieses Stirnrunzeln war anders. Diesmal versuchte er nicht, ihr Angst zu machen. Er dachte nach, und die Dinge, die ihm in den Sinn kamen, gefielen ihm nicht.

»Ich habe Recht, nicht wahr?«, bohrte sie nach, denn sie wusste, dass er ihre Theorie im Licht dessen betrachten musste, was er über Brians Verhalten wusste. »Ihre Mutter hat mir sogar erzählt, dass er sehr geschickt Dinge zerlegen kann. Das beweist doch, dass mit seinem Verstand alles in Ordnung ist. Wahrscheinlich ist er sogar sehr intelligent.«

Wenn sie ihn hatte trösten wollen, war ihr das nicht gelungen.

»Glauben Sie etwa, dass ich mich über diese Neuigkeit freue?«, fragte er sie erstaunt. »Glauben Sie, ich wünsche mir, dass mein Sohn taub ist? Er ist doch schon ein Krüppel!«

»Aber verstehen Sie denn nicht – wenn er taub ist, kann er lernen. Er kann sogar ein Handwerk erlernen und …«

»Er ist immer noch ein Krüppel«, erinnerte er sie mit finsterem Gesicht, denn diese Tatsache machte ihn immer noch wütend.

»Auch darüber habe ich mir Gedanken gemacht, und ich kenne diesen Chirurgen, der …«

»Glauben Sie denn, ich bin nach seiner Geburt nicht mit ihm beim Arzt gewesen?« Jetzt war er mehr als nur wütend. Sie hatte ihn in seinem Stolz getroffen. »Ich bin mit ihm zum Arzt gegangen, als er noch keine Woche alt war. Ich hätte jede Summe bezahlt, um ihn heilen zu lassen, aber mir wurde gesagt, man könnte nichts tun.«

»Wer hat Ihnen das gesagt?«, fragte sie entrüstet.

»Der *Arzt*«, erinnerte er sie ungeduldig.

»Welcher Arzt?«

»Woher soll ich das wissen? Es ist drei Jahre her!«

Irgendwie brachte Sarah es fertig, nicht missmutig aufzuseufzen. »Malloy, lassen Sie mich Ihnen eine Frage stellen. Machen alle Detectives bei der New Yorker Polizei ihre Sache so gut wie Sie?«

Auch mit dieser Frage packte sie ihn bei seinem Stolz. »Nein!«

»Natürlich tun sie das nicht. Manche von ihnen sind genauso gut wie Sie, andere sind nicht so gut, und wieder andere sind zu gar nichts nütze.«

»Was hat das denn mit …?«

»Bei den Ärzten ist es genauso. Manche machen ihre Arbeit sehr gut, andere weniger, und wieder andere sind völlige Versager.«

»Er war *Arzt!*«, beharrte Malloy.

»Malloy, was glauben Sie, woher der Ausdruck ›Quacksalber‹ kommt? Manche Ärzte wissen auch nicht mehr über die Heilkunst als Sie! Na ja, vielleicht ein bisschen mehr, aber nicht viel. Es ist doch möglich, dass der Arzt, der Brian untersucht hat, nicht viel über Klumpfüße wusste, und dass der Chirurg, den ich kenne, Brian vielleicht das Gehen ermöglichen kann. Ich kann Ihnen nichts versprechen, aber ich könnte zumindest arrangieren, dass Sie …«

»Mrs. Brandt, es ist nicht nötig, dass Sie irgendetwas

für mich arrangieren«, teilte er ihr zähneknirschend mit. »Und ich brauche Ihre Hilfe nicht. Ich kann selbst für meinen Sohn sorgen.«

Sarah war schon im Begriff, ihm eine weitere Standpauke zu halten, riss sich aber zusammen. Das würde Malloy ganz und gar nicht gefallen, und es konnte passieren, dass sie ihn völlig gegen sich aufbrachte.

Außerdem hatte er Recht. Er *konnte* sich selbst um seinen Sohn kümmern.

»Natürlich können Sie das«, pflichtete sie ihm bei. »Ich schlage ja auch nur vor, dass Sie nach Hause gehen und meine Theorie auf die Probe stellen. Überprüfen Sie, ob Brian hören kann. Und wenn er es nicht kann, dann gibt es in der Stadt Schulen für Taube. Ich bin mir sicher, dass man Ihnen dort gern helfen würde zu lernen, wie Sie sich mit Ihrem Sohn verständigen können.«

Er schob seinen Teller von sich. Er konnte ihn nicht weit schieben, weil der Tisch so klein war, aber die Geste sagte ihr, dass er mit ihr und mit diesem Gespräch fertig war. Schade nur, dass sie noch nicht mit ihm fertig war.

»Denken Sie darüber nach, Malloy«, versuchte sie es. »Wenn Brian nur taub ist, wird er nicht davon abhängig sein, dass sich jemand sein Leben lang um ihn kümmert. Er kann seinen Lebensunterhalt selbst verdienen, und vielleicht heiratet er sogar und gründet eine eigene Familie und …«

»Keine Frau würde einen tauben Krüppel heiraten.«

»Da wäre ich mir nicht so sicher.«

Sie konnte sehen, dass sie ihm genug Stoff zum Nachdenken gegeben hatte, ohne dass sie gleich Zukunftspläne für Brian schmiedete, daher ließ sie das Thema fallen.

»Ich muss gehen«, sagte er und erhob sich von seinem Stuhl.

»Natürlich«, pflichtete sie ihm bei und stand ebenfalls auf.

»Danke für das ...« Er wies mit einer Geste auf seinen Teller, und Sarah nickte zur Erwiderung.

Er sah so aus, als wollte er davonstürzen, doch vorher hatte sie eine letzte Bitte. Er begriff es zwar jetzt noch nicht, aber sie hatte ihm mit ihren Erkenntnissen über Brian einen großen Gefallen getan, und er würde bald das Bedürfnis haben, sich bei ihr erkenntlich zu zeigen.

»Malloy, wenn es Ihnen nicht zu viele Umstände macht, könnten Sie wenigstens herausfinden, ob es Verdächtige in Gerda Reinhards Fall gibt? Es würde ihrer Schwester sehr viel bedeuten.«

Er schüttelte immer noch staunend den Kopf, als er durch ihre Gartentür verschwand.

Sarah nahm im hinteren Teil der Deutsch-Lutheranischen Kirche in der Sixth Street Platz. Im riesigen Innenraum der Kirche wirkte Gerda Reinhards Beerdigungsgesellschaft erbärmlich klein.

Gerdas Schwester Agnes war auf Sarahs Anordnung immer noch im Bett, und der Rest ihrer Familie war in Deutschland und wusste wahrscheinlich noch gar nichts von ihrem Tod. Ein paar von Agnes' Freunden und Nachbarn waren gekommen, und ein Grüppchen junger Frauen, die mit Gerda bekannt gewesen sein mussten, saß auf der anderen Seite der Kirche.

Im allerletzten Moment, kurz bevor der Priester seinen Platz auf der Kanzel einnahm, kam ein junger Mann herein, den Sarah als Agnes' Ehemann Lars Otto erkannte. Er trug einen schlecht sitzenden, schwarzen Anzug, den er wahrscheinlich für diesen Anlass geborgt hatte. Sein sandfarbenes Haar war mit reichlich Haarwasser geglättet.

Er schritt steif durch den Mittelgang, ein schlaksiger, grobknochiger Mann. Er umklammerte seinen Hut fest mit beiden Händen. Mit offensichtlichem Widerwillen setzte er sich in die erste Reihe der Kirche, zog ein Taschentuch hervor und wischte sich den Schweiß von der Stirn – das Wetter war zwar heute beträchtlich kühler, aber Mr. Otto stand unter großem Druck.

Sarah konnte es ihm nachfühlen. Die eigene Schwägerin zu beerdigen, war schon unter normalen Umständen kein Zuckerschlecken. Doch Gerda war nicht einfach nur eines frühen Todes gestorben. Sie war unter skandalösen Umständen ermordet worden. Die Familie musste beträchtliche Scham und Verlegenheit empfinden. Zählte man dazu noch den Schmerz, so musste sie wirklich eine große Last tragen.

Lars ließ den Kopf hängen und warf nicht einmal einen Blick auf den geschlossenen Sarg, der dicht vor ihm stand. Der Priester nahm seinen Platz ein und begann, die passenden Bibelstellen vorzutragen, die den Hinterbliebenen Hoffnung anboten. Sarah fragte sich, wie viel Hoffnung sie wohl in diesem Fall zu bieten hatten. Die meisten Leute waren der Meinung, dass Gerda bekommen hatte, was sie verdiente. Konnte man wirklich davon ausgehen, dass ein Mädchen, das so sündig war, wie man es Gerda nachsagte, im Paradies wandelte?

Während sie über diese Fragen nachgrübelte, richtete Sarah den Blick auf die jungen Frauen, die mit Gerda befreundet gewesen waren, Mädchen, die ihr sehr ähnlich sein mussten. Sie starrten geradeaus vor sich hin und schienen dem Priester die Worte von den Lippen abzulesen. Unter ihrer dicken Schminke sahen ihre Gesichter erschüttert aus. Ihr billiger Putz ließ sie in der ernsten Umgebung der Kirche deplatziert wirken, wie Pfauen in einem Hühnerstall. Und zudem wirkten sie auch noch wie schrille und geschmacklose Pfauen.

Sarah wünschte, Orgelmusik würde die drückende Stille übertönen, aber die Ottos verschwendeten bestimmt kein Geld für einen Organisten. Seinem Gesichtsausdruck nach hätte Lars Otto am liebsten überhaupt kein Geld dafür ausgegeben, hätte nicht der allgemeine

Anstand zumindest ein grundlegendes Zeremoniell verlangt, sogar für ein so unwürdiges Mädchen wie Gerda. Ein Mädchen, das die Gedankenlosigkeit besessen hatte, sich ermorden zu lassen.

Der Gottesdienst dauerte keine Sekunde länger als notwendig. Der Priester schien sich bewusst zu sein, dass er besser keine Zeit verlor, bevor er dieses Mädchen der Erde anvertraute, und ehe Sarah sich versah, sprach er schon den Segen. Sie wartete einen Augenblick ab, weil sie davon ausging, dass Träger vortreten würden, um den Sarg hinauszutragen, doch niemand zeigte sich.

Stattdessen bahnte sich Lars Otto seinen Weg aus der Bank und durch den Mittelgang. Es würde kein Zeremoniell am Grab geben, denn das hätte eine Leichenkutsche und weitere Kosten bedeutet. Gerdas Überreste würden mit dem Wagen des Totengräbers zum Friedhof transportiert werden und einsam und ohne Trauergäste ihren Platz finden.

Als Lars an ihr vorbei war, eilte Sarah ihm nach, denn sie wollte zumindest wissen, wie es Agnes ging.

»Mr. Otto«, rief sie und hielt ihn auf, als er draußen die Treppe betrat. Er drehte sich um und sah sie an.

Lars Otto war ein großer Mann, dünn und schlaksig, mit kräftigen Händen und Füßen und einem Gesicht, das zu scharf und kantig war, als dass man es gut aussehend hätte nennen können. Als er seinen Hut zurechtschob, fiel Sarah auf, dass seine Fingerknöchel aufgeschürft waren, ein Zeichen dafür, wie hart seine Arbeit sein musste. Sie glaubte, sich zu erinnern, dass er Metzger war.

Als er Sarah sah, runzelte er die Stirn, ohne sie zu erkennen.

»Ich bin Mrs. Brandt, die Hebamme. Das mit Gerda tut mir sehr Leid. Wie geht es Mrs. Otto?«

»Was glauben Sie denn? Sie kann ja nicht einmal

mehr mit erhobenem Kopf herumlaufen, jetzt wo all ihre Freundinnen hinter vorgehaltener Hand tuscheln. Ich arbeite hart, um ihr ein gutes Leben zu ermöglichen, und dann macht ihre Schwester so etwas und ruiniert alles.«

Sarah kniff die Augen zu. Sie hatte vergessen, welch bittere Wut Fälle wie dieser auslösten. Sie widerstand der Versuchung, ihn darauf hinzuweisen, dass Gerda sich nicht absichtlich hatte ermorden lassen.

»Ich bin mir sicher, dass niemand dies gegen Sie oder Ihre Familie verwenden wird. Zumindest nicht Ihre wahren Freunde«, fügte sie hinzu, als er missmutig grunzte.

Er wandte sich unbeeindruckt ab, denn zweifellos hatte er es eilig, wieder zu seiner Familie zu kommen.

»Bitte sagen Sie Ihrer Frau, dass ich Sie heute Nachmittag besuchen komme«, rief sie ihm nach. Er reagierte nicht darauf. Nun, wenn er immer so unfreundlich war, dann sorgte er sich wahrscheinlich zu Recht, weil er wahrscheinlich gar keine echten Freunde hatte, die zu ihm hielten.

»Oh, sieh mal, er ist schon fort!«, rief eine Stimme hinter ihr bestürzt.

»Dann lauf ihm doch nach«, schlug eine andere Stimme sarkastisch vor.

»Oh, dann soll ich ihm wohl auf der Straße nachjagen«, erwiderte die erste Stimme nicht minder sarkastisch.

Als Sarah sich umdrehte, sah sie die drei jungen Frauen, die ihr vorher schon aufgefallen waren, aus dem gewaltigen Kirchenportal treten. Im gnadenlosen Sonnenschein sahen ihre Kleider noch schriller aus. Karos, Federn und viel zu viel Schmuck, geschminkte Lippen und Wangen. Sarah konnte gar nicht glauben, dass die Mädchen die Schminke schöner fanden als ihre natürliche Haut, denn diese war jung und glatt und besaß bestimmt unter dem schockierend leuchtenden Rouge eine gesunde Röte.

Hinter ihnen kamen die anderen Trauergäste heraus und machten unter missbilligenden Blicken einen Bogen um sie. Sarah nickte allen zu, die sie kannte, und trat dann zu den Mädchen, die vor der Kirche standen und über irgendetwas diskutierten.

»Sind Sie Freundinnen von Gerda?«, fragte sie und versuchte es mit einem freundlichen Lächeln.

Sie blickten überrascht auf und wurden dann augenblicklich argwöhnisch.

»Ja, Ma'am«, sagte eine von ihnen einen Augenblick später. Machten sie etwa schuldbewusste Gesichter? Sarah glaubte es kaum, aber sie konnte nicht leugnen, dass es so war. Vielleicht war ihr Instinkt besser gewesen, als sie gedacht hatte. Sie hatte die Mädchen nur ansprechen wollen, um vielleicht etwas über Gerda herauszufinden, aber war es möglich, dass sie auch etwas über ihren Tod wussten?

»Ich bin mit Mrs. Otto, ihrer Schwester, befreundet«, sagte Sarah – sie strapazierte die Wahrheit ein kleines bisschen.

»Ich habe Gerda flüchtig gekannt, aber nicht sehr gut. Ich hatte das Gefühl, dass sie ein nettes Mädchen war. Ich kann mir vorstellen, dass sie Ihnen fehlen wird.«

Sie nickten unsicher, und die Federn auf ihren lächerlichen Hüten wippten. Sie betrachteten Sarah, als versuchten sie zu entscheiden, was sie von ihr halten sollten. Dann stieß das pummelige Mädchen seine Freundin mit dem roten Karojackett mit dem Ellbogen an.

»Frag sie doch. Vielleicht weiß sie es.«

Die Angesprochene warf ihrer Freundin einen wütenden Blick zu, wandte sich dann aber doch an Sarah.

»Entschuldigen Sie die Frage, Miss, aber wissen Sie … ich meine …«

Sie zögerte und sah ihre Freundin vergeblich Hilfe

suchend an. Die beiden blickten einander einige Sekunden in die Augen und tauschten dabei Informationen aus, über die Sarah nur rätseln konnte.

»Sie möchte wissen, ob man sie mit den Schuhen beerdigt hat«, sagte das dritte Mädchen schließlich. Sie war klein und sah zerbrechlich aus. Ihr goldenes Haar glitzerte unter einem winzigen Hütchen in der Sonne. Ihre Lippen waren knallrot, und die Röte auf ihren Wangen war ungleichmäßig aufgetragen. Der Fleck auf der einen Seite war größer als der auf der anderen, was ihr das Aussehen eines Kindes gab, das die Schminke seiner Mutter ausprobiert hatte.

Doch dann blickte Sarah ihr in die Augen, und dort sah sie eine stählerne Entschlossenheit, die überhaupt nicht zu ihrer scheinbaren Zerbrechlichkeit passte.

»Den Schuhen?«, wiederholte Sarah verständnislos.

»Den roten Schuhen«, erklärte das pummelige Mädchen. »Sie waren brandneu. Es wäre doch eine Schande, sie mit ihr ins Grab zu legen, oder? Bertha hier hat sich gefragt ...«

»Ich?«, rief das Mädchen mit der Karojacke entrüstet. »Du hast es zuerst gesagt!«

»Ich habe nur gesagt, dass du Recht hast!«, beharrte die Pummelige.

»Bertha und Hetty hätten die Schuhe beide gern«, erklärte die Blonde geduldig. Ihre Missbilligung war nicht zu übersehen.

»Zur Erinnerung«, fügte Hetty hastig hinzu, falls Sarah sie für Leichenfledderer hielt.

Was diese natürlich tat, obwohl sie beschloss, ihre wahre Meinung für sich zu behalten.

»Das kann ich verstehen. Dann waren Sie also gut befreundet?«, riet sie.

»Ja, wir alle«, sagte Hetty, die fest entschlossen war, Sarah zu überzeugen. »Seit sie angefangen hat, bei Faircloth' zu arbeiten.«

»Sie konnte kaum ein Wort Englisch«, fügte Bertha hinzu, »aber das hat uns nichts ausgemacht. Sie hat wirklich schnell gelernt. Wollte Amerikanerin sein wie wir. Das hat sie zumindest immer gesagt.«

»Es war nett von Ihnen, Freundschaft mit ihr zu schließen«, sagte Sarah und ließ den Mädchen einen Augenblick Zeit, das Kompliment zu verdauen, bevor sie weitersprach. »Da es keine Totenwache geben wird – erlauben Sie mir vielleicht, Sie zu einer Tasse Kaffee einzuladen? Es gibt ein Café direkt um die Ecke.«

»Es ist ein bisschen warm für Kaffee«, sagte Hetty. »Wie wäre es mit einer Limonade?«

Sarah wäre mehr als bereit gewesen, ihnen Champagner zu spendieren, wenn das bedeutete, dass sie mehr über das tote Mädchen erfuhr, daher stimmte sie gerne zu.

Als sie das Café erreichten, wusste Sarah bereits, dass die Mädchen Hetty Hall und Bertha Hoffman hießen und das blonde Mädchen Lisle Lasher war. Die jungen Frauen waren fasziniert zu hören, dass Sarah Hebamme war, obwohl sie nicht verstanden, warum sie begonnen hatte, ein Handwerk auszuüben, anstatt wieder zu heiraten. Sie waren – wie der Großteil der Bevölkerung – eindeutig der Meinung, dass eine Frau einen Mann brauchte, der für sie sorgte.

Sarah lud sie nicht nur zu einer Limonade, sondern auch zu einem Stück Kuchen ein, da sie sehr gut wusste, dass ihre mageren Löhne kaum für solche Extravaganzen reichten, und sie sich dachte, dass die Mädchen mit vollem Magen redseliger sein würden. Sie setzten sich in das Café, froh, der Sonne zu entkommen, und Sarah versuchte sich auszumalen, was für Fragen Malloy diesen Mädchen wohl stellen würde, wenn er hier wäre.

»Hat jemand eine Ahnung, wer Gerda umgebracht haben könnte?«, versuchte sie mit dem Wichtigsten zu beginnen.

»Ich glaube, es war ein Raubüberfall«, sagte Hetty zwischen zwei Kuchenbissen.

»Bist du verrückt?«, wollte Bertha wissen. »Was sollte ein Räuber denn von Gerda wollen? Sie hatte doch nichts, was sich zu stehlen gelohnt hätte, außer ihren Schuhen, und die hat man ihr an den Füßen gelassen.«

»Genau deshalb hat er sie doch umgebracht«, argumentierte Hetty. »Er ist wütend geworden, als er gemerkt hat, dass sie kein Geld hatte, und dann hat er sie umgebracht.«

Sarah richtete den Blick auf Lisle, während Bertha und Hetty sich weiter über ihre Theorie zankten. Lisle nippte vorsichtig an ihrer Limonade, während sie zuhörte, ohne sich von den Argumenten der anderen überzeugen zu lassen.

Für ein Mädchen ihrer Klasse war Lisle bemerkenswert selbstbewusst, und ihre Intelligenz war nicht zu übersehen. Anständig gekleidet, hätte sie gut in Mrs. Astors Salon gepasst. Als sie Sarahs Blick begegnete, lächelte sie sanft, als nähme sie die gute Meinung zur Kenntnis, die Sarah von ihr hatte.

»Und was meinen Sie, Lisle?«, unterbrach Sarah Berthas und Hettys Disput.

Die beiden anderen verstummten und harrten auf Lisles Meinung. Trotz ihrer zarten Erscheinung war sie die Anführerin der Gruppe.

»Ich glaube nicht, dass es ein Straßenräuber war«, sagte sie. »Ein Räuber hätte sich nicht die Mühe gemacht, Gerda zu überfallen, und falls doch, hätte er sich nie die Zeit genommen, sie zusammenzuschlagen. Ein paar Ohrfeigen vielleicht, aber man sagt, dass sie zu Tode geprügelt worden ist. Das geht nicht so schnell, und ein Räuber würde es nicht riskieren, dass man ihn erwischt.«

Sarah hatte sich in Bezug auf ihre Intelligenz nicht geirrt. Sie äußerte ihre eigene Theorie.

»Ich glaube, es muss jemand gewesen sein, der sie gekannt hat. Jemand, der sehr wütend auf sie war, so wütend, dass er gar nicht darüber nachgedacht hat, dass man ihn erwischen könnte.«

Aber Lisle war anderer Meinung. Ihre roten Lippen verzogen sich, und sie runzelte die Stirn.

»Das könnte man glauben, nur dass ...« Sie sah die anderen Mädchen an, die nervös auf ihren Stühlen herumrutschten.

»Was denn?«, fragte Sarah. »Wissen Sie etwas, wovon ich nichts weiß?«

Die Mädchen tauschten argwöhnische Blicke aus und diskutierten wortlos, ob sie ihr Wissen mit Sarah teilen sollten. Schließlich ergriff Lisle das Wort.

»Gerda ist nicht das erste Mädchen, das so geendet ist.«

Natürlich nicht. In der Stadt wurden täglich Frauen zu Tode geprügelt, normalerweise von ihren Ehemännern, Liebhabern oder Vätern. Von Männern, die ihre Unzufriedenheit mit ihrem Leben abreagierten, indem sie auf die einschlugen, die ihnen am nächsten standen, die schwächer und wehrlos waren. An Frauen, die diese Gewalt verheimlichten, indem sie als Erklärung für die blauen Flecken herumerzählten, sie seien vor eine Tür gelaufen oder die Treppe hinuntergefallen. An Frauen, die solche Angst hatten, ohne einen Mann nicht in der Lage zu sein, für ihren Lebensunterhalt zu sorgen, dass sie für ein Dach über dem Kopf jede Art von Missbrauch ertrugen.

»Ich weiß«, sagte Sarah. »Viele Frauen enden so wie Gerda. Deshalb sollten Sie auch Acht geben, mit was für Männern Sie sich einlassen ...«

»Nein, Sie verstehen mich nicht«, erklärte Lisle mit geduldiger Stimme. Sie war sehr selbstsicher. »Gerda ist nicht das erste Mädchen, das auf diese Weise ermordet worden ist.«

»Auf ganz genau dieselbe Weise«, fügte Bertha hinzu, und ihre braunen Augen waren vor Angst geweitet.

»Sie gehen zum Tanzen aus und kommen nicht mehr nach Hause«, sagte Hetty, und ihre vollen Lippen zitterten ein wenig.

»Jemand verprügelt sie und lässt sie wie eine tote Katze in einer Gasse liegen«, fügte Lisle verbittert hinzu.

»Sie meinen ... es sind schon andere Mädchen so gestorben?«, fragte Sarah, die Schwierigkeiten hatte, das zu begreifen.

»Das haben wir doch gerade gesagt«, erklärte ihr Hetty ein wenig beleidigt. »Jemand lauert Mädchen auf, um sie umzubringen. Zumindest sagen das alle bei Faircloth'. Die anderen Mädchen waren auch tanzen und haben sich dann von ihren Freundinnen getrennt, um nach Hause zu gehen, aber sie sind nie dort angekommen.«

»Wie viele andere Mädchen?«, fragte Sarah, und in ihrem Inneren regte sich eine seltsame Vorahnung.

»Drei andere«, sagte Lisle.

»Von denen wir wissen«, fügte Hetty hinzu.

»Könnte sein, dass es noch mehr sind, von denen wir nichts gehört haben, weil sie nicht aus der Nachbarschaft sind«, sagte Bertha.

Die Angst der Mädchen lag greifbar in der Luft, und Sarah konnte spüren, wie sie selbst erschauerte. War es möglich, dass ein und derselbe Mann für all diese Todesfälle verantwortlich war? Sarah wusste von Verbrechen aus Leidenschaft, bei denen der Mörder sein Opfer kannte und aus einem der üblichen Gründe tötete – Eifersucht, Hass, Lust oder Habgier. Wenn aber jemand seine Opfer zufällig auswählte und sie ohne ersichtlichen Grund umbrachte, wie sollte man ihn dann je erwischen? Sie erinnerte sich an eine ähnliche Mordserie, die sich zehn Jahre zuvor in London ereignet hatte, und an die Schwierigkeiten, die die Polizei bei deren Aufklärung gehabt hatte.

Es war schon schwierig genug, ein Verbrechen zu lösen, wenn der Kreis der Verdächtigen klein und die Motive erkennbar waren – das wusste Sarah aufgrund ihrer Erfahrung im vergangenen Frühjahr, als sie Malloy bei der Suche nach dem Mörder eines anderen jungen Mädchens geholfen hatte. Einen Mörder zu finden, dessen einzige Verbindung mit den Opfern die Tatsache war, dass er ihnen beim Tanzen begegnete, schien unmöglich zu sein! Jack the Ripper hatte man jedenfalls nicht gefunden.

Aber vielleicht würde es ja doch nicht so schwierig sein, wie sie dachte. Wenn die Tanzveranstaltungen das Bindeglied waren, konnte jemand mit einem geschulten Auge den Mörder vielleicht erspähen. Sarahs Auge war zwar nicht unbedingt geschult, doch sie hatte einige Erfahrung mit der Identifikation von Mördern.

»Wo ist Gerda in der Todesnacht tanzen gewesen?«

Die Mädchen sahen einander an, als versuchten sie, sich daran zu erinnern. Das würde doch wohl nicht so schwierig sein. Sarah konnte sich noch an jeden Ort erinnern, an dem sie in ihrem Leben tanzen gewesen war.

»War das der Abend, als wir in der New Irving Hall waren?«, fragte Hetty die anderen.

Bertha schüttelte den Kopf. »Nein, es war kleiner. Ein kleines Lokal, glaube ich. Ich kann mich noch erinnern, dass wir gedacht haben, dort wäre gar nicht genug Platz zum Tanzen.«

»Es war die Harmony Hall«, sagte Lisle. »Gerda hat gesagt, ihr wäre langweilig, aber sie hätte einen feinen Pinkel getroffen, der jede Menge Geld für sie ausgeben würde, also ist sie mit ihm gegangen.«

»Hat eine von Ihnen gesehen, wer es war?«

Sie schüttelten die Köpfe.

»Es ist uns damals nicht so wichtig vorgekommen.« Bertha seufzte. »Wir wussten ja nicht … was passieren würde.«

»Vielleicht …« Sarah zögerte, denn sie fragte sich, ob sie es wagen konnte zu sagen, was sie dachte. »Könnten Sie mich nächstes Mal mitnehmen, wenn es eine Tanzveranstaltung gibt?«

»Es gibt jeden Abend eine Tanzveranstaltung«, sagte Hetty, überrascht, dass sie das nicht wusste.

»Jeden Abend?« Sarah konnte es kaum fassen.

»Na ja, vielleicht nicht dort, aber irgendwo schon«, korrigierte Lisle. »Ich glaube aber, dass es morgen eine in der Harmony Hall gibt. Die Barn Stormers sind der Veranstalter«, fügte sie den Namen eines örtlichen Clubs an.

»Mitten in der Woche?«, fragte Sarah überrascht.

»Ich habe Ihnen doch gesagt, dass jeden Abend irgendwo getanzt wird«, wiederholte Hetty.

»Hatten Sie vor, dorthin zu gehen?«, fragte Sarah und begriff dann augenblicklich, wie kalt sie sich anhörte. »Ich meine, wenn Sie nicht das Gefühl hätten …« Sie verstummte, denn sie wusste, dass sie es nur schlimmer machte.

Bertha und Hetty wandten unsicher die Blicke ab. Es war deutlich, dass sie Lisle die Entscheidung überließen.

»Warum möchten Sie denn mitgehen?«, fragte Lisle sie argwöhnisch.

»Ich … ich habe Ihnen doch gesagt, dass ich Gerda flüchtig kenne. Letztes Frühjahr ist ein anderes Mädchen, das ich kannte, umgebracht worden. Die Polizei konnte den Fall nicht aufklären, also habe ich mitgeholfen, und wir konnten den Mörder finden. Ich glaube auch diesmal nicht, dass die Polizei großes Interesse daran haben wird, den Mord an Gerda aufzuklären, und ich möchte nicht, dass ihr Mörder auf freiem Fuß bleibt.«

»Sie haben einen Mord aufgeklärt?«, fragte Hetty fasziniert. Plötzlich sah sie Sarah in einem ganz neuen Licht.

»Ein Polizist hat mir dabei geholfen«, räumte Sarah ein und fragte sich, was Malloy wohl dazu sagen würde. Wahrscheinlich würde er sagen, dass sie *ihm* geholfen hatte, was ja auch korrekter war, diese Mädchen aber nicht so beeindruckt hätte.

»Sie haben gesagt, dass die Polizei den Mord nicht aufklären wollte?«, erinnerte Lisle sie scharfsinnig.

»So war es auch. Man hat diesem Polizisten sogar befohlen, die Ermittlungen einzustellen. Darum hat er meine Hilfe gebraucht. Ich habe meinen Freund schon gebeten, sich nach Gerdas Fall zu erkundigen, aber er war nicht der Ansicht, dass man viel tun könnte.«

Die Mädchen nickten verständnisvoll.

»Sie haben sich doch auch nicht für die anderen ermordeten Mädchen interessiert«, sagte Hetty. »Warum sollte es bei Gerda anders sein? Sie war ja nicht einmal Amerikanerin.«

Ein ziemlich gutes Argument, und Sarah wusste, dass sie das nicht zu sagen brauchte. Trotz ihrer Jugend kannten diese Mädchen die Realität wahrscheinlich besser als sie selbst.

»Werden Sie mich zu der Veranstaltung mitnehmen?«, fragte Sarah.

»Dort werden Sie nichts herausfinden«, warnte Lisle sie.

»Lassen Sie sich überraschen«, sagte Sarah und spürte dabei ein vertrautes Gefühl der Macht und Zielsicherheit. Ein Gefühl, das sie nicht mehr empfunden hatte, seit sie sich zum letzten Mal so dafür eingesetzt hatte, den Mörder einer jungen Frau zu finden.

»Sie sind viel zu alt für den Tanzboden«, hielt ihr Hetty unfreundlich vor Augen. »Man wird glauben, dass Sie unsere Mutter sind.«

Sarah ignorierte den Stich der Verärgerung, den sie bei diesen Worten spürte. Schließlich *war* sie fast doppelt so alt wie die Mädchen, also durfte sie sich nicht beleidigt fühlen.

»Sie müssten sich auch ein bisschen zurechtmachen«, sagte Lisle. »Sie brauchen ein bisschen Pfiff, wenn Sie auffallen wollen.«

»Ich möchte doch gar nicht auffallen«, versicherte Sarah ihr. Ganz im Gegenteil. »Ich möchte mich nur umschauen und sehen, was für Leute es sind, die tanzen gehen.«

»Sie glauben, dass er dort sein wird? Der Mörder, meine ich?«, fragte Bertha beklommen.

»Er muss zu diesen Tanzveranstaltungen gehen. Wie sollte er sonst seine Opfer finden?«, erläuterte Sarah. »Und ich hoffe, Sie drei sind vorsichtig.«

»Wir sind immer vorsichtig«, sagte Bertha hochnäsig. »Wir gehen zu zweit. Wenn ein Mädchen eine Freundin dabei hat, können sie einander helfen, falls ein Kerl zu freundlich wird.«

Sarah beschloss, sie nicht darauf hinzuweisen, dass es Gerda nicht geholfen hatte, eine Freundin beim Tanzen dabei zu haben.

»Dann brauchen Sie doch eine vierte Person, oder? Damit jede von Ihnen eine Begleiterin hat. Warum nicht mich?«

Lisle überlegte, ob sie Sarah trauen konnte, aber andererseits war Sarah bisher der einzige Mensch, der Interesse daran gezeigt hatte, Gerdas Mörder zu finden – und damit auch den Mörder mehrerer anderer Mädchen. Außerdem würde Sarah die Mädchen daran hindern können, denselben Fehler zu machen wie Gerda, als sie mit jemandem ausgegangen war, den sie nicht kannte.

»Gut, wir nehmen Sie mit«, sagte Lisle schließlich, »aber Sie müssen sich herausputzen, ob Sie wollen oder nicht. Es geht nicht an, dass Sie so schmucklos aussehen. Allein dadurch würden Sie doch Aufmerksamkeit erregen, oder?«

Sarah gab zu, dass sie wohl Recht hatte.

»Und was genau muss ich tun, um ein bisschen Pfiff zu bekommen?«, fragte sie mit einem Lächeln.

Frank Malloy fand den Mann, den er suchte, über seinem Schreibtisch im Büro zusammengesunken. Der große, unordentliche Raum war mit Schreibtischen zugestellt, die normalerweise zu Gunsten der laufenden Ermittlungen verlassen waren. In Bill Broughans Fall konnte man allerdings darauf zählen, dass er so viel Zeit wie möglich an seinem Schreibtisch verbrachte. Er ging der Arbeit aus dem Weg, wann immer er konnte.

»Broughan!«, rief Frank dem schlafenden Mann direkt ins Ohr.

Mit einem Ruck wachte Broughan auf und blinzelte heftig, bis er Franks Gesicht erkennen konnte.

»Malloy, ich würde Sie ja dafür umbringen, aber wenn ich mich so abrupt bewege, explodiert mein Kopf.«

»Schlechte Nacht gehabt?«, fragte Frank ohne großes Mitgefühl. Er hatte selbst unruhig geschlafen, was er Sarah Brandt verdankte.

Broughan umklammerte seinen Kopf mit beiden Händen, als versuchte er tatsächlich, ihn am Auseinanderfallen zu hindern.

»Mein Neffe Andrew hat gestern einen Sohn bekommen. Wir haben bis zum frühen Morgen gefeiert.«

»Glückwunsch an den stolzen Vater«, sagte Frank eher höflich als aufrichtig. Er kannte Bills Neffen gar nicht. »Hör mal, Bill, jemand hat mich nach einem Fall gefragt; die Sache mit dem Mädchen, das die roten Schuhe anhatte.«

Bill kniff die Augen zu, als bereitete ihm allein der

Versuch, sich zu erinnern, schon Schmerzen. Broughan war ein stattlicher Mann, dessen Gesicht vom vielen Alkoholkonsum der letzten Jahre gerötet war. Sein schütteres, braunes Haar war zerzaust, als hätte er es heute Morgen nicht gekämmt – und so war es wahrscheinlich auch. Auf seinem Kragen war ein gelber Fleck.

»Oh, ja, die roten Schuhe«, erinnerte er sich nach ein paar Sekunden. »Deutsches Mädchen. War noch nicht lange hier, wie ich gehört habe. Dumme Sache. Ich habe noch nie gehört, dass eine Frau rote Schuhe trägt. Nicht einmal eine Deutsche. Wenn du mich fragst, hat sie sie durch Hurerei bekommen. Wer will schon sonst rote Schuhe haben?«

Frank pflichtete ihm bei, wollte es aber nicht laut sagen. Er würde mehr erfahren, wenn er Bill widersprach.

»Ich kenne jemanden, der mit der Familie bekannt ist. Es sollen ganz respektable Leute sein.«

»Vielleicht sind sie das, aber das hat noch nie ein Mädchen an der Prostitution gehindert, wenn es Geld brauchte.«

Dagegen konnte Frank nichts einwenden, auch wenn er noch so sehr glaubte, dass es ihm weitere Informationen einbringen würde, wenn er Broughan widersprach. Er seufzte.

»Diese Freundin von mir, sie wüsste gern, ob du eine Ahnung hast, wer das Mädchen umgebracht hat.«

»Sie?«, fragte Broughan, und in seinen blutunterlaufenen Augen leuchtete Interesse auf.

»Wer sie?«, fragte Frank mit gespielter Unschuld.

»Du hast gesagt, dein Jemand, der es wissen möchte, ist eine *Sie*.« Broughan dachte so angestrengt nach, dass sich sein Gesicht verzog. »Diese *Freundin* ist nicht zufällig diese Blondine, die vor einiger Zeit auf der Wache nach dir gefragt hat, oder? Die der Sergeant in ein Zimmer gesperrt hat, weil sie verhört werden sollte?«

Diese Geschichte würde Frank ewig anhaften, aber vielleicht konnte er es diesmal zu seinem Vorteil benutzen.

»Tja, na ja, du weißt doch, wie Frauen sind, wenn sie sich einmal etwas in den Kopf gesetzt haben.«

»Frank, du Schurke, du.« Broughan rieb sich schadenfroh die Hände. »Du hast ja nie ein Wort davon gesagt. Wie lange geht denn das schon so?«

Frank sah ihn mürrisch an. »Das würde ich dir schon sagen, wenn ich der Meinung wäre, dass es dich etwas angeht.«

Bill runzelte die Stirn.

»Dann muss es ja etwas Ernstes sein. Denkst du wieder an eine feste Bindung? Weiß sie von deinem Kind?«

»Hör mal«, sagte Frank, der jetzt ungeduldig und mehr als nur ein bisschen ärgerlich wurde, »im Moment möchte ich sie nur glücklich machen, indem ich ihr sage, dass du den Mörder dieses Mädchen festnehmen wirst.«

So viel war wahr. Wenn er sie glücklich machte, indem er diesen Fall aufklärte, würde er Sarah Brandt nie wieder gegenübertreten müssen.

Bill rieb sich mit beiden Händen die Schläfen und schloss die Augen gegen das Hämmern, das in seinem Kopf zu toben schien.

»Ich wünschte, ich könnte dir helfen, aber niemand wird je herausfinden, wer das Mädchen umgebracht hat.«

»Und warum nicht?« Frank glaubte zwar, die Antwort bereits zu kennen, aber wenn es auch nur die kleinste Hoffnung gab, wollte er sich daran klammern.

»Ich habe es dir doch schon gesagt. Sie war eine Hure. Oder jedenfalls dicht daran«, fügte er hinzu, als Frank zum Protest ansetzte. »War jeden Abend mit ihren Freundinnen beim Tanzen. Du weißt doch, was in diesen Tanzsälen vor sich geht. Jede Menge fremde Männer, manche davon sehr merkwürdig. Ich habe auch gehört, dass sie Ausflüge nach Coney Island gemacht hat. Jedes Mal mit einem anderen Kerl. Jemand hat ihr kurz vor ihrem Tod einen Hut geschenkt. Und die Schuhe auch. Vielleicht nicht einmal derselbe Mann. Keiner kann es genau sagen. Aber in der letzten Woche hat sie von mindestens zwei Männern Geschenke bekommen. Was vielleicht bedeutet, dass einer vom anderen erfahren hat und sie verprügelt hat, weil sie ihn betrogen hat. Oder vielleicht hat irgendein anderer Kerl von einem oder von beiden erfahren und sie aus demselben Grund verprügelt. Oder vielleicht hat sie ja auch nur einen Neuen kennen gelernt und ihn um ein Geschenk gebeten, und er hat sich beleidigt gefühlt? Und vor allem, wen kümmert das überhaupt?«

»Ihre Familie.«

Broughan sah nicht beeindruckt aus.

»Haben diese Leute Geld? Wollen sie eine Belohnung aussetzen oder so?«

Frank zog eine Lüge in Betracht. Vielleicht würde Mrs. Brandt ja eine Belohnung aussetzen. Lag ihr so viel daran? Er konnte sich nicht sicher sein, und wenn nicht, dann hatte er selbst mit Sicherheit nicht die Absicht, eine Belohnung für die Ergreifung des Mörders eines Mädchens auszusetzen, dem er nie im Leben begegnet war, nur um Sarah Brandt eine Freude zu machen.

»Ich glaube nicht.«

»Dann vergessen sie sie am besten. Ins Grab mit ihr, und dann Schwamm drüber. Niemand wird je herausfinden, wer sie umgebracht hat, das steht fest.«

Broughan griff in die Tasche seines Jacketts und brachte einen billigen Metallflachmann zum Vorschein. Seine Hand zitterte sacht, als sie den Korken aus der Flasche zog, und er brauchte beide Hände, um diese an seine Lippen zu führen. Er nahm einen tiefen Zug und leerte sie.

Um ein Haar wäre Frank zusammengezuckt. Sein Vater war Trinker gewesen, und das hatte ihn in jungen Jahren umgebracht. Bis heute konnte Frank nichts Hochprozentiges ertragen.

»Ist sie vergewaltigt worden?«, fragte Frank, ohne zu wissen, warum. Es schien ihm nur wichtig, alle Fakten zu kennen, und diese Information war vielleicht relevant.

Broughan zuckte mit einer Achsel und ließ die leere Flasche wieder in seine Tasche gleiten.

»Der Arzt sagt, sie hätte es kürzlich noch mit jemandem getrieben, aber er konnte nicht sagen, ob es eine Vergewaltigung war. Ihre Kleider waren alle am richtigen Platz, als man sie gefunden hat, und sie war nicht ...« Er zögerte und suchte nach dem richtigen Wort. »Verletzt«, war das, was er schließlich wählte.

»Keine Wunden oder Prellungen da unten. Dafür aber überall sonst genug davon. Ich nehme an, er wollte eine Kostprobe, und sie hat ausnahmsweise mal nein gesagt. Schätze, der arme Kerl war der Einzige, für den sie die Beine nicht breit gemacht hat, und das hat sie jetzt davon.«

»Klar«, sagte Frank entmutigt. All das würde nicht helfen. Sarah Brandt würde nicht einmal ansatzweise damit zufrieden sein. Sie würde weiter nachforschen wollen, wenn er auch keine Ahnung hatte, wo sie es sonst noch versuchen wollte.

Tja, wenn es sie so sehr interessierte, konnte sie vielleicht mehr herausbekommen als Bill. Sie konnte sogar mit ziemlicher Sicherheit eine ganze Menge mehr herausfinden als Bill, weil Bill kein besonderes Interesse an der Aufklärung dieses Mordes hatte. Wenn nicht die Familie des Mädchens oder sonst jemand eine Belohnung auftrieb, war der Fall für Bill eigentlich schon gelaufen. In der Stadt gehörte der Tod eines Mädchens zum Alltag. Manche verhungerten, manche brachten sich selbst um, manche wurden von anderen getötet. Es schien die Welt nicht zu stören, es schien kaum jemandem aufzufallen, warum sollte die Polizei sich also anstrengen?

Frank hätte sich mit Sicherheit auch nicht angestrengt, nicht unter normalen Umständen.

Aber dies waren keine normalen Umstände. Weil er nämlich gestern Abend von Mrs. Brandt aus nach Hause gegangen war und sich an das Bett seines schlafenden Sohnes gestellt hatte. Dort hatte er so lange laut gerufen, bis sich die Nachbarn beschwerten. Und genau wie sie es vorhergesagt hatte, zuckte der Junge nicht einmal. Der Kleine lag friedlich, still und ungestört da und schlief wie ein Engel. Nur seine Mutter herrschte ihn an und wollte wissen, ob er den Verstand verloren hätte.

»Der Junge ist taub«, hatte er zu ihr gesagt und sie damit augenblicklich zum Schweigen gebracht.

Sie hatte ihn verblüfft und überrascht angesehen, und ihr Ausdruck war schnell in Schrecken umgeschlagen, als sie die Bedeutung seiner Worte begriff. Oder es zumindest versuchte.

In Wahrheit wusste keiner von ihnen, was dies wirklich bedeutete. Es veränderte alles. Die einzige Frage war jetzt, wie.

3

Sarah konnte kaum glauben, was sie da tat. Im Anschluss an Gerdas Beerdigung war sie mit Lisle Lasher einkaufen gegangen, und Lisle hatte sie zum Kauf eines Hutes überredet, den man nur als lächerlich bezeichnen konnte.

Jetzt hatte sie ihr Haar zu einem modischen Knoten

aufgesteckt und den unerhörten Hut mit seinen gigantischen Seidenrosen und der überbreiten Krempe darauf festgesteckt. Sie hatte sich sogar die Lippen geschminkt, aber damit war das Maß voll, obwohl Lisle ihr auch zu Rouge geraten hatte.

In Rock und Bluse würde sie nicht übermäßig deplatziert wirken. Lisle hatte ihr erzählt, dass viele Arbeitermädchen so zum Tanzen gingen, sie sollte das Ganze nur mit ein paar Perlen aufputzen. Also befand sich Sarah jetzt im Besitz einer schrillen Glasperlenkette. Am Ende des Abends würde sie sie Lisle schenken.

Die Harmony Hall war ein großer, unmöblierter Raum über einem Saloon in der Vierzehnten Straße. Der Lärm der Kapelle – als Musik konnte man das nicht bezeichnen – war schon auf der Straße zu hören. Sarah kam zu dem Schluss, dass er im Inneren unerträglich sein musste.

Die Mädchen hatten sich ein paar Häuserblocks weiter mit ihr getroffen, und als sie die Straße entlang auf den Tanzsaal zuschlenderten, begann Sarah, ihre Nervosität zu spüren.

»Ich habe volles Verständnis dafür, wenn Sie das lieber lassen möchten«, sagte sie schuldbewusst.

Wie hatte sie nur so gedankenlos sein können? Die Mädchen mussten eine Heidenangst davor haben, den Ort aufzusuchen, an dem sich Gerda vor ihrer Ermordung zuletzt aufgehalten hatte.

»Oh, keine Sorge, Miss«, sagte Hetty und betastete ihr Haar, um sich zu überzeugen, dass es ordentlich saß. »Wir möchten Ihnen doch helfen.«

»Genau«, sagte Bertha mit einem Blick auf Lisle.

Lisle sah wie eine ungeschickt bemalte Porzellanpuppe aus. Ihre blauen Augen leuchteten im verblassenden Sonnenlicht, und ihr Haar lugte wie gesponnenes Gold unter der Krempe ihres aufwändigen Hutes hervor. Die Schminke, die sie wohl deshalb auf Lippen und Wangen aufgetragen hatte, um älter und weltgewandter auszusehen, ließ sie in Wirklichkeit zerbrechlicher und verletzlicher erscheinen. Nur wenn man tief in ihre Augen blickte, sah man die Härte in ihrem Inneren.

Diese Härte blitzte jetzt auf wie Stahl, als sie Sarah ansah.

»Wir wollen herausfinden, wer Gerda umgebracht hat, Mrs. Brandt. Wenn Sie glauben, dass dies hier dabei hilft, dann gehen wir da jetzt hinein.«

Es war ihr anzusehen, dass sie selber ihre Zweifel hatte, doch Sarah wusste es besser. Sie wusste, dass sie den Mörder finden würde, wenn sie sich nur an den richtigen Ort begab.

Der Eingang zum Saal befand sich auf einer Außentreppe an der Seitenwand des Saloons. Ein halbes Dutzend Männer in schreienden Karoanzügen lungerte am Treppenaufstieg herum und inspizierte die Eintretenden, als gäbe es ohne ihre Zustimmung keinen Einlass. Ihr Allgemeinbefinden hatte während der Zeit, die sie im Saloon zugebracht hatten, sichtlich gelitten.

»Hetty!«, rief einer von ihnen, ein öliger Kerl, der sich das Haar unter seinem Strohhut mit Pomade glatt gestrichen hatte. »Wen hast du denn da mitgebracht? Hast du deine Ma als Anstandsdame dabei?«

Die anderen fanden das zum Brüllen komisch und lachten hemmungslos. Sarah spürte, wie ihre Wangen heiß wurden, doch sie wusste genau, dass es vor Wut geschah.

»Ich weiß wenigstens, wer meine Ma ist!«, erwiderte Hetty schlagfertig und schob hochnäsig das Kinn vor.

Das fanden die Begleiter des Mannes noch komischer, wie es bei Betrunkenen nun einmal war. Sarah beschleunigte ihre Schritte, um mit den anderen Mädchen mitzuhalten, die jetzt die Treppe hinaufhuschten, um den Betrunkenen unten zu entkommen. Am oberen Ende der Treppe saß ein untersetzter, junger Mann an einem wackeligen Tisch und kassierte den Eintrittspreis von fünfzehn Cent. Sarah lud die Mädchen ein, denn sie wusste, dass sie jeden Pfennig zählen und sich vom Munde absparen mussten, um sich solche Unternehmungen erlauben zu können.

Im Saal war es viel heißer als draußen auf der Straße, und es stank heftig nach Schweiß. In Verbindung mit den Gerüchen von schalem Bier, Zigarettenqualm und den anderen, unangenehmen Ausdünstungen der Stadt, war es fast überwältigend, doch Sarah bekämpfte das Schwindelgefühl, das sie überkam, und erinnerte sich daran, dass sie sich an alles gewöhnen konnte. Sie hatte schon oft genug Babys in Absteigen entbunden, um zu wissen, dass der Geruch ihr nach ein paar Minuten gar nicht mehr auffallen würde.

Mit der Hitze war es eine andere Sache. Sie würde sie einfach ignorieren müssen.

Die Kapelle hatte gerade eine mitreißende Interpretation von »After the Ball« gespielt, doch bei ihrem Eintreffen verstummte die Musik abrupt, und Sarahs Ohren summten in der plötzlichen Stille. Das Schweigen dauerte allerdings nur einen Augenblick, da die etwa hundert Leute im Saal die Gelegenheit nutzten, sich zu unterhalten, ohne gegen das Getöse der Musiker anschreien zu müssen.

»Kommen Sie, wir suchen uns einen Tisch«, sagte Bertha. Sie ergriff Sarahs Arm und schob sie über die Tanzfläche zu einer Stelle, an der mehrere leere Tische standen. Sie setzten sich an einen Tisch zwischen zwei Gruppen betrunkener, junger Männer, die mit den Trunkenbolden am Fuß der Treppe hätten verwandt sein können, so ähnelten sie einander. Oder vielleicht lag es ja auch nur daran, dass ihre Anzüge genauso hässlich und schreiend waren und ihr Benehmen ebenso lästig wirkte. Sie grölten den Mädchen zu und machten anzügliche Bemerkungen, die diese nachdrücklich ignorierten.

»Beachten Sie sie nicht, Mrs. Brandt«, wies Lisle sie an. »Sie mögen Sie lieber, wenn Sie sie ignorieren.«

Sarah wollte gar nicht, dass sie sie mochten, daher fragte sie sich, ob sie vielleicht offen mit ihnen flirten sollte, um ihren Aufmerksamkeiten ein Ende zu setzen. Doch selbst, wenn sie den Mut dazu gehabt hätte, schien es ihr eine unkluge Strategie zu sein, daher setzte sie sich einfach mit den anderen Mädchen hin und konzentrierte sich darauf, nach einem Mörder Ausschau zu halten.

Es dauerte nur ein paar Sekunden, bis Sarah begriff, dass Lisle absolut Recht gehabt hatte, als sie prophezeite, dass dieser Ausflug Zeitverschwendung sein würde.

Gut die Hälfte der Leute im Saal waren Männer, und sie schienen alle geschmacklose Karoanzüge zu tragen. Die meisten von ihnen schienen bereits betrunken zu sein, und der Rest war auf dem besten Wege dahin. Alle bemühten sich mit lüsternen Blicken und Spötteleien um die Aufmerksamkeit der Frauen. In Sarahs Augen sahen sie *alle* genau wie Männer aus, die eine Frau zu Tode prügeln würden. Wie in aller Welt sollte sie sie auseinanderhalten?

Sarah war schockiert zu sehen, dass viele der jungen Frauen sich Zigaretten anzündeten, sobald der Tanz vorbei war. Oder vielmehr, dass ihre männlichen Begleiter ihnen die Zigaretten anzündeten. Sarah hatte noch nie eine anständige Frau rauchen gesehen. Sie hatte auch noch nie gesehen, dass eine anständige Frau mehr als ein Schlückchen eines alkoholischen Getränkes zu sich nahm, doch jetzt begaben sich die Paare, die gerade getanzt hatten, zur Theke an der anderen Seite des Saales, wo mehrere gehetzte Kellner Getränke ausschenkten. Und die Mädchen tranken weit mehr als nur Schlückchen.

»Wir müssen bis zum nächsten Mal warten«, erklärte Hetty ihr und wies kopfnickend zur Theke.

»Welches nächste Mal?«, fragte Sarah.

Bertha verdrehte die Augen, doch Hetty wies sie mit einem bösen Blick zurecht.

»Die Kapelle spielt immer ein paar Minuten, dann gehen alle etwas zu trinken kaufen. Oder vielmehr kaufen die Jungs etwas zu trinken. Für die Mädchen, mit denen sie tanzen.«

Die Tänzer mussten etwas trinken, um nicht vor Hitze umzukommen, und Sarah dachte sich, dass dies den Mädchen wohl als Entschuldigung diente, dem Alkohol zu frönen. Sie stellte fest, dass der Hinweg sie ebenfalls durstig gemacht hatte.

»Ich lade Sie ein«, bot sie an, doch die Mädchen starrten sie entsetzt an.

»Ein Mädchen kauft sich seinen Drink nicht selbst, Missus«, sagte Bertha, als erklärte sie ihr eine der Grundwahrheiten des Lebens.

»Was sollen denn die Jungs dann denken? Sie denken, man braucht sie nicht, das denken sie, und dann bleibt man den ganzen Abend sitzen!«

Sarah schaffte es, nicht zu lächeln. Den ganzen Abend sitzen zu bleiben, war genau das, was sie vorhatte, doch sie wollte den Mädchen nicht die Chance verderben, sich zu amüsieren.

Als dann die Kapelle wieder zu spielen begann, schwärmten die Männer aus wie Fliegen, die von süßem Honigduft angelockt wurden. In Sarahs Augen sahen sie wie Leute aus, bei deren Anblick sie die Straßenseite wechseln würde, doch Bertha, Hetty und Lisle schienen ihre Aufmerksamkeit mehr als angenehm zu finden. Als die Kapelle die ersten, disharmonischen Töne von ›A Hot Time in the Old Town Tonight‹ anschlug, erhoben sie sich alle drei, um zu tanzen, und überließen Sarah ihren Beobachtungen.

Stunden später beobachtete Sarah immer noch. Sie hatte sich ein Bier gekauft und dabei die mitleidigen

Blicke ignoriert, die der Kellner und die anderen Frauen an der Theke ihr zuwarfen. Die wenigen Männer, die zu betrunken waren, um ihr fortgeschrittenes Alter zu bemerken, hatte sie abgewiesen. Sie war in der Tat eine Generation zu alt für diese Veranstaltung. Sie war wahrscheinlich die einzige Frau im Saal, die über zwanzig war, und die meisten waren eher fünfzehn.

Die Männer waren im Großen und Ganzen älter, wahrscheinlich, weil ein Mann Geld brauchte, um bei den Mädchen Eindruck zu schinden, und weil junge Männer sich das nicht leisten konnten. Einige der Männer schienen sogar *sehr* viel älter zu sein. Und bei näherem Hinsehen stellte Sarah fest, dass die älteren auch sehr gut gekleidet waren. Auch wenn ihre Anzüge genauso geschmacklos waren wie die der anderen, waren sie von weitaus besserer Qualität, und sie saßen so, wie es nur ein Schneider zuwege brachte.

Als dann die Sonne unterging und es im Saal dunkler wurde, verstand Sarah langsam, was wohlhabende Männer in einem Tanzsaal der Arbeiterklasse wollten. Und als sie es verstanden hatte, schämte sie sich für ihre Naivität.

Die Tanzmusik war nur ein Vorwand, um die Leute zum Trinken hierher zu locken. Die Kapelle spielte eine Nummer und machte dann zehn Minuten Pause, in der jedermann sich an die Theke begab, um sich die Kehle zu befeuchten. Die Leute verbrachten viel mehr Zeit beim Trinken als beim Tanzen, und wenn die Mädchen dann betrunken wurden, begannen die Männer, das auszunutzen. Oder vielleicht gestatteten die Mädchen es ihnen auch einfach.

Die offensichtlichste Folge dieses Verlustes aller Hemmungen war der Tanzstil, der immer wilder wurde. Mehrere Paare waren in einem Tanz begriffen, von dem Sarah hörte, wie ihn jemand als ›Balztanz‹ bezeichnete. Die Frau stand stocksteif da, den linken Arm von sich gestreckt, und der Mann glitt an ihre Seite, bis sein Kinn ungeachtet ihres Größenunterschiedes auf ihrer Schulter lag. Auch sie legte ihr Kinn auf seine Schulter, und dann begannen sie, sich im engstmöglichen Kreis zu umrunden, ihre Körper im Rausch sexueller Erregung miteinander verschlungen. Als versetzte dieser Anblick sie in Glut, stahlen sich andere Paare in die dunklen Winkel des Tanzsaales zurück, um sich auf eine Weise zu küssen und anzufassen, wie Sarah es noch nie in der Öffentlichkeit gesehen hatte.

Sie hatte Hetty und Bertha aus den Augen verloren und fürchtete, dass sie der Versuchung erlegen waren, die ihre Partner ihnen boten. Lisle war noch auf der Tanzfläche, doch sie leistete dem Mann nur noch anstandshalber Widerstand, während er seine Hände für Dinge benutzte, die man an der Tanzakademie, die Sarah als junges Mädchen besucht hatte, nicht gelehrt hatte. Lisle warf ihr quer durch den Raum einen Blick zu, und Sarah begriff plötzlich, dass das Mädchen sich vergewisserte, ob Sarah sie beobachtete. Sie hatte das unangenehme Gefühl, dass Lisle ihren gespielten Widerstand aufgeben würde, wenn sie nicht hier wäre.

Dieser ganze Abend war für sie Zeitverschwendung gewesen, und noch dazu eine unerfreuliche. Angesichts der Dinge, die sie hier gesehen hatte, wurde sie von Bestürzung und Mitleid mit der Verzweiflung überwältigt, die die jungen Mädchen an einen Ort wie diesen hier trieb und sie dazu brachte, sich der Entwürdigung und Schlimmerem hinzugeben, um an dem zweifelhaften Vergnügen männlicher Aufmerksamkeiten teilzuhaben.

Es war Zeit zu gehen. Ihre Anwesenheit brachte ihre Begleiterinnen in Verlegenheit, und Gerdas Mörder würde sie hier mit Sicherheit nicht finden. Was hatte sie nur auf den Gedanken gebracht, dass es so einfach sein würde? Sie musste aufpassen, dass Malloy niemals von dieser Dummheit erfuhr, sonst würde er sie bis in alle Ewigkeit damit aufziehen.

Während Sarah noch überlegte, ob es anständig – und klug – sein würde, einfach zu gehen, ohne ihren Begleiterinnen Bescheid zu sagen, verklangen die letzten, scheppernden Töne von ›Ta-Ra-Ra Boom-De-Ay‹, und Lisle kam zum ersten Mal seit über einer Stunde zum Tisch zurück. Ihr Partner war ihr dicht auf den Fersen – halb aufgebracht und halb flehend versuchte er, sie dazu zu bewegen, mit ihr an der Theke etwas trinken zu gehen.

»Ich brauche mir deine Frechheiten nicht gefallen zu lassen, Billy«, informierte Lisle ihn, und diesmal war die Farbe auf ihren Wangen echt. Ihr Rouge war schon lange vom Schweiß abgewaschen. »Ich gehe.«

»Seit wann bist du so wählerisch?«, wollte Billy wissen. »Ich weiß doch, woher du deinen Hut hast. Die bekommt man bei George aber nicht umsonst!«

»Halt den Mund!«, schnappte Lisle, ohne ihn auch nur anzusehen. Sie hatte jetzt den Tisch erreicht.

»Macht es Ihnen etwas aus, wenn wir jetzt gehen?«, sagte sie zu Sarah.

Sarah war augenblicklich auf den Beinen, froh über eine Entschuldigung, diesem Irrenhaus zu entkommen.

»Sollten wir Bertha und Hetty nicht suchen?«, fragte sie, während sie ihre Sachen an sich nahm.

»Sie finden schon nach Hause«, sagte Lisle und setzte sich in Bewegung. Sarah musste sich beeilen, um mit ihr mitzuhalten, aber dennoch hatte Lisle keine Chance gegen Billy, der ihr immer noch seine Argumente vortrug.

»Sei doch nicht so, Lisle. Ich habe dir doch gesagt, Freitag ist Zahltag. Ich kaufe dir etwas Schöneres als einen Hut! Wie wäre es mit Schmuck?«

Lisle gab vor, ihn nicht zu hören, doch als sie sich

nach Sarah umsah, war ihr Gesicht im rauchigen Licht des Tanzsaales puterrot.

»Ich will nichts von dir haben, Billy. Such dir ein anderes Mädchen.«

Billy gab eine Obszönität von sich, die Sarah den Atem verschlug, und sie stellte fest, dass ihr das Herz bis zum Halse schlug. Dies war genau die Szene, die in ihrer Vorstellung zu Gerdas Tod geführt hatte. Ein junger Mann, wütend über den Korb, folgt ihr und wartet auf eine Gelegenheit, sie zu …

Aber Billy folgte ihnen nicht weiter. Er hatte auf dem Absatz kehrt gemacht und suchte sich wahrscheinlich schon eine leichtere Beute. Und der Saal war ja tatsächlich voll von jungen Frauen, die mehr als bereit waren, seine Aufmerksamkeiten über sich ergehen zu lassen. Warum sollte er sich weiter abweisen lassen, wenn er doch höchstwahrscheinlich innerhalb von Minuten bei einer anderen Erfolg haben konnte?

Auch als sie die Straße erreichte, blieb Lisle nicht stehen, um auf Sarah zu warten. Sie schob sich durch die Gruppe der Betrunkenen, die immer noch am Fuß der Treppe herumlungerten, und war schon einen halben Häuserblock weiter, als Sarah sie einholte.

»Warten Sie, Lisle, Sie brauchen doch nicht so zu rennen!«, rief Sarah, und endlich blieb das Mädchen stehen. Lisles schlanke Gestalt schien vor Wut zu glühen, als sie wartend auf dem Gehsteig stand. Sie stampfte ungeduldig mit dem Fuß auf und sah auch Sarah nicht an.

Sarah konnte nicht widerstehen und blickte hinter sich, um zu sehen, ob ihnen jemand folgte, doch es schien niemanden zu interessieren, dass sie den Tanzsaal hinter sich ließen.

»Kommen Sie, ich begleite Sie nach Hause«, sagte Sarah und griff sanft nach Lisles Arm.

Lisle seufzte auf. Die Wut wich von ihr, und jetzt sah

sie sehr jung und extrem verletzlich aus. Sarah musste das Bedürfnis unterdrücken, sie zu umarmen.

»Dieser Billy«, sagte sie angewidert und traurig zugleich.

Sie gingen weiter, und Sarah wartete eine Weile, damit Lisle sich ein wenig beruhigen konnte. Schließlich ergriff sie das Wort.

»Sie hatten Recht damit, dass es Zeitverschwendung sein würde. Ich weiß auch nicht, wie ich darauf gekommen bin, dass wir Gerdas Mörder auf diese Weise finden könnten.«

Lisle sah mit argwöhnischem Gesicht zu ihr herüber.

»Sie haben nicht so ausgesehen, als hätten Sie sich besonders amüsiert.«

»Ich bin auch nicht dort gewesen, um mich zu amüsieren«, erinnerte Sarah sie. »Sie haben sich am Ende doch auch nicht sehr amüsiert. Mögen Sie Billy nicht?«

»Er war ziemlich ... dreist«, gab Lisle zu.

Sarah wies sie nicht darauf hin, dass dies auf alle Männer im Saal zutraf und sie selbst zu dem Schluss gekommen war, dass es bei derartigen Veranstaltungen um nichts anderes ging, als sich Dreistigkeiten herauszunehmen oder gefallen zu lassen. Sie gingen noch ein Stück weiter über die Vierzehnte Straße, bevor Sarah ihre nächste Frage stellte.

»Wer ist George?«

Lisles Kopf fuhr hoch und ihr Gesicht trug jetzt einen ängstlichen Ausdruck.

»Niemand. Er ist einfach ... Er ist einfach nur ein Bekannter.«

»Hat er Ihnen einen Hut geschenkt?«

Lisle kniff die Lippen zusammen.

»Hören Sie nicht auf das, was Billy sagt. Er weiß nicht, wovon er redet.«

Sarah wartete ein paar Sekunden, bevor sie weitersprach.

»Jemand hat Gerda kurz vor ihrem Tod einen Hut geschenkt. War es George?«

»Hätte sonst wer sein können«, sagte Lisle defensiv.

»Aber wenn es George *war*, sollte die Polizei vielleicht mit ihm sprechen. Herausfinden, wo er in der Nacht war, als Gerda gestorben ist. Wer ist denn dieser George?«

Zuerst glaubte Sarah, dass Lisle nicht antworten würde. Dann begriff sie, dass das Mädchen seine Worte sehr sorgfältig abwägte.

»Er … er ist ein Handlungsreisender. Für Damenartikel.«

»Und er macht Mädchen Geschenke?«

Lisle schien zusammenzuzucken.

»Er ist sehr großzügig«, gab sie zu, obwohl dieses Eingeständnis sie zu schmerzen schien.

»Sie meinen, er ist Mädchen gegenüber großzügig, die ihm gegenüber auch großzügig sind«, verbesserte Sarah.

»Es ist nicht das, was Sie denken!«, beharrte Lisle.

»Woher wissen Sie denn, was ich denke?«, fragte Sarah.

»Wir sind keine Huren!«, sagte Lisle. »Wir nehmen kein Geld!«

»Lisle, ich habe nicht …«, versuchte Sarah es, aber Lisle ignorierte sie.

»Es ist keine Hurerei, wenn man kein Geld nimmt!«

»Lisle, ich habe nicht vor, Sie zu verurteilen«, versicherte Sarah ihr. »Ich versuche nur herauszufinden, wer Gerda umgebracht haben könnte, bevor er noch jemanden umbringt, und je mehr ich über sie weiß, umso leichter wird das sein.«

Lisle sagte eine ganze Weile nichts mehr. Sie näherten sich jetzt dem St. Mark's Place. Sarah hatte nicht mehr viel Zeit, denn Lisle würde bald zu Hause sein. Sie setzte alles auf eine Karte.

»Lisle, Sie wissen, dass Sie gefährlich leben, wenn Sie das tun. Sie könnten schwanger werden. Sie könnten sich an einer Krankheit anstecken.«

»Und Sie glauben, das weiß ich nicht? Aber wie können wir sonst an etwas Nettes kommen? Wissen Sie, wie viel ich bei Faircloth' verdiene? Sechs Dollar in der Woche, mehr nicht! Und die würde meine Familie ganz kassieren, wenn ich sie ließe! So lassen sie mich einen oder zwei Dollar behalten. Damit muss ich auskommen, und ich muss auf mein Mittagessen verzichten oder zu Fuß nach Hause gehen, anstatt die Straßenbahn zu nehmen, damit ich es mir leisten kann, tanzen zu gehen.«

Sarah statuierte im Kopf ein Rechenexempel. Das letzte Kostüm, das sie sich gekauft hatte, hatte sieben Dollar und fünfzig Cent gekostet. Auf wie viele Mittagessen und Bahnfahrten musste ein Mädchen wie Lisle wohl verzichten und wie lange musste es wohl sparen, bis es sich neu einkleiden konnte? Selbst ein paar Dollar für einen Hut oder eine Bluse mussten ihm ein großes Opfer abverlangen.

Jetzt verstand Sarah eine weitere Grundwahrheit über den Tanzabend, den sie gerade besucht hatte. Die Männer waren offensichtlich um sexueller Gefälligkeiten willen dort, und Sarah hatte angenommen, dass die Mädchen ihnen diese im Austausch für ein wenig Aufmerksamkeit erwiesen. Sie hatte sich nie träumen lassen, dass es hier noch um mehr ging.

Sowohl Gerda als auch Lisle hatten wahrscheinlich Sex gegen einen Hut von dem Mann namens George eingetauscht.

»Was für ein Mann ist er? Dieser George, meine ich.«

Lisle zuckte mit einer Achsel.

»Er ist schon ganz nett, denke ich. Amüsiert sich gern. Ist sich nie zu schade, ein paar Dollar springen zu lassen, um ein Mädchen anständig auszuhalten.«

»Neigt er zum Jähzorn?«

Lisle sah sie herablassend an.

»Alle Männer werden jähzornig, wenn eine Frau nein zu ihnen sagt. Wissen Sie denn gar nichts?«

Sarah beschloss nicht zu erwähnen, dass ihr Mann Tom zumindest eine Ausnahme von dieser Regel gewesen war. Wahrscheinlich würde Lisle es ihr sowieso nicht glauben.

»Aber glauben Sie, dass dieser George gewalttätig werden würde? Gehört er zu der Sorte Mann, die ...«

»Die Gerda umgebracht haben könnte?«, fragte Lisle finster. »Ich habe keine Ahnung. Wer weiß, wozu ein Mann in der Lage ist, wenn eine Frau ihn weit genug treibt?«

»Kann es sein, dass Gerda zu weit gegangen ist?«

»Gerda hat die Männer gern verrückt gemacht«, räumte Lisle nach kurzem Zögern ein. »Sie hatte es gern, wenn sie sie angebettelt haben. Das können viele Männer nicht leiden.«

»Aber ist so etwas denn nicht gefährlich?«, fragte Sarah und begriff augenblicklich, wie dumm diese Frage war. Natürlich war es gefährlich. Gerda war tot.

»Ich meine, haben Sie es auch so gemacht? War Billy deshalb wütend?«

Dieses Thema behagte Lisle nicht.

»Ich bin nicht so wie Gerda. Ich mag kein Theater. Ich ... ich mag einfach nur hübsche Sachen.«

Sie hatten den St. Mark's Place erreicht und wandten sich dem Tompkins Park zu. Die Straßen waren längst nicht so verlassen, wie sie es um diese Nachtzeit hätten sein sollen. Viele Leute schliefen auf den Feuertreppen oder vor den Haustüren, weil es so heiß war. Andere lehnten sich aus ihren Fenstern oder hatten sich dort hingesetzt, wo sie Platz fanden, und versuchten, jeden Luftzug zu erhaschen, der sich regte.

Lisle wohnte ein paar Häuserblocks weiter in einer

der Mietskasernen. Sarah fiel wieder ein, wie wenig sie über das Mädchen wusste.

»Wohnen Sie bei Ihrer Familie, Lisle?«

»Bei meiner Mutter und meinem Stiefvater.«

»Sie mögen ihn nicht besonders gern«, erriet Sarah an ihrem Tonfall.

»Ich hasse ihn«, sagte Lisle erstaunlich wenig hasserfüllt. Es war einfach nur eine Tatsache, die zu ihrem Leben gehörte.

»Ich nehme an, er sieht es nicht gern, wenn Sie tanzen gehen.«

»Er hat nichts dazu zu sagen. Ich habe ihm erklärt, dass ich ausziehe, wenn er Schwierigkeiten macht. Ich habe ein paar Freundinnen, bei denen ich wohnen könnte. Dann bekäme er mein Geld nicht mehr. Daraufhin hat er nichts mehr erwidert.«

»Könnten Sie das wirklich? Allein leben, meine ich?«

Lisle machte ein Geräusch des Abscheus. »Kaum. Nicht von sechs Dollar die Woche, selbst wenn wir uns zu dritt ein Zimmer teilen. Das weiß er aber nicht, also lässt er mich in Ruhe.«

Die Trostlosigkeit, die Lisles Existenz erfüllte, bedrückte Sarah, vor allem, wenn sie an Gerda und die anderen toten Mädchen dachte. Deren Lebensumstände waren genauso trostlos und hoffnungslos gewesen.

»Was haben Sie für Pläne, Lisle? Was werden Sie mit Ihrem Leben anfangen?«

Lisle blickte überrascht auf, als hätte ihr noch nie jemand eine solche Frage gestellt.

»Ich weiß es nicht«, sagte sie Sekunden später. »Ich suche mir einen soliden Kerl, nehme ich an, und dann heiraten wir.«

Dann würden die Babys kommen, viel zu viele, viel zu schnell, und die zerbrechliche Lisle würde vorzeitig altern. Vielleicht würde sie auch gar nicht überleben. Das Leben war hart für Mädchen wie sie, und ihnen standen nicht viele Möglichkeiten offen. Überleben war alles, worauf sie hoffen konnten. Von Glück träumten sie nicht einmal.

Sarah wusste, dass sie Lisles Schicksal nicht ändern konnte, doch sie fühlte sich gedrängt, sie trotzdem zu warnen.

»Seien Sie vorsichtig, Lisle. Es gibt gute Männer. Geben Sie sich nicht mit weniger zufrieden.«

Lisle warf ihr einen unergründlichen Blick zu, und Sarah wusste nicht, wie sie den Ratschlag aufgenommen hatte. Wahrscheinlich gar nicht, doch Sarah hatte es wenigstens versucht.

Lisle verlangsamte ihren Schritt und zeigte damit an, dass sie ihr Elternhaus erreicht hatten. Ein paar Kinder schliefen auf einer Decke auf dem Gehsteig vor dem Haus, und eine alte Frau hockte auf den Eingangsstufen und starrte blicklos in die Dunkelheit. Lisle schaute nach oben, anscheinend, um die Fenster der Wohnung ihrer Familie zu überprüfen.

»Sieht so aus, als könnte ich ungefährdet hineingehen. Kein Licht. Sie schlafen wohl.« Sie lächelte schwach im Schein der Gaslaterne.

»Danke, dass Sie mich mitgenommen haben«, sagte Sarah. »Ich hoffe, ich habe Ihnen nicht den Abend verdorben.«

»Morgen ist auch noch ein Tag«, sagte Lisle philosophisch.

»Das hat Gerda auch gedacht«, rief Sarah ihr sanft ins Gedächtnis. »Gehen Sie keine unüberlegten Risiken ein.«

Lisle lächelte sacht und schüttelte den Kopf, als könnte sie gar nicht glauben, dass Sarah es ernst meinte.

»Gute Nacht, Mrs. Brandt.«

Sarah wartete, bis sie im Haus verschwunden war. Sie warf einen Blick auf die alte Frau, doch diese hatte sich nicht bewegt, und Sarah begriff, dass sie schlief. Sie saß kerzengerade da und schlief. Wahrscheinlich passte sie auf die Kinder auf.

Sarah überließ sie dem Schlaf und machte sich auf den Weg am St. Mark's Place vorbei, zu ihrem eigenen Haus in Greenwich Village.

Sarah wusste nicht genau, was sie zu Agnes Otto sagen sollte. Die frischgebackene Mutter lag immer noch im Bett, ganz wie Sarah es empfohlen hatte, und Sarah vermutete, dass sie mindestens genauso sehr unter ihrer Trauer litt wie an den Anstrengungen der Geburt. Als Sarah am Tag nach dem Tanz bei ihr eintraf, waren ihre Augen rot gerändert, so als hätte sie geweint.

»Mrs. Brandt, wissen Sie irgendetwas über meine Gerda? Hat die Polizei Ihnen etwas gesagt?«, fragte sie begierig.

»Ich habe mit meinem Freund gesprochen, aber er hat mir noch nichts gesagt. Die Polizei ermittelt wahrscheinlich noch«, fügte sie hinzu, wohl wissend, dass es wahrscheinlich gelogen war, doch sie wollte Agnes nicht mehr wehtun als nötig.

»Wie geht es Ihnen denn?«

Agnes ließ den Kopf auf dem Kissen zur Seite sinken, und sie schloss die Augen, denn ihr kamen erneut die Tränen.

»Ich weine ohne Unterlass. Ich kann gar nicht aufhören«, sagte sie.

Das Baby schlief neben ihr auf dem Bett, trotz der Hitze dick eingepackt, und Sarah wickelte es vorsichtig aus. Die Arme und Beine des Babys waren immer noch spindeldürr, und als sie es in die Haut kniff, sprang diese nicht wie erwartet zurück.

»Wie oft füttern Sie das Baby?«, fragte Sarah.

Agnes machte eine vage Geste. »Immer, wenn es weint.«

»Es gedeiht nicht. Es müsste schon mehr zugenommen haben, und es ist dehydriert … es bekommt nicht genug zu trinken«, erklärte Sarah, als sie Agnes' alarmierten Gesichtsausdruck sah. »Vielleicht ist sie ja einfach ein liebes Baby, das nicht oft genug aufwacht. Sie müssen sie auch dann füttern, wenn sie nicht weint. Alle zwei oder drei Stunden. Hören Sie auf den Glockenschlag und füttern Sie sie dann.«

Die Ottos besaßen selbst wahrscheinlich keine Uhr, doch die Stadt war voller öffentlicher Uhren, nach denen die Leute ihr Leben ausrichteten.

»Wecken Sie sie auf, wenn es sein muss.«

Sie konnte Agnes' Verzweiflung sehen. Sarah stellte Anforderungen an sie, und sie glaubte, sie nicht erfüllen zu können.

»Vielleicht könnte eine Ihrer Nachbarinnen Ihnen ja helfen, daran zu denken«, schlug Sarah vor.

»Sie tun doch schon genug«, sagte Agnes. »Sie kümmern sich um meine Kinder und bringen uns jeden Abend etwas zu essen. Ich kann nicht noch mehr von ihnen verlangen.«

Sie vielleicht nicht, doch Sarah hatte keine Angst davor, nicht, wenn es das Leben dieses Babys retten konnte.

Sarah beendete ihre Untersuchung von Mutter und Kind, und als sie dann vom Bett zurücktrat, stolperte sie beinahe über eine kleine Holzkiste, die auf dem Boden stand.

»Oh, das sind Gerdas Sachen«, sagte Agnes, und wieder stiegen ihr die Tränen in die Augen. »Alles, was von ihr übrig ist.«

Der Deckel hatte sich gelöst, und Sarah benutzte das als Entschuldigung, sich hinzuknien und einen Blick in die Kiste zu werfen. Dabei kam ihr ein Gedanke.

»Hat Gerda ein Tagebuch geführt?«

Auf diese Weise hatten sie und Malloy am Ende den

ersten Mord aufgeklärt, in dem sie zusammen ermittelt hatten. Das Opfer hatte sie mit seinen eigenen Worten, die es in einem Tagebuch niedergeschrieben hatte, zu dem Mörder geführt.

Agnes fand die Idee an sich schon lächerlich. »Nein. Warum hätte sie so etwas tun sollen?«

Natürlich, dachte Sarah. Das hätte ihnen die Suche nach ihrem Mörder viel zu sehr erleichtert. Vorausgesetzt sie hatte ihren Mörder vor dieser Nacht überhaupt gekannt.

Sarah tat so, als packte sie die Gegenstände sorgfältig wieder in die Kiste, während sie sie in Wirklichkeit nach Hinweisen absuchte. Doch sie fand nicht viel Interessantes. Nur ein paar Glasperlenketten, ein Taschentuch mit zerrissener Spitze und dort, ganz unten, eine Fotomappe. In der Erwartung, ein Bild des toten Mädchens zu sehen, öffnete Sarah die billige Mappe. Stattdessen fand sie ein Foto, das eine Gruppe von Leuten in einem Boot darstellte, die alle zu schreien schienen.

Verwirrt blickte sie Agnes an und hoffte auf eine Erklärung.

»Da ist Gerda. Da in der ersten Reihe«, sagte diese und wies mit dem Finger darauf.

Sarah schaute noch einmal hin und erkannte Gerda Reinhard. Sie saß neben einem jungen Mann, der eine Melone trug. Er hatte den Arm um sie gelegt, und ihre Angst war offensichtlich nur gespielt.

»Wo ist es aufgenommen worden?«

»In diesem Park, wie heißt er noch? Er ist auf einer Insel …«

»Coney Island?«, fragte Sarah und sah sich das Foto noch einmal an.

»Ja. Gerda hat gesagt, da gibt es diese Wildwasserbahn. Das Boot fährt einen … einen Hügel hinunter, und bei der Landung spritzt es heftig.«

»Und dabei wird es fotografiert?« Sarah wusste, dass

das nicht stimmen konnte. Es war absolut notwendig, dass die Objekte einer Fotografie ganz still saßen. Daher war es unmöglich, ein Bild von einem Fahrgeschäft in einem Vergnügungspark zu machen.

»Ja«, sagte Agnes, »aber nicht während der Fahrt.« Sie suchte nach den richtigen Worten, um es Sarah zu erklären.

»Es gibt dort ein Spezialboot. Dieses da«, fügte sie hinzu und wies auf das Bild. »Man setzt sich hinein, und sie machen dann ein Bild. Die Leute im Boot tun nur so, als führen sie denn Hügel hinunter.«

»Oh, ich verstehe. Damit sie ein Souvenir von ihrem Abenteuer haben«, sagte Sarah und sah sich das Bild noch einmal genauer an.

»Kennen Sie den Mann, der neben Gerda sitzt?«

»Nein, wir kennen ihn nicht, und das hat Lars sehr wütend gemacht. Er sagt, Gerda sollte keine Fotografien mit Männern machen, die er nicht kennt.«

Sarah wünschte, Fotografien wären das Einzige gewesen, was Gerda mit diesen Männern gemacht hätte. Das war die geringste ihrer Sünden.

»Wenigstens haben Sie ein Bild von ihr«, sagte Sarah. »Zur Erinnerung.«

»Aber was für ein Bild«, jammerte Agnes und schloss erneut die Augen.

Sarah beendete diskret ihre Untersuchung des Kisteninhalts. Dann schloss sie vorsichtig den Deckel und stellte die Kiste an ihren Platz zurück. Vielleicht konnte sie Lisle und die anderen Mädchen fragen, ob sie den Mann auf dem Foto kannten, obwohl die Chance, dass er Gerdas Mörder war, wahrscheinlich verschwindend gering war.

»Das war der Tag, an dem sie die roten Schuhe bekommen hat«, murmelte Agnes. Ihre Augen waren immer noch geschlossen, sodass Sarah nicht genau wusste, ob sie sich angesprochen fühlen sollte.

»Gerda hat die roten Schuhe bekommen, als sie nach Coney Island gefahren ist?«, fragte sie.

Agnes nickte, ihr Gesicht eine Maske aus Schmerz. »Ganz kurz, bevor sie ...«

»Agnes, würde es Ihnen etwas ausmachen, wenn ich dieses Foto ein paar Tage ausborgen würde? Ich würde gern sehen, ob ich herausfinden kann, wer der Mann neben Gerda ist.«

Agnes riss die Augen auf und ihr Schmerz verwandelte sich augenblicklich in Schrecken.

»Glauben Sie, dass er es ist?«

»Das lassen wir besser die Polizei herausfinden«, sagte Sarah ausweichend.

Malloy würde stolz auf ihre Zurückhaltung sein. Sie würde dafür sorgen, dass er bald davon erfuhr.

4

Malloy besuchte sie am Nachmittag. Er hatte sich überlegt, dass dies wohl die beste Zeit wäre. Sie würde nicht versuchen, ihm etwas Essbares aufzuschwatzen, also würde er nicht allzu lange bleiben. Er brauchte ihr nur erzählen, was er über den Tod des deutschen Mädchens wusste, und dann würde er sie für immer los sein.

Eigentlich war es ein guter Plan. Warum hatte er nur dieses dumpfe Gefühl, es würde nicht ganz so einfach werden?

Als sie die Tür öffnete, wurde ihm klar, dass er ihr seinen Besuch hätte ankündigen sollen. Weil es so heiß war, hatte sie fast überhaupt nichts an. Nun, sie trug ein Kleid, doch ihre Arme waren entblößt, und das Kleid war so leicht, dass man ihre Figur deutlich erkennen konnte. Er wunderte sich, dass sie es für züchtig hielt. Er tat es jedenfalls nicht.

»Malloy«, sagte sie so, wie sie es immer tat, und lächelte. So, wie eine Katze lächelt, wenn sie an der Sahne genascht hat.

»Kommen Sie herein. Ich habe gerade Besuch von Mrs. Elsworth, meiner Nachbarin, aber sie wird uns sicher entschuldigen. Sie glaubt genau wie Ihre Mutter, dass uns mehr verbindet als ein gemeinsames Interesse an einem Mordfall, und sie wird uns nur allzu gern allein lassen.«

Sie fand das ganz offensichtlich amüsant. Malloy nicht.

Sie ließ ihm keine andere Wahl, als ihr hinaus in den Garten zu folgen. Dort saß die alte Frau von nebenan und fächelte sich mit dem aufwändigsten Fächer, den Frank je gesehen hatte, Luft zu. Bei seinem Anblick leuchtete ihr faltiges Gesicht vor Freude auf.

»Detective Sergeant Malloy. Mrs. Brandt hat mir gar nicht gesagt, dass sie Sie erwartet. Dann gehe ich jetzt besser, damit Sie sich in Ruhe unterhalten können«, sagte sie mit einem verschlagenen Grinsen.

»Das ist sehr freundlich von Ihnen, Ma'am«, erwiderte Frank und wünschte, er würde nicht so verlegen. Es gab doch gar keinen Grund dafür. Dieses Treffen war rein beruflicher Natur.

Die Alte verdrehte die Augen und sammelte ihre Sachen ein.

»Ich hätte wohl auf Mr. Malloy gefasst sein sollen. Mir ist nämlich heute eine Nadel zerbrochen. Und gestern habe ich drei Krähen auf einem Fleck gesehen.«

Mrs. Brandt lächelte geduldig.

»Heißt das, es kommt Besuch?«, fragte sie.

»O nein«, sagte Mrs. Elsworth selbstzufrieden. »Es bedeutet beides, dass es eine Hochzeit gibt. Ich bin jetzt weg. Schönen Nachmittag.«

Sobald die Alte durch das Törchen verschwunden war, das die beiden Gärten verband, ergriff Mrs. Brandt das Wort.

»Machen Sie doch nicht so ein erschrockenes Gesicht. Ihre Omen bewahrheiten sich nur sehr selten.«

»Ich habe doch gar nicht ...«, hob er an, dann fing er sich. Er würde sich nicht in ein Gespräch über *dieses* Thema verwickeln lassen. Er räusperte sich.

»Ich habe mich mit dem Detective unterhalten, der im Fall des toten Mädchens ermittelt«, sagte er stattdessen. Er ging mit Recht davon aus, dass er sie so auf andere Gedanken bringen würde.

»Setzen Sie sich und erzählen Sie mir alles«, sagte Sarah begierig. »Ich habe auch ein paar Dinge herausgefunden.« Sie nahm sich den anderen Stuhl und machte sich daran, ihm aus einem Krug eine Limonade einzuschenken.

»Ziehen Sie doch Ihr Jackett aus. Es ist wieder so heiß heute.«

Frank erwägte kurz, ihrer Einladung Folge zu leisten. Ihm war tatsächlich sehr warm, doch er wollte keinen zu vertrauten Umgang mit Sarah Brandt pflegen. Seine Bekanntschaft mit ihr würde ja nicht mehr besonders lange dauern. Außerdem war sein Hemd wahrscheinlich furchtbar zerknittert.

Doch er setzte sich hin und trank die Limonade, die sie ihm anbot. Dann zog er sein Taschentuch hervor und wischte sich die Stirn ab. Und er erlaubte es sich, einen Augenblick lang den kühlen Schatten ihres Gartens und den süßen Duft ihrer Blumen zu genießen. Aber nur einen Augenblick lang.

»Billy Broughan ermittelt in dem Fall«, begann er.

Sie nickte. »Ich erinnere mich an ihn. Ich habe einmal versucht, ihn zu überreden, mir zu verraten, wo Sie wohnen, aber er hat sich geweigert. Wenn ich mich recht entsinne, hat er gesagt, er sei nicht lebensmüde.«

»Genau der«, bestätigte Frank.

»Taugt er etwas? Als Polizist, meine ich?«

»Wenn er nüchtern ist.«

»Was nicht allzu oft vorkommt, nehme ich an.«

Damit hatte sie Recht. Doch das brauchte er ihr nicht zu sagen.

»Er sagt, das Mädchen ist jeden Abend tanzen gegangen. Sie ist mit ständig wechselnden Männern ausgegangen. Hatte keinen festen Freund, deshalb ist auch nicht zu sagen, mit wem sie an diesem Abend zusammen war.«

»Sogar ihre Freundinnen, mit denen sie in der Harmony Hall war, wissen es nicht«, sagte sie bestätigend.

Er sah sie überrascht an. »Harmony Hall?«

»Ein Tanzsaal in der Vierzehnten Straße, über einem Saloon. Da ist sie in der Mordnacht tanzen gewesen.«

»Wenn Sie das alles wissen, wozu brauchen Sie mich dann überhaupt?« Er war verärgert, obwohl er wusste, dass es keinen vernünftigen Grund dafür gab.

»Weil ich es noch nicht wusste, als wir uns das letzte Mal gesehen haben. Ich bin Gerdas Freundinnen auf ihrer Beerdigung begegnet, und sie haben mir das alles erzählt. Aber die Polizei hat doch bestimmt noch sehr viel mehr über sie in Erfahrung gebracht. Was hat man sonst noch herausgefunden?«

»Nichts«, gab Malloy zögernd zu. »Das mit der Suche nach ihrem Mörder können Sie gleich vergessen. Niemand wird sich die Mühe machen, Ermittlungen anzustellen.«

»Die Polizei hat also schon aufgegeben?«, fragte sie entrüstet.

»Ich habe Ihnen doch gesagt, dass es unmöglich ist, den Mörder zu finden. Es gibt einfach zu viele Möglichkeiten.«

»Was, wenn ich Ihnen helfen könnte, die Zahl der Verdächtigen drastisch zu reduzieren?«, fragte sie.

Ihr Gesichtsausdruck gefiel Frank überhaupt nicht.

»Wie denn?«

»Jemand hat Gerda kurz vor ihrem Tod einen Hut

geschenkt. Sein Name ist George, er ist oft bei Tanzveranstaltungen anzutreffen, und er verkauft Damenartikel. Ein anderer Mann hat ihr die roten Schuhe geschenkt, ein Mann, der mit ihr in Coney Island war, und ich habe eine Fotografie von ihm. Warten Sie. Ich hole sie.«

Frank fühlte sich, als hätte man ihm einen Knüppel vor den Kopf geschlagen. Wie in aller Welt kam sie an eine Fotografie des mutmaßlichen Mörders?

Bevor er noch Zeit hatte, sich eine mögliche Antwort auszudenken, war sie wieder da. Sie reichte ihm eine billige Mappe aus Pappkarton, wie die Fotografen sie benutzten. Er schlug sie auf und blickte auf die seltsamste Fotografie, die er je gesehen hatte.

»Ist das eine Art Boot?«

»Es ist ein Fahrgeschäft im Sea Lion Park.«

»Sea Lion *was*?«

»Sea Lion Park. Das ist ein Vergnügungspark auf Coney Island. Sie müssen doch schon davon gehört haben.«

Frank grunzte ausweichend.

»Der Beschreibung von Gerdas Schwester nach, ist es wohl ein Bild von der Wildwasserbahn. Ich habe in der Zeitung davon gelesen, als der Park eröffnet wurde. Die Boote fahren durch Wasser gefüllte Rinnen. Sie werden einen steilen Hang hochgezogen und rutschen dann wieder nach unten. Schließlich landen sie in einem Teich.«

Frank sah sich das Foto noch einmal an und versuchte sich vorzustellen, was sie ihm beschrieb.

»Und dies ist das Boot?«

»Soweit ich es verstehe, ist es eine Kopie des Bootes. Ein Fotograf lässt die Leute so posieren, als seien sie auf dem Fahrgeschäft. Sehen sie, wie sich alle ängstlich stellen? Und danach kaufen sie die Fotografie als Souvenir.«

»Und Sie glauben, der Kerl neben ihr hat ihr die roten Schuhe gekauft?«

»Es ist zumindest möglich. Ihre Schwester sagt, sie hätte sie an diesem Tag in Coney Island bekommen.«

Frank betrachtete die Fotografie genauer.

»Tja, selbst wenn dieser Kerl ihr die Schuhe gekauft hat, beweist das doch noch gar nichts, oder?«

Sie runzelte die Stirn.

»Daran habe ich gar nicht gedacht.«

Frank warf ihr einen Blick zu, der ihr sagte, dass dies der Grund war, warum sie kein professioneller Ermittler war, und das gefiel ihr gar nicht.

»Wenn sie am selben Tag ermordet worden wäre, an dem sie die Schuhe bekommen hat, hätten Sie vielleicht eine Spur. *Wenn*«, fügte er hinzu, »Sie diesen Kerl überhaupt anhand der Fotografie identifizieren könnten. Sie zeigt sein Gesicht nicht besonders deutlich. Der Schatten seiner Hutkrempe verdeckt es zur Hälfte.«

Sie nahm ihm die Fotografie aus der Hand und betrachtete sie noch einmal sehr genau.

»Wenn er ein Bekannter von Ihnen wäre, würden Sie ihn bestimmt erkennen.«

»Das ist er aber nicht«, sagte Frank. »Von Ihnen vielleicht?«

»Gerdas Freundinnen kennen ihn bestimmt.« Sie klang so, als sei sie vollkommen davon überzeugt, was in Frank den Verdacht weckte, dass dies ganz und gar nicht der Fall war.

»Und wenn es so ist, werden Sie ihn dann einfach aufsuchen und fragen, ob er das Mädchen umgebracht hat?«

Sie bekam seinen Sarkasmus gar nicht mit.

»Ich glaube, dass es eine bessere Idee wäre herauszufinden, ob die anderen ermordeten Mädchen ihn auch gekannt haben.«

»Welche anderen Mädchen denn?«

»Ich weiß ihre Namen nicht, aber es sind noch drei

Mädchen aus diesem Viertel auf dieselbe Weise wie Gerda ermordet worden.«

»Erschlagen worden, meinen Sie?« Frank wurde beklommen zumute.

»Ja, und diese Morde sind ebenfalls nicht aufgeklärt worden. Meiner Meinung nach ist es sehr wahrscheinlich, dass es sich dabei um ein und denselben Mann handelt. Wenn Sie sich in ihrem Freundeskreis umhören würden, könnten Sie bestimmt herausfinden, ob die Mädchen gemeinsame Bekannte hatten, und ...«

Frank hörte ihr nicht länger zu. Ihm kam ein Fall in den Sinn, in dem er letzten Winter ermittelt hatte. Das Mädchen stammte ebenfalls aus dem deutschen Viertel am Tompkins Park, und auch auf sie hatte man eingeschlagen, bis ihr Gesicht so gut wie zerschmettert war. Sie hatten sie anhand ihrer Kleidung und eines Muttermals auf ihrem Rücken identifiziert. Ihr Tod hatte niemanden sonderlich gekümmert, mit Ausnahme ihrer Familie natürlich. Doch diese entstammte der Arbeiterklasse und konnte kein Geld entbehren. Auch sie war ein Mädchen gewesen, das oft tanzen ging, und Frank hatte schnell begriffen, dass es so gut wie unmöglich sein würde, den Mann zu finden, der sie umgebracht hatte. Er hatte sich anderen Dingen zugewandt, und jetzt konnte er sich nicht einmal mehr an ihren Namen erinnern.

Warum hatte ihm niemand gesagt, dass sie nicht die Einzige war?

»Wann sind diese Mädchen umgekommen?«

»Ich weiß es nicht. Ich hätte mich wohl danach erkundigen sollen, aber ich dachte, Sie wüssten davon.«

»Ich bin nicht der einzige Detective Sergeant bei der New Yorker Polizei«, rief er ihr mit mehr Schärfe ins Gedächtnis, als sie verdiente. »Ich brauche nicht über Fälle Bescheid wissen, an denen ich nicht arbeite.«

Sie war nicht verletzt. Dazu war sie viel zu erstaunt.

»Dann kann also niemand auf die Idee kommen, dass

es möglicherweise eine Verbindung zwischen diesen vier Todesfällen gibt?«

»Das steht doch noch gar nicht fest«, sagte er.

Diesmal sah sie ihn herablassend an.

»Erwarten Sie, dass ich glaube, dass im Lauf der letzten paar Monate vier verschiedene Männer vier verschiedene, junge Frauen aus demselben Viertel zu Tode geprügelt haben?«

»Es könnte so sein«, sagte er, doch klang das selbst in seinen Ohren nicht überzeugend.

Sie lächelte honigsüß.

»Wenn Sie so naiv sind, dann muss ich wohl dafür sorgen, dass Sie sich vom Glücksspiel fernhalten, wenn wir in Coney Island sind, nicht wahr?«

»Was?« Frank war überzeugt, sie missverstanden zu haben.

»Ich finde, wir sollten nach Coney Island fahren, Sie nicht?«, fragte sie. »Wir können uns umsehen und die Leute befragen und uns einen Eindruck von dem verschaffen, was dort draußen vor sich geht. Vielleicht können wir herausbekommen, wie Gerda diesem Kerl begegnet ist. Vielleicht finden wir ja sogar jemanden, der ihn anhand der Fotografie erkennt. Zumindest sollte es uns gelingen herauszufinden, woher sie die Schuhe hat. Vielleicht erinnert sich jemand daran, wer sie ihr gekauft hat.«

»Für diesen Fall bin ich nicht zuständig«, erinnerte er sie, obwohl ihn sein Gewissen plagte. Für den Fall des namenlosen Mädchens, das letzten Winter gestorben war, war er zuständig gewesen. Hätte er ihn gelöst, könnte diese Gerda vielleicht noch leben.

»Aber *ich* bin dafür zuständig«, sagte sie. »Und Sie werden mir helfen. Als Freund«, fügte sie hinzu und nippte an ihrer Limonade.

Als er nicht antwortete, ergriff sie noch einmal das Wort.

»Habe ich Ihnen schon gesagt, dass ich Dr. Broadstreet eine Mitteilung geschickt habe? Das ist der Chirurg, von dem ich Ihnen erzählt habe und von dem ich glaube, dass er Brian vielleicht helfen kann.«

Die Limonade, die noch vor einem Augenblick so erfrischend gewesen war, fühlte sich jetzt wie Säure in seinem Magen an. Er hasste es, jemandem etwas zu schulden, und jedes Mal, wenn er Sarah Brandt sah, stand er tiefer und tiefer in ihrer Schuld.

»Mrs. Brandt, Sie vergeuden Ihr Talent. Sie hätten Verbrecherin werden sollen.«

»Verbrecherin!«, rief sie überrascht aus, wenn es sie auch eher zu freuen als zu beleidigen schien. »Was meinen Sie damit?«

»Ich meine, Sie haben wirklich Talent dazu, die Leute zu erpressen und sie dazu zu bringen, dass sie tun, was Sie wollen.«

»Das ist nur meine weibliche Überredungskunst. Da Frauen im öffentlichen Leben keine Macht besitzen, müssen wir uns dessen bedienen, was wir haben.«

Frank hegte seine Zweifel an dieser Behauptung. Frauen mochten kein Recht besitzen zu wählen, Grundbesitz zu haben oder ein Geschäft aufzumachen, doch sie brachten nun wirklich alles andere zustande, was sie wollten.

»Finden Sie die Namen der anderen Ermordeten heraus«, sagte er. »Ich erkundige mich, ob es eine Verbindung zwischen ihnen gibt.«

Sie lehnte sich in ihrem Sessel zurück und machte ein zufriedenes Gesicht.

»Ich werde diese Informationen am Sonntag für Sie haben, wenn wir nach Coney Island fahren.«

Frank konnte immer noch nicht glauben, dass er wirklich nach Coney Island fuhr. Er war noch nie in seinem Leben am Strand gewesen, und auch jetzt zog es ihn nicht dorthin. Immerhin würde niemand von ihm erwarten, dass er ein Bad im Meer nahm. Er hatte sich über Coney Island informiert und erfahren, dass inzwischen die Spielhallen und Fahrgeschäfte, die man neben dem Strand errichtet hatte, die Hauptattraktionen waren. Man brauchte nicht ins Wasser zu gehen, es sei denn, man hatte Lust dazu, und Frank hegte nicht die geringste Absicht, in einen dieser lächerlichen Badeanzüge zu steigen und ins Meer zu springen. Wenn Gott gewollt hätte, dass die Menschen ins Wasser gingen, hätte er ihnen Flossen geschenkt.

Coney Island war schon immer ein Ort gewesen, an dem die Stadtbewohner Zuflucht vor der Hitze suchten. Irgendwann allerdings hatten die Spieler, Schläger, Hochstapler, Taschendiebe und Prostituierten die Oberhand gewonnen, sodass anständige Leute dem Strand fern geblieben waren. Doch dann hatten Brände in den Jahren '93 und '95 die schlimmsten Teile von West Brighton zerstört, und ein Kerl, der sich Captain Paul Boyton nannte, hatte einen abgeschlossenen Park gebaut, in dem auch Menschen, die nicht allzu reich waren, sich für einen Eintrittspreis von zehn Cent einen ganzen Tag lang amüsieren konnten, ohne von dem Gesindel belästigt zu werden, das sich auf den Straßen der Insel herumtrieb.

Nach allem, was er in Erfahrung gebracht hatte, ähnelte dieser Park einem Jahrmarkt, nur dass er größer und viel ausgeklügelter war. Zwar fehlten die Glücksspiele und Kuriositätenkabinette nicht, aber dieser Captain Boyton hatte außerdem Fahrgeschäfte errichtet, die den Leuten Angst und Nervenkitzel bereiten sollten. Frank hingegen sah tagtäglich Dinge, die genau das bei ihm bewirkten. Er hatte es nicht nötig, zehn Cent zu bezahlen, um sich in einem unechten Boot einen Schrecken einjagen zu lassen.

Das erklärte auch seine schlechte Laune, als er sich am frühen Sonntagmorgen mit Sarah Brandt an der Straßenbahn traf. Er war angenehm überrascht gewesen, als er hörte, dass er nicht mit dem Schiff nach Coney Island fahren musste. Seiner letzten Information nach war die Fähre der einfachste Weg, dorthin zu gelangen. Doch hinter seinem Rücken hatte der Fortschritt Einzug gehalten, und jetzt konnte man für wenig Geld mit der Straßenbahn zu Captain Boytons Park fahren.

»O Malloy, Sie sehen ja aus, als wären Sie zu Ihrer eigenen Beerdigung unterwegs«, sagte Mrs. Brandt, als er sie begrüßte. »Sie sollen sich amüsieren!« Und in ihrem blumengemusterten Sommerkleid und dem breitkrempigen Hut sah sie tatsächlich so aus, als hätte sie vor, genau das zu tun.

Malloy warf einen säuerlichen Blick auf die Menschenmenge, die auf die Straßenbahn wartete: Bürgerliche Familien im Sonntagsstaat, deren Kinder – blitzsauber, das Haar ordentlich gekämmt und zu Zöpfen geflochten – vor Aufregung schon von einem Bein auf das andere hüpften. Da waren junge Mädchen, die sich mit jener Art von Putz verschönert hatten, den man für wenige Pennys kaufen konnte. Firlefanz hätte seine Mutter dazu gesagt. Sie sahen billig, schrill und sehr, sehr jung aus und wurden von jungen Männern in karierten Anzügen und Strohhüten umschwärmt. Diese versuchten, die Aufmerksamkeit der Mädchen zu erregen, die sie bewusst ignorierten.

»Faszinierend, nicht wahr?«, fragte Mrs. Brandt.

»Was denn?«

»Ihr Verhalten zu beobachten. Die Mädchen sehnen sich nach Aufmerksamkeit, aber den Männern geht es genauso. Man würde meinen, dass das die Sache erleichtert, weil beide Seiten dasselbe wollen, aber irgendwie wird es dadurch schwieriger.«

Frank hatte keine Ahnung, wovon sie redete, aber er fand es durchaus interessant, wie die Männer um die Mädchen herumschnüffelten. Er konnte sich auch gut vorstellen, was seine Mutter über diese Mädchen gesagt hätte. Sie sahen nicht wie anständige Frauen aus, doch er wusste, dass sie auch keine Prostituierten waren. Sie bewegten sich irgendwo dazwischen in einer mysteriösen Grauzone.

Nach allem, was Frank wusste, ging ein junges Mädchen nicht ohne Anstandsdame aus. Er war mit seiner eigenen Frau in der Hochzeitsnacht zum ersten Mal allein gewesen. Dafür hatten Kathleens Eltern und Brüder schon gesorgt, und er konnte es gut verstehen. Sein Respekt für Kathleen war genauso groß gewesen wie seine Liebe, und es wäre ihm im Traum nicht eingefallen, sie auszunutzen. Hätte sie sich in aller Öffentlichkeit so präsentiert wie diese Mädchen, wäre er schockiert gewesen. Doch diese Mädchen lebten in einer anderen Welt als der, die ihm vertraut war. Dort herrschten andere Regeln, die Frank nicht verstand.

Und Sarah Brandt verstand er noch weniger.

»Was wollen Sie denn erreichen mit diesem … diesem …« Er deutete mit einer vagen Geste auf die vielen Leute, die auf die Straßenbahn nach Coney Island warteten, weil es der erste schöne Sonntag der Saison zu werden versprach.

»Ausflug?«, schlug sie lächelnd vor. »Ich weiß es nicht. Es ist furchtbar heiß und unangenehm in der Stadt. Sie sollten mir dankbar sein, dass ich Sie aufs Land schicke, damit Sie ein wenig Seeluft schnappen.«

Die Ankunft der Straßenbahn ersparte Frank eine Antwort. Er und Mrs. Brandt stiegen als Letzte ein und beobachteten das Verhalten der anderen Ausflügler. Die jungen Frauen stiegen zuerst ein, dann die Familien und dann die jungen Männer, die sich um Plätze in der Nähe des Mädchens ihrer Wahl drängten. Es gab ein großes Geschubse und Gerangel, und Frank war froh, dass er von Mrs. Brandt getrennt wurde. So brauchte er sich auf der Fahrt stadtauswärts nicht mit ihr zu unterhalten, auch wenn er den ganzen Weg stehen musste, weil es so voll war.

Nach einer Weile, die ihm wie eine Ewigkeit vorkam, in Wirklichkeit aber weniger als eine Stunde dauerte, erreichten sie die Haltestelle am Strand von West Brighton. Frank hatte während der Fahrt die Erfahrung gemacht, dass Kriminelle nicht die Einzigen waren, deren Umgangssprache empörend war, und dass man heutzutage ganz anders flirtete als in seiner Jugend.

Mrs. Brandt wartete schon auf ihn, als er aus der Straßenbahn ausstieg. Sie sah immer noch genauso frisch aus wie bei der Abfahrt, während Frank sich feucht und zerknittert fühlte.

»Was meinen Sie?«, fragte sie und sah sich um.

Frank wusste nicht, was er denken sollte. Seine Umgebung sah aus wie im Märchen. Direkt vor ihnen spielte eine Kapelle, wohl zur Begrüßung der Neuankömmlinge, und in der Ferne breitete sich endlos und drohend der dunkle Ozean aus. Was er auf der anderen Seite sah, musste der Vergnügungspark sein, von dem Mrs. Brandt ihm erzählt hatte. Er war mit einem Zaun umgeben, um die nicht-zahlende Kundschaft fernzuhalten, und schien eine beträchtliche Fläche einzunehmen. Hinter dem Zaun erhoben sich seltsame Bauten, die die Wunder auf der Innenseite ahnen ließen.

»Da«, sagte sie. »Die Mädchen haben schon Paare mit diesen Kerlen gebildet, damit diese den Eintritt in den Park für sie bezahlen.«

Die jungen Frauen, die den Männern an der Haltestelle so nachdrücklich ausgewichen waren und deren Interesse auf der Fahrt nur geheuchelt gewesen war, ergriffen jetzt die Arme, die man ihnen anbot, und ließen sich durch das Eingangstor führen. Während die Männer in ihren Taschen nach dem Eintrittsgeld fischten, kicherten die Mädchen augenklimpernd vor sich hin und gaben sich schüchtern.

»Wie lange bleiben sie wohl bei den Männern, wenn sie erst im Park sind?«, fragte Frank sich laut.

»Sie haben bestimmt ihre eigenen Vorstellungen von dem, was sie für angebracht halten. Wenn sie den Mann mögen, lassen sie sich vielleicht den ganzen Tag von ihm aushalten.«

»Aushalten ist nett gesagt. Das ist ja regelrechter Diebstahl.«

»Verurteilen Sie sie nicht zu sehr«, sagte Mrs. Brandt und setzte sich in Richtung Parkeingang in Bewegung. »Es ist die einzige Möglichkeit für sie, sich zu amüsieren.«

»Indem sie Männer dazu bringen, ihr schwer verdientes Geld für sie auszugeben?« Frank musste sich beeilen, um mit ihr Schritt zu halten.

Sie warf ihm einen missbilligenden Blick zu. »Diese Mädchen verdienen nur sechs oder sieben Dollar in der Woche. Wenn sie ihren Familien das Geld für ihren Unterhalt gegeben haben, haben sie normalerweise nur noch einen oder zwei Dollar für sich selbst übrig. Davon müssen sie ihr Mittagessen und die Straßenbahn bezahlen und für ihre Kleidung sorgen. Bei einem solchen Budget sind die fünf Cent für die Fahrt alles, was sie sich leisten können.«

»Warum bleiben sie dann nicht einfach zu Hause?«, fragte Frank, weil er dies für eine logische Frage hielt.

»Die Welt hat sich verändert, Malloy. Frauen bleiben nicht mehr einfach zu Hause.«

Kein Wunder, dass sie das sagte, eine Frau, die einen Beruf hatte und sich ihren Lebensunterhalt selbst verdiente – wie ein Mann. Kathleen war einfach zu Hause geblieben, und wäre sie noch am Leben gewesen, wäre sie immer noch zu Hause, um sich um ihren Sohn zu kümmern.

Am Eingangstor nahm ein aufdringlicher, junger Mann ihm so schnell das Geld ab, dass er kaum spürte, wie es ihm aus den Fingern glitt, während der Kerl seine Marktschreierrede nicht für eine Silbe unterbrach.

»Treten Sie näher, meine Damen und Herren, sehen Sie die sieben Weltwunder, sehen Sie Klein-Ägypten und den Tanz der sieben Schleier, sehen Sie das zweiköpfige Kalb und die bärtige Jungfrau. So etwas sehen Sie nie mehr wieder. Kommen Sie, kommen Sie, nur zehn Cent für einen Tag im Paradies. Treten Sie näher!«

Als ob man diese Leute noch hätte bitten müssen. Sie waren doch schon eine Stunde mit der Bahn gefahren, um hierher zu kommen. Es war wohl kaum wahrscheinlich, dass sie jetzt noch kehrtmachten und wieder heimfuhren, oder?

»Sie brauchten mich nicht einzuladen, Malloy«, sagte Mrs. Brandt. »Ich möchte doch nicht, dass Sie einen falschen Eindruck von meinen Beweggründen bekommen.«

Sie lachte ihm zu, doch Frank schaffte es, das letzte Wort zu behalten. »So lange Sie nicht von mir erwarten, dass ich Ihnen einen Hut kaufe, Mrs. Brandt.«

Das ernüchterte sie auf der Stelle.

Sie traten durch das Tor in eine andere Welt. Der Lärm war überwältigend. Die Leute auf den Fahrgeschäften unterhielten sich und kreischten vor Angst, Marktschreier versuchten, die ahnungslosen Besucher zu den Kuriositätenschauen oder zum Glücksspiel zu verlocken, Maschinen schepperten, an den Schießständen ertönten Schüsse, eine Drehorgel toste, und irgendwo spielte eine Blaskapelle.

»Hierher kommen die Leute also, um dem Lärm der Stadt zu entkommen?«, rief Frank ihr ins Ohr.

Sie zuckte nur mit den Achseln.

Sie schlenderten die Wege entlang, die durch den Park führten, und betrachteten dabei die diversen Attraktionen und die Leute. Überall sahen sie Gruppen junger Männer und Frauen, die sich offensichtlich amüsicrten oder es zumindest vorgaben. Überall wurde Essen, Trinken und Unterhaltung angeboten, und man konnte billige Postkarten mit Strandmotiven und leicht bekleideten Badenixen mit fast vollständig entblößten Beinen erwerben, um sie den Daheimgebliebenen zu schicken.

»Hier entlang zu den Straßen von Kairo!«, rief ein Marktschreier, als sie an einer Bude vorbeikamen, vor der mehrere vollbusige Mädchen, die nicht viel mehr als schimmernde Schleier trugen, aufreizend die Hüften kreisen ließen.

»Einhundertfünfzig orientalische Schönheiten! Das heißeste Spektakel der Welt! Sehen sie ihnen beim Tanzen zu. An jedem anderen Ort als hier in der Meeresbrise von Coney Island würden sie sich in ihrem eigenen Feuer verzehren! Keine Hektik! Nur nicht drängeln! Es gibt Sitzplätze für alle!«

»Ich warte hier, wenn Sie hineingehen und sich die Vorstellung ansehen möchten«, bot Mrs. Brandt ihm mit einem gerissenen Grinsen an.

»Oh, es ist nichts Anstößiges dabei«, sagte ein Mann, der hinter ihnen stand. »Sie können die Dame unbesorgt mitnehmen.«

Frank sah ihn erstaunt an. Seiner Meinung nach gehörte es sich nicht, dass ein völlig Fremder ihm seine Ansichten über Derartiges mitteilte. Fremde redeten überhaupt nicht miteinander, von Höflichkeitsfloskeln einmal abgesehen.

Der Mann war klein und rundlich und trug einen Anzug, der gekauft worden war, als er noch zehn Kilo leichter war. Die Frau an seiner Seite war von ähnlicher Leibesfülle, und beide lächelten Frank und seine Begleiterin an, als seien sie alte Freunde.

»Sam hat Recht«, meinte die Frau. »Es wird Ihren Anstand nicht verletzen. Mir ist nur schleierhaft, wie diese Mädchen so gelenkig sein können.«

Frank wusste, dass es Sarah Brandt unangenehm sein musste, von Menschen, die sie gar nicht kannte, so vertraulich angesprochen zu werden, also ergriff er ihren Arm und führte sie weiter. »Der Mann muss betrunken sein«, sagte er erklärend, als sie außer Hörweite waren.

Sie nickte, und ihre Miene drückte immer noch dieselbe Verwirrung aus, die auch Frank empfand.

In der Menge sahen sie sich plötzlich einem anderen Pärchen gegenüber, einem langen, hageren, jungen Mann mit einem schütteren Schnurrbart und einem Mädchen mit vorstehenden Zähnen, das einen Teddybären im Arm hielt.

»Hey, Alter, versuch's mal hier drüben. Triff die Glocke, und du kannst einen Preis für deine Frau gewinnen. Für einen kräftigen Kerl wie dich sollte das doch nicht schwierig sein!«

Frank nickte, so höflich er konnte, und führte Mrs. Brandt an ihnen vorbei. Sie passierten eine Attraktion, bei der man mit einem großen Hammer auf den Fuß eines Turmes schlug, sodass ein Ball zu einer Glocke an dessen Spitze hochschnellte. Auf einem Schild stand: HAUT DEN LUKAS.

»Jedenfalls sind die Leute hier freundlich«, bemerkte Mrs. Brandt.

»Oder rüde«, entgegnete Frank.

Frank lebte sein Leben in zwei verschiedenen Welten, die beide streng vorgeschriebenen Regeln folgten. Prostituierte sprachen mit Fremden und umgekehrt, ohne einander formell vorgestellt zu werden, doch ein anständiger Mann zog nicht einmal den Hut vor einer anständigen Frau, wenn sie nicht mit ihm bekannt war.

Hier dagegen schienen diese Regeln vergessen zu sein. Da man Mrs. Brandt unmöglich für eine Prostituierte halten konnte, war es nicht anders zu erklären. Als Frank sich jetzt umsah, begriff er schnell, dass sich überall Fremde wie alte Freunde miteinander unterhielten, um dann ihrer Wege zu ziehen und sich nie wiederzusehen.

»Ich kann verstehen, warum es den jungen Leuten hier so gefällt«, bemerkte Mrs. Brandt. »Niemand scheint sich an irgendwelche Anstandsregeln zu halten. Fremde werden in Sekundenschnelle Freunde, und es gibt keine Anstandsdamen, die das missbilligen könnten.«

»Warum sollte man sich mit Fremden abgeben?«

»Um sich zu amüsieren. Die jungen Männer hier sind anders, interessant, und sie haben Geld. Ohne eine solche Ablenkung wäre das Leben der Mädchen furchtbar langweilig.«

Frank war zwar der Meinung, dass die Mädchen mit einem langweiligen Leben immer noch besser dran waren als mit einem aufregenden Tod, aber er ersparte es sich, es Mrs. Brandt gegenüber zu erwähnen. Wahrscheinlich war sie ja sowieso seiner Ansicht.

»Oh, da, das Karussell. Lassen Sie uns damit fahren!«, rief sie aus.

Frank hätte am liebsten protestiert, aber sie machte ein so aufgeregtes Gesicht, dass er es nicht übers Herz brachte, ihr den Gefallen zu verweigern. Er kam sich ausgesprochen albern vor, als er ihr auf das Podest half und sie auf eines der bunt bemalten Pferde hob. Sie war eine gut gebaute Frau, die ihre Kurven am rechten Fleck hatte, und Frank fühlte sich merkwürdig atemlos, nachdem er sie auf ihr Pferd gesetzt hatte. Wahrscheinlich durch die Anstrengung, sagte er sich. Sie war schließlich alles andere als dürr.

»O Malloy, *versuchen* Sie doch wenigstens, ein bisschen Spaß zu haben ja?«, tadelte sie ihn.

Er kletterte auf das Pferd neben ihr, bevor es jemand anders mit Beschlag belegen konnte, und versuchte, nicht unglücklich auszusehen. Es war alles, was er tun konnte.

Die Musik war zu laut, und Frank hatte keine besondere Freude daran, immer im Kreis herumzufahren, aber immerhin machte Mrs. Brandt keine Anstalten, ihn zu ermuntern, den Messingring zu fangen. Diese Ehre ging an einen Mann mit Melone auf dem Kopf, der sich durch diese Leistung die Bewunderung seiner Begleiterin sicherte, eines Mädchens mit einem durchdringenden Lachen, das alles zum Schreien fand.

Als das Karussell anhielt, glitt Mrs. Brandt allein von ihrem Pferd, ohne auf Hilfe zu warten, was Frank gar nicht unangenehm war. Er war sowieso zu dem Schluss gekommen, dass er sie besser nicht mehr anrührte. Er war schon zu lange allein und konnte sich offenbar selbst nicht mehr trauen.

»Hat die Karussellfahrt Ihnen geholfen auszuknobeln, wer Gerda Reinhard umgebracht hat?« Er konnte die Frage nicht für sich behalten, als sie jetzt weitergingen.

»Ich habe nicht damit gerechnet, heute den Mörder zu finden«, erwiderte sie ohne eine Spur von Reue. »Aber wir müssen uns einen Eindruck davon verschaffen, wie Gerda in ihren letzten Tagen gelebt hat. Das wird uns dabei helfen herauszufinden, wer sie umgebracht haben könnte. Wenn wir die Liste der Verdächtigen verkürzen können, werden wir bessere Chancen haben, den Mörder zu finden.«

Das klang so vernünftig, dass er es ihr fast gesagt hätte. Doch glücklicherweise behielt sein Verstand die Oberhand. Er durfte nicht anfangen, Sarah Brandt Komplimente zu machen. Sie war auch so schon viel zu selbstsicher.

»Was meinen Sie mit ›wir‹?«, fragte er stattdessen. Hat Ihr Freund Teddy Sie etwa zur Polizei einberufen?«

Sie wurde nicht gern daran erinnert, dass Police Commissioner Theodore Roosevelt ein Freund ihrer Familie war. Oder vielleicht wurde sie auch einfach nicht gern daran erinnert, dass die Polizei keine Frauen einstellte.

»Nein«, gab sie zu, »aber vielleicht könnte ich ihn bitten, Detective Sergeant Broughan mit den Ermittlungen im Mordfall Gerda Reinhard fortfahren zu lassen.«

»Das wird kaum helfen. Broughams *konzentrierte* Aufmerksamkeit wäre quasi die Garantie dafür, dass man den Mörder nie findet. Sie sind besser dran, wenn sie ihn den Fall weiter ignorieren lassen und selbst daran arbeiten.«

Sie riss überrascht die Augen auf, und er musste zugeben, dass er sich selbst überrascht hatte. Was dachte er sich nur dabei, ihr zu raten, den Fall selbst zu lösen? Andererseits würde sie das sowieso versuchen. Doch er fühlte sich verpflichtet, sie zumindest zu warnen.

»Hören Sie, Mrs. Brandt, nicht alle Morde lassen sich so leicht aufklären wie der an Mina VanDamm«, sagte er. Es war der Fall VanDamm gewesen, an dem sie im Frühjahr zusammengearbeitet hatten.

Jetzt machte sie ein schockiertes Gesicht. »Und Sie glauben, es war *leicht*, diesen Fall aufzuklären?«

»Immerhin ist er aufgeklärt, nicht wahr? Im Gegensatz zu vielen anderen. Oh, manchmal wissen wir fünf Minuten nach Entdeckung der Leiche, wer der Mörder ist. Das sind die leichten Fälle. Wenn der Mörder noch mit dem blutigen Messer über der Leiche steht und es gar nicht erwarten kann, uns zu sagen, dass er es nicht gewollt hat. Aber in Fällen wie bei diesem Mädchen …«

»Und den anderen Mädchen«, ergänzte sie.

»Und den anderen Mädchen«, räumte er widerstrebend ein, »hat der Mörder große Sorgfalt darauf verwandt, seine Spuren zu verwischen. Vielleicht ist er den Mädchen vor der betreffenden Nacht nie begegnet. Diese Mädchen gehen dauernd mit Fremden aus, und selbst wenn sie den Mann vorher kannten, so war er doch nur einer von Dutzenden. Diese jungen Frauen legen es darauf an, und wenn wir alle Männer festnähmen, die solche Mädchen ausnutzen und daher der Mörder sein könnten, hätten wir die Hälfte der Männer in der Stadt im Kittchen.«

Sie sah nicht überzeugt aus. Im Gegenteil, die Art, wie sie das Kinn vorschob, gefiel ihm überhaupt nicht.

»Malloy, ich habe Ihnen doch schon gesagt, dass wir herausfinden können, mit welchen Männern alle toten Mädchen bekannt waren. Das sollte die Zahl der Verdächtigen doch beträchtlich verringern.«

»Sofern sie die richtigen Namen der Männer gekannt haben – oder überhaupt irgendwelche Namen.«

»Diese Mädchen waren keine Prostituierten, Malloy. Egal, was Sie denken, sie wären nicht mit wildfremden Männern gegangen. Sie mussten zumindest so tun, als sei ein kleines bisschen Romantik im Spiel und als seien die Geschenke Zeichen der Anerkennung, nicht Bezahlung für geleistete Dienste. Sie haben ihren Mörder gekannt, und er hat sie einige Zeit umworben, bevor sie sich einverstanden gezeigt haben, jenes letzte Mal mit ihm zu gehen. Ich glaube keine Sekunde lang, dass es einfach wird, ihn zu finden, aber ich glaube, dass es möglich ist. Ihrem Freund Broughan ist es vielleicht zu viel Aufwand, aber ich bin bereit, ein wenig Mühe zu investieren.«

»Und Sie sind bereit, mich zu bestechen, damit ich Ihnen helfe«, sagte er und dachte an das Interesse, das sie für Brian gezeigt hatte. »Damit bin ich wohl auch nicht besser als diese Mädchen.«

»Das hat nichts damit zu tun, Malloy«, sagte sie und blieb mitten auf dem Weg stehen, sodass die Leute gezwungen waren, um sie herumzugehen. »Ich würde Ihrem Sohn in jedem Fall helfen, ganz gleich, ob Sie die Hilfe erwidern oder nicht.«

Frank wollte ihr nicht glauben, da er ihr seinerseits *nicht* helfen würde, es sei denn, er hätte das Gefühl, ihr etwas schuldig zu sein. Er befürchtete allerdings, dass sie die Wahrheit sagte, daher drang er nicht weiter in sie. Lieber bewahrte er sich ein wenig Zweifel, um sich seine Selbstachtung zu erhalten.

Er berührte ihren Arm, um ihr anzudeuten, dass sie besser weitergingen. Die Leute fingen an, sich über sie zu ärgern.

»Ich habe nicht den Eindruck, als seien diese Mädchen sehr wählerisch in Bezug auf ihre Partner, aber wenn es stimmt, was Sie sagen, dass sie den Mann gern erst ein wenig kennen lernen, dann haben wir vielleicht eine Chance herauszufinden, wer der Mörder ist«, gab er widerwillig zu.

Sie lächelte, da sie wohl erkannte, dass sie gewonnen hatte. Immerhin besaß sie das Feingefühl, es ihn nicht spüren zu lassen.

Frank widersetzte sich ihren Bitten, mit der Achterbahn zu fahren, denn dies sah doch nach einem ziemlich gefährlichen Vorschlag aus. Ein Wagen fuhr eine steile Steigung hinunter und beschleunigte dabei so sehr, dass er einen senkrechten Looping durchfahren konnte. Egal, wie oft sie ihm dabei zusahen, ohne dass jemand hinausfiel – Frank ließ sich nicht überzeugen, dass es ungefährlich war.

Sie sahen sich die Seelöwenschau an, die die ursprüngliche Hauptattraktion des Parks gewesen war, und betrachteten die neueste Errungenschaft, einen Alligator, der frisch aus Florida eingetroffen war. In einem der Straßencafés aßen sie unter einem gestreiften Sonnenschirm Wiener Würstchen mit Brötchen, und da sie etwas verzehrten, konnten sie sogar Bier trinken, trotz der Verbote, die Theodore Roosevelt inzwischen rigoros durchsetzte.

Allerdings entging es Sarah nicht, dass an vielen Tischen das Essen aus einem vertrockneten Sandwich bestand, das niemand anrührte.

»Damit tun sie nur dem Gesetz Genüge«, erklärte Malloy, als sie ihn darauf hinwies. »So lange sie irgendetwas zu essen auftragen, dürfen sie auch Alkohol verkaufen. Das Gesetz erwähnt nicht, wie das Essen aussehen oder dass es auch tatsächlich gegessen werden muss.« Anscheinend wurde den ganzen Tag lang ein und dasselbe Sandwich immer wieder verkauft.

Nach dem Essen ließen sie sich in eines der Kuriositätenkabinette locken, um eine bärtige Jungfrau und einen Mann zu sehen, der seine Augen so weit vorquellen lassen konnte, dass sie fast aus ihren Höhlen sprangen. Frank hatte in der Fifth Avenue schon Beängstigenderes gesehen.

»Sind Sie ein guter Schütze, Malloy?«, fragte Mrs. Brandt, als sie an einer Schießbude vorbeikamen. Dort schossen junge Männer mit Gewehren auf bewegliche Ziele, um vielleicht für ihre Begleiterinnen einen der billigen Preise zu gewinnen. »Haben Sie die Schießprüfung der Polizei bestanden?«

Damit spielte sie auf eine Regelung an, die ihr Freund Teddy Roosevelt letzten Dezember nach einem Unfall erlassen hatte. Danach sollte jeder Polizist mit der Bedienung eines Colt-Revolvers vom Kaliber 32 vertraut sein. Es war das erste Mal, dass von den Polizisten eine formelle Ausbildung verlangt wurde, und es stieß auf erbitterte Ablehnung. Die Tammany-Organisation hatte Beschwerde eingelegt, weil die Männer ihre Schusswaffen selbst bezahlen mussten, und man hatte die Polizeibehörde beschuldigt, zehn Dollar für eine Waffe zu verlangen, die nur vier Dollar wert war. Roosevelt hatte entgegnet, der Revolver kostete in Wirklichkeit fünfzehn Dollar, und das war dann das Ende der Kontroverse gewesen.

»Ich konnte schon schießen, bevor Ihr Freund es angeordnet hat«, versicherte Malloy ihr.

»Dann beweisen Sie es mir«, sagte sie herausfordernd

und deutete auf die Schießbude. »Gewinnen Sie einen Preis für mich.«

»Brauchen Sie wirklich so dringend eine Glasperlenkette?«, neckte er sie.

»Haben Sie Angst, dass Sie nichts gewinnen?«, gab sie zurück.

Er konnte sie unmöglich in diesem Glauben lassen, vor allem, da es nicht stimmte. Also trat er an die Theke, legte seine Münze hin und ergriff ein Gewehr. Er schoss eine ganze Zeit lang, bis sich ein kleiner Menschenauflauf um ihn gebildet hatte und der Marktschreier versuchte, diesen noch zu vergrößern.

»Treten Sie nur näher, meine Herren, sehen Sie sich an, wie einfach es geht. Dieser Herr hier hat schon alles gewonnen, was er sich aus unserer großen Auswahl von Preisen wünschen kann. Einfach nur zielen und schießen, so leicht ist das! Nehmen Sie einen Schatz für Ihre Liebste mit nach Hause! Treten Sie näher!«

Als Frank glaubte, seinen Beweis erbracht zu haben, legte er das Gewehr hin und wandte sich mit einem zufriedenen Lächeln wieder an Mrs. Brandt. Sie lächelte ebenfalls, denn ihr war genau bewusst, warum er auch noch weitergeschossen hatte, als er ihre Glasperlen schon lange gewonnen hatte. »Was hätten Sie denn gern?«, fragte er und deutete auf die ›große Auswahl von Preisen‹.

»Das Feuerwehrauto da, glaube ich«, sagte sie und zeigte auf ein Spielzeug in der unteren Reihe der Auslage. Es war offensichtlich nur ein paar Cent wert und für eine Dame völlig unpassend. »Für Brian«, fügte sie hinzu, als er sie überrascht ansah.

Natürlich. Sie kannte seine Schwäche. Und jetzt würde er nicht mehr in der Lage sein, ihr einen Wunsch abzuschlagen.

Das Spielzeug beulte seine Tasche aus, als sie jetzt weitergingen, bis sie das Geschrei und das donnernde

Aufklatschen hörten, an dem sie erkannten, dass sie endlich an jenem Ort angekommen waren, an dem Gerda Reinhard möglicherweise ihren Mörder kennen gelernt hatte.

»Es ist die Wildwasserbahn«, sagte sie überflüssigerweise. Frank hatte die Boote, die er auf der Fotografie gesehen hatte, bereits erkannt.

Sie sahen zu, wie eines der Boote sich über den Rand der letzten Schräge neigte und durch die wassergefüllte Rinne in die darunter liegende Lagune schoss. Der Neigungswinkel war so steil, dass es mit einem durchdringenden Klatschen auf die Wasseroberfläche aufprallte, wobei das Wasser in alle Richtungen spritzte. Die Fahrgäste schrien vor Schreck oder Begeisterung, Frank war sich nicht ganz sicher, aber da sie beim Aussteigen lachten, schienen sie durch das Erlebnis keinen Schaden genommen zu haben.

»Da drüben werden die Fotografien gemacht«, sagte Sarah und lenkte seine Aufmerksamkeit auf ein nachgebautes Boot. Es stand auf einem Holzgestell, und der Fotograf ließ gerade eine Gruppe von Leuten für eine Aufnahme Platz nehmen.

Frank sah sich um, weil gerade ein weiteres Boot mit Getöse durch die Rinne schoss. »Ich hoffe, Sie sind nicht der Ansicht, dass wir mit einem von diesen Dingern fahren müssen, um herauszufinden, wer der Mörder ist«, sagte er, doch Mrs. Brandt, von der er eigentlich eine schlagfertige Antwort erwartete, hörte ihm gar nicht zu. Stattdessen starrte sie gebannt auf die Leute, die in dem Boot posierten.

»Was ist denn?«, fragte er und folgte ihrer Blickrichtung, ohne jedoch etwas Bemerkenswertes zu sehen.

»Der Mann in der dritten Reihe. Ich glaube, ich kenne ihn.«

5

»Welcher Mann?«

Sarah sah noch einmal hin. Der Mann saß von ihnen abgewandt und unterhielt sich mit seiner Begleiterin, einem jungen Mädchen, das anscheinend gar nicht aufhören konnte zu kichern. Sarah war sich nicht ganz sicher, aber er sah aus wie einer der Schyler-Söhne. Da drehte er sich dem Fotografen zu, der sie angewiesen hatte, für die Aufnahme ein angemessen ängstliches Gesicht zu machen, und das brachte ihr die Gewissheit.

»Dirk Schyler«, sagte sie zu Malloy. »Seine und meine Familie sind schon seit Ewigkeiten miteinander bekannt.«

»Knickerbocker«, sagte Malloy missbilligend. Das war der Spitzname für die alten, reichen, holländischen Familien – die ursprünglichen Siedler auf dem Gebiet von New York City –, welche in Kniehosen dort gelandet waren.

»Sagen Sie das nicht so, als sei es eine Beleidigung, Malloy«, tadelte sie ihn. »Manche Leute sind stolz darauf, zu einer Knickerbockerfamilie zu gehören.«

Er wusste natürlich, dass sie es nicht war, also warf er ihr nur einen seiner typischen Blicke zu, den sie aber ignorierte.

Sie beobachteten, wie die Bootsinsassen posierten und versuchten, ängstliche Gesichter zu machen. Dann schoss der Fotograf das Bild.

»Und was glauben Sie, was der Sohn einer Knickerbockerfamilie mit einem Arbeitermädchen in Coney Island zu suchen hat?«, grübelte Malloy laut.

Sarah hatte sich gerade dasselbe gefragt. Dirk half dem Mädchen jetzt aus dem Boot, und sie konnten sehen, wie billig sie gekleidet war und wie geschmacklos sie sich ausstaffiert hatte. Außerdem schien sie nicht älter als sechzehn zu sein. Dirk selbst war angezogen wie ein typischer Frauenheld hier auf Coney Island – Karoanzug und Strohhut –, und das allein war schon erstaunlich. Kein Mann von Dirks gesellschaftlicher Stellung hätte sich in einem solchen Aufzug gezeigt, zumindest hätte Sarah das gedacht.

Daher zweifelte sie sogar einen Augenblick daran, ihn richtig erkannt zu haben. Sie wartete, bis das Paar in Hörweite war.

»Dirk!«, rief sie dann.

Und da, sein Kopf fuhr überrascht herum. Als er sah, dass Sarah ihn anstarrte, schien er sie zunächst nicht zu erkennen. Seine Überraschung verwandelte sich in Verwirrung und dann, für einen Augenblick, in Erschrecken, als ihm dämmerte, wer sie war. Sie hatte ihn schon seit Jahren nicht mehr gesehen, aber sie hatten ihre Kindheit gemeinsam verbracht und die Qualen vieler Tanzstunden und Teegesellschaften geteilt. Jetzt hatte er sie erkannt, und man sah, dass es ihm äußerst unangenehm war, ihr in diesem Aufzug zu begegnen.

Das begriff sie einen Augenblick, bevor seine Miene sich zu etwas verzog, das der erfreuten Überraschung ähnelte, die er bestimmt tatsächlich empfunden hätte, wenn er sie in der Stadt beim Dinner bei Delmonico getroffen hätte. Er beugte sich zu seiner Begleiterin hinunter und sagte etwas zu ihr. Sie warf einen Blick in Sarahs Richtung und war ganz offensichtlich schon im Begriff, ihm zu verbieten, sie auch nur eine Sekunde allein zu lassen. Doch dann sah sie Sarah und erkannte, dass jemand in ihrem fortgeschrittenem Alter keine Bedrohung für sie darstellen konnte, und außerdem hatte Sarah ja bereits Malloy als Eskorte. Widerstrebend ließ das Mädchen seinen Arm los, an den es sich besitzergreifend geklammert hatte, und gestattete ihm, zu Sarah und Malloy hinüberzugehen.

»Sarah, bist du das?«, fragte er, jetzt wieder mit der

geschulten Miene, die die angemessene Mischung aus Erstaunen und Vergnügen ausdrückte.

»Aber sicher doch. Wie geht es dir, Dirk?«, fragte sie und ergriff die Hand, die er ihr anbot.

Er nahm sie zwischen seine Hände und hielt sie fest, während sie Freundlichkeiten über die Gesundheit ihrer jeweiligen Familien austauschten. Sarah glaubte schon, sie ihm mit Gewalt entreißen zu müssen, als sie begriff, dass sie ihn stattdessen auch einfach ihrem Begleiter vorstellen konnte.

»Gefällt es dir hier?«, fragte Dirk gerade höflich und in der offensichtlichen Erwartung, dass sie es verneinen würde. In seinen Augen blitzte die Annahme auf, dass sie beide dieselbe Verachtung für die Vergnügungen des Parks teilten.

»Sehr«, antwortete Sarah wahrheitsgemäß. »Ich habe gerade versucht, Mr. Malloy zu einer Fahrt auf der Wildwasserbahn zu überreden.«

»Malloy?«, sagte Dirk mit einigem Erstaunen, als sei der Name ein Fremdwort, das er nicht ganz verstand. Sein Tonfall verriet ihr, dass er schockiert war, weil sie sich mit einem Iren abgab, aber immerhin ließ er sie los, um Malloy die Hand zu schütteln.

»Frank Malloy, Dirk Schyler«, sagte Sarah, ohne Dirk irgendwelche weiteren Auskünfte über Malloy anzubieten, obwohl seine Neugier offensichtlich war.

»Kommen sie oft hierher, Schyler?«, fragte Malloy mit der ganzen Subtilität eines Polizisten beim Verhör.

Dirk war verblüfft über seine Direktheit, aber er konnte sich nicht dazu überwinden, ihm die Antwort zu verweigern. Das wäre jenseits aller Unhöflichkeit gewesen, und Dirk war dazu erzogen worden, die Regeln der Etikette zu befolgen, als seien sie das Gesetz. »Ich … dann und wann«, war alles, was er einräumte. »Ich finde es … amüsant.«

Malloy warf einen bedeutsamen Blick auf das Mädchen, das mit sichtlich wachsender Ungeduld auf Dirks Rückkehr wartete. »Ja, sie macht einen ... amüsanten Eindruck.«

Sarah hätte ihn am liebsten geohrfeigt. Sicher, Dirks kaum verhohlene Verachtung für Malloy war ärgerlich, aber es brachte doch wirklich nichts, ihm die Beleidigung mit gleicher Münze heimzuzahlen.

Das Mädchen sah, dass ihre Blicke auf sie gerichtet waren. »Kommst du jetzt?«, rief sie Dirk zu, der sie mit einer Handbewegung beruhigte und ihr anzeigte, dass es nur noch einen Moment dauern würde.

»Wir haben uns gerade gefragt, ob die Fahrt wohl gefährlich ist«, sagte Sarah, um Dirks Aufmerksamkeit wieder auf sich zu lenken. »Ich konnte Mr. Malloy schon nicht zu einer Achterbahnfahrt überreden. Er hatte Angst, wir würden herausfallen.« Dabei lächelte sie süßlich, denn sie wusste genau, dass Malloy sie für diese Worte wahrscheinlich am liebsten erwürgt hätte.

»Oh, keine Sorge, mein Freund«, versicherte Dirk ihm großzügig, denn er genoss es offensichtlich, Malloy überlegen zu sein. »Hier ist alles ganz sicher. Die Achterbahn macht sich die Zentrifugalkraft zunutze, um die Leute in den Sitzen zu halten. Sie funktioniert genau wie die Schwerkraft, wissen Sie.«

Malloy wusste nichts dergleichen, aber er hatte nicht vor, sich Dirk gegenüber eine Blöße zu geben. »Das habe ich auch schon gehört«, log er.

»Und die Wasserbahn hier ist ganz schön aufregend, aber überhaupt nicht gefährlich. Und der Anfang der Fahrt wird Ihnen noch viel besser gefallen als das Ende. Es ist eine ganz andere Art von Nervenkitzel, vor allem, wenn man eine so hübsche Begleiterin wie unsere Sarah hat.«

Dirks suggestiver Tonfall gefiel Malloy überhaupt nicht. Sarah erkannte es daran, wie sein Hals rot anlief. Aber dieses eine Mal hielt er glücklicherweise den Mund.

»Ich fürchte, du gehst von falschen Vorstellungen aus, Dirk«, erklärte sie hastig. »Mr. Malloy und ich sind geschäftlich hier in Coney Island.«

»Geschäftlich?« Er sah Malloy erneut an, als versuchte er, sich vorzustellen, was für ein Geschäft Malloy wohl betrieb. »Doch nicht zufällig Polizeigeschäfte?«

Sarah war überrascht, dass er es so schnell erraten hatte, aber Malloy war es nicht. Die beiden Männer verstanden einander perfekt.

»Nicht alle Iren sind Polizisten«, klärte Malloy ihn auf.

»Und es sind auch nicht mehr alle Polizisten Iren, nicht wahr?«, konterte Dirk. »Ich habe gehört, dass mein alter Freund Teddy sogar ein paar Juden eingestellt hat, damit sie in unserer schönen Stadt für Recht und Ordnung sorgen. Aber niemand würde Sie für einen Juden halten, Officer Malloy.«

»Detective Sergeant Malloy«, verbesserte ihn Malloy.

Dirk zog die Augenbrauen hoch, und Sarah hatte den Eindruck, dass er ein wenig erbleichte, aber vielleicht war es ja nur Einbildung. Sie wurden sowieso alle durch das Auftauchen der jungen Dame abgelenkt, die Dirk stehen gelassen hatte, während er sich mit ihnen unterhielt.

»Du hast mir ein Eis versprochen!«, erinnerte sie ihn und warf Sarah einen Blick zu, der wohl vernichtend gemeint war. Das Mädchen war noch jünger, als Sarah gedacht hatte, aber ihre Augen blickten alt und erfahren, genau wie Lisles.

»Da hast du Recht, Schätzchen«, sagte er und schob ihre Hand in seine Ellenbeuge, wo er sie tröstend klopfte. »Ich fürchte, ich muss mich jetzt entschuldigen. Sarah, es war so schön, dich zu sehen. Malloy, amüsieren Sie sich gut.«

Mit einem vielsagenden, hämischen Grinsen schob er das Mädchen davon. Sarah wandte sich Malloy zu.

»Das haben Sie wirklich fantastisch gemacht«, sagte sie, sobald Dirk außer Hörweite war.

»Wovon reden Sie?«

»Ich rede von Ihrem ganzen Männergehabe«, sagte Sarah aufgebracht. »Sie beide haben sich aufgeführt wie Schuljungen, die sich aufblasen, um zu sehen, wer der König des Reviers ist.«

»Sie sind ja verrückt!«

»Nein, ich bin wütend!«, verbesserte sie ihn. »Wenn Sie nicht darauf bestanden hätten, sich über ihn aufzuregen, hätte ich vielleicht etwas aus ihm herausbekommen können.«

»Was denn?«, spottete er.

»Über Coney Island und die Vorgänge im Park. Es ist doch offensichtlich, dass er oft hier ist.«

»Ja, und Sie wissen auch, warum er hierher kommt, nicht wahr?«

»Natürlich. Um sich mit Arbeitermädchen zu treffen.«

»Er trifft sich nicht nur mit ihnen«, sagte Malloy, und sein Gesichtsausdruck verhärtete sich.

»Das stimmt mit Sicherheit. Er kauft ihnen Eis und nimmt sie zu den Fahrgeschäften mit, und sie erweisen sich ihm dafür gefällig. Das passiert Tag für Tag, überall in der Stadt.«

»Und vielleicht kauft er ihnen sogar Geschenke, wie zum Beispiel Hüte. Oder rote Schuhe.«

Das verschlug Sarah die Sprache, wenn auch nur für einen Augenblick. »Dirk ist kein Mörder.«

»Und warum nicht? Weil Sie ihn kennen?«

Sarah dachte daran, dass sie auch Alicia VanDamms Mörderin gekannt hatte und sie sie niemals verdächtigt hätte.

»Na gut, Malloy, eins zu null für Sie. Dirk könnte genauso gut der Mörder sein wie jeder andere Mann hier.«

»Vielleicht sogar noch eher. Er hat es doch gar nicht

nötig, den weiten Weg hierher zu machen, um eine Frau kennen zu lernen. Und warum zieht er sich an wie ein Vertreter und treibt sich an einem Ort herum, an dem er höchstwahrscheinlich niemandem begegnet, der ihn kennt?«

»Weil die Frauen seines Standes nie ohne Anstandsdame anzutreffen sind. Es wäre unmöglich, mit einer von ihnen eine Liaison einzugehen. Wahrscheinlich zieht er sich so an, damit die Mädchen nicht auf den Gedanken kommen, dass er reich ist, und nicht versuchen, ihn zu erpressen. Und er möchte mit Sicherheit nicht, dass seine Freunde erfahren, wie er seine niederen Bedürfnisse befriedigt. In ihren Augen wäre es zwar absolut akzeptabel, sich eine Mätresse zu halten, aber anscheinend möchte sich Dirk diese Mühe nicht machen.«

»Oder vielleicht scheut er die Kosten?«

Sarah schüttelte den Kopf. »Er könnte problemlos eine Frau aushalten, wenn er wollte. Ich bin mir sicher, dass sein Vater ihm die nötigen Mittel zur Verfügung stellen würde, wenn er wüsste, dass Dirk sich sonst mit dem Abschaum abgeben würde, den diese Mädchen in seinen Augen darstellen.«

»Vielleicht ist das seine Art zu rebellieren. Vielleicht hofft er, dass Sie bei Ihrer Rückkehr jedermann erzählen, dass Sie ihn hier gesehen haben. Vielleicht möchte er seine Familie bloßstellen.«

Sarah kannte Dirks Beweggründe nicht, und sie waren ihr auch völlig egal, doch sie wusste, dass sie viel von ihm erfahren konnte. Aber nicht, wenn Malloy dabei war. Sie würde ihn in der Stadt aufsuchen müssen.

»Nun, Malloy, da Sie mich um meine Chance gebracht haben, etwas von Dirk zu erfahren, müssen Sie mit mir auf der Wildwasserbahn fahren.«

»*Was?*«

»Sie haben richtig gehört. Oder wollen Sie, dass ich allein gehe?«

»Warum wollen Sie denn mit diesem Ding fahren?« Er starrte das Fahrgeschäft entsetzt an, als abermals ein Boot klatschend in der künstlichen Lagune landete.

»Ich möchte so viel wie möglich über Gerda Reinhards letzte Tage herausfinden, und am letzten Sonntag ihres Lebens ist sie mit dieser Wildwasserbahn gefahren. Also, kommen Sie jetzt mit, oder muss ich mir einen anderen Begleiter suchen?«

Er öffnete den Mund und hatte schon das nächste Argument auf der Zunge liegen, doch Sarah kam ihm zuvor.

»Sie haben doch keine Angst, oder?«, fragte sie herausfordernd.

Natürlich hatte er Angst, aber er wäre eher gestorben, als dass er es zugegeben hätte. Sarah wusste das genau, und sie unterdrückte ein triumphierendes Grinsen, als er sie beim Ellbogen packte und sie entschlossen auf die Warteschlange vor den Booten zuschob.

Dabei knurrte er vor sich hin, doch Sarah hielt es für besser, seine Worte nicht zu beachten. Das war leichter als ein erneuter Streit. Sie konnte seine Angst vor mechanischen Konstruktionen verstehen. Auch sie hatte nicht besonders viel dafür übrig, aber sie war auch neugierig, was Dirk mit dem aufregenden ersten Teil der Fahrt gemeint hatte.

Sie warteten eine gute halbe Stunde, bevor man ihnen in ein Boot half. Malloy hätte es fast zum Kentern gebracht, doch das Wasser war so flach, dass das gar nicht möglich war.

»Vorsicht, mein Herr«, warnte ihn der junge Mann, der Malloy jetzt half, sich auf dem Sitz neben ihr niederzulassen. Sie saßen ziemlich beengt, ihre Knie drückten gegen die Leute auf den Vordersitzen, und sie selbst spürten die Knie ihrer Hintermänner im Rücken.

Malloy warf ihr einen vorwurfsvollen Blick zu, doch sie lächelte einfach nur friedlich.

Als alle Fahrgäste saßen, fuhr das Boot mit einem Ruck los, und Sarah begriff, dass es durch eine Art motorisierten Kettenzug vorwärts bewegt wurde. Sie glitten in die Rinne, und bevor sie sich versahen, wurde ihr Boot von einem Tunnel verschluckt.

»Das hat er also gemeint«, flüsterte Sarah Malloy zu, als die Dunkelheit sie umfing.

In der plötzlichen Stille des Tunnels, der sie von dem ohrenbetäubenden Lärm des restlichen Parks abschirmte, konnten sie jetzt Kleider rascheln hören. Provokatives Gekicher erklang, und man hörte sogar schmatzende Lippen, als die anderen Paare den Augenblick zu hastigen Schmusereien nutzten.

»Wenn das alles ist, was Sie wissen wollten, hätte ich es Ihnen sagen können«, sagte Malloy, und der Ekel in seiner Stimme war nicht zu überhören. »Dann hätten wir gar nicht mit diesem verflixten Ding fahren müssen.«

»Versuchen Sie doch wenigstens, sich zu amüsieren, Malloy«, sagte sie tadelnd.

Genau in diesem Augenblick kippte das Paar vor ihnen fast auf ihren Schoß, und als sie sich unter Kichern und Flüchen wieder entwirrt hatten, kam das Boot wieder ans Tageslicht.

Die Paare beendeten diskret ihre Küsse, doch sie ließen die Arme umeinander gelegt, als das Boot jetzt eine zunehmend steile Steigung hinauffuhr.

»Oje«, sagte Sarah, als dann der Boden verschwand und das Boot direkt ins Leere zu fahren schien.

»Ich habe ja versucht, Sie zu warnen«, sagte Malloy, als sie sich instinktiv an seinen Arm klammerte, aber sie war viel zu abgelenkt, um sich darüber zu ärgern.

Was hatte sie sich nur gedacht? Das hier war der blanke Wahnsinn! Sie konnte dabei umkommen! Sie *würde* sogar mit ziemlicher Sicherheit umkommen! Dieses wackelige Boot würde dem Aufprall niemals standhalten, wenn es nach seinem Sturz durch die Rinne auf dem Wasser aufkrachte. Malloy hatte Recht gehabt, aber sie würde nie die Gelegenheit bekommen, es ihm zu sagen, weil plötzlich die ganze Welt wegkippte und sie in die Tiefe sausten, schneller und schneller, bis ihrem Mund ein Schrei entfuhr und sie das Gefühl hatte, ihr würde gleichzeitig auch das Herz aus dem Leib gerissen. Und als sie gerade glaubte, es keine Sekunde länger ertragen zu können, traf das Boot mit einer Wucht auf dem Wasser auf, die sie alle in ihre Sitze presste. Wasser umsprühte sie, und dann war es vorbei und sie glitten gefahrlos und zielsicher ans Ufer, wo man schon darauf wartete, die Boote mit Haken an Land zu ziehen, damit sie aussteigen konnten.

Erst jetzt erkannte Sarah, dass sie die Arme um Malloy geschlungen hatte und sich immer noch verzweifelt an ihn klammerte.

»Oh!«, rief sie verlegen und ließ ihn augenblicklich los, was ihr aber nicht ganz gelang, weil er sich genauso verzweifelt an sie klammerte.

Doch seine Reaktion erfolgte nur eine Sekunde nach der ihren und sie ließen einander schuldbewusst los. Einen Augenblick lang trafen sich ihre Blicke, und sie teilten ihre Verlegenheit miteinander, doch länger hielten sie es nicht aus. Sie schauten nach oben, unten oder anderswo hin, nur nicht einander an.

Du lieber Himmel, was war nur über sie gekommen? Sarah war eine Frau, die sich normalerweise unter keinen Umständen an einen Mann geklammert hätte. Zumindest verhielt sie sich im Alltag so. Doch dieser hatte bis jetzt noch keine furchterregenden Stürze durch wassergefüllte Röhren in den scheinbar sicheren Tod mit sich gebracht. Solche Situationen verwandelten sie offensichtlich in ein zitterndes Häufchen weiblichen Elends.

Und es sah ganz danach aus, als hätte ihr Abenteuer

auf Malloy ganz ähnlich gewirkt. Er war der Erste, der das Boot verließ, als der Parkangestellte es an den hölzernen Steg gebunden hatte, und er griff auch nicht ein, als der Angestellte ihr hinaushalf. Das kam Sarah auch ganz gelegen. Sie fühlte sich noch nicht ganz dazu bereit, Malloys Hände wieder auf sich zu spüren.

Allerdings änderte sie augenblicklich ihre Meinung, als sie auf dem Weg zum Ausgang feststellte, dass ihr die Knie zitterten. Sie hätte sich gern auf einen kräftigen Arm gestützt, doch ein Blick in Malloys Gesicht verbot ihr, es auch nur in Betracht zu ziehen.

»Das war ja wirklich ein Erlebnis, nicht wahr?«, brachte sie heraus und hoffte dabei, dass sich ihre Stimme nicht so atemlos anhörte, wie sie befürchtete.

Malloy würdigte sie keiner Antwort.

Glücklicherweise stand eine leere Bank in der Nähe, auf die Sarah und Malloy sich jetzt fallen ließen, um einfach nur dazusitzen und die Passanten anzustarren. Sarah wartete darauf, dass ihr Herzschlag sich wieder auf ein normales Tempo verlangsamte, und sie vermutete, dass es Malloy nicht anders erging.

Schließlich sprach er als Erster. »Ich hoffe, Sie wissen jetzt, wer der Mörder ist, denn ich glaube nicht, dass ich diese Ermittlungen weiter ertragen kann.«

Sarah sah ihn erstaunt an, doch dann sah sie die Belustigung in seinen Augen aufblitzen und begriff, dass er sie aufzog. Malloy *zog sie auf!* Sie wusste, dass es nicht komisch war, aber sie verspürte den unwiderstehlichen Drang zu lachen, und bevor sie sich bremsen konnte, lachte sie tatsächlich. Und dann fiel Malloy ein, oder zumindest kicherte er, schüttelte den Kopf und kicherte weiter. Sie hatte ihn noch nie lachen gesehen. Es war so erstaunlich, dass sie Tränen lachte und ein paar Mal tief Luft holen musste, um sich wieder zu fangen.

»O Malloy, es tut mir Leid, dass ich Sie gezwungen habe, das durchzustehen«, sagte sie, als sie wieder sprechen konnte. »Ich hatte ja keine Ahnung, dass es so beängstigend sein würde. Die anderen sahen alle so aus, als hätten sie solchen Spaß.«

»Sie haben gedacht, die Leute schreien, weil sie solchen Spaß haben?«, fragte er skeptisch.

Er hatte Recht, aber sie gab es nicht zu. »Und es tut mir Leid, dass ich mich so ... albern benommen habe. Mich so an Sie zu klammern ...«, fügte sie zerknirscht hinzu, als er verwirrt schien.

Er nickte verständnisvoll, dann wandte er den Kopf ab, um anscheinend für eine Weile die vorbeiziehende Menge zu betrachten.

»Es hat mir nichts ausgemacht«, sagte er betont beiläufig.

Diesmal war Sarah verblüfft. »Malloy, flirten Sie etwa mit mir?«, wollte sie ganz und gar nicht verärgert wissen.

Als er sich wieder zu ihr umwandte, war seine Miene ausdruckslos. »Ich habe gedacht, Sie flirten mit mir.«

Hatte sie das? Sie überdachte ihr Verhalten an diesem Tag und erkannte, dass sie sich anders als sonst verhalten hatte, zumindest anders, als sie sonst mit Malloy umging. Und auch er hatte sich ehrlich gesagt nicht so wie sonst benommen.

Sie hatten sich beide beinahe verspielt und auch ein wenig abenteuerlustig gegeben und waren sehr viel weniger förmlich miteinander umgegangen als je zuvor.

»Es ist dieser Park, nicht wahr?«, stellte sie fest. »Hier kann man alle Anstandsregeln brechen, ohne Konsequenzen befürchten zu müssen.«

Malloy runzelte die Stirn, aber sie bemerkte es nicht, denn sie war zu sehr damit beschäftigt, laut zu denken.

»In der Stadt spricht man nicht mit Menschen, die man nicht kennt, aber hier erteilen einem Fremde Ratschläge, als seien sie alte Freunde. In der Stadt würde ein Mann es nicht wagen, auch nur den Hut vor einer

Frau zu ziehen, die er nicht kennt, aber hier kann er sich einer völlig Unbekannten vorstellen, sie aushalten und sogar im Dunkeln küssen.«

Malloy runzelte immer noch die Stirn, aber nicht aus Missbilligung. Er dachte ebenfalls nach.

»Sie haben Recht. Die Leute sind hier einfach nicht sie selbst«, sagte er. »Niemand kennt sie hier, also brauchen sie sich auch keine Sorgen darum zu machen, was andere von ihnen denken.«

»Und darum kommen die jungen Leute hierher – um andere Leute kennen zu lernen und sich zu amüsieren, ohne dass ihre Familien davon Wind bekommen. Die jungen Frauen können hier ungehemmt flirten und Dinge tun, die ihnen daheim im Traum nicht einfallen würden, wo sie jederzeit gesehen werden könnten und ihr Ruf ruiniert wäre. Selbst wenn sie tanzen gehen, müssen die Mädchen achtsam sein, weil ihre Familien von ihrem Verhalten erfahren könnten. Im Gegensatz zu dem, was hier in Coney Island vor sich geht.«

»Und Männer wie Ihr Freund Dirk kommen hierher, um diesen Mädchen nachzustellen«, rief Malloy ihr ins Gedächtnis.

»Alle möglichen Männer stellen ihnen nach«, verbesserte Sarah ihn. Sie betrachtete die Menge, die an ihnen vorüberzog, Hunderte von Menschen jeder Größe und Gestalt, jeden Alters und Standes. Jeder von ihnen hätte Gerda Reinhard begegnet sein können, hätte sie eingeladen, in Versuchung geführt und in eine finstere Ecke gelockt haben können, wo er sie dann zu Tode prügelte.

»Es ist hoffnungslos, nicht wahr?«, fragte sie verzweifelt.

»Den Mörder zu suchen, meinen Sie?«

Sie nickte bedrückt.

Er seufzte und betrachtete die Menge, ohne sie zu sehen, während er nachdachte. »Wenn es nur ein Mädchen gewesen wäre, ja, dann wäre es wirklich unmöglich.«

»Aber es war nicht nur das eine Mädchen, nicht wahr?« Wie konnte sie das vergessen? »Es gab noch drei andere. Gerdas Freundinnen haben mir ihre Namen gesagt. Ich wollte sie Ihnen eigentlich heute sagen, aber in der ganzen Aufregung habe ich es vergessen.«

Er sah sie nicht an. »Sie hießen Eva Bower, Luisa Isenberg und Fredrika Lutz.«

»Das stimmt!« Sarahs Überraschung verwandelte sich schnell in Wut. »Sie haben es die ganze Zeit gewusst! Sie haben nur mit mir gespielt!«

»Seien Sie nicht albern. Ich hätte Ihnen die Namen gesagt, wenn ich sie gewusst hätte.«

Wahrscheinlich sagte er die Wahrheit, auch wenn sie es nicht überprüfen konnte. »Nun denn, wenn Sie ihre Namen zunächst nicht gewusst haben, wie kommt es dann, dass Sie sie jetzt kennen?«

»Ich kenne Evas Namen, weil ich an ihrem Fall gearbeitet habe. Soweit ich das feststellen kann, war sie das erste Opfer, weshalb auch niemand Verdacht geschöpft hat. Einfach nur wieder ein Mädchen, das sich mit dem Falschen eingelassen und ihren Fehler mit dem Leben bezahlt hat.«

»Sie haben keine Ermittlungen durchgeführt?«, fragte Sarah entrüstet.

Malloy warf ihr nur einen seiner geduldigen Blicke zu. »Sie war genauso wie diese Gerda. Sie kannte Dutzende von Männern, und alle, die wir finden konnten, hatten ein Alibi. Niemand hat etwas gesehen, niemand etwas gewusst, niemand hat auch nur einen Gedanken daran verschwendet.«

»Aber was ist mit den anderen? Warum haben Sie nicht angefangen, sich bei ihren Freundinnen umzuhören, um herauszufinden, welche Männer möglicherweise ihre gemeinsamen Bekannten waren?«

»Ich habe von den anderen erst erfahren, als sie mir neulich davon erzählt haben, schon vergessen?«

»Aber jetzt kennen Sie ihre Namen.«

»Nur, weil Sie mir gesagt haben, dass noch andere Mädchen ermordet worden sind. Ich habe mich ein wenig umgehört und dabei von den beiden anderen Fällen erfahren. Es waren zwei verschiedene Polizisten damit betraut, und keiner von ihnen wusste etwas von den anderen.«

»Wie konnte das passieren? Reden Polizisten nicht miteinander?«, fragte Sarah ungläubig.

Malloy rieb sich den Nasenrücken, als bekäme er allmählich Kopfschmerzen. »Über wichtige Fälle reden wir miteinander.«

»Und vier tote Mädchen sind nicht so wichtig?«, rief Sarah aus, doch Malloys mitleidiger Blick wäre gar nicht nötig gewesen, um sie daran zu erinnern, dass diese Todesfälle in der Tat keine große Rolle spielten. Außer den Familien der Mädchen interessierte sich niemand dafür, und diese Leute hatten weder das nötige Geld noch die Beziehungen, um für eine gründliche Aufklärung zu sorgen. Doch selbst wenn sie über die nötigen Mittel verfügt hätten, war es unwahrscheinlich, dass die Polizei auch nur einen dieser Fälle löste, weil der Kreis der Verdächtigen einfach zu groß war.

Aber jetzt sah Sarah eine Möglichkeit, diese Schwierigkeiten zu überwinden. »Diese vier Todesfälle sind *doch* wichtig, und zwar wenn wir beweisen können, dass sie alle von demselben Mann umgebracht worden sind. Vor allem, da es wahrscheinlich ist, dass er weitere Morde begehen wird.«

»Wir wissen aber nicht, ob es ein und derselbe Mann war«, rief Malloy sie zur Vernunft.

Diesmal war es Sarah, die *ihn* mitleidig ansah. »O Malloy, ich dachte, das hätten wir bereits geklärt. Die Mädchen waren alle tanzen gewesen, und sie sind alle auf dieselbe Weise im selben Viertel umgebracht worden. Was glauben Sie denn, wie viele Männer in der

Stadt herumschleichen und junge Frauen zu Tode prügeln?«

»Wahrscheinlich mehr, als Sie denken«, sagte Malloy. »Und selbst wenn nur ein Mann all diese Mädchen umgebracht hat, haben wir keinen Grund zu glauben, dass er es wieder tun wird.«

»Wie können Sie das sagen? Er ist doch schon vier Mal ungestraft davongekommen! Er muss sich doch für unbesiegbar halten. Wahrscheinlich wird er eher dazu übergehen, es noch öfter zu tun.«

»Und seit wann sind Sie eine solche Expertin bezüglich der Denkweise von Verbrechern, Mrs. Brandt?«, fragte er mürrisch.

Sarah konnte nicht widerstehen. »Seit ein ausgesprochen kluger Polizist es mich gelehrt hat.«

Malloys Gesichtsausdruck war unbezahlbar, aber Sarah verzichtete darauf, sich daran zu weiden. Sie lächelte nur zufrieden.

Schließlich fand Malloy die Sprache wieder. »Meinen Sie, Sie schaffen es jetzt bis zur Straßenbahn? Ich habe genug von diesem Park.«

»Ich auch«, pflichtete Sarah ihm bei. »Auf der Rückfahrt können wir uns dann darüber unterhalten, wie wir bei unseren Ermittlungen weiter vorgehen.«

Eigentlich war Sarah ausgesprochen erstaunt über Malloys Einverständnis, sie bei den Ermittlungen mithelfen zu lassen. Sie hatte ihn nur geneckt, als sie vorgeschlagen hatte, ein System zu entwickeln, doch er war willens – wenn nicht sogar begierig – gewesen, sich von ihr helfen zu lassen. Anscheinend waren die Ermittlungen in den anderen Mordfällen genauso eingestellt worden, wie Malloy in seinem Fall aufgegeben hatte, und zwar aus denselben Gründen. Sarah vermutete, dass Malloy Gewissensbisse hatte, weil er sich nicht mehr Mühe gegeben hatte, den ersten Fall zu lösen, auch wenn sie sich einig waren, dass es hoffnungslos gewesen war, solange es nur ein Opfer gab. Erst jetzt bestand die Möglichkeit, die Liste der Verdächtigen einzuschränken.

Sarah hatte vorgehabt, am nächsten Tag sofort bei Gerdas Schwester anzufangen, doch sie wurde gleich am frühen Morgen zu einer Geburt gerufen. Bis sie den gesunden Jungen sicher zur Welt gebracht hatte, war es später Nachmittag. Männer kehrten mit ihren leeren Essenstöpfen nach Hause zurück, und während sich am Himmel ein Gewitter zusammenbraute, erfüllte der Kochgeruch tausender Abendmahlzeiten die heiße Sommerluft. Wenigstens würde das Gewitter der drückenden Hitze ein Ende setzen.

Sarah störte die Familie Otto nicht gern um diese Tageszeit, und sie hatte erst recht nicht das Bedürfnis, Lars Otto wieder zu begegnen, doch andererseits wollte sie bei der Suche nach Gerdas Mörder auch nicht noch mehr Zeit verlieren. Vielleicht erwischte sie Agnes ja, bevor ihr Mann von der Arbeit kam.

Sie stieg die dunkle Treppe zur Wohnung der Ottos hoch. Die Hitze dutzender Kochherde verwandelte das Treppenhaus in einen einzigen Ofen. Die beiden älteren Kinder spielten auf dem Treppenabsatz. Der Junge beschäftigte seine Schwester, so gut er konnte, wahrscheinlich, damit sie ihrer Mutter nicht im Weg war. Obwohl er noch so klein war, verstand er schon, dass seine Mutter jetzt keine Ablenkung gebrauchen konnte.

Durch die Wohnungstür, die offen stand, um jedes noch so kleine Lüftchen einzulassen, das sich regte, konnte Sarah Agnes in der Küche sitzen sehen. Agnes rollte lustlos einen Plätzchenteig aus. Neben dem Tisch stand eine Wiege auf dem Fußboden, die sie mit dem Fuß anstieß. Darin lag das Neugeborene, nur mit einer zerlumpten Windel bekleidet. Es sah auch nicht besser aus als bei Sarahs letztem Besuch und jammerte mitleiderregend. Agnes schien das Klagen des Kindes gar nicht mitzubekommen.

»Guten Tag, Mrs. Otto«, rief Sarah, und Agnes fuhr auf.

Als sie sich dann umdrehte, war es Sarah, die über ihr verhärmtes Aussehen erschrak. Ihr Haar war schweißnass, ihre Lippen hatten kaum Farbe und unter ihren roten Augen lagen dunkle Schatten. Sarah erkannte augenblicklich, dass sie unter Blutarmut litt und ihr seelischer Zustand sich nicht gebessert hatte. Doch das Baby war in noch größerer Gefahr.

»Mrs. Brandt?«, sagte Agnes nach einer Weile, so als brauchte sie Zeit, um ihre Besucherin zu erkennen. »Warum sind Sie hier? Ist Mrs. Gertz schon so weit?«

Sarah lächelte. »Nicht, dass ich wüsste. Ich war nur in der Nähe und habe mir gedacht, ich komme vorbei und erkundige mich, wie es Ihnen geht. Das Baby macht einen etwas unglücklichen Eindruck.«

Agnes warf einen Blick in die Wiege, die sie immer noch mechanisch schaukelte, als arbeitete ihr Fuß unabhängig vom Rest ihres Körpers. Sie schien das Gejammer ihres Kindes erst jetzt zu bemerken.

»Sie ist so lieb, dass ich fast vergesse, dass sie da ist«, sagte die frischgebackene Mutter, während sie das Baby nicht besonders sanft aus der Wiege hob.

Sarah hielt es für wahrscheinlicher, dass sie das Kind kaum *wahrnahm*, aber sie sagte nichts, sondern wartete darauf, dass Agnes dem Kind die Brust gab. Stattdessen versuchte diese, das Baby zu schaukeln, als würde das dem Schreien ein Ende bereiten.

Sarahs Magen verkrampfte sich vor Angst, doch sie versuchte, es sich nicht anmerken zu lassen. In ihrem Zustand würde Agnes wahrscheinlich keine Kritik an ihren mütterlichen Fähigkeiten vertragen. Wenn sie sich von Sarah angegriffen fühlte, würde sie sich dem Kind gegenüber nur noch mehr verhärten.

»Vielleicht hat sie Hunger«, meinte sie vorsichtig.

Das Baby suchte verzweifelt und vergrub das Gesicht auf der vergeblichen Suche nach Milch im Leibchen seiner Mutter.

»Ich habe jetzt keine Zeit. Ich muss das Essen kochen«, sagte Agnes und legte das Baby wieder in die Wiege. »Lars wird wütend, wenn er nach Hause kommt und das Abendessen nicht fertig ist.«

Das Gesicht des kleinen Mädchens war verkrampft und rot, doch es schien zu schwach zu sein, um mehr als dieses leise, mitleiderregende Wimmern von sich zu geben. Sarah wusste, was das bedeutete. Das Baby bekam nicht genug Aufmerksamkeit und Nahrung, und es würde sterben. Nicht heute oder morgen, aber bald. Es würde nicht wachsen, würde nicht zunehmen, sondern verkümmern, kränklich werden und sterben. Sarah hatte es schon oft genug mit angesehen. Zu viele ungewollte Babys schienen ihr Schicksal zu erkennen und das Vergessen dem Leid vorzuziehen. Manche Leute mochten sagen, dass sie tot besser dran waren als in einer Welt, die sich nicht um sie kümmerte, doch Sarah war da anderer Meinung. Sarah hasste den Tod. Es endeten viel zu viele Kinderleben durch Verletzungen und Krankheiten. In der Stadt starb eins von drei Kindern aus diversen Gründen. Sarah gab die Menschen in ihrer Obhut niemals leicht auf, und sie hatte nicht vor, hilflos dazustehen und zuzulassen, dass dieses Kind ohne guten Grund verloren ging.

»Ich kann ein Auge auf die anderen Kinder haben und die Plätzchen fertig machen, während Sie mit dem Baby nach nebenan gehen und es stillen. Ich verschreibe Ihnen Ruhe und Entspannung.« Sie lächelte freundlich und hoffte, dass Agnes ihre Verzweiflung nicht spürte.

Doch Agnes war viel zu sehr mit ihren eigenen Ängsten beschäftigt, um Sarahs Ausdruck überhaupt zu bemerken, geschweige denn, ihre Absichten zu deuten.

Eine Weile starrte sie einfach nur auf den plattgedrückten Teigball, der vor ihr auf dem Tisch lag, als versuchte sie, sich daran zu erinnern, was sie gerade damit gemacht hatte.

»Lars wird wütend«, wiederholte sie. »Wenn er nach Hause kommt, muss das Essen auf ihn warten.«

»Er wird sich aber auch nicht gerne Babygeschrei anhören«, sagte Sarah. »Ich kann den Teig genauso gut ausrollen wie Sie.«

Das mochte zwar gelogen sein, aber diese Lüge bereitete Sarah kein schlechtes Gewissen. Stattdessen wartete sie geduldig, während Agnes über die möglichen Komplikationen nachdachte und das Baby weiterwimmerte. Schließlich stand sie mühsam auf. Ihr verblichenes Hauskleid hing an ihr herab, und Sarah wunderte sich, wie schnell sie nach ihrer Schwangerschaft wieder abgenommen hatte. In Wirklichkeit war sie viel zu dünn, als ließe sie nicht nur das Kind verhungern, sondern auch sich selbst.

Sarah war so besorgt über Agnes' Gewichtsverlust, dass sie fast nicht bemerkt hätte, wie diese sich beim Aufstehen an die Seite fasste, so als hätte sie dort Schmerzen.

»Stimmt etwas nicht?«, fragte Sarah und streckte automatisch die Hände aus, um ihr zu helfen.

Agnes wich zurück und fuhr zusammen, als befürchtete sie einen Schlag, doch dann schien sie sich zu fangen. Sie richtete sich auf, und der Stolz überwand ihre offensichtlichen Beschwerden. »Es geht mir gut.«

»Sie haben doch Schmerzen an der Seite«, sagte Sarah und ging in Gedanken eine Liste möglicher Spätfolgen der Schwangerschaft durch. Ihr fiel jedoch spontan nichts ein, was für Agnes' Seitenschmerzen verantwortlich sein konnte. »Ich untersuche Sie gern und schaue nach, ob …«

»Es ist nichts«, beharrte Agnes. »Nur eine Prellung.

Ich … ich bin aus dem Bett gefallen. Ja genau, ich bin aus dem Bett gefallen. In der Nacht. Es war eine dumme Sache. Wie ein kleines Kind. Ich habe immer noch Albträume. Von Gerda.«

Sarah nickte. Auch sie träumte manchmal von ihrer toten Schwester, auch wenn Maggie schon seit über zehn Jahren tot war. Maggie, die gestorben war, als sie ein Kind zur Welt brachte. Maggie, die Sarah gelehrt hatte, den Tod von ganzem Herzen zu hassen und ihn zu bekämpfen, wo immer sie konnte.

»Jetzt gehen Sie und legen Sie sich hin. Füttern Sie das Baby und ruhen Sie sich ein bisschen aus. Ich kümmere mich um Ihre Plätzchen.«

Agnes' Gesichtsausdruck war herzerweichend und mitleiderregend. Sie rang mit Gefühlen, die Sarah nicht einmal ansatzweise verstehen konnte.

»Ich kann Sie nicht bezahlen«, sagte sie schließlich.

»Ich berechne es den Leuten nicht, wenn ich ihnen einen Gefallen tue«, erwiderte Sarah sanft. »Bitte ruhen Sie sich ein wenig aus. Wenn Sie nach einer Geburt, die ich begleitet habe, krank werden, schadet das meinem Ruf«, fügte sie lächelnd hinzu.

Agnes verstand Sarahs Versuch eines Scherzes nicht, doch sie ließ es zu, dass Sarah das Baby aufhob und es ihr in den Arm legte.

»Ich habe ganz vergessen zu fragen, wie Sie sie genannt haben«, sagte Sarah.

Agnes blickte auf das Kind hinunter, als müsste sie darüber nachdenken. »Martha«, sagte sie dann. »Nach Lars' Mutter. Ich hätte sie gern Gerda genannt, aber …« Ihr versagte die Stimme, und Sarah fürchtete, dass sie zusammenbrechen würde, wenn sie nicht bald ins Bett kam.

Mit professionellen Handgriffen führte Sarah ihre Patientin zu ihrem ungemachten Bett und half ihr hinein. Bevor sie die beiden allein ließ, versicherte sie sich, dass das Baby richtig trank. Sie warf einen Blick auf die beiden anderen Kinder, die immer noch so leise spielten, dass Sarah es beunruhigend fand. Die Kinder starrten sie mit großen, argwöhnischen Augen an, als sie ihnen sagte, dass ihre Mutter sich ausruhte, aber sie gaben keinen Ton von sich. Malloys stummer Sohn kam ihr in den Sinn, und einen Augenblick lang fragte sie sich … Doch dann erinnerte sie sich wieder daran, die Kinder bei einem ihrer früheren Besuche sprechen gehört zu haben und begriff, dass sie wahrscheinlich nur von Dingen eingeschüchtert waren, die sie nicht verstehen konnten.

Sarah machte kurzen Prozess mit den Plätzchen. Sie fürchtete, dass sie dem Teig zu viel Mehl hinzugefügt hatte, aber sie hasste es, wenn er am Nudelholz klebte. Eigentlich hasste sie alles, was mit Teig zu tun hatte. Entweder er war eine klebrige oder eine staubige Sauerei. Sie stach die Plätzchen mit der Kante eines Trinkglases aus, suchte sich ein Backblech und steckte sie in den Ofen. Inzwischen waren ihre Kleider feucht, und der Schweiß lief ihr über das Gesicht. So viel Arbeit, und sie hatte Agnes noch keine einzige Frage über ihre Schwester gestellt.

Sie war gerade dabei, das letzte Mehl vom Küchentisch zu wischen, als sie Schritte auf der Treppe hörte und die Kinder vor der Tür »Papa! Papa!« riefen. Lars Otto musste zurücksein, und er würde sich ärgern, weil sein Essen noch nicht fertig war. Wahrscheinlich würde er sich sogar noch mehr darüber ärgern, Sarah hier vorzufinden. Sie wappnete sich für das Zusammentreffen mit ihm.

Lars Otto rief etwas auf Deutsch, das sich in Sarahs Ohren ein wenig wütend anhörte, und kam dabei zur Tür herein. Er hatte sich seine kleine Tochter auf die Hüfte gesetzt, während sein Sohn stolz den Essenstopf seines Vaters mit beiden Händen in die Wohnung trug.

Seine Arbeitskleider waren schmutzig, wahrscheinlich mit getrocknetem Blut von den Tieren befleckt, die er geschlachtet hatte, doch er hatte sich bemüht, sich zu reinigen, bevor er nach Hause ging. Als er Sarah sah, blieb er stehen und runzelte die Stirn.

»Stimmt etwas mit Agnes nicht?«, fragte er, anscheinend eher wütend als besorgt. Oder vielleicht war er ja nur einer jener Männer, die ihr Feingefühl hinter ihrer Wut verbargen. Sarah hoffte es jedenfalls.

»Sie ist sehr müde, und sie hat sich immer noch nicht von der Geburt erholt. Ich mache mir Sorgen um sie und das Baby. Martha gedeiht nicht, und …«

»Warum sollten Sie sich um das Baby sorgen? Das ist doch gar nicht Ihre Aufgabe.«

»Ich bin ausgebildete Krankenschwester, Mr. Otto. Ich kümmere mich genauso um kranke Babys wie um deren Mütter.«

»Ist Martha denn krank?«, fragte er ungläubig.

»Sie wird krank werden, wenn ihre Mutter nicht wieder zu Kräften kommt. Sie bekommt nicht genug zu essen. Sie könnten versuchen, ihr Kondensmilch zu geben, aber nur wenige Babys kommen damit zurecht. Ich würde vorschlagen …«

»Agnes wird dieses Baby ganz genauso stillen, wie sie die anderen gestillt hat«, unterbrach er sie entrüstet. »Wir haben kein Geld, das wir für Milch aus dem Laden verplempern könnten.«

»Das möchte ich auch nicht. Muttermilch ist in jedem Fall das Beste, aber Agnes …«

»Hat Agnes Sie rufen lassen?«, wollte er wissen und stellte seine Tochter auf den Boden. Das kleine Mädchen fing an zu weinen, durch den Streit der Erwachsenen aus der Fassung gebracht.

»Nein«, räumte Sarah ein. »Ich bin nur vorbeigekommen, um nachzusehen, wie es ihr geht.«

»Ich werde Sie nicht für diesen Besuch bezahlen«,

teilte er ihr in arrogantem Tonfall mit. »Wir haben Sie nicht rufen lassen und wir haben keine Probleme.«

»Sie haben ein großes Problem, Mr. Otto. Ihre Frau trauert um ihre Schwester und sie ist nicht in der Lage, sich vernünftig um das Baby zu kümmern.«

»Lars?« Agnes' Stimme war kaum mehr als ein Flüstern, und als Sarah sich umdrehte und sie in der Schlafzimmertür stehen sah, erschrak sie über die blanke Angst in ihrem Gesicht. »Dein Abendessen ist fast fertig.«

Erst jetzt fielen Sarah die Plätzchen wieder ein. Sie warf einen Blick auf den Ofen und sah einen verdächtigen Qualmkringel aus der Klappe kommen. Schnell griff sie nach einem Handtuch und öffnete die Ofentür. Die Plätzchen begannen gerade anzubrennen, und Sarah konnte sie gerade noch herausziehen, bevor sie ernsthaften Schaden nahmen. Dennoch konnte sie sehen, dass Lars alles andere als erfreut war.

»Jetzt kochen Sie auch noch in meinem Haus?«, fragte er sie.

»Ich habe Agnes nur geholfen, damit sie sich ein wenig ausruhen konnte. Sie braucht Zeit, um mit dem Tod ihrer Schwester ins Reine zu kommen, und ...«

»Niemand wird hier um diese Frau trauern! Sie verdient unsere Tränen nicht.« Er funkelte Agnes an, als warnte er sie, ihm zu widersprechen. Sie zog den Kopf ein wie ein geprügelter Hund und beeilte sich, das Baby, das jetzt schlief, wieder in die Wiege zu legen. Ohne aufzublicken, huschte sie zum Herd und begann, aus dem Topf, der dort geköchelt hatte, etwas aufzutischen.

»Sie werden jetzt gehen«, sagte Lars zu Sarah. »Und kommen Sie nicht zurück. Wir brauchen keine Hebamme mehr.«

Sarah beschloss, den anderen Grund für ihren Besuch nicht zu erwähnen, nämlich sich zu erkundigen, ob Agnes irgendetwas über Gerdas Begleiter wusste. Unter den gegebenen Umständen glaubte sie nicht, dass es

Lars übermäßig freuen würde zu hören, dass sie bei den Ermittlungen in dem Mordfall half.

Da sie genauso wenig verweilen wollte, wie Lars ihre weitere Anwesenheit wünschte, raffte Sarah ihre Sachen zusammen.

»Wenn Sie mich brauchen, melden Sie sich nur«, sagte sie zu Agnes, doch die Frau ließ sich nicht anmerken, dass sie sie überhaupt hörte. Sie war viel zu sehr damit beschäftigt, ihrem Mann das Abendessen aufzutischen.

Sarah verließ die Wohnung und flüchtete dankbar auf die geschäftige Straße, wo die Luft wenigstens einen Hauch frischer war. Sie konnte spüren, wie ihre Wangen vor Entrüstung über die Art, wie Lars Otto mit ihr umgegangen war, brannten. Vielleicht konnte man ihm verzeihen, dass er wütend war über den Skandal, den seine Schwägerin über seine Familie gebracht hatte, aber er hätte dennoch mehr Verständnis für den Schmerz aufbringen können, den seine Frau empfand. Zumindest hätte ihm die Gesundheit seiner Frau und seiner kleinen Tochter am Herzen liegen sollen. Doch Sarah wusste, dass viele Männer sich um solche Dinge kaum kümmerten.

Agnes Otto hatte Angst, ihrem Mann zu missfallen, und es war gut möglich, dass sie allen Grund dazu hatte. Sarah würde nichts tun, was ihn weiter verärgerte. Zumindest nicht so, dass er es mitbekam. Und er würde mit Sicherheit nicht mitbekommen, wenn sie Gerdas Freundinnen ausfragte.

6

»Mrs. Brandt, sind Sie zu einer Geburt unterwegs?«, rief eine Stimme, als Sarah am nächsten Abend aus ihrer Haustür trat.

»Heute Abend nicht«, erwiderte Sarah ihrer Nachbarin Mrs. Elsworth, der niemals etwas zu entgehen schien, das sich in der Nachbarschaft zutrug. Mrs. Elsworth brachte eine Unmenge Zeit damit zu, ihre Eingangstreppe zu fegen, nur um einen guten Aussichtspunkt zu haben. Genau das tat sie auch im Augenblick, aber zumindest hatte sie diesmal eine Ausrede. Die Regenschauer des Tages hatten den Boden mit Laub und kleinen Zweigen übersät.

»Ich besuche Bekannte.«

»Doch nicht den netten Polizisten?«, fragte Mrs. Elsworth hoffnungsvoll.

»Nein, leider nicht«, sagte Sarah, die ein Lächeln nicht unterdrücken konnte. Sie fragte sich, was Malloy wohl dazu sagen würde, wenn man ihn als ›nett‹ bezeichnete.

»Erwarten Sie vielleicht noch Besuch? Ich habe heute beim Aufräumen in der ersten Etage einen Knopf gefunden, also werde ich einen neuen Freund gewinnen. Ich frage mich, ob Sie vielleicht noch Geburten anstehen haben. Wenn jemand kommt, während Sie fort sind, nehme ich gern eine Mitteilung für Sie entgegen.«

»Ich wüsste im Moment von keiner Geburt, aber sollte jemand deshalb vorbeischauen, lassen Sie sich Namen und Adresse geben. Ich komme bestimmt nicht spät nach Hause.«

»Oh, das spielt für mich keine Rolle. Ich schlafe sowieso kaum noch. Ich wache beim kleinsten Geräusch auf, und dann bleibe ich den Rest der Nacht wach. Es ist wirklich lästig, alt zu werden.«

»Aber es ist doch besser als die Alternative, finden Sie nicht?«, meinte Sarah lächelnd.

Mrs. Elsworth erwiderte das Lächeln. »Da haben Sie wohl Recht.«

Sarah brach auf und ließ ihre Nachbarin weiter fegen, die mit einem Auge auf alles achtete, was interessant zu werden versprach.

Ein paar Minuten später stand Sarah vor dem Fabrikgebäude von Faircloth', wo gerade Schichtende war und die Mädchen ins Freie strömten. Sie versuchte, sich vorzustellen, wie Gerda hier arbeitete, stundenlang über eine Nähmaschine gebeugt, an der sie Männerhemden nähte, um dann am Ende des Tages die Fabrik zu verlassen, müde, aber neu belebt durch die Vorstellung, am Abend tanzen zu gehen und einen jungen Mann kennen zu lernen, der sie heiratete und ihr Leben veränderte.

Natürlich war nicht gesagt, dass es ihr dann besser ginge. Mit großer Wahrscheinlichkeit hätte sie ihre Tanzabende gegen ein Leben in einer Mietskaserne eingetauscht, gegen zu viele Kinder und zu wenig Geld. Unglücklicherweise wären die Alternativen auch nicht schöner gewesen: Ihr blieben nur Prostitution, früher Tod oder ein Leben als alte Jungfer, die von der Mildtätigkeit Fremder oder dem guten Willen ihrer Verwandtschaft abhängig war. Und wenn Sarah daran dachte, wie wahrscheinlich es war, dass Lars Otto guten Willen zeigte, verstand sie, warum die meisten Frauen nur dann unverheiratet blieben, wenn ihnen nichts anderes übrigblieb.

Anfangs fürchtete Sarah, Gerdas Freundinnen in der Menge der Mädchen zu verfehlen, die jetzt aus dem Gebäude strömten, doch dann sah sie Berthas geschmacklosen Hut mit dem roten Vogel, und sie rief ihren Namen, um sie auf sich aufmerksam zu machen. Bertha zeigte sich überrascht, und wie Sarah erwartet hatte, wies sie auch die beiden anderen Mädchen auf sie hin. Daraufhin bahnten sie sich ihren Weg zu Sarah hinüber.

»Mrs. Brandt, was machen Sie denn hier?«, fragte Lisle. »Haben Sie Neuigkeiten?«

»Haben Sie den Mörder gefunden?«, sprach Bertha die Frage aus, die Lisle unausgesprochen gelassen hatte.

»Noch nicht, und darum brauche ich Ihre Hilfe. Können wir irgendwo hingehen und uns unterhalten? Ich lade Sie zum Abendessen ein«, fügte sie hinzu, als die Mädchen ein wenig skeptische Gesichter machten.

Sie wusste, dass die Mädchen sich oft das Mittagessen sparten, um genug Geld zum Ausgehen zu haben, und deshalb nahmen sie die Einladung gern an. Sie fanden einen deutschen Biergarten in der Nähe, wo sie sich an Bratwurst und Sauerkraut mit frischem Brot satt aßen.

»Was wollen Sie denn von uns?«, fragte Lisle, als sie sich am Tisch niedergelassen hatten und die gehäuften Teller vor ihnen standen.

»Ich muss die Namen sämtlicher Männer wissen, mit denen Gerda vor ihrem Tod zu tun hatte«, erklärte Sarah. »Mein Freund Detective Malloy wird auch die Freundinnen der anderen ermordeten Mädchen befragen. Wir werden versuchen, die Liste der Verdächtigen so weit einzuschränken, dass nur noch Männer übrig bleiben, die mit jedem der Mädchen bekannt waren. Versuchen Sie, sich zu entsinnen, ob es Männer gab, die sich in diesen letzten Tagen besonders um Gerda bemüht haben.«

Die Mädchen dachten nach und argumentierten miteinander. »Natürlich hat er mit ihr getanzt!« »Nein, hat er nicht!« Es war frustrierend, und Sarah fürchtete schon, es würde vergeblich sein, weil sämtliche Tanzabende in ihren Köpfen zu einem zu verschwimmen schienen.

Dennoch schrieb sie sich alle Namen auf, die die Mädchen mit Gerda in Verbindung brachten, ganz gleich, wie flüchtig der Kontakt gewesen war. Vielleicht, so dachte Sarah, versuchte der Mörder zu vermeiden, dass man ihn vor dem Verbrechen länger mit dem Opfer zusammen sah. Vielleicht hatten sie sich nur unter vier Augen getroffen. Das war ein entmutigender Gedanke, bedeutete es doch, dass er klug genug gewesen war, um seine Identität vor aller Welt zu verbergen.

»Und vergesst George nicht«, erinnerte Bertha die anderen. »Er hat ihr diesen schicken Hut gekauft.«

Hetty nickte grimmig. »George hat sie sehr gemocht. Er ist furchtbar wütend geworden, als sie eines Abends mit einem anderen getanzt hat.«

»An welchem Abend war das?«, fragte Sarah mit neu erwachtem Interesse. »War es kurz vor ihrem Tod? War es, bevor oder nachdem er ihr den Hut geschenkt hat?«

»Danach, glaube ich«, sagte Bertha mit einem Blick auf Lisle, die die Stirn runzelte. Ihr gefiel die Wendung offensichtlich nicht, die das Gespräch genommen hatte.

Sarah wartete auf ihr Urteil. »Ja, es war danach«, erinnerte Lisle sich widerstrebend. »Ich glaube, sie hat den Hut an diesem Abend getragen. Damit hat das ganze Theater angefangen. George meinte, sie dürfte nur mit ihm tanzen, aber sie hatte genug von ihm.«

»Das stimmt«, erinnerte sich Hetty. »Sie hatte jemanden gefunden, der ihr besser gefiel. Er hatte auch mehr Geld. Sie hat gesagt, er hätte sie zum Abendessen in ein schönes Restaurant eingeladen.«

Die anderen Mädchen nickten.

»Und George war eifersüchtig«, riet Sarah.

»So könnte man es wohl nennen«, räumte Bertha ein, und die Mädchen wechselten einen Blick.

»Wie meinen Sie das?«

»Es war nicht so, als ob George sie geliebt hätte oder so«, erklärte Lisle. Es hörte sich fast so an, als verteidigte sie ihn. »Er hat nur … er wollte nur …«

»Sie hat ihn an sich herangelassen«, sagte Hetty unverblümt, da Lisle die richtigen Worte fehlten. »Er hätte es gern wieder getan, aber Gerda war mit ihm fertig, sobald sie den Hut hatte.«

»War Gerda sprunghaft?«

Die Mädchen starrten sie verständnislos an.

»Hat sie sich oft umentschieden, welchen Mann sie am liebsten mochte?«, versuchte Sarah es erneut.

»Sie hat keinen von ihnen gemocht«, sagte Bertha. »Nicht richtig.«

Lisle nickte zustimmend. »Ihr war nie besonders an einem Mann gelegen. Sie ist einfach mit jedem ausgegangen, der ihr ein bisschen Spaß versprechen konnte.«

»Sie mochte Männer, die ihr etwas spendieren konnten«, fügte Hetty hinzu. »Je mehr, desto lieber.«

»Und sie hatte jemanden gefunden, der großzügiger war als George, also war er natürlich wütend«, sagte Sarah. »Weiß jemand Georges Nachnamen oder seine Adresse?«

»Er würde nie jemanden umbringen«, sagte Lisle etwas zu schnell, und jetzt fiel Sarah wieder ein, dass Lisle ebenfalls ein Geschenk von ihm bekommen hatte. Das bedeutete, dass sie ebenfalls eine Beziehung mit ihm eingegangen war. Empfand Lisle etwas für ihn? Wenn ja, dann musste Sarah aufpassen, was sie sagte.

»Ich habe nicht gesagt, dass ich ihn für den Mörder halte«, sagte Sarah. »Aber vielleicht kann er sich ja daran erinnern, wer der andere Mann gewesen ist, oder kennt sogar seinen Namen. Wir müssen jeden befragen, der uns auch nur den geringsten Hinweis geben kann. Nur so haben wir eine Chance, Gerdas Mörder zu finden, bevor er noch jemanden umbringt.«

Das ernüchterte die Mädchen augenblicklich. »George hat mir seinen Nachnamen nie gesagt«, sagte Lisle ein paar Sekunden später.

»Ich glaube, er hat Smith gesagt, aber das war wahrscheinlich gelogen«, sagte Hetty. »Manchmal verschweigen sie ihren richtigen Namen.«

Das glaubte Sarah gern. Sie notierte ›George Smith‹ mit einem Fragezeichen. »Was wissen Sie noch von ihm?«

»Er ist Vertreter für Damenartikel und verkauft an Siegel-Cooper, Ehrlichs, Simpson-Crawford, Adams &

Co. und O'Neils«, zählte Hetty die großen Kaufhäuser in der Sixth Avenue auf. »Zumindest hat er das behauptet«, fügte sie hinzu.

»Auf jeden Fall hatte er schöne Sachen in seinem Musterkoffer«, sagte Lisle. Sarah glaubte, einen sehnsuchtsvollen Unterton zu hören.

»Haben Sie ihn in letzter Zeit gesehen?«, fragte Sarah.

Die Mädchen strengten ihr Gedächtnis an. »Ich glaube nicht«, entschied Bertha schließlich. Die anderen pflichteten ihr bei.

»Er ist nicht mehr da gewesen, seit Gerda …« Lisle brauchte den Satz nicht zu beenden.

»Bitte lassen Sie mich wissen, wenn Sie ihn bei einer Tanzveranstaltung sehen, ja?«, bat Sarah. »Und es würde auch nicht schaden, sich umzuhören und herauszufinden, ob vielleicht sonst jemand mehr über ihn weiß.«

Ihre Mienen waren jetzt finster. Sie genossen das Detektivspielen eindeutig nicht so wie Sarah.

»Kannten Sie eins der anderen ermordeten Mädchen?«, fragte diese nun. »So gut, dass Sie sagen könnten, mit was für Männern sie ausgegangen sind?«

Sie überlegten.

»Ich habe Luisa manchmal beim Tanzen getroffen«, meinte Hetty.

Die anderen waren sich nicht sicher. Offensichtlich interessierten sie sich nicht übermäßig für die anderen Frauen auf dem Tanzboden.

»Sind Sie vielleicht mit ihren Familien bekannt?«, fragte Sarah weiter. »Vielleicht könnten Sie mich ihnen vorstellen?«

»Warum wollen Sie sie denn kennen lernen?«, fragte Lisle.

»Um herauszufinden, welche Männer vielleicht mit allen Mädchen bekannt waren.«

Die jungen Frauen sahen sie mitleidig an. »Ihre Familien werden so etwas kaum wissen«, sagte Lisle. »Am besten fragen Sie ihre Freundinnen. So wie uns. Sie könnten es wissen.«

Natürlich hatten sie Recht.

»Kennen Sie dann vielleicht jemanden, der mit ihnen befreundet war?«, fragte sie mit einem Lächeln.

Es vergingen zwei ganze Tage, bevor Malloy auf ihre Nachricht reagierte und sie besuchte. Sie saß im Garten im kühleren Abendwind und war furchtbar niedergeschlagen, weil sie an diesem Nachmittag ein Baby verloren hatte. Es hatte die Nabelschnur um den Hals gewickelt gehabt und war erstickt, noch bevor es das Licht der Welt erblickt hatte. Sarah wusste, dass sie nichts hätte tun können, dass sie es nicht hätte voraussagen oder verhindern können, aber sie hasste es dennoch zu versagen. Die Mutter war untröstlich gewesen. Sie hatte schon einmal ein Baby verloren, das zu früh geboren und nicht lebensfähig gewesen war. Sie hatte all ihre Hoffnungen auf dieses Kind gesetzt, da sie es geschafft hatte, es voll auszutragen. Und das Baby war perfekt gewesen. Zehn Finger und Zehen – und ein Engelsgesicht. Aber tot. Sarah hatte jeden Kunstgriff versucht, um es wiederzubeleben, doch es hatte nichts genützt.

Als sie es an der Tür klopfen hörte, erhob sie sich erschöpft und betete, dass es nicht wieder jemand war, der sie zu einer Geburt rief. Sie würde heute keine weitere Tragödie ertragen können. Deshalb freute sie sich tatsächlich, Malloy auf ihrer Eingangstreppe stehen zu sehen.

In seinem Anzug – wenn auch zerknittert – und seiner Melone sah er wie immer respekteinflößend aus. Sein Hemd brauchte einen frischen Kragen. Sie dachte an ihren Vater, der immer makellos gekleidet war. Felix Decker hielt sich für einflussreich, ein Mann, den niemand in der Stadt übergehen konnte, weil er Geld und

Macht besaß. Sarah war überzeugt, dass er keine fünf Minuten durchhalten würde, wenn Malloy beschloss, ihn in die Mangel zu nehmen. Dieser Gedanke heiterte sie ein wenig auf.

»Malloy, kommen Sie herein. Ich hoffe, Sie haben etwas zu berichten. Sie haben mich ja lange genug warten lassen.«

»Ebenfalls schön, Sie zu sehen, Mrs. Brandt«, erwiderte er und sie glaubte, in seinen Augen ein Glitzern zu sehen, als er an ihr vorbeiging.

»Ich hoffe, Sie haben dafür gesorgt, dass Mrs. Elsworth Sie kommen gesehen hat«, sagte sie und schloss die Tür hinter ihm. »Sie ist eine große Verehrerin von Ihnen.«

»Ich glaube nicht, dass irgendjemand hier hereinkommt, ohne von der alten Schachtel gesehen zu werden«, sagte Malloy verdrießlich und setzte seinen Hut ab. Sein dunkles Haar war zerzaust, und er versuchte, es mit den Fingern zu glätten, wodurch es nur noch schlimmer wurde.

»Kommen Sie, wir setzen uns nach draußen, da ist es kühler«, schlug sie vor. »Ich bin heute nicht dazu gekommen, Zitronen zu besorgen, deshalb kann ich Ihnen nur Wasser oder Kaffee anbieten.«

»Wasser«, sagte Malloy. Wahrscheinlich fand er es genau wie sie zu heiß für Kaffee, auch wenn das Thermometer gestern nach einem überraschenden Unwetter rapide um mehrere Grad gefallen war.

Als sie auf ihrer Veranda am Tisch saßen, griff er in sein Jackett und zog ein kleines Notizbuch hervor. Sarah hatte ihre Notizen bereits vor sich liegen.

»Diese Mädchen hatten eine Menge Männerbekanntschaften«, sagte er.

»Jetzt brauchen wir nur noch herauszufinden, welche sie *gemeinsam* hatten«, sagte Sarah.

»Nur, dass sie vielleicht den richtigen Namen des

Mannes gar nicht gekannt haben. Oder vielleicht wussten ihre Freundinnen nichts davon, dass sie sich mit ihm getroffen haben, oder ...«

»Seien Sie doch nicht so pessimistisch, Malloy! Zeigen Sie mir einfach die Namen, die Sie haben.«

»Das brauche ich doch bestimmt gar nicht, Mrs. Brandt. Sie haben doch wahrscheinlich in diesem Fall schon viel mehr ermittelt als ich.«

»Was meinen Sie damit?«, fragte Sarah und bemühte sich, einen unschuldigen Tonfall anzuschlagen.

»Das wissen Sie doch ganz genau. Ein paar von diesen Leuten hatten schon mit Ihnen gesprochen, als ich sie aufgesucht habe.«

»Ich habe nur versucht zu helfen. Ich hatte Angst, Sie würden es nicht schaffen, die Freundinnen sämtlicher Mädchen zu finden.«

»Sie hätten mir einfach ihre Namen geben können.«

»Außerdem habe ich versucht, Ihnen Zeit zu ersparen.«

»Dann hätten Sie mir sagen sollen, dass ich meine Arbeit einstellen kann. Ich habe eine Menge Zeit damit vertan, Ihren Spuren zu folgen.«

Malloy schien darüber jedoch nicht allzu verärgert zu sein. Er tat nur so. Sie hatte allerdings keine Ahnung, seit wann Sie sich so gut mit Malloys Stimmungen auskannte.

»Hören Sie auf, sich zu beschweren, Malloy. Ich weiß, dass Sie mit vielen Leuten gesprochen haben, die ich nicht getroffen habe. Genau wie dies umgekehrt bei mir der Fall ist. Also zeigen Sie mir schon Ihre Liste.«

Malloy öffnete sein Notizbuch und reichte es ihr, dann zog er ihre Papiere zu sich herüber, um sie sich seinerseits anzusehen.

Malloys Handschrift war überraschend klein und ordentlich. »Sie haben Beschreibungen der Männer verfasst«, merkte Sarah an.

»Viele von ihnen sagen den Mädchen ihre Nachnamen nicht. Wissen Sie, wie viele Männer in dieser Stadt Frank heißen? Ich wollte nur vermeiden, dass Sie mich für den Mörder halten, nur weil mein Name auf der Liste auftaucht.«

Sarah sah ihn erstaunt an. Sein Gesicht war ausdruckslos, und er tat so, als studierte er ihre Liste. Seit wann besaß er denn Humor?

»Das ist eine gute Idee«, gab sie zu. »Die Beschreibungen, meine ich. So erfahren wir sofort, ob es sich bei den Männern gleichen Namens um dieselben Personen handelt.«

»Nur, dass es nicht viele Männer gleichen Namens gibt.«

Das war Sarah ebenfalls aufgefallen. »Hier, ich habe eine Tabelle angefertigt«, sagte sie und zeigte auf ein Blatt Papier, auf dem sie vier Spalten angelegt hatte, für jedes tote Mädchen eine. In jeder Spalte hatte sie die Namen aller Männer aufgelistet, die die Freundinnen der Mädchen ihr genannt hatten. Natürlich hatte sie nicht so gründlich nachgeforscht wie Malloy. Sie hatte zum Beispiel niemanden aus Eva Bowers Freundeskreis befragen können, weil die Mädchen sie nicht kannten. Bei Luisa Isenberg war es ziemlich einfach gewesen, weil sie bei Faircloth' gearbeitet hatte und die Mädchen wussten, mit wem sie befreundet war. Dafür hatte sie nur wenige Leute gefunden, die Fedrika Lutz kannten. Sarah ergriff einen Stift und begann, die Namen in ihre Tabelle einzutragen, die Malloy bei seinen Befragungen in Erfahrung gebracht hatte.

»Es gibt keinen einzigen Namen, der auf allen vier Listen auftaucht!«

»Dann wäre meine Arbeit ja auch einfach, Mrs. Brandt, und man bräuchte keine Leute mit meinen Fähigkeiten, um Fälle zu lösen«, informierte er sie selbstgefällig.

Sarah musste zugeben, dass er damit wohl Recht hatte, wenn sie auch sehen konnte, dass ihm ihre Einsicht große Genugtuung bereitete. »Nun gut, Mr. Detective Sergeant, und was jetzt?«

Einen Moment lag genoss er seine Schadenfreude, aber nur einen Moment. »Wir picken uns die Namen heraus, die am häufigsten auftauchen. Dann spüre ich diese Männer auf – oder zumindest so viele wie ich kann – und frage sie, wo sie zum Zeitpunkt der Morde waren.«

»Daran werden sie sich kaum erinnern können«, meinte Sarah. »Abgesehen von dem Mord an Gerda sind die Verbrechen doch schon Wochen und Monate her.«

»Da haben Sie Recht. Ein normaler Mensch wird sich nicht einmal daran erinnern, wo er vor einer Woche an einem bestimmten Abend gewesen ist, zumindest nicht, ohne ernsthaft überlegen zu müssen. Aber der Mörder wird genau wissen, wo er an diesen Abenden gewesen ist. Wenn er nicht extrem schlau ist, wird er sich für diese Abende Alibis ausdenken. Er wird so tun, als könnte er sich genau erinnern, wo er gewesen ist, und er wird es mir detailliert erklären.«

Sarah war erstaunt. »Also könnte er sich selbst überlisten.«

»Sofern die Polizei noch listiger ist.«

Malloy genoss die ganze Sache viel zu sehr. »Aber was, wenn der Mörder ebenfalls sehr schlau ist? Was, wenn er schlau genug ist, um zu wissen, dass er sich nicht daran erinnern dürfte, wo er vor drei Monaten an einem bestimmten Abend gewesen ist?«

»So schlau sind Mörder nicht, Mrs. Brandt. Wenn sie es wären, wären sie keine Mörder.«

Sarah hoffte zwar sehr, dass er Recht hatte, doch bis jetzt hatte der Mörder sich außergewöhnlich intelligent verhalten. Er hatte Mädchen gewählt, deren Tod bei der Polizei kein Interesse wecken würde und die sich in gesellschaftlichen Kreisen bewegten, wo es normal war, häufig mit Unbekannten umzugehen. Weiter hatte er genügend große Abstände zwischen den Morden gelassen, sodass der Zusammenhang zwischen den Todesfällen bis jetzt niemandem aufgefallen war, und auch jetzt war es ja nur durch Zufall geschehen. Vielleicht hatte er seinen Opfern sogar einen falschen Namen genannt oder dafür gesorgt, dass er nicht mit dem Opfer zusammen gesehen wurde. Solange niemand wusste, dass er mit dem Opfer bekannt war, konnte auch niemand seinen Namen als Verdächtigen nennen. Doch Malloy hatte gesagt, kein Mörder sei so schlau, sonst wäre er kein Mörder. Daran hielt sie sich fürs Erste fest.

Als sie die Liste überflog, sah sie, dass der Name George in drei Spalten stand.

»Ich weiß nicht, wie er aussieht, aber wissen Sie noch, dass ich Ihnen gesagt habe, dass es nach Aussagen von Gerdas Freundinnen ein Mann namens George war, der ihr unmittelbar vor ihrem Tod einen Hut geschenkt hat? Außerdem habe ich gerade herausgefunden, dass er wütend geworden ist, als sie kurz vor dem Mord mit einem anderen getanzt hat.«

»Eifersucht kann manchmal ein Mordmotiv sein, aber in diesem Fall bezweifle ich das.«

»*Irgendeinen* Grund musste dieser Mann doch haben, diese Mädchen umzubringen. Vielleicht bildet er sich ein, sie zu lieben, und wenn sie sich mit jemand anderem einlassen, bringt ihn die Eifersucht um den Verstand, und er ermordet sie aus Rache.«

»Vielleicht«, war alles, was Malloy sich entlocken ließ. »Kennen Sie den Nachnamen von diesem George?«

»Die Mädchen meinten, er hieße Smith. Allerdings haben sie auch gesagt, sie könnten nicht genau sagen, ob es sein richtiger Name ist«, fügte sie hinzu, als er sie skeptisch ansah.

»George Smith. Damit reduziert sich die Zahl der infrage kommenden Männer in der Stadt ja auf ungefähr tausend.«

Sarah ignorierte seinen Sarkasmus. »Er verkauft Damenartikel an die großen Kaufhäuser. Er hat einen Musterkoffer, und so wie ich es verstehe, bietet er den Mädchen ein Geschenk daraus an, wenn sie ihm gewisse, äh, Freizügigkeiten gewähren.«

Sie hatte ihn in Verlegenheit gebracht, wenn er auch tapfer versuchte, es sich nicht anmerken zu lassen. Doch die Röte stieg ihm ins Gesicht und verriet ihn. »Mehr ist dazu heute nicht mehr nötig? Ein Haarband oder ein Paar Handschuhe?« Er war angewidert.

»Es gehört bestimmt noch mehr dazu. Vergessen Sie nicht, dass Gerda einen Hut bekommen hat.«

»Und ein Paar rote Schuhe. Hat George sie ihr gekauft?«

»Die Mädchen meinten nicht. Anscheinend hat Gerda sich ganz kurz vor ihrem Tod mit einem anderen eingelassen, aber den haben sie nie zu Gesicht bekommen. Er war ihr gegenüber sehr freigiebig, also hat sie George den Laufpass gegeben. Das war der Moment, in dem George wütend geworden ist. Ich glaube, es wäre gut, wenn Sie ihm wenigstens ein paar Fragen stellen würden.«

Malloy grunzte nur und betrachtete weiter die Liste. Sarah wünschte, sie hätte sich die Männer auf ihrer Liste beschreiben lassen. Sie war nicht einmal darauf gekommen, um eine Beschreibung von George zu bitten. Jetzt lag es auf der Hand, dass sie wissen musste, wie er aussah. Oder besser, dass Malloy es wissen musste.

Er erstellte eine neue Liste mit sämtlichen Namen, die in drei der Spalten auftauchten. Ein guter Anfang, dachte sie, und dann hörte sie, wie sich die Gartentür öffnete.

»O Mrs. Brandt, es tut mir so Leid; ich wusste nicht, dass Sie Besuch haben.« Mrs. Elsworth sah ganz und gar nicht so aus, als täte es ihr Leid. Im Gegenteil, sie sah so zufrieden aus wie eine Katze mit dem Kopf in der Sahneschüssel. »Guten Abend, Detective Sergeant.«

Malloy erhob sich widerstrebend, als Mrs. Elsworth durch die Blumenbeete auf die Veranda zukam. »Guten Abend«, erwiderte er ohne die geringste Spur von Wärme.

»O Mrs. Brandt, Sie werden mich jetzt für völlig zerstreut halten, aber diese Nachricht wurde heute Morgen für Sie abgegeben, und ich habe sie ganz vergessen.« Sie hatte ein Stück Papier in der Hand, das Sarah ihr am liebsten entrissen hätte, aber es hatte keinen Sinn, unhöflich zu sein. Mrs. Elsworth würde es ihr schon noch geben. »Ich hätte es wissen müssen«, sagte diese gerade. »Mir ist heute Morgen eine Gabel hingefallen. Sie kennen doch den Spruch: ›Messer fällt, Besuch aus der Herrenwelt, Gabel fällt, Besuch aus der Damenwelt.‹«

Sarah kannte den Spruch nicht, aber sie nickte dennoch. »Wollen Sie damit sagen, eine Dame ist für mich dagewesen?«

»Liebe Güte, ja. Ich dachte, das hätte ich gesagt. Und sie hat diese Nachricht für Sie dagelassen.«

»Ich hoffe, es geht darin nicht um eine Geburt.« Das wäre ja schrecklich.

»O nein, natürlich nicht. Ich habe ihr sofort gesagt, dass Sie bei einer Geburt sind und nur der Himmel weiß, wann Sie zurück sind. Babys folgen schließlich ihrer eigenen Uhr. Aber sie hat gesagt, es ginge nicht um ein Baby und sie wolle nur eine Nachricht hinterlassen. Sie sah nicht wie die Sorte von Leuten aus, von denen Sie normalerweise Besuch bekommen, wenn ich das sagen darf, aber weil sie so ein kleines Ding war, habe ich sie nicht für gefährlich gehalten. Ich habe sie hereinkommen und eine Notiz für Sie schreiben lassen, und dann habe ich das Ganze bis jetzt vergessen.«

Endlich reichte sie Sarah das Briefchen, und diese faltete es hastig auseinander. Es war voller Fehler, aber sie entzifferte die Nachricht trotzdem ohne Probleme. Sie war von Lisle.

»Eine von Gerdas Freundinnen hat George gestern Abend beim Tanzen gesehen«, unterrichtete sie Malloy.

Als sie aufblickte, stand Mrs. Elsworth erwartungsvoll da. »Vielen Dank, Mrs. Elsworth. Dies ist eine sehr wichtige Mitteilung. Ich bin froh, dass ich sie bekommen habe.«

»Ich hoffe, die Verspätung hat nicht geschadet«, sagte die Alte und runzelte besorgt die Stirn.

»Überhaupt nicht«, beruhigte Sarah sie. »Herzlichen Dank, dass Sie sie mir gebracht haben. Sie haben mir sehr geholfen.«

Sarah versuchte, sie fortzuschicken, aber sie wollte nicht fortgeschickt werden. Sie wollte wissen, worüber die beiden sprachen, und sie versuchte zu lesen, was auf den Papieren stand, die auf Sarahs Tisch verstreut lagen.

»Wir wollen Sie nicht aufhalten, Mrs. Elsworth«, sagte Malloy. Sein Tonfall war unmissverständlich. Er wollte sie loswerden.

Mrs. Elsworth machte ein langes Gesicht und sie tat Sarah Leid. Mrs. Elsworth war einsam, und in ihrem Leben gab es kaum Vergnügen und keinerlei Aufregung. An Sarahs Leben teilzuhaben, war eine ihrer wenigen Freuden. Aber diesen Teil ihres Lebens konnte Sarah nicht mit ihr teilen.

»Wenn man mich morgen nicht braucht, könnten Sie doch vielleicht zum Mittagessen kommen«, schlug sie vor, um der Zurückweisung ihre Schärfe zu nehmen.

Das schien die Alte ein wenig zu besänftigen. »Ich backe einen Kuchen«, bot sie an. »Ich gehe gleich morgen früh auf den Markt und sehe mir an, was es für Obst gibt. Guten Abend, Detective Sergeant. Was für ein Vergnügen, Sie wiederzusehen.«

Malloy erwiderte das Kompliment nicht. Nachdem

sich das Tor hinter ihr geschlossen hatte, wartete er noch kurz, dann sagte er: »Zeigen Sie mir den Brief.«

Die Nachricht war kurz. Lisle war es offensichtlich nicht gewohnt, förmliche Briefe zu schreiben. Sie hatte George am Abend zuvor in der Harmony Hall gesehen und war heute Morgen auf dem Weg zu Faircloth' vorbeigekommen, um Sarah zu informieren.

»Sie sagt, sie hat sich für heute Abend mit ihm verabredet«, sagte Sarah. »Es gibt wieder eine Tanzveranstaltung dort.«

»Gibt es denn jeden Abend eine?«, fragte Malloy, der sich das nicht vorstellen konnte.

»Anscheinend ja. Und das ist nur der eine Tanzsaal. Es gibt noch mehr davon in der Stadt.«

Malloy blickte von Lisles Brief auf. »Sie glauben, dass dieser George der Mörder ist, nicht wahr?«

Sarah hoffte, dass er es war. Sie wollte, dass der Mörder schnell dingfest gemacht wurde, bevor er noch jemandem etwas antun konnte. »Ich glaube, dass er vielleicht etwas weiß«, gab sie zu. »Er war wütend, weil Gerda sich mit einem anderen eingelassen hat. Vielleicht weiß er wenigstens, wer dieser Mann ist.«

Malloy seufzte. »Dann wollen Sie jetzt wohl sofort losgehen und ihn suchen.«

Sarah lächelte liebenswürdig. »O nein. Die Tanzveranstaltung beginnt frühestens in einer Stunde.«

»Wissen Sie, Sie können da nicht mit mir hineingehen«, sagte Sarah, als sie sich der Harmony Hall näherten. Auf dem Gehsteig am Fuß der Treppe hatte sich das übliche Sortiment herausgeputzter, junger Männer versammelt, um die eintreffenden Mädchen zu begutachten.

Malloy warf ihr einen ungeduldigen Blick zu. »Wie soll ich denn dann diesen George unter die Lupe nehmen?«

»Ich weiß es nicht genau. Vielleicht sollten wir Lisle

bitten, ihn ins Freie zu locken. Jedenfalls darf er Sie nicht zuerst sehen. Ich fürchte, Sie würden ihn nur einschüchtern, Malloy, und außerdem sehen Sie nicht so aus, als gehörten Sie hierher. Sie würden nur die Kundschaft verscheuchen.«

Er machte ein Gesicht, als wollte er ihr widersprechen, doch genau in diesem Augenblick fiel der Blick eines der Kerle vor dem Eingang auf Malloy, und sie stoben in alle Richtungen auseinander wie die aufgescheuchten Hühner.

Malloy runzelte die Stirn, und Sarah, die wieder einmal Recht behalten hatte, sagte: »Sehen Sie, was ich meine? Sie sehen einfach zu sehr wie ein Polizist aus. Sie machen den Leuten Angst.«

»Nur Leuten, die etwas zu verbergen haben«, warf Malloy ein.

»Vielleicht hat dieser George ja etwas zu verbergen.«

Malloy pflichtete ihr brummend bei.

Als sie die Treppe erreichten, die zum Tanzsaal hinaufführte, sah sich Sarah um. »Wir müssen absprechen, wo wir Sie antreffen.«

»*Wir?*«, fragte er. »Ich dachte, dieses Mädchen bringt ihn ins Freie. Und glauben Sie nur ja nicht, dass ich Sie dabeistehen lasse, wenn ich diesen George verhöre. Sie haben nicht die Nerven dazu.«

Jetzt hätte Sarah widersprechen können. In ihrem Beruf als Krankenschwester und Hebamme hatte sie schon oft Menschen auf schreckliche Weise sterben sehen, und mit ihren Nerven war alles in Ordnung. Doch das meinte er wahrscheinlich gar nicht. Sie würde seine Methoden nicht billigen, die nötigenfalls bestimmt ziemlich brutal waren. Wenn es so war, dann hatte er Recht, ihr fehlten die Nerven dazu.

»Was für einen Ort brauchen Sie für Ihr Verhör?«, fragte sie. »Reicht eine Seitengasse?«

»Jede abgelegene Stelle ist in Ordnung«, erwiderte er

und überflog die Umgebung auf der Suche nach einem geeigneten Ort. »Ich warte in der Bar auf der anderen Straßenseite. Dort setze ich mich in die Nähe des Fensters an der Straße, sodass ich sehen kann, wenn Sie herauskommen.«

»Sie wissen doch gar nicht, wie sie aussehen«, rief Sarah ihm ins Gedächtnis. »Ich komme direkt vor oder hinter ihnen aus dem Gebäude und mache Sie auf sie aufmerksam. Dann können Sie ihnen folgen, bis Sie eine gute Stelle finden, um ... zu tun, was Sie tun müssen.«

Malloy ließ sich nicht gern auf ihren Plan ein, doch er war so vernünftig, dass er ihm nichts entgegenzusetzen hatte. »Nun gut, aber glauben Sie nur nicht, dass ich Sie beim Verhör zusehen lasse.«

Sarah lächelte liebenswürdig und begab sich dann zur Eingangstreppe. Die Musik war laut und schrill, und der Tanzsaal war bereits überfüllt, verraucht und unerträglich heiß. Der Türsteher nahm ihr Eintrittsgeld in Empfang, doch sie konnte an seiner Miene ablesen, dass er ihre Anwesenheit an einem solchen Ort ausgesprochen seltsam fand.

Sarahs Augen brauchten einen Augenblick, um sich an die Dunkelheit im Saal zu gewöhnen. Dann sah sie Lisle und die anderen Mädchen an einem Tisch an der gegenüberliegenden Wand sitzen. Während sie sich ihren Weg durch die Menge zu ihnen bahnte, erntete sie neugierige Blicke. Mit dem Gefühl, hier auffällig fehl am Platze zu sein, erreichte sie schließlich den Tisch, an dem Lisle, Hertha und Betty saßen.

Hertha und Betty machten finstere Gesichter, und Lisle rauchte nervös. Sarah bemerkte, dass ihre Hand alles andere als ruhig war, als sie die Zigarette an ihre Lippen hob, um daran zu ziehen.

»Sie hätten sie nicht dazu überreden dürfen«, sagte Hetty zu Sarah, als sie sich auf den leeren Stuhl setzte. »Sie hat Todesangst.«

»Halt den Mund, Hetty«, funkelte Lisle ihre Freundin an und zog ein weiteres Mal an der Zigarette. »Ich habe keine Angst. Ich bin nur nervös.«

»Wenn Sie es nicht tun wollen, kann ich Malloy sagen, dass ...«

»Ich *will* es aber tun!«, beharrte Lisle. Sie warf den Zigarettenstummel auf den Boden und drückte ihn mit ihrer Schuhspitze aus. »Wollt ihr etwa nicht wissen, wer Gerda umgebracht hat?«, fragte sie die anderen Mädchen herausfordernd.

Sie senkten die Blicke. Sarah konnte nicht genau sagen, ob sie aus Scham oder Angst schwiegen. Was immer es war, sie hoffte nur, dass es die Ermittlungen nicht behindern würde.

»Ich habe meinem Freund Detective Sergeant Malloy gesagt, dass Lisle, wenn sie mit George aus dem Tanzsaal geht ...«

»Sie meinen, sie muss mit ihm gehen? Was, wenn er der Mörder ist?«, jammerte Bertha.

»Psst!«, sagte Hertha und sah sich nervös um, ob jemand sie gehört hatte. Zum Glück war die Musik so laut, dass sie sich kaum gegenseitig verstehen konnten.

»Mr. Malloy wartet unten«, erklärte Sarah schnell. »Er wird Lisle und George folgen, und dann wird er George zur Rede stellen. Nachdem ich mich mit Lisle entfernt habe«, fügte sie eilig hinzu, als Bertha erneut zum Protest ansetzte. »Entweder gehe ich kurz vor oder nach ihnen hinaus. Dann kann ich sie Malloy zeigen. Sie werden nicht weit kommen, und Lisle wird keine Sekunde mit ihm allein sein.«

Die Mädchen machten keinen sonderlich beruhigten Eindruck. Lisle sah sich um und sah einen jungen Mann an ihrem Tisch vorbeikommen. »Hast du eine Zigarette für mich?«, fragte sie mit einem gereizten Lächeln.

Er war nur allzu gern bereit, ihr eine Zigarette anzubieten und sie für sie anzuzünden. Doch als er Anstalten machte, sich zu ihnen zu setzen, wandte sie sich ab und sagte schwach: »Danke. Bis später.«

Er zog beleidigt davon und blickte einmal wütend zurück. Sarah glaubte, Mordlust in seinen Augen funkeln zu sehen. Sie war in letzter Zeit viel zu argwöhnisch.

»Irgendein Zeichen von George? Ist er schon da?«, fragte sie.

Die Mädchen schüttelten die Köpfe. Ein junger, sommersprossiger Mann mit vorstehenden Zähnen kam zu ihnen herüber und bat Bertha um einen Tanz. Erst auf Lisles Zureden ging sie widerstrebend mit ihm. Ein paar Minuten später kam ein anderer Mann und forderte Hetty auf. Sarah blieb allein mit Lisle zurück und sah ihr zu, wie sie ihre zweite Zigarette so weit zu Ende rauchte, bis sie sie nicht mehr halten konnte. Lisle trat sie so heftig aus, dass Sarah zusammenfuhr.

»Es gibt keinen Grund zur Angst«, versuchte Sarah sie zu beschwichtigen. »Mr. Malloy wird Sie nicht aus den Augen lassen.«

»Ich habe keine Angst«, fauchte Lisle. Was auch immer sie empfand, es ließ ihr zerbrechliches Gesicht erstarren. »Jedenfalls nicht vor George. Er wird mir nichts tun. Wenn er das vorhätte, hätte er es längst getan. Es gefällt mir nur nicht, ihn so hinters Licht zu führen. Und was wird Ihr Freund von der Polizei mit ihm machen? Was, wenn er nicht weiß, wer Gerda umgebracht hat?«

Bevor Sarah ihr antworten konnte, trat ein junger Mann auf sie zu. Er war nicht zu groß, gut gebaut und hatte das freundliche, offene Gesicht eines geborenen Vertreters. Sein Anzug war zwar grell, aber er war von guter Qualität und saß wie angegossen. Sein Haar war unter einer Melone mit Pomade geglättet und seine Wangen waren glatt rasiert. Sein Lächeln entblößte kräftige, ebenmäßige Zähne.

»Lisle, mein Schatz, entschuldige die Verspätung. Die

Straßenbahn ist entgleist, und ich musste fast die ganze Strecke laufen. Oh, guten Abend, Miss«, sagte er, als er Sarah bemerkte.

»Das ist meine Freundin Sarah«, sagte Lisle, ohne sie anzusehen.

»George Smith«, sagte er und tippte sich mit den Fingern an den Hut. »Freut mich, Sie kennen zu lernen.« Seine Miene verriet ihr, dass er versuchte, dahinter zu kommen, was eine Frau wie sie an einem Ort wie diesem machte. Mit Lisle. Sie lächelte einfach nur gütig, während sie versuchte, sich vorzustellen, wie er eine junge Frau zu Tode prügelte. Die Vorstellung wollte ihr einfach nicht in den Kopf.

»Danke«, sagte sie und musste beinahe rufen, um sich bei der Musik verständlich zu machen.

George zog einen der Stühle dichter an Lisles heran und setzte sich. »Du siehst fertig aus, Kleine. Was ist los?«

»Ich habe die Nase voll von dieser Veranstaltung. Können wir irgendwo anders hingehen?« Sie klang nicht besonders begeistert über diese Idee und George wurde wohl ein wenig argwöhnisch. Er warf einen Blick auf Sarah, als versuchte er, sich auf irgendetwas einen Reim zu machen.

»Machen Sie sich keine Gedanken um mich«, sagte Sarah. »Ich wollte auch gerade gehen.«

»Ich möchte Sie nicht vertreiben«, sagte er mit seinem allzu freundlichen Lächeln. »Der Abend fängt doch gerade erst an.«

»Nicht für mich, fürchte ich.« Sarah stand auf und sah Lisle an, um sich zu versichern, dass sie es durchstehen würde. Das Kinn des Mädchens hob sich einen Zentimeter, und sie erwiderte Sarahs Blick fest.

»Gehen Sie nur«, sagte sie. »Machen Sie sich meinetwegen keine Sorgen. Mir kann nichts passieren, George ist ja da.«

»Nett, Sie kennen zu lernen, Mr. Smith«, sagte Sarah zu George, der sich höflich erhob und ihr zunickte. Er war immer noch verwirrt und rätselte, wer Sarah war und warum sie hier war, doch sie würde seine Neugier nicht befriedigen.

Als Sarah die relative Stille der Straße erreichte, spürte sie, wie auch ihre Nerven bebten. Kein Wunder, dass Lisle so nervös war.

Sie überquerte die Straße, wobei sie dem Verkehr des späten Abends ausweichen musste. So hatte Malloy hinreichend Zeit, sie von der Bar aus zu sehen, in der er warten wollte. Dann blieb sie stehen und blickte nach rechts und links, als versuchte sie zu entscheiden, welche Richtung sie einschlagen sollte. Sekunden später war Malloy bei ihr.

»Haben Sie ihn gesehen?«

»Ja, und ich denke, er und Lisle werden bald kommen. Wo können wir uns verstecken, damit er nicht sieht, dass ich nach ihm Ausschau halte?«

»Sie brauchen sich gar nicht zu verstecken«, sagte er. Er ergriff ihren Arm, führte sie zum Nachbargebäude und lehnte sie mit dem Rücken daran. Dann stellte er sich vor sie und wandte ihr das Gesicht zu, so als führten sie ein sehr intimes Gespräch. Er lehnte seinen Arm neben ihrem Kopf an die Wand, sodass ihr Gesicht von den Leuten abgeschirmt war, die aus der Richtung der Harmony Hall kamen.

Sarah blickte zu Malloy auf, dessen Gesicht jetzt nur wenige Zentimeter von ihrem entfernt war. Sie konnte die winzigen Haare seiner frischen Bartstoppeln sehen. Wie seltsam, dass ihr das noch nicht aufgefallen war, aber seine Augen waren tiefbraun und hatten goldene Flecken.

»Können Sie sie schon sehen?«, fragte er. Seine Stimme hörte sich ein wenig heiser an. Oder vielleicht bildete sie sich das auch nur ein.

Gehorsam blickte sie unter seinem Arm hindurch. Eine Gruppe junger Männer, die offensichtlich betrunken waren, war auf dem Weg in den Tanzsaal. Sie lachten und schubsten sich gegenseitig spielerisch herum, während sie die Treppe hinaufschwankten. Die Sekunden verstrichen qualvoll langsam. Sarah war sich der Nähe Malloys sehr bewusst. Der Abend war warm, aber in den letzten paar Minuten war es ihr noch beträchtlich wärmer geworden.

Sarah versuchte, Luft zu holen, und stellte fest, dass ihre Lungen ihr den Dienst versagten. Gerade, als sie glaubte, sich unter Malloys Arm hinwegducken und flüchten zu müssen, um nicht den Verstand zu verlieren, sah sie sie.

»Da sind sie!«, rief sie, und Erleichterung und Triumph schwangen in ihrer Stimme mit.

7

Malloy blickte hinter sich und sah einen Mann und eine Frau – nun ja, eigentlich ein Mädchen – die Treppe herunter kommen. Das Mädchen war klein und schlank, das Haar unter ihrem übergroßen Hut blond. Der Mann war so gekleidet, wie er es schon bei unzähligen Vertretern gesehen hatte, mit einem Anzug, der wohl eher auffallen als von Stil zeugen sollte. Anscheinend glaubten diese Vertreter, einen unauslöschlichen Eindruck auf die Leute machen zu müssen, selbst wenn er nicht von Geschmack zeugte.

Das Mädchen hatte sich bei dem Mann untergehakt und sie wandten sich von der Stelle ab, an der er und Mrs. Brandt standen. Besser, wenn er ihnen einen kleinen Vorsprung ließ. Es würde einen verdächtigen Eindruck machen, wenn er ihnen sofort folgte.

Er konnte Mrs. Brandts raschen Atem hören. Wahrscheinlich hatte sie Angst. Was sie hier taten, gehörte nicht unbedingt zu den normalen Tätigkeiten einer Hebamme. Vielleicht befürchtete sie sogar, dass das Mädchen irgendwie zu Schaden kommen würde. Es war möglich, dachte er, aber nicht sehr wahrscheinlich, nicht, wenn er dem Mann folgte.

Frank konnte ihren Atem auf seiner Wange spüren. Er fing am ganzen Körper an zu schwitzen. Der Abend war zwar warm, aber so warm nun auch wieder nicht. Er stand einfach nur zu dicht bei Mrs. Brandt, das war alles. Und das würde er sofort ändern. Da, das Paar bog um die Ecke.

»Kommen Sie«, sagte er und stieß sich erleichtert von der Wand ab. Er musste endlich etwas tun. Irgendetwas, sofern es ihn nur von diesen Gedanken ablenkte, die er nicht denken sollte.

Er wartete nicht ab, ob sie mitkam. Sie würde sowieso keinen Schritt von seiner Seite weichen. Wahrscheinlich würde er sie sogar zwingen müssen, ihn allein zu lassen, wenn sie George eingeholt hätten. Sie würde alles hören wollen, was er sagte. Nun, auch damit würde er fertig werden.

Er lief den Gehsteig entlang in die Richtung, die Lisle und George genommen hatten, und wartete auf eine Lücke im Verkehr, um die Straße zu überqueren und dem anderen Paar zu folgen. Unbewusst griff er nach Sarahs Arm und hielt ihn fest, um sie an seiner Seite zu haben, wenn er die Gelegenheit zur Überquerung der Straße sah. Dann ergab sich unerwartet eine Lücke zwischen zwei Wagen, und er zerrte sie über die Straße, wobei er nur knapp einen Haufen Pferdeäpfel verfehlte.

Sie protestierte leise, aber er ignorierte es. Als sie die andere Straßenseite erreicht hatten, ließ er ihren Arm los. Das Paar ging vor ihnen her und das Mädchen klammerte sich immer noch an den Arm des Mannes. Sah sie sich etwa um? Verdammt, sie würde ihn noch darauf aufmerksam machen, dass man ihnen folgte.

Nein, halt, sie sprach nur mit ihm. Er beugte sich über sie, um sie besser zu verstehen. Sie zeigte mit dem Finger auf irgendetwas, und er reagierte überrascht, folgte dann aber ihrer Richtung. Sie verschwanden in einer Seitenstraße.

»Kluges Mädchen«, sagte Frank Malloy lobend zu Sarah, die sich anstrengen musste, um mit ihm Schritt zu halten.

»Ich glaube, ich verstehe langsam, warum es keine weiblichen Polizisten gibt«, sagte sie atemlos. »Verfolgungsjagden in Röcken sind einfach zu schwierig.«

Er versuchte, nicht zu lächeln, konnte es aber nicht verhindern. Sie waren jetzt fast am Eingang der Straße, in der das andere Paar verschwunden war. Malloy blieb abrupt stehen und ergriff erneut Sarahs Arm.

»Bleiben Sie hier«, warnte er sie. »Wenn das Mädchen hier auftaucht, bringen Sie sie fort. Es ist mir egal, wohin Sie gehen, Hauptsache fort von hier.«

»Wird diese Sache Lisle in Gefahr bringen?«, fragte sie, die Augen angstvoll aufgerissen und die Wangen gerötet.

»Nicht, wenn er nicht der Mörder ist, und wenn er es *ist*, dann nehme ich ihn fest, also – nein, machen Sie sich keine Sorgen um sie. Ihr droht keine Gefahr. Ich möchte nur nicht, dass Sie beide in der Nähe sind, wenn ich ihn verhöre. Verstehen Sie mich?«

Es gefiel ihr nicht, aber sie nickte. Und sie blieb stehen, als er die Gasse betrat. Gott sei Dank.

Selbst mittags fiel kein Sonnenstrahl auf diese Straße, und jetzt warf der Abend lange Schatten. Frank brauchte einen Augenblick, um sich an die Dunkelheit zu gewöhnen. Allerdings brauchte er seine Augen gar nicht, um sie zu finden. Er konnte ihre Küsse von hier aus hören. Entweder war das Mädchen wirklich mit Feuereifer bei der Sache, oder sie wollte sichergehen, dass Malloy sie fand. Da sie diesen Mann für den möglichen Mörder ihrer Freundin hielt, ging Frank von Letzterem aus.

George murmelte etwas, das Frank nicht verstehen konnte. Er bahnte sich vorsichtig seinen Weg durch die Abfallhaufen und gab sich Mühe, George nicht auf sich aufmerksam zu machen, bevor er ihn nicht überwältigen konnte. Als er dicht genug herangekommen war, begriff er allerdings, dass George nicht einmal eine an ihnen vorbeimarschierende Blaskapelle bemerkt hätte.

»Hallo, George«, sagte Frank liebenswürdig und jagte dem Mann einen Riesenschreck ein, als er seinen Arm ergriff und ihn ihm auf den Rücken drehte.

»Was zum ...«, rief George und schnappte schmerzerfüllt nach Luft, als Frank ihm fast den Arm auskugelte.

Das Mädchen schrie auf, ob aus Angst oder aus Protest, es kümmerte ihn nicht besonders. »Mach, dass du wegkommst«, wies er sie an. »Los, weg.«

Sie zögerte einen Augenblick und blickte in Georges schmerzverzerrtes Gesicht, doch offensichtlich beschloss sie, Frank zu gehorchen. Sie rannte davon. Mrs. Brandt würde sie ja in Empfang nehmen und sich um sie kümmern. Jedenfalls ging sie ihn nichts mehr an.

»Sind Sie ihr Vater?«, fragte George, dessen Stimme vor Angst ganz schrill klang. »Hören Sie, es ist nicht so, wie Sie denken!«

»Woher wissen Sie denn, was ich denke?«, erkundigte Frank sich freundlich und rammte Georges Gesicht vor die Ziegelmauer.

»Au!«, rief dieser, aber er wehrte sich nicht. So dumm war er nicht. »Sie hatte nichts dagegen!«, versuchte er zu argumentieren. »Ich habe sie zu nichts gezwungen. Es war sogar ihre Idee!«

»Das sind aber nicht gerade die Worte, die ein Vater gerne hört, George«, sagte Frank. »Vielleicht sollten Sie es mit einer anderen Geschichte versuchen.« Er zerrte ein wenig an Georges Arm.

»Au! Ich hatte nichts Böses vor!«

»Was *hatten* sie denn vor, als sie ein Mädchen in eine Seitenstraße geführt haben?«, fragte Frank. Seine Stimme war immer noch freundlich, im Gegensatz zu seiner Handlungsweise. »Vielleicht hatten Sie ja einen Plan. Zum Beispiel vielleicht, auf sie einzuprügeln.«

»Auf sie einzuprügeln?«, keuchte George überrascht. »Warum sollte ich so etwas tun?«

»Oh, vielleicht, weil Sie sie hassen. Sie hassen alle Frauen, nicht wahr, George? Sie finden, dass sie es alle verdient haben zu sterben.«

»Zu *sterben?* Wovon reden Sie eigentlich? Und wer sind Sie?« Allmählich wurde seine Stimme panisch.

»Ich bin Detective Sergeant Frank Malloy von der New Yorker Polizei, und ich untersuche den Tod mehrerer junger Frauen aus der Stadt.«

»Und was wollen Sie dann von mir?«, fragte George. Seine Worte klangen verzerrt, weil Frank sein Gesicht jetzt noch fester an die Ziegel presste.

»Weil Sie sie gekannt haben. Und zwar alle«, sagte Frank, der ein wenig übertrieb, um mehr Eindruck zu machen. »Und wir wissen, dass Sie wenigstens einer von ihnen kurz vor ihrem Tod ein Geschenk gemacht haben. Interessanterweise wurde sie umgebracht, nachdem Sie wütend auf sie geworden waren, weil sie eines Abends mit einem anderen getanzt hat.«

»Wer …? Gerda? Meinen Sie etwa Gerda?« Der Mann klang beinahe erleichtert. »Sie glauben, ich habe sie umgebracht?«

»Der Gedanke ist mir in der Tat gekommen, vor allem, nachdem ich erfahren habe, dass Sie sich wegen eines anderen mit ihr gestritten haben.«

»Wenn das alles ist, was Sie wollen, können Sie mich gehen lassen.« Georges Erleichterung nahm zu. »Sie brauchen mich nicht mehr festzuhalten. Ich erzähle Ihnen alles, was Sie wissen wollen.«

»Warum fangen Sie dann nicht einfach an, und wenn ich etwas gehört habe, das mir zusagt, überlege ich mir, ob ich Sie gehen lasse.« Er verdrehte George ein wenig den Arm, und der junge Mann erschauerte abermals vor Schmerzen.

»Ich habe ihr einen Hut geschenkt«, sagte er rasch. Seine Stimme war wieder schrill, und er redete schneller, als könnte er es nicht abwarten, das Verhör hinter sich zu bringen. »Sie und ich ... Na ja, sie hat ihn sich verdient, mehr kann ich dazu nicht sagen. Sie mochte hübsche Sachen und war bereit, alles zu tun, um sie zu bekommen.«

»Es zeugt aber nicht gerade von einem Gentleman, so von einer Dame zu reden, George«, sagte Frank tadelnd.

»Gerda war keine Dame«, sagte George. »Da können Sie jeden fragen.«

»Vielleicht tue ich das auch. Also haben Sie ihr diesen Hut gekauft, und dann hat sie jemanden mit mehr Kleingeld gefunden und Ihnen den Laufpass gegeben.«

»Sie hat mich ganz verrückt gemacht!«, gab George zu. »An einem Tag war sie mein Mädchen und am nächsten Tag wollte sie nicht einmal mehr mit mir tanzen. Sie hat gesagt, sie hätte jemanden gefunden, der ihr noch schönere Sachen kaufen kann. Hat mir diese roten Schuhe gezeigt, die er ihr geschenkt hat. Sie waren noch nicht einmal gute Qualität, und davon verstehe ich etwas! Wirklich. Aber es war ihr egal. Sie waren auffällig, und das war alles, was sie interessiert hat. Um mich hat sie sich einen feuchten Kehricht geschert.«

»Haben Sie sich denn um sie geschert?«, fragte Frank.

Diese Frage hätte George am liebsten nicht beantwortet, doch dann half Frank ein wenig nach. »Ich mochte sie gern«, gab er vor Schmerzen keuchend zu. »Sie war sehr lustig, wenn ihr danach zumute war.«

»Und als ihr nicht mehr danach zumute war, sind Sie mit ihr in eine Gasse gegangen und haben sie zu Tode geprügelt.«

»*Nein!* Ich habe sie nicht angerührt. Ich habe sie danach überhaupt nicht mehr gesehen. Sie ist mit irgendeinem Mann weggegangen, und ich habe sie nie wiedergesehen. Niemand hat sie wiedergesehen. Es war in der Nacht, als sie ermordet wurde.«

»Wer war der Mann?«

»Ich weiß es nicht. Sie hat mir seinen Namen nicht gesagt.«

»Wie hat er ausgesehen?«

»Ich habe ihn nie zu Gesicht bekommen.«

»Und Sie können mir wohl nicht beweisen, wo Sie den Rest dieser Nacht verbracht haben?«

»Ich ... nein ... ich glaube, ich bin im Tanzsaal geblieben, bis er geschlossen hat. Dann bin ich nach Hause gegangen.«

»Allein?«

»Ich glaube, ja. Ich kann mich nicht erinnern. Ich war wütend auf Gerda, und ich hatte zu viel getrunken.«

»So viel, dass Sie sich möglicherweise gar nicht daran erinnern können, wie Sie sie zu Tode geprügelt haben?«

»Nein. Ich habe sie nicht angerührt. Das schwöre ich.«

Frank stieß ihn angewidert von sich. George stolperte gegen die Mauer, fand das Gleichgewicht wieder und richtete sich dann langsam auf, wobei er sich das Gesicht rieb und den schmerzenden Arm dicht an seinen Körper drückte.

»Ich habe sie nicht umgebracht. Ich schwöre es!«, verteidigte er sich.

»Was ist mit Eva Bower? Ihre Freundinnen sagen, Sie

haben ihr Ihre Aufwartung gemacht, und kurz darauf hat man sie tot gefunden.«

»Ich kann mich nicht ... Eva, sagen sie?« Er konnte sich wirklich nicht erinnern.

»Ihre Freundinnen sagen, Sie haben ihr einen Hut gekauft. Ich nehme an, sie hat ihn sich genauso verdient wie Gerda.«

»Eva?«, wiederholte George gequält. »O ja, die Pfauenfedern! Sie wollte einen mit Pfauenfedern. Jetzt erinnere ich mich. Sie war ... Haben Sie gesagt, sie ist *tot?*«, fragte er ungläubig.

»Ja, das habe ich. Sie ist auf dieselbe Weise umgekommen wie Gerda. Letzten Winter. Nicht allzu lange, nachdem Sie ihr den Hut mit den Pfauenfedern gekauft hatten.«

»Ich habe sie nicht mehr wiedergesehen, aber ich wusste nicht, dass ihr etwas zugestoßen ist. Mädchen kommen und gehen, wissen Sie. Sie kommen eine Weile zum Tanzen, bis sie einen festen Freund finden. Dann haben sie es nicht mehr nötig. Ich dachte, sie ... Ich wusste nichts davon, dass sie tot ist.« George klang bedrückt.

»Nun, sie ist es aber. Genau wie Luisa Isenberg und Fredrika Lutz.«

»Ich weiß nicht ... nein, halt, ich erinnere mich an Luisa. Kräftiges Mädchen mit strohblonden Locken?«

Frank fand diese Beschreibung nicht sehr schmeichelhaft, doch er sagte: »Genau.«

»Sie hat keinen Hut bekommen. Nur ein paar Glasperlen. Sie wollte nicht ... Na ja, Sie wissen schon.«

Frank wusste es in der Tat, aber er sagte nichts. Er war zu angewidert.

»Haben Sie gesagt, Luisa ist auch tot?«, fragte George.

»Ja, genau wie Fredrika. Was ist mit Fredrika? Was hat sie sich verdient?«

George rieb sich immer noch das Gesicht. Dann hielt

er inne und überlegte. »Ich erinnere mich nicht an sie. Soll ich sie wirklich gekannt haben? Wie hat sie denn ausgesehen?«

»Vielleicht könnte ich herausfinden, was für einen Hut sie ihr gekauft haben. Würde das helfen?«, fragte Frank sarkastisch.

Doch George verstand seinen Seitenhieb nicht. »Ich glaube nicht. Ich denke nicht, dass ich ein Mädchen namens Fredrika gekannt habe. Daran würde ich mich erinnern. Mein Vater heißt nämlich Fredrick, und deshalb hätte ihr Name sich mir bestimmt eingeprägt.«

Frank musste dem Drang widerstehen, ihn einfach nur aus Prinzip zusammenzuschlagen. Bewusstlos würde George ihm jedoch nicht mehr besonders nützlich sein. »Wie viele Mädchen haben Hüte von Ihnen bekommen, George?«

»Ich führe nicht Buch darüber«, antwortete der junge Mann ein wenig beleidigt.

»Vielleicht sollten Sie das aber, da so viele von ihnen als Leichen geendet sind.«

»Ich habe diese Fredrika nicht gekannt, also können Sie nicht behaupten, dass ich ... Glauben Sie etwa, ich hätte sie *alle* umgebracht?« Er war entsetzt. »Um Gottes willen, für was für einen Mann halten Sie mich?«

»Für einen Mann, der seine Zeit damit verbringt, so viele Mädchen zu verführen und dann sitzen zu lassen, wie er finden kann.«

»Ich verführe sie nicht!« Jetzt war George außer sich. »Meistens schlagen sie es als Erste vor. Sie wissen, dass ich ihnen etwas Schönes schenken werde. Die Hüte sind teuer. Ich bekomme sie zwar zum Einkaufspreis, aber das wissen sie ja nicht. Nur so können sie an hübschen Kram kommen.«

»Also tauschen sie ihre Tugend gegen Geschenke ein.«

»So ist es nicht! Sie ... ich habe noch nie ein Mädchen

genommen, das noch Jungfrau war. Sie sind nicht unschuldig, falls Sie das meinen. Sie sind nicht auf Romantik aus. Es ist reine Geschäftssache für sie.«

»Genau wie für Sie«, sagte Frank. »Wahrscheinlich geben Sie auch noch vor Ihren Freunden damit an, dass Sie nie dafür bezahlen müssen.«

George spielte erneut den Beleidigten. »Niemand zwingt sie, es zu tun.«

Frank hatte diesbezüglich seine eigene Meinung, doch er behielt sie für sich. Es führte zu nichts, wenn er hier über die Beweggründe der Mädchen diskutierte. Er wollte wissen, warum man sie umgebracht hatte.

»Sie haben also kein Alibi für die Nacht, in der Gerda umgebracht worden ist.«

»Ich habe es Ihnen doch gesagt, ich bin im Tanzsaal geblieben. Es haben mich jede Menge Leute dort gesehen.«

»Jede Menge Leute, für die eine Nacht der anderen gleicht. Und was ist mit den Nächten, in denen die anderen Mädchen ermordet worden sind?«

»Ich weiß doch gar nicht, wann das gewesen ist. Ich wusste doch nicht einmal, dass sie tot sind.« Er jammerte jetzt wie ein geprügelter Hund. Frank hätte ihn am liebsten in eine der Mülltonnen gestopft. Es würde niemanden kümmern außer Sarah Brandt, die nicht wollen würde, dass ein Unschuldiger bestraft wurde, ganz egal, wie verabscheuungswürdig er war.

Frank gab sich seufzend geschlagen. »Vielleicht sollten Sie für eine Weile sehr vorsichtig sein, George«, sagte er. »Es sieht so aus, als hätten die Mädchen, mit denen Sie es treiben, die unangenehme Angewohnheit, als Leichen zu enden.«

»Nicht alle«, protestierte George. »Dutzende von ihnen sind immer noch quicklebendig. Fragen Sie das Mädchen, mit dem ich heute Abend zusammen war, Lisle. Sie wird es Ihnen bestätigen.«

Das war mehr als Frank ertragen konnte. Selbst Sarah Brandt würde es ihm verzeihen. Er rammte seine Faust in Georges weichen Bauch und traf ihn genau an der Stelle unter seinen Rippen, bei der ihm Hören und Sehen vergehen und er den Tod schon vor Augen haben würde, ohne jedoch ernsthaft Schaden zu nehmen.

Als George zusammenbrach und auf den schmutzigen Boden sank, sagte Frank: »Sie sollten sich ein wenig Respekt vor jungen Damen angewöhnen, George. Das stünde Ihnen gut zu Gesicht.«

Es war vollständig dunkel, als Frank Sarah Brandts Haus erreichte. Er fragte sich nicht, warum er sofort hierher gegangen war, nachdem er mit George fertig war. Eigentlich wollte er den Grund auch gar nicht wissen. Er wusste nur, dass er ihr mitteilen wollte, was er erfahren hatte. Sie würde darauf brennen, es zu hören.

Er war sich nicht einmal sicher, dass sie da sein würde. Vielleicht hatte sie ja zuerst Lisle nach Hause gebracht und war noch gar nicht zurück. Vielleicht war sie sogar zu einer Geburt gerufen worden. Doch als er in die Bank Street einbog, sah er Licht in ihrem Fenster. Einen Augenblick lang fragte er sich, ob er das Haus betreten sollte. Was würden ihre Nachbarn denken? Zumindest die alte Schachtel von nebenan würde ihn mit Sicherheit sehen.

Andererseits kamen wahrscheinlich zu jeder Tages- und Nachtzeit Fremde an ihre Tür, um sie zu einer Geburt zu holen. Seine Anwesenheit konnte also kaum jemanden schockieren.

Sie sah erfreut aus, ihn zu sehen, hielt sich aber den Finger vor die Lippen, um anzuzeigen, dass er leise sein sollte. »Ich habe Lisle mit zu mir gebracht«, flüsterte sie. »Sie hat letzte Nacht nicht geschlafen, weil die bevorstehende Begegnung mit George sie so nervös gemacht hat. Sie war so erschöpft, dass sie fast auf dem Stuhl eingeschlafen ist, also habe ich ihr mein Bett angeboten. Wenn wir in den Garten gehen, stören wir sie aber nicht, denke ich.«

Er folgte ihr durch das dunkle Haus und genoss das seltsame Gefühl der Intimität, das ihr Schweigen erweckte. Langsam fing er an, sich in ihrer Wohnung viel zu wohl zu fühlen. Er würde dafür sorgen müssen, dass dieser Fall sich nicht mehr allzu lange hinzog. Dann würde er aufhören, sich mit ihr zu treffen, und er hoffte, sein altes Leben ohne Bedauern wieder aufzunehmen.

In ihrem Garten war es etwas kühler als im Haus. Die Blumen übertünchten den Gestank der sommerlichen Stadt, und erst als Frank sich mit einem Seufzer in einen der Korbsessel sinken ließ, merkte er, wie erschöpft er war.

»Ich bin gleich wieder da«, sagte Sarah und verschwand im Haus. Als sie zurückkam, hatte sie eine Flasche und ein Glas dabei. Sie schenkte ihm einen Whiskey ein. »Sie sahen so aus, als könnten Sie etwas Stärkeres brauchen«, erklärte sie.

Obwohl er solcherart Alkoholika normalerweise vermied, machte er heute Abend eine Ausnahme. Er trank das Glas dankbar in einem Schluck leer.

»Ist George der Mörder?«, fragte ihn Sarah.

»Ich glaube nicht. Eines der Mädchen kannte er wahrscheinlich gar nicht. Oder aber er ist ein sehr guter Lügner.«

»Das kann doch sein, oder?«

»Natürlich. Es ist möglich, dass er alle vier Mädchen umgebracht hat und vielleicht noch andere, von denen wir nicht wissen, und dass er mir ins Gesicht gelogen hat. Es gibt Männer, die das können. Allerdings Gott sei Dank nicht viele, sonst würden wir nie einen Verbrecher fangen. Sie lügen alle. Aber die meisten von ihnen lügen nicht besonders gut.«

»Kann er sich erinnern, wo er in der Nacht gewesen ist, als Gerda ermordet wurde?«

»Er sagt, er sei im Tanzsaal geblieben. Es wird sich wohl kaum jemand an ihn erinnern können, weil ein Tanzabend wie der andere ist, also hat er kein besonders gutes Alibi.«

»Sie haben doch gesagt, genau das würde auf einen Unschuldigen hindeuten.«

Frank rieb sich das Kinn und war überrascht, wie lang seine Bartstoppeln waren. Er hätte sich rasieren sollen, bevor er sie besuchte. »Oder auf einen sehr cleveren Mörder.«

»Was glauben Sie?«

»Er kommt mir nicht besonders clever vor.«

Sie seufzte. »Ich nehme an, es war dumm zu glauben, dass es so einfach sein würde.«

»Es ist nie verkehrt zu hoffen. Manchmal ist es nämlich tatsächlich einfach.«

»Aber eher selten, sonst würde man bei der Polizei keine Männer wie Sie brauchen«, neckte sie ihn mit seinen eigenen Worten.

Er konnte ihr nicht widersprechen.

»Lisle macht sich Sorgen, dass George sich irgendwie an ihr rächen wird«, sagte sie.

»Sie kann ihm ja sagen, dass sie nichts davon gewusst hat. Er ist nicht intelligent genug, um das zu bezweifeln.«

»Ich werde dafür sorgen, dass sie das weiß. Sie hat große Angst.«

»Gut. Vielleicht rettet ihr diese Angst das Leben.«

Sie lehnte sich in ihren Sessel zurück und verschwand im Schatten. Einige Sekunden lang saßen sie einfach nur da und lauschten den nächtlichen Stadtgeräuschen. Er dachte gerade, dass er gehen sollte, als sie sagte: »Wie sieht der nächste Schritt aus?«

»Ich werde versuchen, die anderen Männer von der Liste zu finden. Das heißt, diejenigen, die drei Mal auftauchen. Ich werde sie verhören und dann sehen, ob ich den Verdacht habe, dass einer von ihnen lügt.«

»Und was kann ich in der Zwischenzeit tun?«

Er hatte vorgehabt, ›nichts‹ zu antworten. Es war die einzig vernünftige Antwort. Stattdessen hörte er sich sagen: »Können Sie mir sagen, wo genau sich diese Taubstummenschule befindet, von der Sie mir erzählt haben?«

Sarah wusste, dass Malloy es nicht gutheißen würde, wenn sie die Freundinnen der anderen Toten erneut befragte. Doch das Problem war, dass sie nicht einfach still sitzen und warten konnte, bis sie wieder von ihm hörte. Zum Glück hatte sie darauf bestanden, eine besser lesbare Abschrift der Liste mit den Verdächtigen für Malloy anzufertigen, und das Original behalten. Womit sie also auch eine Liste mit den Namen der Männer hatte, mit denen sich die Mädchen vor ihrem Tod getroffen hatten. Die Liste war jetzt kürzer, da sie George mehr oder minder gestrichen hatten. Damit blieben nur noch drei Namen übrig. Wenn sie mehr über diese Männer herausfinden würde, so dachte Sarah, konnte sie vielleicht herausbekommen, wer am ehesten als Verdächtiger infrage kam. Sie war fest davon überzeugt, dass jemand, der vier Frauen umgebracht hatte, irgendein Merkmal haben musste, das ihn von normalen Männern unterschied.

Sie hoffte nur, dass sie sich nicht täuschte.

Sarah hatte Luisa Isenbergs Schwester Ella einen Brief geschickt und angefragt, ob sie sich tags darauf mit ihr treffen könnte. Außerdem hatte sie Ella gebeten, Luisas Freundinnen zusammenzutrommeln, damit diese noch ein paar Fragen beantworteten.

Daher war sie enttäuscht, als am nächsten Abend nur Ella und ein anderes Mädchen im Biergarten auf sie warteten.

»Es will sonst keiner mehr darüber reden«, erklärte Ella, als Sarah sie begrüßt und sich an den Tisch gesetzt hatte. Ella war ein pummeliges Mädchen mit widerspenstigen Locken, die sie vergeblich zu einer modischen Pompadourfrisur zu zähmen versuchte.

»Sie glauben, es bringt ihnen Unglück«, sagte das andere Mädchen, das Ingrid hieß und Sarah keine große Hilfe gewesen war, als sie Luisas Freundinnen zum ersten Mal befragt hatte.

»Ich weiß, dass es hart ist, noch einmal darüber zu sprechen«, sagte Sarah. Sie versuchte, mitfühlend zu klingen, obwohl sie eigentlich ungeduldig war. »Aber ich habe einen neuen Hinweis bekommen, und ich hoffe, Sie können mir vielleicht helfen herauszufinden, was er bedeutet.«

»Einen neuen Hinweis?«, fragte Ingrid und sah Ella unsicher an.

»Ja, wir haben eine Liste mit allen Männern aufgestellt, die mit den Mädchen, äh, ausgegangen sind, kurz bevor sie ums Leben kamen. Eigentlich hatten wir gehofft, einen Mann zu finden, der mit allen Mädchen bekannt war. Das ist uns nicht gelungen, aber wir haben mehrere gefunden, die mit drei der Mädchen zu tun hatten. Ich frage mich, ob Sie mir wohl etwas über diese Männer erzählen können. Ihre Namen sind Donald, Robert und Will.«

»Ich kenne drei Männer, die Robert heißen«, sagte Ella stirnrunzelnd.

Sarah versuchte, sich ihre Enttäuschung nicht anmerken zu lassen. »Wir suchen nach dem Robert, von dem Sie gesagt haben, dass er sich kurz vor Luisas Tod für sie interessiert hat.«

»Ich wusste gar nicht, dass sie sich mit jemandem namens Robert getroffen hat«, wandte Ella ein.

Malloy musste diesen Namen wohl von jemand anderem gehört haben. Sie überprüfte die Liste. »Er ist groß, hat braune Haare und einen gezwirbelten Schnurrbart.«

»Oh, das ist bestimmt Bobby«, sagte Ingrid. »Zumindest nenne ich ihn so. Aber er ist nicht der Mann, nach dem Sie suchen. Er hat vor zwei Monaten geheiratet, gleich nachdem Luisa …«

»Oh, jetzt erinnere ich mich an ihn«, stimmte Elsa zu. »Ich habe ihn danach nicht mehr beim Tanzen gesehen.«

Wills Name hatte nicht in Luisas Spalte gestanden, aber Sarah glaubte, er sei einen Versuch wert. Die Mädchen dachten einen Augenblick nach.

»Ich habe einmal mitbekommen, wie sich ein paar Mädchen unterhalten haben …«, fing Ella an, verstummte dann aber, als Sarah sich begierig vorbeugte. Sie zwang sich, sich zu entspannen und zu lächeln.

»Ja?«, sagte sie ermutigend.

Ella sah Ingrid an, als wollte sie ihre Reaktion abschätzen. »Ich habe wirklich nur davon gehört, ich weiß selber nichts über diesen Mann.«

»Jeder Hinweis kann hilfreich sein«, versicherte Sarah ihr.

Dennoch zögerte das Mädchen und beugte sich dann vor, sodass niemand mithören konnte, was sie sagte. »Ich habe gehört, ein Mann namens Will wird manchmal ein bisschen … grob.«

»Wie meinen Sie das, grob?«, fragte Sarah ebenfalls mit gedämpfter Stimme.

Ingrid hörte mit großen Augen zu.

Ella sah sich um und versicherte sich, dass niemand in der Nähe war, obwohl der Lärm des Biergartens ihre Worte sowieso übertönt hätte. »Wenn ihm etwas nicht gefiel, dann … na ja, dann hat er die Mädchen manchmal geohrfeigt. Nichts Ernstes«, fügte sie hastig hinzu, als sei es nichts Besonderes, ein Mädchen zu ohrfeigen. »Er hat ihnen nicht richtig weh getan, sondern ihnen nur ein bisschen Angst gemacht, damit sie taten, was er wollte.«

Sarah spürte, wie die Aufregung in ihr hochspülte, und riss sich zusammen. Sie wollte Ella mit ihrem Eifer keine Angst machen. »Können Sie sich noch daran erinnern, wer Ihnen von diesem Will erzählt hat?«

»Nein.« Die Antwort kam zu schnell und zu überzeugt. Ella wusste es ganz genau, aber sie wollte es nicht sagen, zumindest nicht vor Ingrid.

»Wissen Sie sonst noch etwas von ihm? Wissen Sie, wie er ausgesehen hat?«

»Gut, habe ich gehört. Gut gekleidet, aber mehr weiß ich auch nicht. Oh, und er hatte immer viel Geld dabei. Aber das ist alles, was ich weiß.«

Sarah unterdrückte einen Seufzer. Sie wollte nicht, dass Ella glaubte, sie sei enttäuscht. Eigentlich war ihre Information ja auch sehr wertvoll. Sie reichte nur nicht aus.

»Jetzt erinnere ich mich!«, sagte Ingrid plötzlich ein wenig zu laut, sodass sie selbst erschrak. Sie blickte sich rasch um, doch niemand beachtete sie.

»Woran erinnern Sie sich?«, fragte Sarah.

»Will. Jetzt fällt es mir wieder ein. Luisa hat ihn in Coney Island kennen gelernt. Sie hat wochenlang davon gesprochen. Sie hat gesagt, er hätte an diesem Tag fünf Dollar für sie ausgegeben.«

Fünf Dollar waren für Luisa fast ein Wochenlohn, und auch für einen Arbeiter war es viel Geld.

Ellas Miene war verkniffen und missbilligend. »Halt den Mund! Du weißt doch überhaupt nichts darüber.«

»Doch!«, beharrte Ingrid entrüstet. »Er hat ihr auch etwas geschenkt, glaube ich. Was war es nur?« Ihr Gesicht verzerrte sich, als sie versuchte, sich daran zu erinnern.

»Luisa hat keine Geschenke von Männern angenommen«, ließ Ella sie in einem Tonfall wissen, der keine Widerrede duldete.

Jetzt verstand Sarah. Wenn Luisa Geschenke von

Männern angenommen hatte, war sie ein leichtes Mädchen gewesen. Ella wollte nicht, dass dem Ruf ihrer Schwester noch mehr geschadet wurde, als es schon geschehen war.

Ingrid funkelte Ella an, aber Ella gab nicht nach. Niemand würde ihre Schwester zur Hure stempeln.

»Glauben Sie, dass sie ihn nach diesem Tag in Coney Island noch einmal wiedergesehen hat?«, fragte Sarah vorsichtig.

Ingrid sah Ella an, bevor sie antwortete. »Ich weiß es nicht«, war alles, was aus ihr herauszubekommen war.

Sarah wandte sich an Ella. »Wenn Ihnen noch irgendetwas einfällt, was Will betrifft, lassen Sie es mich bitte wissen. Es könnte dabei helfen, Luisas Mörder zu fangen«, rief sie den beiden noch einmal ins Gedächtnis. Sie hoffte nur, dass dies als Anreiz ausreichte.

Frank wusste genau, dass er sich wahrscheinlich zum Narren machen würde. Er wusste nicht das Geringste über Schulen und Schulbildung, vor allem wenn es um Kinder ging, die taub waren. Und sein Sohn war taub. Ein Arztbesuch hatte ihm das bestätigt – Sarah Brandt hatte ihm den Arzt als kompetent genug empfohlen, um das zu beurteilen, und der hatte gesagt, man könnte nichts für Brians Hörvermögen tun. Taub geboren. Das war die endgültige Diagnose.

Er hatte sich auch für Brians Fuß interessiert, aber Frank hatte nicht vor, dies dem erstbesten Arzt zu überlassen. Wenn er das Gefühl hatte, dass er so viel für Mrs. Brandt getan hatte, dass sie ihm einen Gefallen schuldig war, würde er sie darum bitten, für ihn einen Termin bei ihrem Freund, dem Chirurgen, zu vereinbaren. Bis dahin würde er sehen, was er über die Ausbildungsmöglichkeiten für ein taubes Kind herausfinden konnte.

Nicht, dass er an diese Möglichkeit glaubte. Wenn

man nicht hören konnte, wie konnte man dann etwas lernen? Und natürlich konnte Brian auch nicht sprechen, wodurch es ihm unmöglich war, sich verständlich zu machen. Die ganze Sache kam Frank ziemlich hoffnungslos vor, aber er war bereit, sich kundig zu machen. Vielleicht gab es ja etwas, das er nicht wusste. Das eine oder andere bestimmt, dachte er mit einiger Selbstironie. Er hatte zum Beispiel nicht gewusst, dass es Schulen für Taube gab. Damit hatte Mrs. Brandt ihn völlig überrascht.

Auf dem Schild über der Tür des Gebäudes in der Lexington Avenue stand NEW YORKER INSTITUT FÜR DIE VERBESSERTE UNTERWEISUNG TAUBSTUMMER. Taubstumm. Das war Brian in der Tat. Immerhin gefiel Frank das Wort ›verbessert‹. Das musste bedeuten, dass hier nach den besten Methoden gearbeitet wurde.

Im Inneren des Hauses herrschte gespenstische Stille. Die Flure waren leer und ruhig, aber er nahm an, dass dies in jeder Schule während der Unterrichtszeiten so war. Natürlich brauchte hier kein Lehrer die Stimme zu heben, da die Schüler es sowieso nicht hören konnten.

Er betrat den ersten Raum, an dem er vorbeikam und der offensichtlich eine Art Büro war. Ein junger Mann saß hinter einem Schreibtisch und schrieb gerade einen Brief ab, als Frank eintrat. Er blickte auf und lächelte höflich. Er schien noch keine zwanzig zu sein, denn sein Gesicht war voller Pickel und sein Körper dünn und unreif.

»Ich würde mich gern mit jemandem über meinen Sohn unterhalten«, sagte Frank, der sich bewusst war, dass er lauter als sonst sprach. Oder vielleicht klang es auch nur so, weil es in der Schule so still war.

»Setzen Sie sich doch bitte«, sagte der junge Mann mit einem etwas seltsamen Akzent. Er wies auf eine

Reihe von Stühlen neben der Tür, und Frank nahm Platz, während der Junge in einem weiteren Büro verschwand.

Wenige Augenblicke später kam ein untersetzter Herr mit einer glänzenden Glatze, die von einem schwarzen Haarkranz umrandet war, aus dem Nebenzimmer gehastet, gefolgt von dem jungen Mann.

»Hallo, hallo«, sagte er und streckte die Hand aus, als er auf Frank zuging. »Ich bin Edward Higginbotham. Was kann ich für Sie tun?«

»Frank Malloy«, sagte Frank. Er stand auf und ergriff die Hand des Mannes. Sie war warm und verschwitzt, was kein Wunder war bei dieser Hitze. »Ich würde mich gern mit jemandem über meinen Sohn unterhalten.«

»Ihr Sohn ist taub?«, fragte Mr. Higginbotham.

»Ja«, sagte Frank, erstaunt, wie viel Überwindung es ihn kostete, dies öffentlich zuzugeben. Er hatte es sich zwar bereits im Stillen eingestanden, doch es vor einem Wildfremden zu bekennen war schwieriger, als er sich vorgestellt hatte.

»Nun, dann kommen Sie doch bitte mit. Ich werde Ihnen gern all Ihre Fragen beantworten, und Sie haben doch bestimmt einige, nicht wahr?«

Er wartete Franks Antwort nicht ab. Eigentlich schien er gar keine zu erwarten. Er war viel zu sehr damit beschäftigt, wieder in sein Büro zu hasten. Frank folgte ihm gehorsam.

Das hintere Büro war komfortabler möbliert als das vordere. Auf dem Boden lag ein Teppich, und der Holzschreibtisch war hübsch gefertigt. Durch das Fenster blickte man auf eine Seitenstraße hinaus, aber wenigstens gab es eines.

»Bitte nehmen Sie Platz und machen Sie es sich bequem, Mr. Malloy«, sagte Mr. Higginbotham und setzte sich hinter seinen Schreibtisch.

Frank ließ sich nieder, und Mr. Higginbotham wartete, bis er bequem saß, bevor er fragte: »Wie alt ist denn Ihr Sohn, Mr. Malloy?«

»Er ist drei. Uns war nur nicht ... ich habe bis vor kurzem nicht erkannt, dass er taub ist.«

Mr. Higginbotham nickte verständnisvoll. »Und seine Mutter hat nichts Ungewöhnliches bemerkt?«

»Seine Mutter ist bei seiner Geburt gestorben.« Noch so ein hartes Eingeständnis.

Mr. Higginbotham machte ein ernstes Gesicht. »Es tut mir Leid, das zu hören. Wer kümmert sich denn um den Jungen?«

»Meine Mutter.«

»Eine ältere Dame?«

»Sie ist nicht so alt.«

»Und ist ihr nichts an dem Jungen aufgefallen?«

»Wir haben gedacht, er sei schwachsinnig.« Eingeständnis Nummer drei. Allmählich wurde Frank ein wenig übel. »Er konnte nicht verstehen, was man ihm sagte, und er sagte ebenfalls nichts.«

»Ein häufiger Irrtum«, pflichtete Mr. Higginbotham ihm bei. »Ich könnte Ihnen von so vielen tauben Kindern erzählen, die man als Idioten weggesperrt hat, obwohl mit ihrer Intelligenz alles in Ordnung war. Aber Sie, Mr. Malloy, haben Ihrem Sohn dieses Schicksal erspart, weil Sie erkannt haben, woran er wirklich leidet. Darf ich fragen, wie Sie es festgestellt haben?«

»Eine ... eine Freundin hat es bemerkt. Sie hat mich darauf aufmerksam gemacht. Ich verbringe nicht viel Zeit mit dem Jungen, weil ich arbeiten muss. Ich bin bei der Polizei.«

Bei diesen Worten setzte sich Mr. Higginbotham ein wenig aufrechter hin, wenn auch nicht so sehr, dass Frank sich angegriffen fühlte. »Ich verstehe«, war alles, was er sagte. »Und Sie haben ihn von einem Arzt untersuchen lassen?«

»Ja. Der Arzt sagt, er ist wahrscheinlich von Geburt an taub. Man kann nichts für ihn tun.«

»Ganz im Gegenteil, Mr. Malloy, man kann sehr viel für ihn tun. Wir können natürlich nichts gegen seine Taubheit machen, aber er kann die Schule besuchen, und wir können ihn lehren, sich mit anderen zu verständigen. Er kann sogar ein Handwerk erlernen.«

Das hatte Mrs. Brandt auch gesagt, aber Frank glaubte noch immer nicht daran. »Aber wenn er doch nicht hören kann ...«

»Erlauben Sie mir eine kleine Demonstration, Mr. Malloy?«

Frank nickte.

Mr. Higginbotham erhob sich von seinem Stuhl und verließ das Büro. Als er einen Augenblick später zurückkam, begleitete ihn der junge Mann aus dem Vorzimmer. »Dies ist Alexander, Mr. Malloy.«

»Sehr erfreut«, sagte Malloy, der sich fragte, was der Junge mit der ganzen Sache zu tun hatte.

»Gleichfalls«, erwiderte der Junge, und Malloy bemerkte erneut seinen seltsamen Akzent.

»Stellen Sie Alexander eine Frage, Mr. Malloy«, schlug Mr. Higginbotham vor.

»Was denn für eine Frage?«

»Ganz egal«, sagte Alexander.

»Wie ist das Wetter?«, versuchte es Frank.

»Es sieht nach Regen aus, nicht wahr?«

Frank fiel auf, dass der Junge ein wenig gedehnt sprach. Er hatte noch nie jemanden so sprechen hören. »Was haben Sie heute Morgen gefrühstückt?«, fragte er.

»Eier mit Schinken und Marmeladenbrote«, sagte der Junge lächelnd. »Ich lebe daheim bei meiner Mutter. Sie ist eine gute Köchin.«

Irgendetwas stimmte mit der Stimme des Jungen nicht, aber Frank konnte nicht genau sagen, was es war. »Was für eine Arbeit tun Sie hier?«

»Ich bin Mr. Higginbothams Sekretär.«

Das Wort klang so verschwommen, dass Frank nur erraten konnte, dass es ›Higginbotham‹ hieß. Er musste dem Jungen sehr genau zuhören, aber er konnte verstehen, was er sagte, selbst wenn er einige der Worte erraten musste.

»Warum möchte Mr. Higginbotham, dass ich mit Ihnen rede?«, fragte Frank und sah sein Gegenüber dabei an.

»Weil ich taub bin«, sagte Alexander voller Stolz.

Jetzt wusste Frank, dass man ihn zum Narren hielt. »Wie konnten Sie dann meine Fragen verstehen?«, fragte er herausfordernd.

»Ich lese sie von Ihren Lippen ab.« Der Junge grinste stolz.

»Sie lesen was?« Frank war völlig verwirrt.

»Wir haben Alexander das Lippenlesen beigebracht, Mr. Malloy«, erklärte Higginbotham. »Er kann von Ihren Lippenbewegungen ableiten, was Sie sagen und dadurch Ihre Worte verstehen, obwohl er sie nicht hören kann.«

»Aber er kann doch auch sprechen.« Natürlich nicht sehr deutlich, aber gut genug, um sich verständlich zu machen. Frank hatte gedacht, taube Menschen seien gleichzeitig auch stumm.

»Ja, wir haben ihm auch das Sprechen beigebracht. Das ist unsere Aufgabe hier in der Lexington Avenue Schule. Sie sind vielleicht schon in anderen Schulen gewesen, wo man mit anderen Methoden arbeitet ...«

»Nein, nein«, sagte Frank, der den Jungen immer noch ansah, als sei er ein Weltwunder. Was er ja auch war. Ein Tauber, der Worte sprechen und verstehen konnte, wenn er sie auch nicht direkt hören konnte, war für Frank das größte aller Wunder.

»Wir bringen die Schüler dazu, sich mit Hilfe des Lippenlesens und der Sprache zu verständigen«, erklärte

Higginbotham weiter. »Auf diese Weise kommen sie selbst in der Welt zurecht.«

Frank sah den Jungen immer noch unverwandt an. »Sind Sie sicher, dass er wirklich taub ist?«

»Ganz sicher«, versicherte Higginbotham ihm lächelnd.

»O ja«, sagte Alexander, der immer noch über Franks Verwirrung grinste. »Ich habe mit fünf Jahren Scharlach bekommen. Dadurch bin ich taub geworden.«

»Also sind Sie nicht von Geburt an taub«, sagte Frank.

»Nein, aber jetzt bin ich es.« Er schien beinahe stolz darauf zu sein.

Frank staunte immer noch. Er sah Higginbotham an. »Wie kann er denn einfach nur von meinen Lippen ablesen, was ich sage?«

»Das erfordert jahrelange Übung«, sagte Higginbotham, »aber Sie haben Glück, dass Sie hier in der Stadt leben. Ihr Sohn ist im Augenblick noch ein wenig zu jung für unsere Schule, aber wenn er älter ist, kann er sie als Tagesschüler besuchen. Die Schüler, die vom Land kommen, müssen hier im Internat wohnen, aber wir glauben, dass es besser für die Kinder ist, wenn sie zu Hause bei ihren Familien leben.«

»Und Sie glauben, dass Sie meinem Sohn das Sprechen und Lippenlesen beibringen könnten?«

»Wir müssten ihn natürlich testen, aber wenn er normal intelligent ist, ja, dann glaube ich, dass wir es könnten.«

8

Als Sarah mit ihren Einkäufen vom Gansevoort-Markt zurückkam, erwartete Mrs. Elsworth sie schon. Natürlich gab sie wie üblich vor, ihre Eingangsstufen zu fegen, aber in Wirklichkeit war dies nur eine Ausrede, damit sie sich im Freien aufhalten und die Vorgänge auf der Straße überblicken konnte.

»Gibt es schon Mais?«, fragte sie, als Sarah sie grüßte.

»Ich habe welchen gesehen, aber er machte keinen besonders guten Eindruck. Ich fürchte, es ist noch zu früh.«

»Ich liebe frischen Mais«, sagte Mrs. Elsworth sehnsüchtig. »Und natürlich mache ich immer Püppchen aus den Kolben.« Sie verschenkte diese Puppen an die Waisenhäuser in der Stadt. »Die Püppchen sind Glücksbringer, wenn man sie aus den letzten Kolben der Jahresernte macht, aber wie soll man die finden, wenn man in der Stadt lebt? Manchmal glaube ich, wir sind viel zu zivilisiert geworden, Mrs. Brandt.«

Sarah dachte an die vier toten Mädchen und wusste, dass sie dem hätte widersprechen können, doch sie tat es nicht. Ihr fehlte im Augenblick die Energie dazu.

»Sie sehen heute Morgen ein wenig mitgenommen aus«, bemerkte Mrs. Elsworth. »Ich hoffe, es ist alles in Ordnung.«

»Ich glaube, ich bin einfach nur müde.«

»Sie sind in letzter Zeit viel unterwegs gewesen. Und es ging dabei nicht um Babys, oder? Helfen Sie diesem netten Polizisten wieder bei einem Fall?«

Sarah wusste, dass sie Mrs. Elsworth nicht mit solchen Dingen belasten sollte. »Etwas in der Art«, sagte sie. Sie wünschte ihrer Nachbarin einen guten Morgen und ging in ihr Haus. Sie hatte gerade ihre Einkäufe verstaut, als jemand an ihre Tür klopfte. Aus irgendeinem Grund überraschte es sie nicht, Mrs. Elsworth dort zu sehen. Sie hatte einen Teller dabei, der mit einer Serviette bedeckt war.

»Ich habe gestern Kuchen gebacken, und Nelson und ich bekommen ihn gar nicht auf, also dachte ich, Sie helfen mir vielleicht und nehmen mir etwas ab.« Nelson war Mrs. Elsworth' Sohn. Er war Buchhalter und kam nur selten zum Essen nach Hause.

»Herzlichen Dank«, sagte Sarah aufrichtig. »Wie wär's, wenn Sie hereinkommen und wir ihn uns teilen? Ich kann uns einen Tee machen.«

Ein paar Minuten später saßen die beiden Frauen auf Sarahs Gartenveranda und genossen die morgendliche Kühle und Mrs. Elsworth' wunderbaren Kuchen.

»Wie köstlich«, sagte Sarah.

Mrs. Elsworth winkte ab. »Jetzt erzählen Sie mir doch, was Ihnen solchen Kummer macht. Und versuchen Sie nicht, mir etwas vorzumachen. Ich habe die junge Frau gesehen, die Sie neulich abends mit nach Hause gebracht haben. Sie war es auch, die Ihnen die Nachricht hinterlassen hat, nicht wahr? Ich hoffe, sie ist nicht schwanger. Sie ist so jung ...«

»Nein, das ist es nicht. Es ist ... nun ja, eine Freundin von ihr ist ermordet worden, und ...«

»Ermordet!«

»Ich wollte Sie nicht in diese Sache hineinziehen«, sagte Sarah. »Es ist eine fürchterliche Geschichte.«

»Glauben Sie denn, ich habe in meinem Leben noch nie etwas Schreckliches erlebt?«, fragte Mrs. Elsworth ein wenig beleidigt. »Ich könnte Ihnen wahrscheinlich Geschichten erzählen, bei denen Ihnen die Haare zu Berge stehen. Also, Sie sehen so aus, als müssten Sie sich jemandem anvertrauen, und ich bin hier.«

Sarah wusste, dass es ihr wahrscheinlich irgendwann Leid tun würde, aber sie erzählte Mrs. Elsworth von den vier Mädchen, die zu Tode geprügelt worden waren, wahrscheinlich von ein und demselben Mann. Und sie erzählte ihr, was Luisas Schwester und deren Freundin über den Mann namens Will gesagt hatten.

»Dann sieht es ja ganz so aus, als hätte er mindestens zwei der Mädchen in Coney Island kennen gelernt«, stellte Mrs. Elsworth fest.

»So ist es. Und nach dem, was die Mädchen mir gestern Abend erzählt haben, hat er Luisa dort wahrscheinlich ein Geschenk gekauft, genau wie er Gerda die roten Schuhe gekauft hat.«

»Rote Schuhe«, sagte Mrs. Elsworth, und ihre Missbilligung war nicht zu übersehen. »Es dürfte doch nicht allzu schwer sein herauszufinden, wo er diese Schuhe gekauft hat, oder? Ich kann mir nicht vorstellen, dass es viele Geschäfte gibt, die so etwas führen.«

Natürlich, sie hatte Recht. Warum war Sarah nicht selbst auf die Idee gekommen? Oder vielmehr, warum hatte *Malloy* nicht daran gedacht? Er war doch der Berufspolizist. Sie sollten noch einmal nach Coney Island fahren und den Laden finden, der rote Schuhe verkaufte, und … Doch als Sarah versuchte, sich vorzustellen, wie Malloy nach Coney Island zurückkehrte, erkannte sie, dass sie wahrscheinlich ihre Zeit verschwendete. Keine zehn Pferde würden Malloy dorthin zurückbringen.

Und weiteres Nachdenken machte ihr klar, dass sie Malloy gar nicht brauchte. Sie würde ja nicht nach dem Mörder suchen, sondern nur einer simplen Spur nachgehen. Sie würde nicht in Gefahr sein. Dennoch würde es schön sein, eine Eskorte zu haben. Jemanden, der ihr Dinge über Coney Island erzählen konnte, von denen Malloy nichts wusste. Jemanden wie Dirk Schyler.

»Was denken Sie gerade?«, fragte Mrs. Elsworth.

»Ich denke, ich sollte ein paar alte Freunde besuchen. Ich habe sie schon viel zu lange nicht mehr gesehen.«

Natürlich würde sie vorsichtig auf diese alten Freunde zugehen müssen. Sarah hatte es sich sorgfältig überlegt, und es gab nur eine Möglichkeit, wie sie wieder Zugang zu den gesellschaftlichen Kreisen finden konnte, die sie vor Jahren hinter sich gelassen hatte. Sie würde ihre Mutter um Hilfe bitten müssen.

Sarahs Eltern wohnten in der Siebenundfünfzigsten

Straße, ganz in der Nähe der Fifth Avenue, in einer Reihe von Sandsteinhäusern, die der New Yorker High Society vorbehalten waren. Die Deckers waren von Geburt reich und privilegiert, da sie von den ursprünglichen, holländischen Siedlern abstammten, die man nach ihren Beinkleidern auch abschätzig Knickerbocker nannte.

Sarah hatte sich sorgsam zurechtgemacht, da sie wusste, dass ihre Mutter sich Sorgen machen würde, wenn sie sie in ihrer normalen Arbeitskleidung sah. Wahrscheinlich glaubte sie dann, Sarah sei bettelarm, während ihr Beruf in Wirklichkeit recht einträglich war. Aber natürlich hatte ihre Mutter etwas andere Vorstellungen von der Bedeutung des Wortes ›einträglich‹ als Sarah.

Es wäre sinnvoller gewesen, noch einen Tag zu warten, da es regnete, als Sarah an diesem Morgen aufstand, doch sie wusste, dass sie vielleicht gar nicht gehen würde, wenn sie es sich gestattete, länger darüber nachzudenken. Außerdem war der Regen warm, und sie würde sich wohl kaum erkälten. Und möglicherweise hielt er ja eventuelle weitere Besucher fern. Sarah hoffte, ihre Mutter unter vier Augen sprechen zu können.

Das Mädchen, das die Haustür öffnete, erkannte Sarah, obwohl ihr letzter Besuch schon eine Weile her war. »Guten Morgen, Mrs. Brandt«, sagte sie mit einem Knicks. »Bitte kommen Sie herein und lassen Sie mich nachsehen, ob Ihre Mutter zu Hause ist.«

Da dies der Morgen war, an dem Elizabeth Decker immer ›zu Hause‹ war, um Besucher zu empfangen, ging Sarah fest davon aus, vorgelassen zu werden. Das Mädchen brachte Sarah in den Salon, der bereits für eventuelle Besucher vorbereitet war. Sarah freute sich zu sehen, dass ihr Plan aufging und sie die Erste war.

Ihre Mutter kam wenige Augenblicke später ins Zimmer, das Gesicht vor Freude gerötet. »Sarah, meine Liebe, was für eine nette Überraschung!«

Sarah konnte die Fragen und den stummen Tadel in

den blauen Augen ihrer Mutter sehen. Bei ihrer letzten Begegnung hatte sie ihr versprochen, einmal zum Tee zu kommen, wenn ihr Vater zu Hause war. Sie hatte ihn seit über drei Jahren nicht mehr gesehen, und ihre Mutter konnte es nicht erwarten, dass sich die beiden versöhnten. Sarahs Bedürfnis nach Versöhnung hielt sich allerdings in Grenzen, daher war sie dem Thema aus dem Weg gegangen, indem sie einfach keine Zeit für einen Besuch hatte.

»Du brauchst gar nicht zu versuchen, mir ein schlechtes Gewissen einzureden«, sagte sie zu ihrer Mutter, während sie ihr die Wange küsste. »Ich weiß, dass ich mein Versprechen nicht gehalten habe, aber ich habe so viel zu tun gehabt …«

»So viel, dass du nicht einmal ein paar Stunden für deine Familie übrig hattest?«, fragte ihre Mutter.

»Nein, aber ich war zu feige«, gestand Sarah.

Ihre Mutter runzelte die Stirn. »Dein Vater ist doch kein Unmensch, Sarah. Er liebt dich sehr.«

Natürlich tat er das. Aber er hatte ihre Schwester Maggie genauso sehr geliebt, und wegen seiner Sturheit und seines Stolzes war Maggie jetzt tot. Sarah bezweifelte, dass sie in der Lage war, sich dieser Liebe ihres Vaters erneut zu stellen.

»Ich besuche ihn bald. Sobald ich einen freien Nachmittag habe«, versprach sie.

»Vielleicht sollten wir ein Datum festlegen, damit du es nicht wieder vergisst«, schlug ihre Mutter vor, während sie mit ihr zu einem der Sofas hinüberging, damit sie sich hinsetzen konnten.

»Ja, vielleicht sollten wir das«, stimmte Sarah ausweichend zu. Doch bevor ihre Mutter einen Termin vorschlagen konnte, sagte sie: »Mutter, ich brauche deine Hilfe.«

Dies zeigte die erhoffte Wirkung und brachte ihre Mutter auf andere Gedanken. »Meine Hilfe? Wobei denn?«

»Ich weiß, dass sich das seltsam anhören wird, aber ich würde mich gern mit Dirk Schyler treffen.«

»Dirk?« Die Überraschung ihrer Mutter wich augenblicklich einem Ausdruck der Freude. »Natürlich! O Sarah, das ist ja wundervoll!« Wie erwartet, hatte ihre Mutter ihr Interesse an Dirk vollständig falsch interpretiert. »Wie bist du denn nach all den Jahren nur auf ihn gekommen? Nun, es spielt keine Rolle. Er ist eine perfekte Partie, genau die Sorte Mann, die dein Vater und ich für dich ausgesucht hätten!«

Genau die Sorte Mann, die sie für Sarah ausgesucht hätten, wenn sie sie gelassen hätte, war die Botschaft, die unausgesprochen mitklang. Sarahs Eltern hatten Tom Brandt niemals ihren Segen gegeben, doch Sarah hatte sie weder darum gebeten noch ihn gebraucht.

»Bitte schmiede im Augenblick noch keine Hochzeitspläne«, sagte sie lächelnd zu ihrer Mutter. »Das ist nicht der Grund, warum ich ihn sehen möchte.«

Ihre Mutter war ein wenig überrascht, doch dann glaubte sie, den Grund erraten zu haben. »Oh, natürlich nicht. Wir wollen ja nicht, dass er glaubt, du seist hinter ihm her, nicht wahr? Nichts steht einer Romanze mehr im Weg als das zu offensichtliche Interesse von Seiten der Frau. Aber keine Sorge, ich werde absolut diskret vorgehen. Und ich bin mir sicher, dass ein Wiedersehen mit dir mehr als ausreichen wird, um sein Interesse zu wecken. Seine Eltern sind ziemlich enttäuscht, dass er noch nicht verheiratet ist. Er ist ja schon weit über dreißig. Sie haben ihm schon sämtliche heiratsfähigen Damen New Yorks vorgeführt, aber er scheint sie gar nicht zu bemerken.«

Sarah war überzeugt, dass sie wusste, warum. Dirk Schyler hatte andere Interessen. Er wollte nicht, dass eine achtbare Ehefrau Notiz von seinen Unternehmungen nahm.

Sie hätte zwar gern die Begeisterung gedämpft, die

ihre Mutter dafür hegte, sie mit Dirk Schyler zu verkuppeln, aber sie wusste, dass dies ihre Absichten vereiteln würde. Ihre Mutter würde enttäuscht sein, wenn sich keine Romanze zwischen ihr und Dirk entwickelte, doch sie hatte schon andere, größere Enttäuschungen überlebt und würde auch diese überstehen. Unterdessen würde ihr Kupplerinstinkt sie aber antreiben, so bald wie möglich eine Begegnung zwischen den beiden zuwege zu bringen.

»Fallen dir irgendwelche gesellschaftlichen Ereignisse ein, bei denen du ihm vielleicht begegnen wirst?«, fragte Sarah.

Ihre Mutter dachte nach. »Eigentlich nicht. Er besucht die üblichen Anlässe nicht mehr regelmäßig. Ich könnte aber vielleicht ein kleines Abendessen organisieren und ihn einladen«, beschloss sie schließlich.

»Das wäre perfekt«, sagte Sarah.

Doch ihre Mutter war noch nicht fertig. »Ich könnte es zwar organisieren, aber dein Vater müsste natürlich der Gastgeber sein. Und das würde bedeuten, dass du ihn zuerst besuchen musst.«

Ihn besuchen und dich mit ihm versöhnen, das war es, was sie meinte, und Sarah verstand ihre Bedingung sehr gut. Hatte sie nicht gewusst, dass es so kommen würde? Ihre Mutter mochte vielleicht aussehen wie ein zerbrechliches Porzellanpüppchen, aber sie hatte einen eisernen Willen. Sie mochte ihre Absichten mit Charme und Anmut erreichen, aber sie war unerbittlich.

Doch Sarah glaubte, für die Versöhnung mit ihrem Vater bereit zu sein. Sonst hätte sie schließlich einen anderen Weg gefunden, mit Dirk Schyler in Kontakt zu treten, nicht wahr?

»Nun gut, Mutter. Wann kann ich Vater sehen?«

Am Abend kam Malloy vorbei. Er sah müde aus. Sarah wünschte, sie wäre gesprächiger, aber sie war viel zu nervös, weil ihr am nächsten Tag die Begegnung mit ihrem Vater bevorstand. Ihre Mutter war so klug gewesen, ihr nicht zu viel Zeit zu lassen, um es sich noch einmal anders zu überlegen. Jetzt konnte sie nur noch jemand retten, der sie zu einer Entbindung rief. Deshalb war Malloy aber bestimmt nicht da.

»Ich hoffe, Sie haben Neuigkeiten«, sagte sie zu ihm, als er in ihr Sprechzimmer trat.

»Dasselbe hatte ich von Ihnen gehofft«, erwiderte er.

Es hatte endlich aufgehört zu regnen und die Luft war frisch und kühl. Daher gingen sie auf die Veranda. Sarah schenkte ihm ein Glas Limonade ein und wartete auf seinen Bericht.

»Dieser Robert von der Liste hat geheiratet«, sagte er. »Er ist schon lange vor Gerda Reinhards Tod nicht mehr tanzen gewesen.«

Sarah tat so, als hörte sie das zum ersten Mal. »Das bedeutet also, dass er wahrscheinlich nicht unser Mörder ist.«

Malloy nippte an seiner Limonade. »Vielleicht möchten Sie ihn trotzdem besuchen. Seine Frau wird bald Ihre Dienste benötigen.«

Ah, das erklärte also die übereilte Heirat und plötzliche Häuslichkeit. »Ich sollte Ihnen ein paar von meinen Visitenkarten geben«, sagte sie scherzhaft. »Sie könnten Sie verteilen, wenn Sie Ihre Runde machen.«

Selbst im Licht der verblassenden Sonne sah sie sein Lächeln, das sogleich wieder verschwand. »Und was haben *Sie* herausgefunden?«, fragte er zu ihrer Überraschung.

»Ich? Wie sollte ich denn etwas herausfinden?«

»Was weiß ich?«, sagte er und machte es sich auf seinem Sessel bequem. »Vielleicht, indem Sie sich noch einmal mit den Freundinnen der anderen Mädchen unterhalten haben, genau wie ich.«

»Malloy, Sie sind zu argwöhnisch.«

»Und Sie sind eine schlechte Lügnerin. Was haben Sie herausgefunden?«

Sie gab sich seufzend geschlagen. So viel zum Thema Geheimhaltung ihrer Nachforschungen. »Ich habe herausgefunden, dass Luisa sich mit dem Mann namens Will getroffen hat, der auf unserer Liste steht, und zwar in Coney Island. Er hat viel Geld für sie ausgegeben und ihr ein Geschenk gekauft.«

»Was denn für ein Geschenk?« Er war jetzt ganz Ohr.

»Ich weiß es nicht. Ihre Freundin hat es mir erzählt, aber ihre Schwester hat es geleugnet. Sie wollte nicht, dass ich Luisa für ein leichtes Mädchen halte.«

»Das kann ich ihr nicht vorwerfen, aber es macht die Sache nicht einfacher, wenn ein Zeuge einem nicht alles erzählt, was er weiß. Den Toten kann es nicht mehr schaden, aber das vergessen die Leute. Man sollte glauben, dass ihnen mehr daran gelegen ist, den Mörder zu finden als den Ruf der Opfer zu schützen, aber so ist es nicht.«

Sarah erinnerte sich an ihren ersten gemeinsamen Fall und wusste, dass er Recht hatte. »Außerdem haben sie gesagt, dass dieser Will manchmal grob werden konnte, wenn ein Mädchen nicht machte, was er wollte.«

»Grob? Sie meinen, er hat sie verprügelt?«

»Luisas Schwester hat von Ohrfeigen gesprochen. Von Prügel war nicht die Rede. Sie hat betont, dass er den Mädchen nicht weh getan hat.«

»Seit wann tun Ohrfeigen nicht mehr weh?«, wollte Malloy wissen.

»Seit die Frauen sich vormachen, dass Ohrfeigen nichts zu bedeuten haben«, entgegnete Sarah.

Malloy grunzte. »Was wissen wir über diesen Will?«, fragte er.

»Er sieht gut aus, kleidet sich gut und hat jede Menge Geld. Ich habe noch niemanden getroffen, der ihn persönlich kennt. Oder zumindest niemanden, der es zugibt. Vielleicht möchten Sie alle nicht in den Ruf geraten, leichte Mädchen zu sein.«

»Das hört sich sehr nach Ihrem Freund an«, merkte Malloy an.

»Meinem Freund?«

»Den wir in Coney Island getroffen haben.«

Daran hatte Sarah gar nicht gedacht. Ein Grund mehr, Dirk zu bitten, sie zu begleiten. Er würde genau wissen, wie ein solcher Mann sich verhielt, weil er selbst einer von der Sorte war. Nur, dass er natürlich kein Mörder war.

»Die ersten drei Mädchen waren alle mit einem Mann namens Will befreundet, auf den diese Beschreibung genau zutrifft«, sagte Sarah. »Niemand kann sich erinnern, ob Gerda ihn auch kannte, aber sie hatte gerade einen Mann kennen gelernt, auf den diese Beschreibung zutrifft. Er hat ihr in Coney Island die roten Schuhe gekauft.«

»Natürlich könnte es auch jemand anders sein«, führte Malloy an.

»Es könnte aber auch derselbe sein. Wenn all diese Mädchen von demselben Mann umgebracht worden sind, dann muss es doch Gemeinsamkeiten geben.«

»Zumindest eine«, pflichtete Malloy ihr bei.

»Ich habe mir etwas überlegt«, sagte Sarah, denn Malloy würde es ja doch herausbekommen. »Ich könnte nach Coney Island fahren und sehen, ob ich den Laden ausfindig machen kann, in dem Gerda die Schuhe bekommen hat. Vielleicht kann sich dort jemand an etwas erinnern.«

Malloy runzelte die Stirn. »Das dürfte wohl vergeblich sein.«

Sarah lächelte wissend. »Keine Sorge, Malloy. Ich erwarte nicht, dass Sie mich begleiten.«

»Gut, dann brauche ich Ihnen ja keinen Korb zu geben.«

»Und wenn ich die Spur finde, die den Fall löst, werden Sie es schrecklich bedauern, nicht mitgegangen zu sein.«

»Ich werde es mit Fassung tragen«, versicherte er ihr ironisch.

Sie verstummten. Sarah glaubte, dass ihr Gespräch beendet war, doch Malloy stand nicht auf, wie er es sonst tat, wenn er das Gefühl hatte, alles Notwendige sei besprochen. Einen Augenblick später begriff sie, dass er ihr noch etwas sagen wollte, aber aus irgendeinem Grund nicht damit herausrückte.

»Gibt es sonst noch etwas?«, fragte sie, um ihn zu ermutigen.

Er leerte sein Limonadenglas, stellte es sorgsam auf den Tisch und starrte eine Weile auf die blühenden Blumen in ihrem Garten, bevor er schließlich antwortete: »Ich bin in dieser Schule für Taube gewesen.«

»Und was haben Sie herausgefunden?«

Er antwortete nicht sofort. Offensichtlich wusste er es selbst nicht genau. »Sie haben gesagt, sie könnten Brian das Sprechen beibringen. Und das Lippenlesen, sodass er erkennen kann, was die Leute sagen.«

»Das ist doch wundervoll!«, rief Sarah aus.

Aber Malloy war offensichtlich anderer Meinung. »Ich kann mir das aber nicht vorstellen.«

»Wie meinen Sie das?«

»Sie hatten da diesen Jungen. Er konnte erkennen, was ich sage, obwohl er nicht hören kann. Er konnte es mir von den Lippen ablesen. Und er konnte auch sprechen. Nicht sehr deutlich, aber ich konnte ihn verstehen.«

»Das beweist doch, dass es möglich ist.«

»Ja, aber … Er war nicht von Geburt an taub. Er hatte Scharlach, als er ungefähr fünf war, glaube ich. Er konnte also schon sprechen. Er weiß, wie eine Stimme klingt. Brian weiß das nicht.«

Er hatte offensichtlich gründlich darüber nachgedacht. »Bestimmt ist es sehr viel schwieriger, sprechen zu lernen, wenn man noch nie eine menschliche Stimme gehört hat«, sagte sie.

»Außerdem habe ich herausgefunden, dass es noch eine andere Methode gibt, Taube zu unterrichten.«

»Wirklich? Was denn für eine Methode?«

»Ich weiß es nicht. Der Mann, mit dem ich mich in der Lexington Avenue Schule unterhalten habe, hat mich unabsichtlich darauf gebracht. Er muss gedacht haben, dass ich mich zuerst mit den anderen Leuten unterhalten habe, also hat er versucht, mich davon zu überzeugen, dass seine Methode die beste sei. So habe ich erfahren, dass es noch eine andere gibt.«

Es war nur natürlich, dass Malloy argwöhnisch war. Und ihm entging nicht das Geringste, auch wenn er gerade kein Verbrechen aufklärte. »Natürlich sollten Sie sich über sämtliche Möglichkeiten informieren, bevor Sie eine Entscheidung treffen«, sagte Sarah.

Er kratzte sich am Kinn und blickte erneut zu den Blumen hinaus. »Ich hatte gehofft, Sie wüssten vielleicht, wie diese anderen Möglichkeiten aussehen.«

Sarah lächelte ein wenig, da er nicht in ihre Richtung sah. Dann dachte sie nach. »Ich habe schon Taubstumme gesehen, die sich mit den Händen unterhalten haben«, erinnerte sie sich.

»Mit den Händen?«

»Ja, sie benutzen eine Art Gebärdensprache.«

»Haben sie auch gesprochen?«

»Ich glaube nicht. Hat der Junge in der Schule die Gebärdensprache benutzt?«

»Nein.«

»Dann ist das vielleicht die andere Methode, die man in der Lexington Avenue Schule für weniger gut hält.«

»Ich verstehe auch, warum. Ein Taubstummer kann sich dann nur mit jemandem unterhalten, der die Gebärdensprache kennt.«

»Aber wenn er nicht sprechen lernen kann, wie soll er sich denn sonst verständigen?«

Malloy kratzte sich erneut am Kinn. »Das muss ich dann wohl herausfinden.«

Sarah beschloss, dass ihr Besuch im Hause ihrer Eltern ein deutlicher Maßstab dafür war, wie sehr es sie drängte, diese Mordfälle aufzuklären. Sie näherte sich dem Haus mit einem dumpfen Gefühl in der Magengrube. Sie hatte in der Nacht zuvor kaum geschlafen und jede wache Stunde damit verbracht, noch einmal sämtliche Auseinandersetzungen zu durchleben, die sie im Lauf der Jahre mit ihrem Vater gehabt hatte. In ihrer Erinnerung hatte sie keine davon gewonnen.

Bei dem Gedanken an ihre Streitgespräche wurde ihr jedoch klar, dass ihr Vater verrückt sein musste, sie wiedersehen zu wollen. Er musste sich doch glücklich schätzen, ein so undankbares Kind los zu sein. Aber natürlich tat er das nicht. Entweder liebte er sie sehr, oder er konnte den Gedanken nicht ertragen, dass etwas, das zu ihm gehörte, außerhalb seiner Kontrolle existierte. Sarah hielt beide Aspekte durchaus für möglich. Doch sie konnte ihn deshalb nicht verurteilen. Ihre eigenen Motive für den Neubeginn ihrer Beziehung waren schließlich alles andere als lupenrein.

Das Mädchen öffnete die Tür beinahe schon, bevor sie anklopfte, und ihre aufgescheuchte Miene machte Sarah die Bedeutsamkeit ihres Besuches bewusst. »Mr. und Mrs. Decker erwarten Sie im hinteren Salon«, sagte das Mädchen. »Ich bringe Sie hin.«

Der hintere Salon war das Zimmer, in dem sich die Familie zusammenfand, wenn sie keine Gäste empfing. Die Wahl dieses Zimmers war wichtig, denn sie sagte Sarah, dass man sie zu Hause willkommen hieß. Sie war immer noch ein untrennbarer Teil der Familie. Sie hoffte nur, dass das auch noch gelten würde, wenn dieser Besuch vorüber war.

Das Mädchen ließ sie ein. Ihre Eltern saßen stocksteif

auf dem Sofa und erwarteten ihre Ankunft anscheinend genauso nervös wie sie selbst. Ihre Mutter erhob sich augenblicklich, aber ihr Vater ließ sich mehr Zeit damit. Zögerte er, oder konnte er einfach nicht schneller aufstehen?

Sarah war verblüfft, weil er viel älter aussah, als sie gedacht hatte. Er war dünner, sein Gesicht angespannt, und obwohl er immer noch viel größer war als sie, sah er irgendwie kleiner aus, als sie ihn in Erinnerung hatte, irgendwie geschrumpft. Ihr fiel wieder ein, was ihre Mutter ihr über seine Magenprobleme erzählt hatte, und sie fragte sich, ob das der Grund für seine veränderte Erscheinung war.

Er lächelte nicht. Er war ein viel zu vorsichtiger Mensch, um seine Gefühle so offen zu zeigen. Er würde darauf warten, dass sie ihm ein Stichwort gab. Es würde keine unangemessenen Gefühlsausbrüche geben.

»Vater, wie wundervoll, dich zu sehen«, sagte Sarah, während die Nerven in ihrem Bauch flatterten. Sie trat auf ihn zu und hielt ihm beide Hände hin.

Er ergriff sie und hielt sie so fest, dass es beinahe schmerzte, während seine hellblauen Augen ihr suchend ins Gesicht blickten und jedes Detail ihrer Erscheinung erfassten. »Du siehst gut aus«, brachte er angestrengt hervor.

»Ich fühle mich auch gut«, bestätigte sie. »Meine Arbeit hält mich auf Trab und macht mir viel Freude.«

Sie sah die Missbilligung aufflackern, die er nicht ganz verbergen konnte, doch sie bewunderte ihn im Stillen, wie sehr er sich zusammenriss, um kein kritisches Wort zu äußern. Daran konnte sie abschätzen, wie sehr ihm daran lag, ihre Beziehung wieder ins Lot zu bringen.

»Bitte setz dich doch«, sagte ihre Mutter eine Spur zu heiter. »Ich lasse den Tee kommen.«

Sarah nahm in dem Sessel an der Seite ihres Vaters

Platz und staunte darüber, wie sehr ihre Hände schmerzten, nachdem er sie losgelassen hatte. Er hatte sie so fest umklammert, dass er sie beinahe zerdrückt hätte.

Sie plauderten über das Wetter und über Sarahs Herfahrt – wahrscheinlich war ihr Vater entsetzt darüber, dass sie mit der Hochbahn gekommen war, doch es gelang ihm, sich nichts anmerken zu lassen –, bis das Mädchen fertig aufgetragen hatte und sie allein ließ.

Als sich die Tür hinter ihm schloss, senkte sich peinliches Schweigen über den Raum. Sie alle wussten, dass jemand etwas sagen musste, etwas von Bedeutung, doch keiner von ihnen wusste genau, was es sein sollte. Vielleicht war ihr Vater der Meinung, dass sie sich dafür entschuldigen sollte, ihre Eltern verlassen zu haben, doch das hatte sie nicht vor. Sie war diejenige, die beleidigt worden war und jetzt das Gefühl hatte, eine Entschuldigung zu verdienen. Allerdings konnte sie sich nicht vorstellen, dass ihr Vater sich dazu durchringen würde. So weit sie wusste, hatte er sich noch nie im Leben für irgendetwas entschuldigt. Das hätte ja das Eingeständnis bedeutet, einen Fehler gemacht zu haben, und wahrscheinlich war er überzeugt, dass ihm das noch nie passiert war.

Da ihr nichts Geeignetes einfiel, saß Sarah einfach schweigend da. Früher oder später würde ihr Vater schon äußern, was er ihr sagen wollte. Sie war auf alles gefasst. Zumindest dachte sie das, bis er sagte: »Du hast uns gefehlt, Sarah.«

»Ihr habt mir auch gefehlt«, gab sie ehrlich zu. Obwohl sie Freunde und einen Beruf hatte, der sie erfüllte, konnte nichts und niemand eine Familie ersetzen. Nicht einmal eine Familie, deren Mitglieder einander so verletzt hatten, wie es bei ihnen der Fall war.

»Dein Vater bedauert … wir beide bedauern …«, verbesserte ihre Mutter schnell, als er sie scharf ansah, »die harten Worte, die gefallen sind, nachdem der arme Tom …«

»Das bedauern wir wohl alle«, sagte Sarah schnell, um ihrer Mutter Schützenhilfe zu leisten. Hatte ihr Vater ihre Mutter gebeten, sich für ihn zu entschuldigen? Nein, das erkannte sie an seinem Gesichtsausdruck. Seine Ungeduld war nicht zu übersehen.

»Ich bin immer noch der Meinung, dass eine ehrbare Frau nicht allein leben und sich ihr Brot selbst verdienen sollte«, sagte er und bestätigte damit ihre Theorie.

Seltsamerweise fand sie seine Worte beruhigend. Er hatte sich nicht verändert. Und auch wenn er sie in Rage brachte – wenn er immer noch derselbe war, wusste sie genau, wie sie mit ihm umzugehen hatte.

»Ich weiß, dass du die Entscheidungen nicht verstehst, die ich getroffen habe«, räumte sie ein. »Aber ich bin nun einmal eine erwachsene Frau. Ich brauche deinen Segen nicht, um mein Leben so zu leben, wie ich es für richtig halte.«

Seine Lippen spannten sich kaum merklich an. Er war es nicht gewohnt, dass ihm jemand so widersprach, schon gar nicht eine Frau und seine eigene Tochter. Sarah wusste, dass ihre Mutter ihm häufig widersprach, doch sie benutzte dazu ihren weiblichen Charme. Sarah hatte weder die Zeit noch die Geduld für solche Kniffe.

Doch zu seiner Ehrenrettung beschloss ihr Vater, sich nicht zu streiten. Stattdessen sagte er: »Du hast immer schon deinen eigenen Kopf gehabt, Sarah. In dieser Beziehung bist du mir sehr ähnlich.«

»Vielleicht sogar zu ähnlich«, gab sie mit einem kleinen Lächeln zu.

»Ja, aber bei einer Frau ist es … schwerer zu akzeptieren.«

»Für manche Menschen«, sagte Sarah und bestätigte seine Behauptung, indem sie ihr widersprach.

»Für einen Vater immer«, erwiderte er.

Sie kam ihm entgegen. »Ich hatte niemals vor, so viel Zeit verstreichen zu lassen, ohne die Dinge zwischen uns zu klären, aber ehe ich mich versehen habe, waren es drei Jahre. Ich weiß auch nicht, wie es dazu kommen konnte.«

»Ich auch nicht«, pflichtete er ihr bei. Sah er erleichtert aus, weil sie bereit war, die Schuld auf sich zu nehmen? Sie hoffte es.

»Ich hätte mehr Verständnis aufbringen müssen«, sagte sie. »Inzwischen ist mir klar, dass du dir nur Sorgen um mein Wohlergehen gemacht hast.«

Ihr Vater war zu derselben Großzügigkeit bereit. »Und wir hätten dir wahrscheinlich mehr Zeit lassen sollen, um über Dr. Brandts Tod hinwegzukommen, bevor wir mit dir über die Zukunft diskutierten.«

»Wenn ihr das getan hättet, hättet ihr gesehen, dass eine solche Diskussion gar nicht nötig war. Ich kann wunderbar für mich selbst sorgen.«

»Vielleicht warst und bist du ja auch einfach nur zu stolz, um unsere Hilfe anzunehmen«, meinte er.

Er hatte sich wirklich nicht im Geringsten verändert. »Ich habe damals keine Hilfe gebraucht und ich brauche sie auch jetzt nicht, Vater. Ich weiß, dass es dir schwer fällt, dir das vorzustellen, aber ich habe mein eigenes Leben sehr gut im Griff. Nicht jede Frau braucht einen Mann, der sich um sie kümmert.«

Augenblicklich bedauerte sie diese vorschnellen Worte, mit denen sie ihre Mutter beleidigt hatte. Glücklicherweise schien ihre Mutter es gar nicht zu bemerken.

»Ich bin überzeugt, dass dein Vater nur versuchen wollte, dich vor weiteren Unannehmlichkeiten zu beschützen«, sagte sie.

»Ich möchte aber gar nicht davor beschützt werden«, erklärte Sarah und hoffte nur, dass es ihr gelang, angesichts derartiger Ignoranz ihren gemessenen Tonfall zu bewahren. »Ich möchte mich den Problemen stellen und etwas tun, um sie zu ändern.«

Ihre Mutter warf einen nervösen Blick auf ihren Vater, denn sie hatte offensichtlich Angst, dass Sarah ihn verärgert hatte. Das war ihr früher oft schon mit viel weniger provokanten Aussagen gelungen. Doch ihr Vater geriet nicht mehr so schnell in Wut. Oder zumindest bemühte er sich heute mehr als je zuvor, vernünftig zu sein.

»Das ist törichter Idealismus, Sarah. Du kannst den Lauf der Welt nicht ändern, ganz gleich, wie sehr du es dir wünschst. Schon seit Kain Abel ermordet hat, ist die Welt ein Ort des Bösen, und seit dieser Zeit verfeinern die Menschen die Methoden, mit denen sie einander schaden. Eine einzelne Frau kann da unmöglich etwas ausrichten.«

Jetzt hätte Sarah ihm erzählen können, wie sie bei der Aufklärung des Mordes an Alicia VanDamm sehr wohl etwas ausgerichtet hatte. Sie hätte ihm erzählen können, wie viele Menschenleben sie schon gerettet hatte, von Müttern und Babys, die ohne ihr Geschick niemals überlebt hätten.

Stattdessen sagte sie: »Willst du damit sagen, dass ich aufhören soll, es zu versuchen?«

Sie konnte sehen, wie er mit sich selbst rang. Er war es gewöhnt, Befehle zu erteilen und Forderungen zu stellen, denen dann augenblicklich Folge geleistet wurde. Niemand forderte ihn heraus, niemand stellte seine Handlungen infrage, weder seine Angestellten, noch seine Geschäftspartner, noch irgendjemand in diesem Haus. Niemand außer Sarah.

Ihre Mutter legte ihm eine Hand auf den Arm, als könnte diese Geste ihn bändigen. Doch er schien es gar nicht zu bemerken. Er war zu sehr auf Sarah konzentriert, die seinen Blick direkt erwiderte, ohne mit der Wimper zu zucken.

»Ich will damit sagen«, sagte er, als er sich wieder unter Kontrolle hatte, »dass es nicht nötig ist, dass eine Frau in deiner Position ihr Leben damit vergeudet, sich für einfache Leute abzuplagen.«

Darauf hätte sie vieles erwidern können. Sie hätte ihn darauf hinweisen können, dass die Frauen der Oberschicht Tag für Tag ihr Leben vergeudeten und ihre Talente und Intelligenz an Geschwätz, Empfänge und Bälle verschwendeten. Aber dieses Argument hätte ihren Vater nicht überzeugt und ihre Mutter verletzt. Ihr Vater war der Meinung, dass Frauen sich nur mit gesellschaftlich vertretbaren Beschäftigungen abgeben sollten, und er würde sie nicht an einem Nachmittag ändern.

»Vater, ich weiß, dass du meine Art zu leben nicht gutheißt, aber du sollst auch wissen, dass ich nicht vorhabe, etwas daran zu ändern. Wenn wir beide Frieden schließen wollen, werden wir beide die Meinung des anderen akzeptieren müssen, ob wir sie nun teilen oder nicht.«

Ihr Vater starrte sie einige Sekunden lang mit traurigen Augen an. »So weit ist es also gekommen, nicht wahr? Du hast jede Spur von Weiblichkeit verloren, Sarah. Du argumentierst inzwischen wie ein Mann.«

Er hatte gar nicht beabsichtigt, ihr ein Kompliment zu machen, aber Sarah fühlte sich trotzdem sehr geschmeichelt. »Männer sind im Leben immer im Vorteil, Vater. Wenn ich mir eine männliche Handlungsweise angeeignet habe, dann nur, weil ich keine andere Wahl hatte.«

»Du hast eine Wahl. Du kannst nach Hause kommen und uns wieder für dich sorgen lassen.«

Jetzt war es an Sarah, traurig zu sein. »Ich fürchte, du würdest diese Einladung bald bedauern, wenn ich sie annähme, Vater. Ich bin nicht mehr das fügsame Mädchen, an das du dich erinnerst.«

»Du warst niemals fügsam, Sarah«, rief er ihr mit scharfer Stimme ins Gedächtnis.

»Nun, und jetzt bin ich noch schlimmer. Ich bin schon viel zu lange auf mich selbst gestellt, als dass ich wieder deine brave Tochter sein könnte.«

»Aber was ist mit deinem Ruf?« Jetzt schlug seine Wut wieder durch. »Wie willst du denn jemals einen geeigneten Ehemann finden, wenn du darauf bestehst, in der Stadt herumzulaufen wie ein … wie ein …«

»Ein gewöhnliches Weibsstück?«, half sie nach, denn so hatte er sie an jenem schrecklichen Tag nach Toms Beerdigung bezeichnet.

Sein Gesicht lief über seinem hohen Kragen dunkelrot an, doch er gab nicht nach. »Eine anständige Frau läuft nicht zu jeder Nachtzeit auf der Straße herum.«

»Wenn sie Hebamme ist, schon«, erwiderte Sarah.

»Felix«, sagte ihre Mutter zu ihrer beider Überraschung. »Sarahs Beruf hat nichts Unanständiges an sich.«

Ihr Vater hätte nicht überraschter sein können, wenn plötzlich ein Stuhl das Wort ergriffen hätte. Bevor sich Vater oder Tochter von ihrem Schrecken erholen konnten, fuhr ihre Mutter fort.

»Ich finde es auch unvernünftig, von Sarah zu erwarten, dass sie wieder zu uns zurückzieht. Sie ist kein Kind mehr. Und wenn du möchtest, dass sie dich jemals wieder besucht, dann musst du das akzeptieren.«

Mit diesen Worten geriet Sarahs Weltbild so gründlich durcheinander, als hätte ein Erdbeben das Decker'sche Haus in seinen Grundfesten erschüttert. Seinem Gesichtsausdruck nach zu schließen, hatte ihr Vater die Druckwellen ebenfalls bis ins Innerste gespürt. Nur ihre Mutter schien ungerührt zu sein. Sie saß aufrecht und gütig da, ihr hübsches Gesicht glatt und ausdruckslos. Schadenfreude wäre natürlich unangebracht gewesen, aber Sarah wünschte sich, sie würde ein wenig energischer oder zumindest entschlossener aussehen. Sie konnte sich nicht vorstellen, dass ein solch sanfter Tadel bei ihrem Vater etwas ändern würde, vor allem, nachdem jahrelanges Predigen ihrerseits nichts bewirkt hatte.

Doch als sich ihr Vater wieder zu ihr wandte, war seine Miene zutiefst verstört. »Würdest du das tun? Würdest du wieder aus unserem Leben verschwinden?«

»Es macht mir keinen besonderen Spaß, mich beleidigen und kritisieren zu lassen, Vater, und selbst wenn du mich noch so sehr einschüchterst, werde ich meinen Beruf nicht aufgeben. Wenn du das vorhast, werde ich euch nicht wieder besuchen.«

»Ich will nur das Beste für dich, Sarah«, beharrte er.

»Nein, du willst das, was du für das Beste *hältst*. Und ich bin diesbezüglich einfach anderer Meinung. Du musst mich so akzeptieren, wie ich bin, oder es lassen.«

»Aber was ist mit deiner Zukunft?«, wollte er wissen. »Wer soll dich denn heiraten?«

»Ich möchte gar nicht, dass mich jemand heiratet«, sagte sie zu seinem Entsetzen. »Ich bin im Augenblick ganz zufrieden.«

»Aber wovon willst du denn leben? Wer soll dich ernähren?«

»Ich ernähre mich selbst!«, sagte sie ungeduldig. »Ist dir das noch nicht aufgefallen? Ich mache das jetzt schon seit drei Jahren, und zwar sehr erfolgreich. Ich brauche keinen Mann, der für mich sorgt, nicht einmal dich.«

Sie konnte sehen, wie er innerlich kämpfte. Trotz der Tatsachen, die er vor sich sah und die ihm bewiesen, dass sie unabhängig war, wollte er das einfach nicht wahrhaben. Er hatte kein Verständnis für eine Welt, in der die Frauen ihren eigenen Weg gingen, ohne dass ein Ehemann oder Vater ihnen dabei half. Er würde sich nie ändern, und er würde nie akzeptieren, dass sie es getan hatte.

Sarah sah ihre Hoffnungen auf eine Versöhnung mit ihrem Vater dahinschwinden. Sie legte sich gerade die steifen, höflichen Worte zurecht, mit denen sie sich verabschieden würde, als ihre Mutter das Wort ergriff.

»Es sieht so aus, als ob ihr euch in Bezug auf dieses Thema niemals einigen werdet, aber soll das Sarah wirklich von uns trennen? Vielleicht könnten wir einander einfach versprechen, das Thema nicht mehr zu erwähnen.«

Diese Lösung war so vernünftig, dass Sarah und ihr Vater sie erstaunt anstarrten. Sarah begriff plötzlich, dass sie ihrer Mutter Unrecht getan hatte. Sie hatte sie mit den falschen Maßstäben gemessen und Mängel gesehen, wo gar keine waren. Elizabeth Decker war klug und intelligent, und obwohl sie sich an gesellschaftliche Regeln hielt, die Sarah lächerlich fand, hatte sie einen wachen Verstand, den sie auch zu benutzen wusste. Was sie heute hier geleistet hatte, zeugte von Fähigkeiten, mit welchen Männer eine diplomatische Karriere verfolgten. Diese friedliche Regelung einer Familienangelegenheit war für Sarah einem internationalen Vertrag ebenbürtig, nur, dass er für sie persönlich viel wichtiger war.

Felix Decker ließ sich mit keinem Wort anmerken, dass er den Vorschlag seiner Frau gehört hatte. Damit hätte er sie viel wichtiger genommen, als es ihr seiner Meinung nach zustand. Als sei er selbst darauf gekommen, sagte er: »Sarah, unser Streit ist nicht gut für die Nerven deiner Mutter. Das ist schon immer so gewesen. Und dein Fernbleiben hat sie sehr geschmerzt. Ich finde, wir sollten uns alle Mühe geben, ihr weiteren Schmerz zu ersparen, selbst wenn ich dir dazu erlauben muss, deinen gewählten Pfad weiter zu verfolgen, ganz gleich, wie sehr ich das missbillige. Ich bin bereit, das Thema nicht weiter zu diskutieren, es sei denn natürlich, dass du einmal der Unterstützung deiner Familie bedarfst. In diesem Fall darfst du dich nicht durch deinen Stolz davon abhalten lassen, deine Familie um Hilfe zu bitten.

Du musst wissen, dass wir überglücklich wären, dir alles zu geben, was du brauchst.«

Sarah wusste das nur zu gut, genau wie sie wusste, dass sie niemals um diese Hilfe bitten würde, zumindest nicht, solange sie gesund und bei Verstand war. Natürlich war sein Angebot herablassend, aber da es von ihrem Vater stammte, war es geradezu ein Wunder der Versöhnlichkeit. Sie konnte es nicht zurückweisen.

»Danke, Vater. Auch mich hat unsere Entfremdung geschmerzt, und ich bin bereit, Zugeständnisse zu machen, damit es nicht wieder dazu kommt. Wenn das bedeutet, dass ich mich nicht mehr mit dir streiten darf, dann bringe ich dieses Opfer um Mutters willen gern.«

Es dauerte einen Augenblick, bis ihre Eltern begriffen, dass Sarah einen Scherz gemacht hatte. Ihr Vater runzelte die Stirn. Er billigte keinen Humor, schon gar nicht auf seine Kosten, doch ihre Mutter entspannte sich sichtlich. Mit einem zufriedenen Grinsen griff sie nach einem Tablett. »Bitte versuch eins von diesen Törtchen, Sarah. Die Köchin hat sie extra für dich gemacht, weil ich ihr erzählt habe, wie gern du Blaubeeren magst.«

Der Rest des Nachmittags verlief recht angenehm. Ihr Vater bemühte sich, sie nicht vor den Kopf zu stoßen, und sie erwiderte ihm den Gefallen. Sie unterhielten sich über Freunde und Verwandte und setzten sich gegenseitig über ihr Leben ins Bild.

Kurz, bevor Sarah die Zeit zum Gehen für gekommen hielt, sagte ihre Mutter: »Ich habe ein kleines Abendessen arrangiert, um Sarah wieder in unseren Kreisen willkommen zu heißen, Felix. Ich habe es von deinem Sekretär eintragen lassen.«

»Und wer genau wird bei diesem Abendessen anwesend sein?«, fragte ihr Vater, der anscheinend nicht genau wusste, wie er das finden sollte. Oder vielleicht sorgte er sich ja auch, dass es zu früh sein könnte, Sarah wieder in ihre Kreise aufzunehmen oder Sarah sich weigern könnte, sich einbeziehen zu lassen. Er konnte ja schließlich nicht ahnen, dass dieses Essen auf ihre Bitte hin gegeben wurde.

»Ich habe die Walkers eingeladen. Sarah ist mit Amanda Walker zur Schule gegangen. Und die Tochter der Vandekamps – auch eine von Sarahs Klassenkameradinnen. Und die Millers. Und damit es keine ungerade Zahl ist, habe ich Hazel Millers Bruder Dirk Schyler gebeten, Sarahs Partner zu sein.«

Das gefiel ihrem Vater nicht. »Das ist wohl kaum eine angemessene Wahl. Warum nicht einen von den Astors? Sie haben doch bestimmt einen ledigen Sohn, der im richtigen Alter ist.«

»Du sollst keine Hochzeit für mich arrangieren, Vater«, erinnerte Sarah ihn. »Ich brauche nur einen Partner beim Dinner, und ich kenne Dirk schon sehr lange.«

»Du bist ihm in letzter Zeit nicht mehr begegnet. Er hat sich sehr unvorteilhaft entwickelt. Sein Vater glaubt nicht mehr, dass er je einen Mann aus ihm machen wird.«

Das bestätigte nur die Einschätzung, die Sarah von Dirk hatte. Sie hätte jetzt dafür sorgen können, dass ihr Vater eine noch schlechtere Meinung von ihm bekam, indem sie ihm von Dirks Ausflügen nach Coney Island erzählte, aber dann hätte sie auch erklären müssen, woher sie davon wusste. Sie hatte gerade ihren Frieden mit Felix Decker gemacht, daher war dies nicht der Augenblick, um ihm mitzuteilen, dass sie in ihrer Freizeit in einem Mordfall ermittelte. Streitgespräche über ein solches Thema waren nicht Gegenstand ihres Waffenstillstandes gewesen.

»Vielleicht braucht er einfach nur Zeit, um zur Ruhe zu kommen«, meinte Elizabeth Decker. »Eine vernünftige Frau kann da Wunder wirken.« Sie warf einen bedeutungsvollen Blick auf Sarah, die so tat, als bemerkte sie es nicht.

»Ich glaube, dass selbst Sarah mit dieser Aufgabe überfordert wäre«, meinte ihr Vater.

Da waren sie ausnahmsweise einer Meinung.

9

Frank hatte das New Yorker Institut für Taube und Stumme ohne große Schwierigkeiten ausfindig gemacht. Es war viel älter als die Schule in der Lexington Avenue und bestand schon seit über sechzig Jahren. Eine lange Zeit für Leute, deren Arbeit angeblich nicht so erfolgreich sein sollte, dachte Frank voller Zynismus.

Hier war es genauso still wie in der anderen Schule. Er betrat das Büro. Der junge Mann, der dort als Sekretär arbeitete, blickte auf. »Was kann ich für Sie tun?«, fragte er und begleitete seine Frage mit flinken Handbewegungen, die Frank noch nie gesehen hatte. Frank begriff, dass dies die Gebärdensprache sein musste, von der Mrs. Brandt gesprochen hatte.

»Ich bin nicht taub«, sagte Frank zu ihm. Er sprach ganz unbewusst zu laut.

»Ich auch nicht«, erwiderte der Junge lächelnd und bewegte dabei weiter seine Hände. Jetzt war Frank sich sicher, dass es die Gebärdensprache war. »Haben Sie etwas mit Mr. Peet zu besprechen?«

»Ist er der Leiter der Schule?«

»Ja, Sir. Sein Vater hat sie gegründet.«

»Dann möchte ich gerne mit ihm sprechen.«

»Ich sehe nach, ob er Zeit hat«, sagte der Junge und verschwand im Nebenzimmer.

Frank wusste nicht so recht, was er erwarten sollte, als er zu Lewis Peet vorgelassen wurde. Er stellte erleichtert fest, dass Mr. Peet nicht taub war und beim Sprechen auch nicht die Hände mitbewegte, so wie der Junge es getan hatte.

Frank erzählte ihm von Brian und er hörte aufmerksam zu.

»Ich bin zuerst in der Lexington Avenue gewesen«, erzählte er Peet.

»Ein exzellentes Institut«, sagte dieser taktvoll.

»Dort hat man mir gesagt, man könnte meinem Sohn das Sprechen beibringen.«

Mr. Peet nickte. »Das kann ich mir denken. Sind Sie einem Schüler vorgestellt worden, der Lippenlesen und sprechen kann?«

»Ja«, sagte Frank. »Seine Stimme klang etwas seltsam, aber ich konnte ihn verstehen und er mich auch. Wenn mein Sohn das lernen könnte, könnte er sich in der Welt zurechtfinden.«

»Aber der Junge, den Sie sprechen gehört haben, war nicht von Geburt an taub, nicht wahr?«

Frank runzelte die Stirn. Woher wusste der Mann das? »Nein.«

Mr. Peet nickte erneut. »Wenn ein Mensch taub geboren wird und nie einen anderen Menschen sprechen gehört hat, ist es sehr schwierig für ihn, deutlich sprechen zu lernen. Und genauso schwierig ist es für ihn, das Konzept der Sprache zu verstehen, weil er selbst ja keine beherrscht.«

Frank war sich nicht sicher, ob er das alles vollständig verstand, aber eigentlich klang es sehr vernünftig. »Sie arbeiten hier anders als die Schule in der Lexington Avenue«, sagte Frank. »Sie lehren die Menschen, mit den Händen zu sprechen.«

»Ja, wir bringen ihnen die Gebärdensprache bei. Vielleicht haben Sie schon einmal gesehen, wie Taubstumme sie auf der Straße benutzen.«

»Der Junge im Vorzimmer hat es getan.«

»Das tut er immer, wenn er davon ausgehen muss, dass er mit jemandem spricht, der nicht hören kann. Die Gebärdensprache ist eine einzigartige Kommunikationsmethode. Viele Leute vermuten, dass die Zeichen den Buchstaben des Alphabets entsprechen, aber wenn Sie einmal darüber nachdenken, dann wäre es eine lästige Methode, die Worte zu buchstabieren, und die Kommunikation wäre sehr langsam und zäh. In Wirklichkeit sind die Zeichen Wörter, und die Bewegungen stehen für das, was wir als Laute hören. Ein geübter Gebärdensprachler kann sich genauso schnell ausdrücken, wie Sie und ich es mit unseren Stimmen tun, und ein Mensch, der die Zeichen versteht, kann ihnen genauso leicht folgen, wie Sie mich jetzt verstehen.«

»Aber wie unterhalten sie sich mit Menschen, die die Zeichen nicht kennen?«

»Tja, das ist das Problem, nicht wahr?«, sagte Peet. Er lehnte sich in seinem Sessel zurück und legte die Hände übereinander. »Wenn wir die ganze Welt der Hörenden dazu bringen könnten, die Gebärdensprache zu lernen, kämen taube Menschen genauso gut zurecht wie hörende. Da es aber nicht wahrscheinlich ist, dass das geschieht, bilden die Tauben stattdessen ihre eigene Gesellschaft. Sie üben Berufe aus, für die es nicht nötig ist, dass man hört oder spricht, sie heiraten Menschen, die ebenfalls nicht hören und mit denen sie sich bequem via Gebärdensprache verständigen können, und sie verkehren nur in Kreisen, wo es Ihresgleichen gibt.«

»Das bedeutet also, dass die Lexington-Schule die bessere Lösung hat«, sagte Frank. »Ihre Schüler können sprechen und Lippenlesen. Sie können problemlos mit Hörenden kommunizieren und in ihrer Welt leben.«

»Nur, dass die Praxis anders aussieht.«

»Wie meinen Sie das?«

Peet lächelte. »Die Methode, nach der an der Lexington-Schule gearbeitet wird, ist, dass man es tauben

Schülern ermöglicht, mit Hörenden zusammenzuleben und zu arbeiten. In der Praxis tun sie das aber nicht. Die Absolventen der Lexington-Schule haben sogar ihren eigenen Club gegründet, der nur taube Mitglieder hat. Sie organisieren Vorträge, Zusammenkünfte und Bälle nur für Taube. Sie verkehren nach wie vor in erster Linie nur miteinander, arbeiten zusammen und heiraten untereinander. Verstehen Sie mich bitte nicht falsch, Mr. Malloy, ich kritisiere die Arbeit der Lexington-Schule nicht. Ich möchte Sie nur darauf hinweisen, dass man dort für die meisten Taubstummen auch nicht mehr bewirkt hat als wir, vor allem, was alltägliche Fähigkeiten angeht. Und für jemanden wie Ihren Sohn, der wahrscheinlich niemals deutlich genug sprechen lernen würde, um sich verständlich zu machen, und der niemals gut genug Lippenlesen lernen würde, um sein Gegenüber wirklich zu verstehen, wäre es eine frustrierende und letztlich fruchtlose Erfahrung.«

»Sie sind natürlich der Meinung, dass ich Brian zu Ihnen schicken sollte«, sagte Frank, der immer noch über Peets Argumente nachdachte.

Peet lächelte erneut. »Ihr Sohn ist noch viel zu jung, um ihn irgendwohin zu schicken. Ich glaube, dass er hier sehr gut zurecht käme, wenn er älter ist – wahrscheinlich besser als in der Lexington Avenue. Aber Sie haben ja noch Zeit, sich weiter über beide Ausbildungsmethoden zu informieren. In der Zwischenzeit würde ich Ihnen empfehlen, sich mit tauben Menschen zu treffen und Sie nach ihren Erfahrungen zu fragen. Ich kann Sie gern mit einer Familie bekannt machen, die einen Jungen in Brians Alter hat.«

»Ist er taub?«

»O nein. Er kann wunderbar hören, aber seine Eltern sind taub. Er beherrscht die Gebärdensprache jedoch sehr gut. Er hat sie gelernt, um mit seinen Eltern zu kommunizieren, noch bevor er sprechen gelernt hat.

Vielleicht könnte er Brian helfen zu lernen, wie er sich verständlich machen kann.«

»Ein Kind, das noch so klein ist?« Frank dachte an die komplizierten Handbewegungen des Sekretärs im Vorzimmer. Ihm selbst würde es ja schwer genug fallen, so etwas zu lernen, ganz zu schweigen von einem dreijährigen Jungen.

»Wenn Brian hören könnte, könnte er inzwischen sprechen«, meinte Mr. Peet. »Ich bin fest davon überzeugt, dass es ihm keine Schwierigkeiten machen wird, die Gebärdensprache zu lernen, wenn er erst einmal mit ihr konfrontiert wird. Sie wird seine Sprache sein. Sie könnten Sie mit ihm gemeinsam lernen. Dann könnten Sie mit Ihrem Sohn sprechen, Mr. Malloy.«

Mit Brian sprechen. Ihm sagen können, wer er war. Die Vorstellung war unglaublich. Frank hatte die Hoffnung, mit seinem Sohn Kontakt aufzunehmen, schon lange aufgegeben. Bis vor kurzem hatte er noch geglaubt, dass es in seinem Inneren leer war. Aber jetzt …

Er musste es natürlich mit seiner Mutter besprechen. Er versuchte sich vorzustellen, wie sie die Gebärdensprache lernte, aber diese Vorstellung war lächerlich. Sie hatte die ganze Zeit über so getan, als sei Brian ein normales Kind, obwohl alles auf das Gegenteil hindeutete. Taub zu sein war beinahe genauso schändlich wie schwachsinnig zu sein, zumindest für sie, also weigerte sie sich einfach, es zur Kenntnis zu nehmen.

»Vielleicht sollten Sie mir noch etwas über diese Leute mit dem Kind in Brians Alter erzählen«, sagte er.

Sarah hatte ganz vergessen, wie unendlich langweilig eine Dinnerparty in der feinen Gesellschaft sein konnte. Niemand unterhielt sich über Politik, Philosophie, Literatur oder irgendetwas anderes auch nur annähernd Interessantes. Sarah hörte mehr über die Europareise ihrer alten Freundin Amanda und über Hazels Zwillingstöchter, als ihr lieb war. Außerdem erfuhr sie, was aus den meisten der Frauen geworden war, mit denen sie in ihrer Jugend befreundet gewesen war, bevor sie beschlossen hatte, dem von ihrem Vater gesetzten Kurs nicht zu folgen, und auf die Schwesternschule gegangen war. Unglücklicherweise tat keine von ihnen etwas, das Sarah interessierte.

Wie es die Sitte diktierte, zogen sich die Frauen nach dem Essen zurück, während die Männer ihre Zigarren rauchten und Brandy tranken. Sarah hätte selbst einen Brandy vertragen können. Sie brauchte eine Stärkung, um den Rest des Abends zu überstehen.

Um die Sache noch zu verschlimmern, wurde ihr allmählich klar, dass es praktisch unmöglich sein würde, unter vier Augen mit Dirk Schyler zu sprechen, und das war schließlich der Grund gewesen, diesen Abend überhaupt zu organisieren. Sie würden mit Sicherheit nie allein sein, und die Wahrscheinlichkeit, dass sie sich einen Augenblick ungestört unterhalten konnten, war gleich Null, erst recht, da alle Welt sie gebannt zu beobachten und darauf zu warten schien, dass sie Interesse aneinander zeigten.

Ihre Mutter hätte sich etwas mehr Mühe geben können zu verheimlichen, dass dieses Abendessen Sarah nur als Entschuldigung diente, um Dirk zu treffen. So war es allen Gästen bewusst, da sie beide als Einzige der Anwesenden ledig waren. Um alles noch schlimmer zu machen, war man außerdem zu dem Schluss gekommen, dass Sarah es auf ihn abgesehen hatte. Wenn das Ganze nicht so frustrierend gewesen wäre, hätte Sarah es vielleicht sogar lustig gefunden.

Amanda Walker hatte sie gerade gefragt, wo sie ihr Kleid gekauft hatte – eine absolut müßige Frage, da sie sich ja wohl kaum für eine derart unmodische Kreation interessierte –, als sich die Tür öffnete und die Männer ins Zimmer kamen, wodurch es ihr erspart blieb zuzugeben, dass es von Lord & Taylor war. Sarahs Mutter hatte darauf bestanden, dass sie sich für diesen Anlass ein neues Kleid kaufte, aber Sarah hatte es nicht eingesehen, eine Schneiderin für ein Ensemble zu bezahlen, das sie vielleicht nie wieder tragen würde.

Zu ihrer großen Erleichterung verloren Amanda und die anderen Frauen augenblicklich das Interesse an ihr. Die Männer erfüllten den Raum mit ihrer Energie, ihren lauten Stimmen und ihrem dröhnenden Gelächter. Sarah sah mit wachsender Frustration zu, wie Dirk Schyler sich mit seiner Schwester unterhielt und dabei ans andere Ende des Zimmers spazierte. Sie heckte gerade einen Plan aus, wie sie so dicht in seine Nähe gelangen konnte, dass sie ihn um Hilfe bitten konnte, als er zu ihr herüberrief:

»Sarah, würdest du so freundlich sein und mir sagen, wer die Leute auf dieser Fotografie sind?«

Sarah starrte ihn überrascht an. Wusste er womöglich, dass sie ihn gern unter vier Augen sprechen wollte? Oder hatte er denselben Wunsch? Vielleicht hatte er ja einfach Angst, dass sie enthüllen würde, ihn in Begleitung eines Mädchens aus der Arbeiterklasse in Coney Island gesehen zu haben, und wollte sie um Diskretion bitten. Oder vielleicht war ihm klar, dass er nicht ohne Grund eingeladen worden war und dass dieser Grund etwas mit Sarah zu tun hatte. Ganz gleich, was es war, Sarah war einfach froh, eine Entschuldigung dafür zu haben, sich mit ihm zu besprechen.

»Aber sicher«, sagte Sarah und bemühte sich, seinem Ruf nicht allzu eifrig zu folgen.

Auf ihrem Weg durch das Zimmer hörte sie ein unterdrücktes Kichern und begriff, dass alle Welt sie beobachtete. Nun, was hatte sie denn erwartet? Alle warteten darauf, dass sie und Dirk Interesse aneinander signalisierten. Im Zweifelsfall würden sie sich dieses Interesse einbilden, ganz gleich, was geschah. Sarah Decker

Brandts verzweifelter Schachzug, sich einen reichen Ehemann zu angeln, würde wahrscheinlich monatelang das Gesprächsthema der Kaffeekränzchen sein.

Dirk hatte eine Fotografie der Rudermannschaft ergriffen, der ihr Vater als Student angehört hatte, und zeigte auf einen der Männer. Natürlich hatte Sarah keine Ahnung, wer die Männer auf dem Bild waren. Wahrscheinlich hätte sie selbst ihren Vater nur mit Mühe und Not erkannt, aber sie war sich sicher, dass auch Dirk sich in Wirklichkeit nicht für die Identität dieser Männer interessierte. Er bewies es ihr sofort.

»Nun sag schon, Sarah, warum in aller Welt hast du dir all diese Mühe gemacht, um mich wiederzusehen?«, fragte er im Flüsterton, und seine Augen funkelten schelmisch. Er hielt die Fotografie vor sie hin, als sei sie der eigentliche Gegenstand ihrer Unterhaltung.

»Nun, Dirk«, erwiderte sie, denn sie konnte nicht widerstehen. »Ist das denn nicht offensichtlich? Ich bin dir sofort leidenschaftlich verfallen und konnte es gar nicht abwarten, dich wiederzusehen.«

Er sah sie mit gespieltem Schrecken an. »Weiß Mr. Malloy davon?«

»Es würde ihn kaum kümmern, wenn er es wüsste«, erwiderte sie. Es war das erste wahre Wort, das sie bis jetzt in dieser Unterhaltung gesprochen hatte.

»Sei dir da nur nicht so sicher. Ich bin fest davon überzeugt, dass Mr. Malloy deinen Umgang mit mir nicht gutheißen würde.«

»Glücklicherweise brauche ich seinen Segen aber nicht.«

»Was brauchst du denn dann?«, fragte Dirk. Sarah bemerkte, dass sein Gesicht immer noch attraktiv war, auch wenn es die ersten Verschleißerscheinungen zeigte. Die Haut unter seinen sympathischen, blauen Augen war durch zu viele nächtliche Gelage aufgedunsen, und seine Haut wirkte blässlich und krank. Er begann sogar, um die Taille herum ein wenig zuzunehmen, und wenn er nicht aufpasste, würde er im Lauf der Jahre fett werden.

»Ich muss noch einmal nach Coney Island, und zwar mit jemandem, der sich dort auskennt.«

Er schien überrascht zu sein. Glücklicherweise war er auch fasziniert. »Warum denn das?«

»Weil ich auf der Suche nach einem Mörder bin.«

Dirk sah noch schockierter aus, als sie erwartet hatte. Sein Gesicht wurde ernstlich bleich, und er starrte sie einige Sekunden lang an, als suchte er nach der Antwort auf eine Frage, die er nicht laut zu stellen wagte. Höchstwahrscheinlich hatte er das Wort ›Mörder‹ noch nie aus dem Mund einer Frau von Welt gehört, und das erklärte natürlich seine Reaktion.

Ihre private Unterredung genoss nach wie vor die Aufmerksamkeit aller Anwesenden, und es war klar, dass sie mehr Zurückgezogenheit brauchten, um sie fortzusetzen. Dirk sammelte sich. »Es ist furchtbar warm hier drinnen«, sagte er so, dass es jeder hören konnte, und stellte die Fotografie auf das Sideboard zurück. »Vielleicht gehst du ein bisschen mit mir im Garten spazieren, Sarah.«

»Das wäre schön«, stimmte Sarah zu. »Wenn Ihr uns bitte entschuldigt«, fügte sie an ihre Mutter gewandt hinzu, die kopfnickend zustimmte. Sie sah so glücklich aus, dass Dirk sich ihren Erwartungen entsprechend verhielt, dass Sarah ein schlechtes Gewissen bekam, weil sie sie so betrog.

Dirk bot ihr seinen Arm an, und sie traten durch die Glastür hinaus, die auf das eingezäunte Grundstück hinausführte, das hier in der Stadt als Garten durchging. Es war viel größer als Sarahs kleiner Hinterhof, und die Blumen wurden von einem Gärtner gepflegt. Sie dufteten angenehm, und hier im Schatten war es kühl, aber das Wichtigste war, dass niemand sie hören konnte.

Sie entfernten sich erst ein Stück vom Haus, bevor Dirk etwas sagte. »Ich habe dich bestimmt missverstanden, Sarah. Du kannst doch nicht wirklich gesagt haben, dass du auf der Suche nach einem Mörder bist.«

»Das habe ich aber. Ich weiß, dass es dir schwer fällt zu verstehen, wieso ich mich mit so etwas befasse, aber ein junges Mädchen aus meiner Bekanntschaft ist vor kurzem ermordet worden. Ihre Familie hat mich gebeten, bei den Ermittlungen behilflich zu sein«, überspannte sie die Wahrheit ein wenig.

»Wieso haben sie denn ausgerechnet dich darum gebeten?« Er sah entsetzt aus, oder zumindest interpretierte Sarah seine Miene so. Auf jeden Fall schien er erregt zu sein, auch wenn ihm seine Erziehung half, jegliche unpassenden Gefühle zu verbergen.

»Wie du weißt, habe ich einen Freund, der Polizist ist.«

»Ah, ja, der reizende Mr. Malloy. Aber der ist bei der Verbrecherjagd doch wohl nicht auf deine Hilfe angewiesen. Die Polizei macht sich doch kaum die Mühe, das selbst zu tun!«

Sarah ignorierte diese Beleidigung. »Ich konnte ihm in der Vergangenheit schon einmal behilflich sein«, bekannte sie mit einem Hauch von Stolz.

Dirk glaubte ihr offensichtlich kein Wort. »Sarah, ich fürchte, du verstehst trotz deiner Unabhängigkeit immer noch nicht besonders viel von der Welt, wenn du auch nur eine Sekunde lang glaubst, dass dieser Malloy irgendein anderes Interesse an dir hat, als dich zu verführen.«

Sarah musste sich große Mühe geben, um über diese absurde Idee nicht laut loszulachen. Wenn Malloy sie verführen wollte, war er wirklich sehr geschickt darin, seine Absichten zu verheimlichen. Gleichzeitig war er der geduldigste – und unfähigste – Verführer der Welt.

»Ist es denn so schwer zu glauben, dass eine Frau bei der Aufklärung eines Verbrechens mithelfen kann?«

»Offen gesagt, ja«, sagte Dirk mit einem herablassenden Lächeln.

Sarah hätte ihm dieses Lächeln am liebsten aus dem Gesicht gefegt. Sie hätte ihm gern gesagt, dass sie bei der Aufklärung eines Mordes vor wenigen Monaten Malloy eine so große Hilfe gewesen war, dass er ihr gesagt hatte, sie würde eine gute Polizistin abgeben, wenn es bei der Polizei Frauen gäbe. Aber es stand ihr wirklich nicht zu, Details über diesen Fall auszuplaudern, und außerdem bezweifelte sie sowieso, dass Dirk ihr glauben würde.

»Nun denn«, sagte sie. »Vielleicht bestärkst du mich ja einfach in meinen Wahnvorstellungen. Ich würde furchtbar gern noch einmal nach Coney Island fahren und mehr über den Park erfahren, aber Mr. Malloy weigert sich, mich zu begleiten.«

»Umso dümmer von ihm«, sagte Dirk und grinste anzüglich. Sarah fragte sich, wer sie wohl vom Haus aus beobachtete. Sie hoffte, dass es so aussah, als hätten sie ein romantisches *Tête-à-tête*. Ihre Mutter würde sehr zufrieden sein.

»Da du dich dort offensichtlich gut auskennst, hatte ich gehofft, ich könnte dich überreden, mich zu begleiten und mir ein paar Dinge zu zeigen, die mir vielleicht bei meinem ersten Besuch entgangen sind.«

Sein Lächeln war voller Spott. »Glaubst du, ich kann dich auf potentielle Mörder hinweisen?«

Angesichts seines Tonfalls knirschte Sarah mit den Zähnen, aber sie schaffte es, ihre gutmütige Maske aufrechtzuerhalten. »Ich hoffe, du kannst mir die Vorgänge in diesem Park erklären. Schließlich ist das tote Mädchen dort ihrem Mörder begegnet.«

Bei diesen Worten verging ihm das Lächeln augenblicklich. »Woher weißt du das?«

»Er hat ihr unmittelbar vor ihrem Tod dort ein Geschenk gekauft. Zumindest vermuten wir, dass der

Mann, der ihr das Geschenk gekauft hat, auch der Mörder war.«

»Und was war das für ein Geschenk?«

Sarah kam sich albern vor, als sie es laut aussprach. »Ein Paar rote Schuhe.«

Tief in seinen Augen flackerte etwas auf, etwas, das Sarah nicht enträtseln konnte, aber dann lächelte er wieder. Diesmal war es ein bezauberndes, entzücktes Lächeln. »O Sarah, was könnte schöner sein, als mit dir zusammen herauszufinden, wer eine junge Dame mit einem solch scheußlichen Geschmack ermordet hat.«

Sie rief sich ins Gedächtnis, dass es ihr nicht darum ging, von ihm respektiert zu werden. Er brauchte sie nicht ernst zu nehmen oder ihr auch nur zu glauben. Er brauchte sie nur zu begleiten und herumzuführen.

»Hast du nächsten Sonntag frei?«, fragte sie, und sie verabredeten sich für den übernächsten Tag.

Abgesehen von den Zeugen, mit denen Sarah bereits gesprochen hatte, besaß niemand weitere Informationen über den mysteriösen Mann namens Will. Frank hatte sämtliche Mädchen befragt, die die vier Opfer gut genug gekannt hatten, um ihm etwas erzählen zu können. Obwohl er den Mädchen tagelang nachgespürt und sie erneut verhört hatte, wusste er nicht mehr als am ersten Tag.

Der Mann hatte sehr sorgsam darauf geachtet, seinen Nachnamen und seine Adresse nicht preiszugeben. Frank vermutete, dass er aus einer besseren Gegend stammte. Sämtlichen Berichten zufolge hatte er immer viel Geld dabei. Selbst Zeugen, die ihn nie selbst gesehen hatten, wussten das. Will genoss einen exzellenten Ruf bei denen, die den Wert eines Mannes daran maßen, wie oft er einer jungen Dame ein Bier oder eine Karussellfahrt spendierte. Er konnte kein einfacher Arbeiter sein, nicht, wenn die Mädchen, mit denen Frank gesprochen hatte, die Summe richtig geschätzt hatten, die er für eine Frau ausgab, sofern er sie attraktiv fand. Auch seine Kleidung und seine Manieren hatten darauf hingedeutet, dass er der Oberschicht angehörte.

Wenn Frank es richtig einschätzte, hatten einige der Mädchen *spezielle* Gegenleistungen für die Geschenke gebracht, doch natürlich gaben sie es nicht zu. Warum hätten sie das auch tun sollen? Selbst wenn dieser Will ihre Freundinnen ermordet hatte, sie lebten schließlich noch und mussten überleben. Ihren Ruf zu zerstören würde ihre Freundinnen nicht zurückholen, oder? Und wenn Will sie nicht umgebracht hatte, als er die Gelegenheit dazu hatte, war es auch nicht wahrscheinlich, dass er es jetzt tat, oder?

Langsam fragte sich Frank, warum Sarah Brandt so leidenschaftlich darauf aus war, den Tod dieser Mädchen zu rächen, die ihn selbst so ärgerten, dass er anfing, den Mörder sympathisch zu finden.

Frank war durch und durch erschöpft, als er an diesem Abend die Treppe zu seiner Wohnung hinaufstieg. Er war seit zwei Tagen nicht mehr zu Hause gewesen, und als er die Tür öffnete, saß seine Mutter auf dem Schaukelstuhl am Fenster und strickte. Brian spielte auf dem Fußboden, wo er sorgfältig einen Turm aus Holzklötzen baute, um ihn dann umzustürzen und wieder aufzubauen.

Als er Frank erblickte, kam er jedoch angekrabbelt, um seinen Vater zu begrüßen, und stürzte dabei in seiner Hast den Turm um. Seine Mutter sagte irgendetwas zur Begrüßung, aber Frank hörte es kaum und grüßte sie nicht einmal zurück. Ihm wurde klar, dass er den Jungen gerade zum ersten Mal wirklich sah.

Drei Jahre lang hatte die Existenz seines Sohnes Frank innerlich zerrissen. Die Geburt des Jungen hatte Kathleen umgebracht, und sie war das einzig Gute gewesen, das es in Franks Leben je gegeben hatte. Wenn Kathleen überlebt hätte, hätte Frank jede Enttäuschung in Bezug auf das Kind ertragen können, denn sie hätte alles wieder gerichtet. Sie hätte den Jungen geliebt, ganz gleich, was mit ihm nicht stimmte, und sie hätte Frank dazu gebracht, ihn auch zu lieben.

Aber Kathleen war gestorben, und mit ihr das einzige Glück, das Frank besaß. Das allein wäre schon genug gewesen, um ihn zu verbittern, doch dann war ihm auch noch der Junge geblieben, eine schmerzhafte, missgestaltete Erinnerung an das, was er verloren hatte. Das Kind hatte nicht nur seine Mutter das Leben gekostet, sondern auch Frank eine Bürde aufgeladen, die so enorm war, dass er manchmal glaubte, davon erdrückt zu werden.

Eine Zeit lang hatte er das Kind gehasst, ihm Kathleens Tod vorgeworfen. Doch das war vorbeigegangen, und es waren nur Traurigkeit, Mitleid und eine Bitterkeit geblieben, die so tief war, dass Frank bezweifelte, jemals ihren Grund zu erreichen. Und er fühlte sich schuldig. Denn wenn der Junge Kathleen umgebracht hatte, so war es doch Frank gewesen, der sie mit dem Kind geschwängert hatte. Wenn er den Jungen hasste, musste er sich selbst auch hassen.

Also trieb ihn seine Schuld dazu an, das Beste für das Kind zu tun, ganz gleich, wie seine eigentlichen Gefühle aussahen. Sie trieb ihn dazu, die Bestechungsgelder anzunehmen, die ihm den Aufstieg bei der Polizei ermöglichten, sodass er dafür sorgen konnte, dass es dem Jungen nie an etwas mangeln würde. Sein Schuldgefühl ließ ihn auch seine Mutter ertragen, weil sie bereit war, sich um den Kleinen zu kümmern.

Jetzt sah er seinen Sohn an, diese unvollkommene Erinnerung, die alles war, was ihm von der Frau geblieben war, die er einmal mehr geliebt hatte als sein Leben. Sie hätte von ihm erwartet, dass er den Jungen einfach nur deshalb liebte, weil er ihrer beider Fleisch und Blut war.

Sie hätte alles für ihn getan, jedes Opfer für ihn gebracht. Auch Frank war bereit gewesen, jedes Opfer für ihn zu bringen, mit einer Ausnahme. Er war nicht fähig gewesen, ihn zu lieben.

Er blickte in das Gesicht, das Kathleens so ähnlich sah, und es bereitete ihm körperliche Schmerzen, es anzusehen. Der Junge blickte durch Kathleens Augen zu ihm auf und bat ihn um etwas, das er nicht aussprechen konnte, das Frank aber instinktiv verstand.

Die kleinen, spindeldürren Ärmchen streckten sich ihm entgegen, während das Kind gleichzeitig zögerte und sich auf die Zurückweisung gefasst machte, die es fast immer erfuhr. Frank hatte den Jungen so lange für einen Schwachsinnigen gehalten, der zu sehr beschädigt war, um auch nur normale, menschliche Empfindungen zu hegen. Er hatte sich hinter diesem Glauben verschanzt und sich eingeredet, dass seine Ablehnung dem Kind nichts ausmachte, weil es davon nichts mitbekam. Jetzt blickte er in das Gesicht des Jungen und wusste, dass es alles eine Lüge gewesen war.

Wenn Frank daran schuld war, dass Kathleen gestorben war, dann gab es nur eine einzige Möglichkeit, Absolution zu erlangen. Er streckte die Arme aus und hob den Jungen auf. Die kleinen Arme und Beine umschlangen ihn, als hätte Brian das Gefühl, er müsste sich mit ganzer Kraft festhalten, um nicht weggestoßen zu werden. Aus dem Augenwinkel sah er, dass seine Mutter aufgestanden war und die Augen vor Überraschung weit aufgerissen hatte. Sie bekreuzigte sich und presste ihre Faust vor die Lippen.

Er schlang seine Arme um den winzigen Körper seines Sohnes, erstaunt, wie leicht er war, beinahe kaum vorhanden. Er vergrub sein Gesicht in der Wolke aus rotgoldenen Seidenlocken und atmete den sauberen, frischen Duft des Kindes ein.

Frank spürte einen stechenden Schmerz in seiner

Brust, als die Verbitterung vieler Jahre von ihm abfiel. Er hatte dem Jungen furchtbar Unrecht getan, doch es war noch nicht zu spät. Er konnte es immer noch wiedergutmachen.

»Ma«, sagte er, »ich möchte gern, dass Brian ein paar Leute kennen lernt. Sie sind ebenfalls taub.«

Sarah bedauerte ihre Entscheidung, sich von Dirk nach Coney Island begleiten zu lassen, noch bevor ihre Straßenbahn die Stadt verlassen hatte. Das Ganze schien ihn überaus zu belustigen, und er fühlte sich gedrängt, seinen Spott mit dem gesamten Rest der Welt zu teilen. Sarah fand sein Verhalten ermüdend, und als sie Coney Island erreichten, wünschte sie, sie wäre allein gekommen.

»Hast du dir den Elefanten schon angesehen, Sarah?«, fragte er fröhlich, als sie von der Haltestelle aus auf den Park zuschlenderten.

Sie blickte in die Richtung, in die er zeigte, und sah das Elephant Hotel, ein großes Gebäude, das tatsächlich wie ein Elefant geformt war. Es war eines der Wahrzeichen von Coney Island. ›Den Elefanten ansehen‹ war eine stehende Wendung dafür geworden, die Stadt hinter sich zu lassen, um etwas Außergewöhnliches zu erleben.

»Das habe ich schon beim letzten Mal getan«, erinnerte sie ihn.

»Das glaube ich nicht«, sagte Dirk zweideutig. »Ich glaube nicht, dass Mr. Malloy abenteuerlustig genug dazu ist. Ich bin es aber glücklicherweise.«

Ja, glücklicherweise, dachte Sarah zynisch.

»Es überrascht mich, dass Malloy nicht mit dir baden gegangen ist, Sarah. Der Anblick deiner Gestalt in einem Badeanzug wäre bestimmt sehr ansprechend. Hast du schon einmal im Meer gebadet?«

»Du etwa?«, erwiderte Sarah, während sie sich erfolglos vorstellte, wie es wäre, eines dieser knappen Badekostüme zu tragen, deren Röcke nur bis zum Knie reichten.

»Aber natürlich. Ich finde den Sand ein bisschen störend. Er hat die Tendenz, sich dort festzusetzen, wo man es am wenigsten möchte, aber das Wasser ist sehr erfrischend. Und gesund, habe ich gehört.«

»Ich dachte, warme Quellen wären gut für die Gesundheit, nicht eisiges Meerwasser.«

»Es ist doch um diese Jahreszeit nicht eisig«, sagte er tadelnd.

»Nein, nur furchtbar kalt.«

Er gab sich großzügig geschlagen. »Wohin möchtest du zuerst gehen? Zur Achterbahn?«, schlug er mit funkelnden Augen vor. Malloy hatte Angst gehabt, damit zu fahren.

Sarah unglücklicherweise auch. »Ich glaube, ich möchte mich lieber einfach nur umsehen und mit den Leuten reden. Wenn der Mörder häufiger in Coney Island ist, und wir haben Grund zu dieser Annahme, dann kennt ihn vielleicht jemand.«

»Hast du vor, einfach nur jeden, der dir in den Weg kommt, zu fragen, ob er vielleicht irgendwelche Mörder kennt?«, fragte er ungläubig.

»Natürlich nicht.«

»Wonach willst du denn dann fragen?« Er hielt sie offensichtlich entweder für eine Närrin oder eine Idiotin.

»Ich will sie fragen, ob sie einen Mann namens Will kennen.«

Dirk blieb abrupt stehen und sah sie erstaunt an. Seine Augen waren dunkler, als sie sie in Erinnerung hatte, und seine Miene wirkte verkniffen. Er war so schockiert, dass es ihm im ersten Moment die Sprache verschlug.

»Du kennst seinen *Namen?*«, fragte er dann, als er seine Sprache wiederfand. »Wenn die Polizei seinen Namen kennt, wieso um alles in der Welt muss ihr dann eine Hebamme helfen, ihn zu finden?«

Sarah begann, es zu genießen, dass sie einmal etwas besser wusste als Dirk. »Hast du irgendeine Ahnung, wie viele Männer Will heißen? Und wir wissen weder wie er aussieht noch wo er wohnt. Eigentlich wissen wir so gut wie nichts über ihn. Nur seinen Namen, und selbst der ist vielleicht nicht sein echter.«

Er betrachtete einige Sekunden lang ihr Gesicht, und seine Augen waren unergründlich. »Und ihr glaubt, dass er dieses Mädchen umgebracht hat, das die roten Schuhe getragen hat? Wie hieß sie noch?«

»Gerda Reinhard. Wir wissen es nicht mit Sicherheit, aber ...« Sie erwägte, die anderen Opfer zu erwähnen, entschied sich dann aber dagegen. Dirk war so schon unerträglich genug. Wenn er sämtliche Fakten des Falles kannte, begann er womöglich noch, ihre Ermittlungen zu behindern.

»Wir wissen, dass sie kurz vor ihrem Tod hier in Coney Island einen Mann kennen gelernt hat, den sie sehr gern hatte. Er hat viel Geld für sie ausgegeben und ihr die roten Schuhe gekauft.«

»Das reicht aber nicht als Beweis, um einen Mann zu hängen, Sarah«, sagte Dirk tadelnd. »Ich würde sogar behaupten, dass den meisten Männern hier die Todesstrafe drohen würde, wenn das ein Verbrechen wäre.«

»Dich eingeschlossen?«, gab sie zurück.

Er grinste jungenhaft. Als er noch jünger und weniger zynisch war, hätte das eine gewinnende Miene sein können, doch jetzt sah es einfach nur grotesk aus, zumindest in Sarahs Augen. »So etwas verrät ein Gentleman nicht«, sagte er. Er ergriff ihren Ellbogen und schob sie auf den Parkeingang zu.

Dirk führte sie zur Achterbahn mit ihrem unglaublichen Looping, und sie sahen ein paar Minuten lang zu, wie die Leute vor Angst kreischend darin kreisten.

»Siehst du, es fällt niemand heraus«, sagte er rechthaberisch. »Es ist ganz ungefährlich.«

Sarah beobachtete, wie die Leute am Ende der Fahrt ausstiegen. Manche von ihnen rieben sich den Hals. Keiner von ihnen sah übermäßig zufrieden mit dem Erlebnis aus.

»Mir fällt auf, dass niemand sich ein zweites Mal anstellt«, sagte sie.

Dirk zuckte mit den Achseln. »Ich dachte, du hättest mehr Mut. Wie wäre es dann mit dem Riesenrad?«

Sarah genoss den Meeresblick von der Spitze des Riesenrades, und es störte sie nicht einmal, dass Dirk seinen Arm um ihre Rückenlehne legte und dichter bei ihr saß als notwendig. Schließlich zog er sie nur auf. Da er für fünfzehnjährige Arbeitermädchen schwärmte, glaubte sie, dass ihrer Tugend keine Gefahr drohte. Außerdem hatte sie eine Hutnadel griffbereit, falls er auf dumme Gedanken käme.

Sie sahen sich den Wasserzirkus des Parkbesitzers, Captain Boyton, an. Boyton hatte eine interessante Karriere hinter sich, in deren Verlauf er unter anderem versuchte, sich selbst aufblasende Badeanzüge für das Schwimmen im Meer zu vermarkten. Dann hatte er einen Wasserpark eröffnet, in dem trainierte Seehunde Kunststücke vorführten. Diese allein zogen nicht genug Zuschauer an, sodass Boyton die Wildwasserbahn und einige andere Kirmesattraktionen hinzugefügt hatte, und so war der Sea Lion Park entstanden.

Dann sahen sie sich die Seehundschau an. Nur der Alligator war nicht mehr zu sehen. Er hatte versucht, einen großen Neufundländer anzugreifen, den er wahrscheinlich für ein vorzügliches Abendessen hielt, doch der Hund hatte den Kampf gewonnen.

Nach der Vorstellung aßen sie Würstchen und fuhren mit der Wildwasserbahn. Dirk legte erneut den Arm um Sarahs Rückenlehne und rückte dichter an sie heran, als sie durch den dunklen Tunnel fuhren, doch es gelang ihr, während des Schrecken erregenden Sturzes in die Lagune nicht die Arme um ihn zu werfen. Malloy war genauso entgeistert gewesen wie sie, als sie sich am Ende der Fahrt plötzlich in den Armen gelegen hatten, aber sie glaubte nicht, dass Dirk ebenso reagieren würde. Und sie wollte ganz bestimmt nicht herausfinden, ob sie mit ihrer Vermutung Recht hatte.

Als sie das Fahrgeschäft verließen, sah Sarah den Fotografen, der darauf wartete, die Leute in das nachgebaute Boot zu setzen, um sie zu fotografieren. Da ihr einfiel, dass Gerda sich bei ihrem letzten Besuch in Coney Island hatte fotografieren lassen, fragte sich Sarah, ob der Fotograf sich vielleicht an sie erinnerte. Wenn dieser Will gewohnheitsmäßig hier nach seinen Opfern suchte, war er dem Mann vielleicht bekannt.

»Entschuldigen Sie«, sagte sie, und der Fotograf schreckte auf. Er war mit seiner Kamera beschäftigt gewesen.

»Steigen Sie einfach ein, Miss«, sagte er. »Sobald es voll ist, mache ich ein Bild.«

»Nein, ich will kein Bild haben. Ich würde Ihnen gern eine Frage stellen.«

»Worüber denn?« Er warf einen unsicheren Blick auf Dirk, der mit den Achseln zuckte und ihn damit wissen ließ, dass er keine Erklärung für Sarahs seltsames Verhalten hatte.

»Es gibt da einen Mann, der oft hier in den Park kommt. Er ist ein ziemlicher Frauenheld, und wahrscheinlich hat er jedes Mal ein anderes Mädchen dabei. Vielleicht kennen Sie ihn. Sein Name ist Will.«

Der Fotograf starrte sie an, als hätte er eine Frau wie sie noch nie gesehen. Er warf Dirk einen erneuten Blick zu, doch dieser half ihm auch nicht weiter.

»Ich weiß, dass der Name keine große Hilfe ist«, sagte Sarah, die begriff, wie albern ihre Frage klingen musste.

Hatte sie nicht selbst zu Dirk gesagt, dass es viele Männer namens Will gab? »Außerdem weiß ich, dass er sich gut kleidet und gute Manieren hat«, fügte sie lahm hinzu, weil sie hoffte, seinem Gedächtnis auf diese Weise nachzuhelfen. »Und er scheint ziemlich viel Geld zu haben.«

Der Mann blickte erneut zu Dirk hinüber, und die beiden Männer schienen zu einer Art Einverständnis zu gelangen. Sarah hatte keine Ahnung, worüber, und das ärgerte sie gewaltig. Warum sah der Kerl Dirk an, wenn sie es doch war, die die Fragen stellte?

Jedenfalls schien der Mann sich zu entspannen und lächelte ihr sogar zu. »Tut mir Leid, Miss. Ich kenne niemanden namens Will. Die Männer, die hier durchkommen, sagen mir ihre Namen nicht. Wenn Sie natürlich eine Fotografie von ihm hätten …«

Sie hatte natürlich eine Fotografie, aber sie bezweifelte, dass der Mann darauf dieser Will war, und selbst wenn, war sein Gesicht zu sehr verdeckt, um ihn zu identifizieren.

»Vielen Dank für Ihre Mühe«, sagte sie ungnädig.

Dirk grinste, als sie weitergingen. »Hast du wirklich gedacht, dieser Mann würde wissen, von wem du sprichst?«

Sarah wusste nicht, was sie sich gedacht hatte. Jedes Mal, wenn sie glaubte, einen Plan zur Entdeckung des Mörders zu haben, erkannte sie nur das Ausmaß ihrer Ignoranz. Malloy hätte ihr ins Gesicht gelacht, weil sie so naiv war. Ein Trost nur, dass er nie erfahren würde, wie dumm sie gewesen war.

»Hast du vor, alle Angestellten im Park zu fragen, ob sie diesen Will kennen?«, fragte Dirk, ohne seine Belustigung zu verheimlichen. »Sollen wir hier bei der Monstrositätenschau nachfragen? Der Marktschreier beantwortet dir deine Fragen bestimmt gern.«

Sarah funkelte ihn an, doch das belustigte ihn nur

noch mehr. »Ich glaube nicht, dass der Mörder eine Monstrosität ist«, unterrichtete sie ihn. »Zumindest sieht er nicht wie eine aus. Sonst wäre er wohl kaum in der Lage, junge Frauen für sich zu interessieren.«

»Du hast Recht. Vielleicht sollten wir es dann mit der Frage versuchen, ob jemand einen *normal* aussehenden Mann namens Will gesehen hat. Jemanden, der absolut nicht wie ein Mörder aussieht. Das ist bestimmt sehr hilfreich.«

Sarah seufzte erschöpft. »Ich habe verstanden. Es ist hoffnungslos. Ich sehe es ein.«

»Oh, vielleicht nicht hoffnungslos, sondern einfach nur zwecklos«, räumte Dirk großzügig ein.

Sarah hätte ihn am liebsten geohrfeigt. Es war Zeitverschwendung, sich durchzufragen, ob jemand diesen Will kannte. Dennoch glaubte sie fest daran, dass der Schlüssel hier in Coney Island versteckt war. Wenn sie ihn doch nur finden könnte.

»Sollen wir dann weitergehen?«, fragte Dirk, dessen Charme sich zurückmeldete. »Was würdest du gern als Nächstes tun?«

Sarah ließ sich von ihm durch den Park führen.

Malloy hatte mit Hilfe seiner Schießfertigkeit einen Preis für sie gewonnen, doch Dirk verfügte nicht über derartige Fähigkeiten. Stattdessen versuchte er, sie am Haut-den-Lukas zu beeindrucken, wo die Kraft eines Mannes auf die Probe gestellt wurde. Er zog sein Jackett aus – heute hatte er sich, wahrscheinlich aus Rücksicht auf Sarah, konservativ gekleidet – und reichte es ihr.

»Aber Dirk, das ist doch nicht nötig«, protestierte sie.

»Natürlich ist es das«, erwiderte er mit diesem grotesken Jungengrinsen. »Ich mache drei Versuche«, sagte er zu dem Marktschreier, der ihm die Münzen so schnell aus der Hand nahm, dass Sarah kaum sah, wie seine Finger sich bewegten.

Dirk schlug seine Manschetten hoch, so als bereitete er sich auf ein hartes Tagewerk vor, dann spuckte er in seine Handflächen und rieb sie aneinander, wahrscheinlich, weil er es bei jemand anderem gesehen hatte und es für männlich hielt, und ergriff den riesigen Hammer.

Es war schon eine Herausforderung, den Hammer nur hochzuheben. Sarah vermutete, dass auf diese Weise die Kinder daran gehindert wurden, den Budenbesitzer zu ärgern, indem sie die Glocke zu läuten versuchten. Wer nicht in der Lage war, den Hammer hochzuheben, konnte auch nicht mitspielen.

Dirk hob das Riesenwerkzeug geübt über seinen Kopf und ließ es krachend niedersausen. Das Gewicht hob sich etwas über die Hälfte der Säule, dann prallte es wieder zurück. In der Menge war enttäuschtes Gemurmel zu hören.

»Sehen Sie sich den Herrn an«, rief der Marktschreier. »Will einen Preis für seine Dame gewinnen. Sehen Sie nur, wie weit er es geschafft hat. Nur noch ein bisschen weiter, Sir, nur noch ein bisschen, und Sie schaffen es. Läuten Sie die Glocke und gewinnen Sie, freie Auswahl unter allen Gewinnen! Tretet näher, Leute! Sehen Sie zu, wie der Herr für die Dame einen Preis gewinnt. Versuchen Sie Ihr Glück! Sie da, junger Mann, Sie könnten es mit links schaffen.«

Sarah sah zu, wie Dirk erneut den Hammer hob und ihn krachend niedersausen ließ. Das Gewicht stieg hoch und höher, und Sarah erwischte sich dabei, dass sie sich auf die Zehenspitzen stellte, als könnte sie ihm so bis zur Spitze helfen. Doch es kam kurz davor zum Halten und glitt wieder zu Boden. Die Menge stöhnte.

Jetzt folgte eine atemlose Spannung. Die Zuschauer fingen an, Dirk durch Zurufe zu ermutigen, es noch einmal zu versuchen. Er grinste Sarah zu und genoss die Aufmerksamkeit, die ihm zuteil wurde. Sie kam sich ein wenig albern vor, doch auch sie feuerte ihn mit Rufen an.

Der hemmungslose Marktschreier fachte die Begeisterung der Menge weiter an und drängte alle Passanten, die in Hörweite waren, sich das Spektakel anzusehen. Sarah fand es seltsam, dass ihm genauso viel daran lag, jemanden gewinnen zu sehen, wie dem Rest der Zuschauer, doch dann begriff sie: Falls Dirk gewann, würden sich ein Dutzend andere Männer ermutigt fühlen, ihr Glück zu versuchen und sich als mindestens so gut wie er zu erweisen. Nur wenigen würde es gelingen, doch der Marktschreier würde ihr Geld behalten.

Während Dirk wartete, rieb er sich die Hände, schüttelte seine Arme aus, um sie zu entspannen, und spielte seine Rolle perfekt, bis der Marktschreier die Menge völlig aufgewühlt hatte. Der Blick, den er Sarah zuwarf, war voller Stolz. Er tat dies für sie, um sie irgendwie zu beeindrucken, oder vielleicht auch nur, um ihr zu beweisen, dass auch er Macht besaß. Wahrscheinlich benutzte er diese Taktik öfter, um bei seinen Mädchen Eindruck zu schinden. Die Mädchen in der Menge waren jedenfalls beeindruckt. Er gab ein imposantes Bild ab, als er dort inmitten der Menge stand, bereit, die Angst einflößende Maschine zu bezwingen.

Er schien zu spüren, dass der perfekte Zeitpunkt gekommen war, der Moment, in dem die Augen aller Umstehenden auf ihn gerichtet waren. Dann begann er, den Hammer erneut zu schwingen. Vor und zurück, immer im Rhythmus, mit immer mehr Schwung. In diesem Augenblick begriff Sarah, dass er die Glocke jederzeit hätte treffen können. Er hätte es schon beim ersten Versuch tun können, aber dann hätte ihm niemand zugesehen. Er hatte eine Zeit lang schauspielern müssen, bis er sich die Aufmerksamkeit der Menge gesichert hatte. Das Rufen und Singen des Marktschreiers war jetzt fast hysterisch, wenn auch die Bedeutung der Worte sich im Delirium der Aufregung um sie herum verlor.

Sarah sah fasziniert zu, als Dirk den riesigen Hammer über seinen Kopf schwang und ihn mit einem lauten Knall niedersausen ließ, der das kleine Gewicht in die Höhe schießen ließ, bis es scheppernd gegen die Glocke stieß und die Menge in wilde Beifallsrufe ausbrach.

Männer klopften ihm auf den Rücken und schüttelten ihm die Hand. Frauen warfen ihm bewundernde Blicke zu. Und Sarah registrierte das Ganze mit einer Mischung aus Staunen und Belustigung. Man hätte glauben können, dass Dirk gerade etwas Wichtiges vollbracht hatte, wie zum Beispiel jemandem das Leben zu retten oder verfeindeten Nationen den Frieden zu bringen, anstatt einfach nur mit hirnlosem Krafteinsatz eine Glocke ertönen zu lassen.

Sarahs Meinung interessierte allerdings niemanden, daher hielt sie sich im Hintergrund, Dirks Jackett immer noch auf dem Arm, bis der Beifall endete. Der Budenbesitzer drängte ihn, sich seinen Preis auszusuchen, solange er noch ein interessiertes Publikum hatte. Er wollte die Leute noch einmal daran erinnern, dass es nicht nur darum ging, die Glocke zu treffen. Die Genugtuung, es geschafft zu haben, war nur ein Teil der Belohnung. Doch Dirk erinnerte sich schließlich an Sarah, und er bestand darauf, dass sie die Wahl traf.

Die Preise waren wertloser Krimskrams, Glasperlen und kleine Spielzeuge. Sarah dachte an Malloys Sohn, doch sie wusste, dass er es nicht schätzen würde, wenn sie ihm etwas mitbrachte, das Dirk Schyler gewonnen hatte. Dann fielen ihr Gerda Reinhards Nichten und ihr Neffe ein. Sie wählte eine kleine Stoffpuppe. Sie konnte ja den anderen Kindern auch etwas kaufen und ihnen die Sachen bringen, wenn sie das nächste Mal in der Nähe war. Vielleicht wurde sie dann auch wieder ins Haus Otto eingelassen.

Dirk zog sie immer noch damit auf, was für einen Preis sie sich ausgesucht hatte, als sie an einem Fahrgeschäft ankamen, das die Alte Mühle hieß.

»Was ist das denn?«, fragte Sarah.

»Wir könnten es herausfinden«, schlug Dirk vor.

Sarah fiel kein Grund ein, warum sie hätte ablehnen sollen, also stellten sie sich an und erreichten schnell den Anfang der Warteschlange. Man ließ sie in einem Boot Platz nehmen, das in einem künstlichen Bach auf einen Tunnel ähnlich dem der Wildwasserbahn zuzutreiben begann. Ein Mühlrad drehte sich pittoresk im Wasser, und über dem Tunneleingang sah Sarah ein Tableau leicht bekleideter Damen um einen Maibaum tanzen.

»Oje«, sagte sie, ein wenig schockiert über die Anzüglichkeit des Bildes.

»Die Leute kommen doch nach Coney Island, um sich schockieren zu lassen«, erklärte Dirk fröhlich, als ihr Boot von dem dunklen Tunnel verschluckt wurde.

Bevor Sarah sich eine passende Antwort einfallen lassen konnte, kam schon der nächste Schock. Dirk nahm sie unsanft in die Arme und legte seinen Mund auf den ihren.

10

Im ersten Augenblick war Sarah zu überrascht, um sich auch nur zu bewegen. Sie war schon sehr lange nicht mehr geküsst worden, erst recht nicht gegen ihren Willen. Es dauerte allerdings nur einen Augenblick, bis sie begriff, dass sie außer sich war. Wütend schob sie Dirks Brust mit aller Kraft von sich und entwand ihm ihren Mund.

»Hör sofort auf damit!«, rief sie und entfernte sich von ihm, so weit es in dem kleinen Boot möglich war.

Sie hielt ihn mit ausgestreckten Armen auf Abstand, damit er ihr nicht folgte.

»Sarah …«, setzte er an, doch sie wollte nichts hören.

»Hör auf, dich zum Narren zu machen, Dirk«, sagte sie. »Was ist los mit dir? Hast du den Verstand verloren?«

»Du hast ihn mir geraubt, Sarah«, sagte er atemlos und heiser. »Wie kannst du von mir erwarten, dass ich mich beherrsche. Du verhext die Menschen. Das musst du doch wissen. Kein Mann kann sich deinem Zauber entziehen.«

Das klang so aufrichtig, dass es Sarah Leid tat, im dunklen Tunnel nicht seinen Gesichtsausdruck sehen zu können. Sie malte sich aus, dass er liebeskrank und verletzlich aussah. Wahrscheinlich probierte er diesen Trick bei jedem Mädchen, das er kennen lernte. Er musste inzwischen sehr viel Übung darin haben. Das Einzige, was sie nicht verstand, war, warum er glaubte, es bei ihr versuchen zu müssen.

»Dirk, du machst dich lächerlich!«, sagte sie unbeirrt.

»Und du hast es herausgefordert!« Er klang jetzt verärgert, aber sie vermutete, dass es zu seinem Spiel gehörte. »Was soll ich denn deiner Meinung nach denken, wenn du dich mir praktisch vor die Füße wirfst und mich dann bittest, mit dir nach Coney Island zu fahren?«

»Ich habe dir doch gesagt, dass ich hierher fahren wollte, weil ich einen Mörder suche«, erinnerte sie ihn ärgerlich. »Das hört sich für mich nicht besonders romantisch an.«

»Ich war davon ausgegangen, dass es nur eine Ausrede war, um dich meiner Aufmerksamkeit zu versichern.«

»Warum sollte ich auf deine Aufmerksamkeit aus sein?«

Endlich lehnte er sich zurück und Sarah hatte wieder ein wenig Platz. »Du bist eine mittellose Witwe, Sarah.«

Die Aufrichtigkeit war fort und Verachtung war an deren Stelle getreten. »Die Schylers sind eine der reichsten Familien in der Stadt.«

»Und du hast gedacht, dass ich auf der Suche nach einem Ehemann bin?« Sarah konnte es kaum glauben.

»Deine Mutter hat ganz deutlich gesagt, dass ich auf deinen Wunsch hin zu dem Abendessen eingeladen worden bin. Du warst mir gerade hier in Coney Island begegnet und hattest erfahren, dass ich nicht verheiratet bin. Was sollte ich denn denken?«

»Du solltest denken, dass ich deine Hilfe brauchte, um mich hier zurechtzufinden, genau wie ich gesagt habe.«

»Frauen sagen nie, was sie meinen, Sarah«, sagte er zu ihr. Sein Tonfall hatte sich erneut verändert. Er wurde jetzt wütend. »Ja heißt nein und nein heißt ja. Sie lügen und betrügen, und das Einzige, was sie interessiert, ist, wie viel Geld man für sie ausgibt.«

Sarah verstand langsam, warum Dirk noch unverheiratet war. »Nicht alle Frauen sind so, Dirk. Vielleicht, wenn du dich mehr mit Frauen deines Standes abgeben würdest ...«

»Sei doch kein Snob, Sarah. Die Frauen meines Standes sind die schlimmsten. Sie kann man nicht mit einer Karussellfahrt und einem heißen Würstchen kaufen. Sie wollen Schmuck und Pelze und ein Anwesen auf dem Land, aber ihre Tugend ist genauso käuflich. Der Preis ist nur höher.«

»Nun, du kannst beruhigt glauben, dass meine Tugend zu keinem Preis käuflich ist, Dirk. Ich habe keinerlei Interesse an deinem Vermögen oder an deiner Person, also kannst du dich deiner Manieren entsinnen und deine Finger bei dir behalten.«

»Ich dachte, du wärst anders, Sarah.«

»Ich bin auch anders. Ich werde nicht dulden, dass du mich behelligst.«

Er lachte ein bellendes, humorloses Lachen, bei dem

sie eine Gänsehaut bekam. Natürlich konnte er sie problemlos behelligen, wenn er wollte. Der Tunnel war dunkel und ihre Protestschreie würden wohl kaum jemanden kümmern. Dieses Fahrgeschäft diente ja offensichtlich keinem anderen Zweck, als den mitfahrenden Pärchen einige ungestörte Augenblicke zu bescheren. Sie dachte an ihre Hutnadel und fragte sich, wie lange sie ihn wohl bremsen könnte, wenn er beschloss, es darauf ankommen zu lassen.

Zum ersten Mal im Leben verspürte Sarah eine Ahnung von der Panik, die Gerda und die anderen Mädchen in der Hand ihres Mörders empfunden haben mussten. Als Frau hatte sie sich schon oft um ihre Sicherheit gesorgt, wenn sie im Dunkeln allein in der Stadt unterwegs war, doch das war eine dumpfe, allgemeine Angst gewesen, vor etwas, was *möglicherweise* passieren konnte. Dies hier war Angst vor dem, was ganz konkret passieren konnte, und der mögliche Übeltäter hatte ein vertrautes Gesicht.

Er atmete schwer, als kämpfte er mit seinen inneren Dämonen, was ja nicht unwahrscheinlich war. Sarah blickte nach vorn und hoffte auf ein Anzeichen dafür, dass die Fahrt sich ihrem Ende näherte. Sie bildete sich ein, einen Lichtschimmer zu sehen, aber vielleicht war das ja auch nur Wunschdenken. Wie lange mochte eine solche Fahrt dauern?

Doch zu ihrer großen Erleichterung holte Dirk schließlich tief Luft und atmete seufzend aus. »Ich fürchte, ich muss dich um Verzeihung bitten, Sarah. Es ist lange her, dass ich zum letzten Mal in Gesellschaft einer richtigen Dame war.«

Sie erwägte, ihn darauf hinzuweisen, dass seine Mutter doch wohl eine Dame war, entschied sich aber dagegen. Vielleicht war er ja anderer Meinung.

»Ich könnte dir Vorwürfe machen, weil du dich mit schlechter Gesellschaft umgibst, Dirk.«

»Und damit hättest du Recht. Aber du bist doch viel zu sehr eine Dame, um einem Mann seine Fehler direkt vorzuhalten, oder?«

»Zumindest in diesem Fall«, räumte sie ein.

»Danke. Kannst du mir mein abscheuliches Benehmen verzeihen? Ich fürchte, ich habe mich vollständig vergessen.«

»Vielleicht hast du auch einfach deine Begleitung vollständig falsch eingeschätzt.«

»Wahrscheinlich habe ich eher vergessen, wie man sich in anständiger Begleitung benimmt. Könntest du so tun, als sei es nie geschehen?«

»Da du so großzügig gewesen bist, mich hierher zu begleiten und geduldig meine amateurhaften Detektivspiele zu ertragen, ist es das Mindeste, was ich tun kann.« Sie hätte alles getan, um diesen peinlichen Moment hinter sich zu bringen.

»Ich werde ewig in deiner Schuld stehen«, sagte er. Jetzt klang er wieder aufrichtig. Vielleicht hatte er auch darin Übung. »Ich verspreche dir, dass ich mich für den Rest des Tages benehmen werde. Du brauchst keine Angst zu haben, dass ich meinen plumpen Annäherungsversuch wiederholen werde.«

»Und du brauchst keine Angst zu haben, dass ich dich mit meiner Hutnadel stechen werde«, gab sie schalkhaft zurück.

»Oje, ich hatte nicht erwartet, dass du so beherzt sein würdest, Sarah.« Sie hörte die Belustigung in seiner Stimme. »Was für ein Glück, dass ich es nicht habe darauf ankommen lassen.«

»Da hast du Recht.« Da, endlich lichtete sich die Dunkelheit. Die Öffnung des Tunnels kam näher, oder vielmehr, sie näherten sich der Öffnung.

Sarah betrachtete Dirk im zunehmenden Licht und versuchte, seine Stimmung einzuschätzen. Er schien absolut gefasst zu sein, seine Miene ruhig, die Augen ausdruckslos. Die Leidenschaft, die ihn im Tunnel übermannt hatte, war verschwunden. Sie wünschte nur, sie könnte seine Worte genauso leicht aus ihrem Gedächtnis streichen. Er hatte eine beunruhigende Verachtung für Frauen an den Tag gelegt, und sie fragte sich, woher diese kam. Es stimmte, die meisten Männer seines Standes hielten Frauen für hilflose Kreaturen, die nicht besonders intelligent waren und einen Mann brauchten, der auf sie Acht gab. Doch das war etwas ganz anderes als die überzeugte Geringschätzung, die er an den Tag gelegt hatte. Anscheinend hielt er alle Frauen für Lügnerinnen und Betrügerinnen, die das Gegenteil von dem meinten, was sie sagten. Natürlich stimmte das manchmal. Manchmal musste man seine wahren Gefühle verbergen, wenn man es nicht riskieren wollte, Anstoß zu erregen. Doch das war bestimmt nicht das, was er gemeint hatte.

Ihr fiel wieder ein, dass Malloy Dirk von Anfang an unsympathisch gefunden hatte. Er musste viel mehr Übung darin haben, den Charakter eines Menschen einzuschätzen. Er hatte gleich gesehen, wonach sie nie im Leben Ausschau gehalten hätte. Sie musste sein Urteil in Zukunft ernster nehmen.

Als sie jetzt in den Sonnenschein hinausfuhren, lächelte Dirk sie an. Sie betrachtete sein Gesicht und bemerkte erneut die Zeichen des Verfalls. Die aufgedunsenen Tränensäcke, das beginnende Doppelkinn, seiner relativen Jugend zum Trotz. Er hielt seine Augen sorgsam von jedem Ausdruck frei, vielleicht fühlte er aber auch gar nichts.

»Können wir weiter Freunde sein, Sarah?«, fragte er und versuchte es noch einmal mit dem jungenhaften Charme, den sie so abstoßend fand.

»Natürlich. Wir kennen uns doch schließlich schon von Kindesbeinen an.« Eine leichte Übertreibung, aber was spielte das für eine Rolle? Sie hatte nicht vor, ihn jemals absichtlich wiederzusehen, wenn dieser Tag vorbei war. Inzwischen würde sie ihn sich zunutze machen, so gut es ging.

Als das Boot den Landesteg erreichte, fing ein junger Mann es mit einem langen Haken ein und zog es an Land. Dirk half ihr beim Aussteigen und ergriff dabei ihre Hand. Er übte genau den richtigen Druck aus, nahm sich aber keine weiteren Freiheiten heraus.

Sarah fühlte sich erleichtert. Vielleicht konnten sie ja den Rest des Tages ohne weitere Unannehmlichkeiten überstehen.

Bei seinen nächsten Worten begann sie, es wirklich zu glauben. »Ich muss gestehen, Sarah«, sagte er. »Ich habe dich immer schon sehr gemocht. Du warst das hübscheste Mädchen in unserer Tanzstunde, aber du hast mich nie eines Blickes gewürdigt. Ich muss mich wieder daran erinnert und mir gedacht haben, dass ich dich vielleicht jetzt auf mich aufmerksam machen könnte.«

»Du bist mir damals schon aufgefallen, Dirk. Es war nur so, dass ich noch nichts für Jungen übrig hatte. Und jetzt ... nun, ich finde, wir sind viel zu verschieden, um zueinander zu passen, meinst du nicht?«

Sein Lächeln war seltsam. »Manchmal glaube ich, ich bin zu anders, um überhaupt zu irgendjemandem zu passen.«

Sarah hatte nicht vor, dieses Thema zu vertiefen. »Sag mal, Dirk, gibt es hier irgendwo Läden, wo man Kleidungsstücke für Damen kaufen könnte?«

»Was für Kleidungsstücke denn?«, fragte er und fand augenblicklich seine gute Laune wieder, als er begriff, dass sie ihm vergeben würde.

»Schuhe.«

»Ah, lass mich raten. Vor allem rote Schuhe.«

»Genau.«

»Gehst du wirklich davon aus, dass du damit mehr Erfolg haben wirst als bei dem Fotografen?«

»Es lassen sich Hunderte von Leuten hier fotografieren, aber ich kann mir nicht vorstellen, dass viele Frauen rote Schuhe kaufen würden. Ein solcher Verkauf muss doch etwas Besonderes sein.«

Dirk seufzte auf, doch es war ein geduldiger Seufzer. »Ich bringe dich zur Surf Avenue. Da findest du am ehesten, was du suchst.«

Die Surf Avenue war die Hauptstraße von Coney Island. Sie war zu beiden Seiten von eindrucksvollen Hotels flankiert, die für jene errichtet worden waren, die genug Zeit und Geld hatten, mehr als einen Tag am Meer zu verbringen. Hier verkehrte ein gesetzteres Publikum als im Vergnügungspark, obwohl Sarah auch ein paar verdächtig aussehende Pärchen sah, bei denen der Mann alt genug war, um der Vater der Frau zu sein, er ihr aber mehr als nur väterliche Zuneigung zeigte.

»Nehmen, äh, manche Männer«, begann Sarah, die sich bemühte, ihre Frage dezent zu formulieren, »die Mädchen, die sie im Park treffen, mit in diese Hotels?«

»Aber Sarah«, sagte er. »Wie kannst du nur so etwas Schockierendes fragen?«

»So leicht bist du doch bestimmt nicht zu schockieren, Dirk«, sagte sie. »Fühle dich aber nicht zu einer Antwort verpflichtet, wenn es dein Feingefühl verletzt.«

Er gab nach. »Ich habe zwar keine persönliche Erfahrung mit solchen Dingen«, begann er, und sie wussten beide, dass er log, »aber ich habe gehört, dass manche Männer, die Geschmack an Frauen der Unterschicht haben, sich im Park mit diesen Frauen treffen und dann zu verbotenen Rendezvous mit ihnen hier in ein Hotel gehen. Natürlich«, fügte er mit einem gerissenen Grinsen hinzu, »dürfen die besagten Mädchen oft nicht über Nacht von zu Hause wegbleiben. Ihre Familien würden solch unziemliches Verhalten niemals dulden.«

»Das sind dann also die, die sich ihre Tugend bewahren«, meinte sie.

»Himmel, nein!«, sagte er und machte sich einen perversen Spaß daraus, sie aufzuklären. »Das sind diejenigen, die es im Stehen in einer Seitenstraße tun.«

»Was tun?«, fragte sie, denn sie war sich sicher, ihn missverstanden zu haben.

»Sich einem Herrn gefällig erweisen«, sagte er brutal, und es war nicht möglich, seine Worte falsch zu deuten.

Sarah war entsetzt. »Was für eine Sorte Mann würde denn so etwas tun?«

»Jede Sorte Mann, wenn das Mädchen es mitmacht. Dein Sergeant Malloy kann das doch bestimmt bestätigen.«

Das konnte Sarah sich nicht vorstellen, geschweige denn, dass sie sich vorstellen konnte, überhaupt mit ihm darüber zu sprechen. Allmählich erfuhr sie weit mehr über die Gesellschaft von Coney Island, als sie wissen wollte – und über Dirk Schyler.

Glücklicherweise kamen sie gerade an einem Schaufenster mit Damenschuhen vorbei. »Lass es uns hier versuchen«, schlug sie vor. Sie wartete Dirks Antwort nicht ab.

Einige Zeit und diverse Geschäfte später, war Sarah erschöpft und mutlos. Ladenbesitzer um Ladenbesitzer hatte sie voller Verachtung angeschaut, als sie nach einem Paar roter Schuhe fragte. Sie konnte sich zwar nicht vorstellen, dass sie glaubten, sie hätte vor, etwas derartiges zu kaufen, aber offensichtlich war es so. Unglücklicherweise konnte ihr niemand ihren Wunsch erfüllen.

Sie näherten sich dem Elephant Hotel, und Sarah war schon kurz davor, ihre Suche aufzugeben, als Dirk sagte: »Ich glaube, da gibt es auch ein paar Geschäfte.«

»Im Elephant? Ich dachte, es sei ein Hotel?«

»Sie haben zwar ein paar Zimmer, aber es ist vor allem eine Sehenswürdigkeit. Im Kopf gibt es einen Aussichtspunkt und in einem der Vorderbeine ein Diorama. Das andere Vorderbein ist, glaube ich, ein Zigarrengeschäft, und innerhalb des Körpers sind auch noch mehrere Läden.«

Sarah betrachtete das merkwürdige Gebäude. So etwas gab es bestimmt nicht noch einmal auf der Welt – ein enormer Holzelefant, der über dreißig Meter hoch war.

»Was meinst du, Sarah? Hast du Lust, dir den Elefanten anzusehen?«

Sarah bejahte. Eine interessante Aussicht war genau das, was sie jetzt brauchen konnte.

Sie betraten den Elefanten durch eine Wendeltreppe in einem der Hinterbeine. Ihre scheppernden Fußtritte auf den Metallstufen hallten dröhnend im ganzen Gebäude wider. Das Treppenhaus war düster und stickig. Innerhalb des Körpers wurde es jedoch besser, denn offene Fenster ließen die Meeresbrise ein, die beinahe ständig blies. Urlauber schlenderten durch die verschiedenen Läden und suchten nach Souvenirs.

In den meisten Läden gab es nur nutzlosen Kram – Elefanten aus verschiedenen Materialien und in jeder Größe, oder Postkarten, die man seinen Freunden schicken konnte. Sarah erwog, Malloy eine solche Postkarte zu schicken, vielleicht eine mit einem Strandnixenmotiv. Dann überlegte sie es sich anders und kaufte einen geschnitzten Holzelefanten für seinen Sohn. Jetzt hatte sie eine Puppe für Agnes Ottos Tochter und einen Elefanten für Brian. Noch einen Elefanten und eine Puppe, und sie war mit ihren Einkäufen fertig.

Dirk beobachtete sie mit belustigtem Interesse, und sie machte sich nicht die Mühe zu erklären, für wen sie die Sachen kaufte. Sollte er sich doch wundern.

Am Ende hätte sie das Geschäft fast übersehen. Es war am Ende der Ladenzeile, und das Schaufenster war voller geschmackloser Hüte und Schultertücher und billigem Schmuck. Erst als Dirk stehenblieb, um irgendetwas zu bewundern – wahrscheinlich, um sie zu ärgern –, sah sie die roten Schuhe. Sie hatte so angestrengt danach gesucht, dass sie irgendwie nicht damit gerechnet hatte, sie so auffällig präsentiert zu sehen. Doch da standen sie, ganz vorn im Schaufenster, für jeden Passanten gut zu sehen. Sarah spürte, wie die Aufregung sie durchströmte. Als sie aufblickte, grinste Dirk hämisch.

»Du hast die ganze Zeit gewusst, dass sie hier sind, nicht wahr?«, sagte sie anklagend.

»Mach dich doch nicht lächerlich«, sagte er. »Aber ich wusste, dass es diesen Laden gibt. Wenn überhaupt jemand rote Schuhe verkauft, dann dachte ich mir, müsste es dieser Kerl sein.«

Sie wusste nicht, ob sie ihm glauben sollte. Es hätte Dirk sehr ähnlich gesehen, sie durch die halbe Stadt zu schleifen, bevor er sie endlich an ihr Ziel brachte. Doch sie machte sich nicht die Mühe weiterer Vorwürfe. Es war zwecklos, noch mehr Zeit damit zu verschwenden. Im Inneren des Ladens half der Besitzer gerade einem jungen Mädchen in einem billigen Kostüm und einem geschmacklosen Hut, sich eine Brosche auszusuchen, die der ältere Mann an ihrer Seite ihr kaufen wollte. Zweifellos Bezahlung für geleistete Dienste, dachte Sarah traurig. Sie wartete geduldig, und einmal warf sie einen Blick aus dem Laden zu Dirk hinüber, der das Postkartensortiment im Laden gegenüber studierte. Wenigstens war er nicht mit ihr hereingekommen, um die Augen zu verdrehen, während sie dem Mann Fragen stellte.

Sie gab vor, sich für die schäbigen Waren zu interessieren, die man eher nach ihrer Auffälligkeit als nach ihrer Qualität eingekauft zu haben schien. An einer Wand war eine Reihe von Schuhen ausgestellt, die niemand auf der Straße tragen konnte. Sie waren allesamt zu auffällig, zu zerbrechlich und zu vulgär. Genau das, was der Vorstellung entsprach, die ein armes Arbeitermädchen von Stil und Glamour haben mochte. Nach einer

Weile, die ihr wie eine Ewigkeit vorkam, bezahlte der Mann für die Brosche, und das Pärchen verließ den Laden. Das Mädchen schien sich zu freuen, und der Mann machte ein zufriedenes Gesicht. Sarah versuchte, das Bild zu verdrängen, wie er sich im Stehen in einer Seitenstraße mit ihr vergnügte. Würde sie diese Vorstellung je wieder aus ihrem Kopf bekommen?

»Kann ich Ihnen helfen, Miss?«, fragte der Mann hinter der Ladentheke. Er war ein älterer, leicht gebeugter Mann mit schütterem Haar, das schlohweiß und sorgsam gekämmt war, in dem vergeblichen Bemühen, kahle Stellen zu verdecken.

»Ja, ich interessiere mich für die roten Schuhe, die Sie im Schaufenster haben.«

Seine Miene verriet Überraschung. »Für Sie selbst?« Das konnte er offensichtlich nicht glauben.

Sarah lächelte. »Nein, eigentlich möchte ich die Schuhe gar nicht kaufen. Ich interessiere mich für jemanden, der sich vor ein paar Wochen solche Schuhe gekauft hat.«

Jetzt machte der Mann ein besorgtes Gesicht. »Wenn sie damit nicht zufrieden ist, kann ich nichts …«

»O nein. Sie ist bestimmt sehr zufrieden damit gewesen. Es ist nur, dass … ihr etwas zugestoßen ist. Sie ist ermordet worden.«

Der alte Mann riss die Augen auf und trat einen Schritt zurück, als wollte er vor Sarah flüchten. Oder zumindest vor dem, was sie sagte. »Davon weiß ich nichts«, sagte er.

»Natürlich nicht«, beruhigte Sarah ihn und wünschte, sie verstünde mehr davon, wie man Leute befragte. Malloy wüsste bestimmt, was jetzt zu tun war. Aber vielleicht auch nicht. Dieser arme Mann war außer sich vor Schreck. Bei Malloy wäre er inzwischen wohl längst ein Nervenwrack, und sie würden überhaupt nichts herausbekommen. Sie versuchte es erneut mit einem Lächeln, dem freundlichsten, das sie zustande brachte.

»Ich möchte Sie nur fragen, ob Sie sich vielleicht daran erinnern können, wer der fraglichen jungen Dame die Schuhe gekauft hat. Wir glauben nämlich, dass er auch ihr Mörder sein könnte, aber wir wissen nichts von ihm.«

»Und wer ist ›wir‹?«, fragte er argwöhnisch.

Sarah überlegte schnell. Wenn sie die Polizei erwähnte, würde sie überhaupt keine Hilfe bekommen. »Ihre Familie. Sehen Sie, ich bin eine Freundin der Familie, und sie haben mich gebeten, bei der Suche nach dem Mörder zu helfen.«

»Sie wären mit einem von diesen Detektiven besser bedient gewesen«, sagte er zu ihr. »Man kann Männer anheuern, die sich um solche Dinge kümmern. Das ist keine Frauensache.«

Sarah biss die Zähne zusammen, um ihm nicht zu antworten, dass es sehr wohl ihre Sache war. »Ich habe einige Erfahrung in solchen Angelegenheiten. Und ich habe schließlich herausgefunden, wo das arme Mädchen die Schuhe bekommen hat, oder?«

Er runzelte die Stirn und zögerte wohl, das zuzugeben. »Und was hat es Ihnen genützt?«

»Noch nichts, aber vielleicht können Sie sich daran erinnern, wer der Mann war, der ihr die Schuhe gekauft hat. Sie hieß Gerda. Sie war eine hübsche Blondine. Eine Deutsche. Sie war noch nicht lange hier und hatte einen deutlichen Akzent. Wir glauben, dass der Mann, der ihr die Schuhe gekauft hat, gut gekleidet war. Teuer gekleidet, meine ich.«

»Das trifft auf viele von ihnen zu«, sagte der Mann zu ihr. »Sie kommen nach Coney Island, wo sie niemand kennt, und lassen sich mit diesen Mädchen ein. Es ist ein Skandal. Zu meiner Zeit gingen die Mädchen nicht allein mit Männern aus. Sie blieben zu Hause, wo sie in Sicherheit waren. Sie sagen, dieses Mädchen ist ermordet worden?«

»Ja, das stimmt.«

»Das ist ja auch kein Wunder. Sie hat den Ärger selbst heraufbeschworen, indem sie hierher kam.«

Sarah hätte ihn gern darauf hingewiesen, dass Gerda gezwungen gewesen war, sich selbst zu ernähren, und dass sie daher unmöglich hätte zu Hause bleiben können. Doch es wäre Zeitverschwendung gewesen, mit ihm zu diskutieren, und womöglich verärgerte sie ihn noch so sehr, dass er ihr nichts mehr sagte.

»Sie haben Recht«, sagte sie, um Geduld bemüht. »Aber wir müssen trotzdem herausfinden, wer Gerda ermordet hat. Er hat auch noch andere Mädchen umgebracht, und wahrscheinlich wird er es wieder tun, wenn wir ihn nicht fangen.«

»Noch andere, sagen sie? Das ist ja furchtbar. Aber es wäre trotzdem nicht passiert, wenn sie daheim geblieben wären ...«

»Ich weiß, ich weiß.« Sarah war mit ihrer Geduld am Ende. »Aber können Sie uns irgendwie helfen? Erinnern Sie sich an das deutsche Mädchen, das sich die roten Schuhe ausgesucht hat? Es ist noch nicht sehr lange her.«

Er dachte angestrengt nach und runzelte die Stirn. »Ich habe diesen Sommer nicht viele davon verkauft, aber es kommen Hunderte von Leuten durch meinen Laden. Sie war eine Deutsche, sagen Sie?«

»Ja, und sie ist bestimmt sehr aufgeregt gewesen wegen der Schuhe.«

Er nickte langsam und überlegte konzentriert. »Dicke Knöchel?«

»Was?«

»Sie hatte dicke Knöchel. Ich bekomme hier eine Menge Knöchel zu sehen. Wenn eine Frau ein Paar Schuhe anprobiert, sieht man ihre Knöchel. Das ist nicht zu verhindern.«

Jetzt wäre Sarah ihm gern an die Gurgel gegangen,

aber sie riss sich zusammen. »Also erinnern Sie sich wirklich an sie?«

»Ich habe nur zwei Paar von den roten Schuhen verkauft, und das andere Mädchen war Amerikanerin.«

Er wusste es genau. Er stellte sich nur absichtlich an. »Erinnern Sie sich auch an den Mann, der sie begleitet hat und ihr die Schuhe gekauft hat?«

Er runzelte erneut die Stirn. »Ich weiß es nicht genau. Gibt es eine Belohnung oder so etwas?«

»Wenn uns der Hinweis zu dem Mörder führt, gibt es eine Belohnung von hundert Dollar«, log Sarah, ohne mit der Wimper zu zucken. Für den Namen des Mörders hätte sie die hundert Dollar sogar mit Freuden selbst bezahlt.

Jetzt machte der Mann plötzlich einen sehr viel freundlicheren Eindruck. »Sie können mir doch nicht vorwerfen, dass ich vorsichtig bin, oder? Man weiß ja nie, wer hier hereinkommt und Fragen stellt. Ich will schließlich nicht in einen Mordfall verwickelt werden, nicht wahr? Ich kann mir hier keine Polizei leisten. Schlecht fürs Geschäft, wissen Sie?«

Sarah konnte es sich vorstellen. »Der Mann, der die Schuhe bezahlt hat«, hakte sie nach.

»Na ja, normalerweise stellen sie sich nicht vor, falls Sie verstehen, was ich meine, und ich nehme sowieso nicht viel Notiz von den Männern. Aber an das Mädchen kann ich mich gut erinnern. Sie hat die ganze Zeit auf Deutsch vor sich hin geplappert, und er hat ihr immer wieder gesagt, sie sollte Englisch sprechen. Sie hat dauernd gesagt, ›O Will, sie sind so schön‹, oder so ähnlich.«

Sarah spürte, wie ihr das Blut aus dem Kopf wich. »Will? Sie hat ihn Will genannt?«

»Ich glaube schon.« Er zögerte, als er Sarahs Aufregung sah, sie aber nicht einordnen konnte. »Ich möchte ja niemanden in Schwierigkeiten bringen, aber ich bin mir ziemlich sicher, dass es so war. Nun, was hatten Sie gesagt, wer diese Belohnung bezahlen wird?«

»Ihre Familie«, sagte Sarah. »Und ich werde ihnen mit Sicherheit erzählen, wie sehr Sie mir geholfen haben.«

Da war er, ihr Beweis, dass alle ermordeten Mädchen den Mann namens Will gekannt hatten. Er musste der Mann sein, nach dem sie suchten. Sie konnte es nicht abwarten, in die Stadt zurückzukommen und es Malloy zu erzählen. Im Geiste beantwortete sie schon die Fragen, die Malloy ihr wohl stellen würde, als sie auf dem Gang vor dem Laden fast mit Dirk zusammenprallte.

»Du siehst ausgesprochen zufrieden aus«, bemerkte er grinsend. »Hast du deinen Mörder gefunden?«

Wäre es doch nur so einfach. »Ich habe erfahren, dass der Mann, der Gerda die roten Schuhe gekauft hat, Will hieß. Das heißt, dass sie ihn tatsächlich gekannt hat, genau wie die ganzen anderen Mädchen.«

Sein Lächeln verschwand. »Welche anderen Mädchen?«

Sarah war so aufgeregt, dass sie ganz vergaß, Dirk nichts von den anderen Morden zu erzählen. Aber es gab ja auch keinen Grund, es nicht zu tun.

»Es hat noch mehr Morde an Mädchen wie Gerda gegeben. Daher wissen wir von diesem Mann namens Will. Sie alle sind kurz vor ihrem Tod mit ihm ausgegangen. Wir wussten, dass auch Gerda einen neuen Freund hatte, aber wir kannten seinen Namen nicht, zumindest nicht bis heute.«

Er war entsetzt. »Also glaubt Ihr, dass dieser Will der Mörder ist? Dass er … wie viele Mädchen sagst du, hat er umgebracht?«

»Ich weiß es nicht genau«, sagte sie zögernd. »Wir wissen noch von drei anderen, aber vielleicht sind es noch mehr. Wir haben nur durch Zufall davon erfahren, weil Gerdas Freundinnen die anderen Opfer kannten.«

Dirk war bleich geworden. Trotz seiner Weltgewandtheit hatte er sich wahrscheinlich noch nie mit solch hässlichen Tatsachen konfrontiert gesehen. Er versuchte es mit seinem üblichen Grinsen, doch es geriet ihm schief. »Da Ihr also jetzt wisst, dass dieser Will mit allen Ermordeten in Verbindung gestanden hat, wie wollt Ihr ihn finden?«

»Wir brauchen uns nicht weiter darüber zu unterhalten, Dirk«, sagte Sarah freundlich. »Ich kann sehen, dass es dir nahe geht, und …«

»O bitte, es wird mir noch viel näher gehen, wenn ich nicht alles weiß. Ich muss glauben können, dass Ihr einen Plan zur Ergreifung dieses … dieses Monsters habt, oder ich werde nachts nicht mehr schlafen können.«

»Ich bin mir da aber nicht so sicher. Vielleicht hat Mr. Malloy ein paar Ideen, aber … ich fürchte, dieser Fotograf hatte Recht. Wenn ich kein Bild von diesem Mann auftreiben oder jemanden finden kann, der weiß, wie er aussieht, finden wir ihn wahrscheinlich nie.«

Dirk war immer noch aufgewühlt, aber er stellte keine weiteren Fragen. Er setzte sich einfach nur in Bewegung und Sarah ging mit ihm.

Ohne es abzusprechen, schlenderten sie zum Eingang des Aussichtszimmers, das den Kopf des Elefanten einnahm. Auf beiden Seiten gaben große Fenster, die eigentlich die Augen des Elefanten waren, einen Panoramablick auf das Meer, die Strände und die Insel selbst frei. Zahlreiche andere Besucher drängten sich davor, sodass Sarah und Dirk sich im Hintergrund hielten und auf eine Lücke warteten.

»Vielleicht kennt eine von den Freundinnen der Toten diesen Will«, meinte er. »Hast du sie schon danach gefragt?«

Fast hätte sie gesagt, sie natürlich danach befragt zu haben, doch dann stutzte sie. Sie hatte sie nach den Namen der Männer gefragt, mit denen Gerda ausgegangen war. Doch hatten sie niemanden namens Will erwähnt, also hatte sie natürlich auch nicht danach gefragt, ob sie einen solchen Mann kannten.

»Nein! Nein, das habe ich nicht!«, rief sie aus.

Dirk lächelte. Es war ein seltsames, schiefes Lächeln, aber dennoch ein Lächeln. Er gab sich solche Mühe, so zu tun, als ließen ihn Gespräche über Morde und Mörder genauso kalt wie sie.

»Dann musst du noch einmal mit ihnen sprechen. Womöglich kann dich eine von ihnen direkt zu diesem Mann führen. Was meinst du, welche von ihnen dir am ehesten helfen kann?«

Jetzt versuchte er auch noch, ihr bei der Aufklärung des Falles zu helfen. Doch das konnte sie ihm wohl kaum vorwerfen, nicht, wo sie doch selbst mit Feuer und Flamme dabei war.

»Gerda hatte drei Freundinnen, die mit ihr in derselben Fabrik gearbeitet haben. Sie wussten alles über sie, daher kommt es mir seltsam vor, dass sie ihnen den Namen dieses Mannes nicht gesagt hat.«

»Vielleicht war es ja gar nicht so seltsam. Vielleicht wollte sie ihn für sich behalten«, meinte er. »Diese Mädchen sind sehr eifersüchtig, vor allem, wenn sie einen großzügigen Gönner finden.«

Er musste es ja wissen. Sie dachte über seine Theorie nach. »Oder vielleicht war ja auch das Gegenteil der Fall. Vielleicht haben die anderen Mädchen ihn gekannt, und sie wollte nicht, dass sie erfuhren, dass sie sich mit ihm traf.«

»Weil sie ihn einer von ihnen weggeschnappt hatte!«

»Genau!«

»Jetzt brauchst du dir nur noch zu überlegen, welche von ihnen er am ehesten gewählt hätte«, sagte Dirk.

»Oh, das ist einfach. Wahrscheinlich Lisle«, dachte Sarah laut.

»Lisle?«, wiederholte er und zog eine Augenbraue

hoch. »Offensichtlich auch ein deutsches Mädchen. Aus dem gleichen Viertel?«

»Ja.«

»Dieser Mensch zieht seine Kreise aber nicht besonders weit, nicht wahr? Daher sollte es nicht schwer sein, ihn zu finden.«

Sarah hoffte nur, dass er Recht hatte.

Am nächsten Morgen stand Mrs. Elsworth in aller Herrgottsfrühe vor Sarahs Tür. Ihr faltiges Gesicht war bleich und verkrampft, und ihr ergrauendes Haar war so hastig hochgesteckt, dass der Knoten schief auf ihrem Kopf saß.

»O Mrs. Brandt, ich musste einfach nachsehen, ob es Ihnen gut geht. Ich habe letzte Nacht etwas Fürchterliches geträumt, und heute Morgen ...« Sie fuhr sich mit der Hand an die Brust und holte keuchend Luft. Sarah nahm sie schnell beim Arm und holte sie ins Haus.

»Setzen Sie sich hier hin und lassen Sie mich Ihren Herzschlag abhören«, sagte sie und ließ ihre Nachbarin auf dem Schreibtischstuhl in ihrem Sprechzimmer Platz nehmen. »Haben Sie irgendwelche Schmerzen?«

»Liebe Güte, nein«, rief Mrs. Elsworth atemlos aus. »Ich bin nur ... Ich bekomme irgendwie keine Luft. Ich habe solche Angst bekommen, als ich es gesehen habe.«

»Den Traum meinen Sie?«, fragte Sarah und griff in ihre Arzttasche, um ihr Stethoskop herauszuholen.

»Nein, das Heimchen.«

Sarah war schon im Begriff, sich das Stethoskop in die Ohren zu stecken, doch bei diesen Worten hielt sie inne. »Sie haben sich vor einem Heimchen erschrocken?«

»Aber nicht vor irgendeinem Heimchen. Jeder weiß, dass ein Heimchen im Haus Glück bringt. Es sei denn natürlich, es ist ein weißes Heimchen. Und es war ein weißes. Schneeweiß, und Sie wissen ja, was das bedeutet.«

»Nein, das weiß ich nicht«, gab Sarah zu.

Mrs. Elsworth schloss die Augen und legte erneut die Hand auf ihr Herz. Sarah streckte den Arm aus, weil sie befürchtete, dass die Alte jeden Moment ohnmächtig würde, doch Mrs. Elsworth regte sich nicht. Sie sagte nur ein Wort.

»Tod.«

»Tod?«, wiederholte Sarah verständnislos.

Mrs. Elsworth öffnete die Augen und sah sie direkt an. »Das weiße Heimchen bedeutet, dass ein Bekannter sterben wird.«

»Oh, es ist aber doch bestimmt ...«

»Und dann war da noch mein Traum. Sie sind immerzu gerannt und haben versucht, jemanden zu fangen, aber Sie konnten es nicht, und dann habe ich sie gesehen. Ich konnte ihr Gesicht nicht sehen, aber sie war tot, und ich hatte solche Angst ... Nun, ich musste mich doch versichern, dass es Ihnen gut geht, nicht wahr?«

»Und wie Sie sehen können, fehlt mir nicht das Geringste. Es würde mir allerdings noch besser gehen, wenn ich mir Ihren Herzschlag anhören dürfte. Nur, um mich zu versichern, dass es Ihnen ebenfalls gut geht«, fügte sie mit einem kleinen Lächeln hinzu.

»Das ist wirklich nicht nötig, aber wenn es Sie glücklich macht«, gab sie nach.

Erleichtert hörte Sarah, dass das Herz der älteren Frau schnell, aber kräftig schlug.

»Habe ich es Ihnen nicht gesagt?«, sagte Mrs. Elsworth, als Sarah das Stethoskop wieder verstaute.

»Ich wäre eine schlechte Nachbarin, wenn ich mich weniger um Ihr Wohlergehen sorgen würde als Sie sich um das meine«, meinte Sarah.

Mrs. Elsworth seufzte. »Wenigstens bin ich nicht zu jeder Tages- und Nachtzeit unterwegs und suche einen Mörder.«

»Ich auch nicht«, beruhigte Sarah sie.

»Sie sind aber doch gestern unterwegs gewesen, nicht wahr? Den ganzen Tag. Ich glaube, das war die Ursache für den Traum, weil ich mir solche Sorgen um Sie gemacht habe. Ich wusste ja, dass Sie nicht bei einer Geburt waren. Ich habe den Mann gesehen, der Sie gestern Morgen abgeholt hat.«

Natürlich hatte sie das. Niemand betrat diese Straße, ohne von Mrs. Elsworth gesehen zu werden.

»Wenn Sie ihn gesehen haben, hätten Sie doch wissen müssen, dass es keinen Grund zur Sorge gab.«

Mrs. Elsworth rümpfte die Nase. »Ich hoffe, Sie denken nicht, ich wolle mich einmischen, aber ich glaube nicht, dass dieser Mann ein guter Umgang für Sie ist, Mrs. Brandt.«

»Dirk?«, fragte Sarah überrascht. Er hatte sie in einer Hansomkutsche abgeholt, was ihr ein wenig übertrieben vorgekommen war, da sie ja vorhatten, mit der Straßenbahn nach Coney Island zu fahren. Doch sie hätte gedacht, dass Mrs. Elsworth davon beeindruckt sein würde. »Warum glauben Sie das?«

»Ich kenne diesen Blick«, sagte Mrs. Elsworth. »Er ist ein Mann, der schon zu viel gesehen hat. Er wird immer ruhelos und zornig sein. Keine Frau wird ihn je längere Zeit zufrieden stellen können.«

Sarah war beeindruckt, wie treffsicher ihre Nachbarin Dirk Schyler einschätzte, obwohl sie nur einen kurzen Blick auf ihn geworfen hatte. »Sie brauchen sich keine Sorgen um mich zu machen, Mrs. Elsworth. Ich werde ihn nicht mehr wiedersehen.«

»Das erleichtert mich sehr«, sagte die Alte und brachte ein angestrengtes Lächeln zuwege. Doch sie sah immer noch erschüttert aus. Sarah mochte ihre abergläubischen Anwandlungen ja lächerlich finden, doch Mrs. Elsworth nahm sie bitterernst, und diese hatte ihr einen Riesenschreck eingejagt. Nicht so riesig allerdings, dass sie das Wesentliche vergaß.

»Und wie geht es dem reizenden Mr. Malloy?«, fragte sie. »Ich habe ihn schon eine ganze Zeit nicht mehr gesehen.«

Sarah schaffte es mit Mühe, nicht loszuprusten, als sie hörte, wie sie Malloy als ›reizend‹ beschrieb. »Ich habe ihn auch schon eine ganze Zeit nicht mehr gesehen«, sagte sie. »Daher habe ich keine Ahnung, wie es ihm geht.«

»Nun, Sie sollten wissen, dass Mr. Malloy viel besser zu Ihnen passen würde als der Herr von gestern, Mrs. Brandt«, sagte Mrs. Elsworth.

Diesmal prustete Sarah wirklich los. »Meinen Sie wirklich?«, fragte sie, als sie wieder sprechen konnte.

»Absolut. Oh, ich weiß, dass er Ire und katholisch ist, aber ich kann mir nicht vorstellen, dass das einen von Ihnen aufhalten würde, wenn Sie zusammensein wollten.«

»Ich muss sagen, Sie haben seltsame Vorstellungen davon, was passend ist und was nicht«, sagte Sarah, die daran denken musste, dass ihre Mutter – und Malloys Mutter und der Rest der Welt – genau entgegengesetzte Vorstellungen davon hatte.

»Nicht seltsam«, sagte Mrs. Elsworth. »Nur praktisch. Sie werden das verstehen, wenn Sie älter sind, oder zumindest hoffe ich das. Nun, da ich mich jetzt versichert habe, dass es Ihnen an nichts fehlt, lasse ich Sie in Ruhe. Versprechen Sie mir nur, dass Sie vorsichtig sein werden, ja? Träume sind manchmal Omen und das Heimchen war mit Sicherheit eins. Vergessen Sie das nicht.«

»Ich bin immer vorsichtig«, versicherte Sarah ihr nicht ganz wahrheitsgemäß. Aber sie würde vorsichtig sein, bis man Gerdas Mörder gefasst hatte. Und mit etwas Glück würde das nicht mehr lange dauern.

Am Nachmittag setzte sich Sarah gerade ihren Hut auf,

um auszugehen, als jemand an ihre Tür klopfte. Überrascht sah sie Malloy auf der Schwelle stehen. Sie hatte noch nicht mit ihm Kontakt aufgenommen, weil sie erst mit Gerdas Freundinnen hatte sprechen wollen. Wenn eine von ihnen diesen Will kannte, würde das viel Zeit sparen. Sie hatte vorgehabt, sie abzufangen, wenn sie heute Abend Feierabend machten, aber so war es noch besser. Malloy konnte mit ihr gehen, um die Mädchen zu befragen, und sie konnte ihm unterwegs alles erzählen.

Aber dann sah sie sein Gesicht. »Was ist passiert?«, fragte sie erschrocken, und ihr erster Gedanke galt Brian.

»Lisle ist ermordet worden.«

11

Sarah bekam keine Luft mehr, und sie leistete keinerlei Widerstand, als Malloy ihren Arm ergriff und sie zu einem Stuhl führte, genau wie sie es am Morgen mit Mrs. Elsworth getan hatte.

»Sind Sie sicher?«, fragte sie, obwohl sie wusste, dass sie sich an einen Strohhalm klammerte.

»Soweit es möglich ist, ja. Ihr Gesicht sieht ziemlich schlimm aus.«

Sarah spürte, wie ihr übel wurde, und sie hielt sich beide Hände vor den Mund.

»Sie werden mir doch nicht in Ohnmacht fallen, oder? Senken Sie den Kopf«, sagte er.

»Nein, es geht schon«, sagte sie, alarmiert über den Klang ihrer eigenen Stimme. Sie wollte keine Ermittlerin mehr sein. Sie wollte nie wieder von jungen Menschen hören, deren Leben ausgelöscht worden war.

»So sehen Sie aber nicht aus«, sagte Malloy, dessen

Stimme sich nicht minder alarmierend anhörte. Er klang angsterfüllt. »Haben Sie hier irgendwo Riechsalz?«

Natürlich hatte sie Riechsalz, aber sie würde es nicht brauchen. Ihr Kopf wurde jetzt klarer. Sie schluckte das Übelkeitsgefühl herunter und klammerte sich fest an ihren Stolz.

»Erzählen Sie mir einfach, was passiert ist. Erzählen Sie mir alles.«

»Angesichts Ihres Zustandes werde ich das nicht tun«, sagte er. »Ich wollte es Ihnen nur mitteilen, damit Sie es nicht von einem Fremden hören.«

Sie holte tief Luft. »Ich danke Ihnen. Ich wollte gerade zu Faircloth' gehen. Ich wollte mich mit Lisle unterhalten ...« Als sie den Namen des Mädchens aussprach, musste sie schlucken und eine Pause machen. »Weil ich gestern in Coney Island etwas herausgefunden habe.«

»Sie haben etwas herausgefunden?«, fragte er in beleidigtem Tonfall. »Hatten Sie vor, es mir irgendwann zu erzählen?«

»Ja, natürlich, sobald ich mit Lisle und den anderen gesprochen hatte.«

Er nahm sich ihren Schreibtischstuhl und setzte sich ihr gegenüber. »Erzählen Sie es mir jetzt.«

Sarah holte erneut Luft. Sie fühlte sich zwar körperlich etwas besser, doch jetzt kam der Schmerz. Sie konnte Lisle vor sich sehen, das zerbrechlich wirkende Mädchen mit dem eisernen Willen. Sarah erinnerte sich daran, wie sie sich davor gefürchtet hatte, sich mit George zu treffen und ihn aus dem Tanzsaal zu locken, damit Malloy ihn verhören konnte. Vor lauter Angst hatte sie an diesem Abend nicht nach Hause gehen wollen und war stattdessen bei Sarah geblieben. Als sie in Sarahs Bett geschlafen hatte, hatte sie wie ein unschuldiges Kind ausgesehen, eine Hand an ihre Wange gelegt und das maisblonde Haar auf dem Kissen ausgebreitet.

Sarah dachte an ihren Tod, an die Angst, die sie gehabt haben musste. An die Schmerzen und die Furcht und die Gewissheit, den Mörder zu kennen und es niemandem mehr verraten zu können. Wie viele andere mussten noch sterben, bevor sie ihn aufhalten konnten?

Ungeduldig wischte sie die Tränen fort, die in ihren Augen aufstiegen. Dafür hatte sie jetzt keine Zeit. »Haben Sie eine Vorstellung, wer es gewesen ist?«

»Nun, ich habe mir unseren Freund George vorgeknöpft, obwohl ich mir ziemlich sicher war, dass er es nicht gewesen ist. Und so ist es auch. Er hat den ganzen Abend mit ein paar Freunden Karten gespielt. Sie waren ziemlich betrunken, aber sie haben alle gesagt, dass George das Zimmer nie länger als ein paar Minuten verlassen hat. Er war ziemlich mitgenommen, als er es erfahren hat. Ich glaube, er hat Lisle ein wenig gemocht.«

Es überraschte Sarah nicht, dass George unschuldig war. »Ich habe herausgefunden, woher Gerda die roten Schuhe hat. Aus einem Laden im Elephant Hotel in Coney Island. Der Ladenbesitzer konnte sich daran erinnern, dass der Mann, der sie ihr gekauft hat, Will hieß.«

»Und?«

»Und was?«

»Ist das alles?«, fragte er ungeduldig.

»Ja, das ist alles! Es beweist, dass auch Gerda diesen Will gekannt hat. Wir wissen, dass es nicht George war, also muss dieser Will der Mörder sein.«

»Nun, falls der Ladenbesitzer Ihnen nicht Wills Adresse gegeben hat, glaube ich nicht, dass wir näher als zuvor daran sind, ihn zu finden«, sagte Malloy.

Oje, sie konnte nicht klar denken. »Es kommt noch mehr. Außerdem ist mir klar geworden, dass ich Gerdas Freundinnen nie gefragt habe, ob sie einen Mann namens Will kennen. Ich habe sie nur nach den Namen der Männer gefragt, die mit Gerda befreundet waren. Ich hatte vor, sie heute zu fragen ...« Ihr versagte die Stimme, und sie musste sich die Hand vor den Mund halten, um ihr Schluchzen zu unterdrücken.

»Es war nicht sehr wahrscheinlich, dass sie ihn kennen würden«, sagte Malloy.

Sarah holte zaghaft Luft. »Das hatte ich anfangs auch gedacht. Aber dann hat Dirk gesagt …«

»Dirk?«, fragte er ungläubig.

Oje, diesen Teil hatte sie ihm doch gar nicht erzählen wollen. »Ja. Ich habe Dirk Schyler gebeten, mich diesmal nach Coney Island zu begleiten. Er kennt sich schließlich dort aus«, verteidigte sie sich, als er das Gesicht verzog. »Jedenfalls ist mir klar geworden, dass es eigentlich keinen Grund gab, warum Gerda ihren Freundinnen den Namen des Mannes hätte verschweigen sollen, der so großzügig zu ihr gewesen war und ihr die roten Schuhe gekauft hatte, es sei denn, eine von ihnen kannte ihn schon und hatte selbst ein Auge auf ihn geworfen. Dirk hat mich darauf aufmerksam gemacht, dass die Mädchen sehr eifersüchtig über alle Männer wachen, die sich spendabel zeigen. Wenn sie ihn also einer ihrer Freundinnen abspenstig gemacht hatte, wollte sie wohl kaum, dass diese es erfuhr.«

»Kann sein«, sagte er säuerlich. »Vielleicht wollte sie aber auch nicht, dass er *ihr* weggeschnappt wurde, und hat seinen Namen deshalb nicht erwähnt.«

»Es gibt eine Möglichkeit, das herauszufinden, obwohl ich vermute, dass jetzt kein guter Zeitpunkt wäre, um Hetty und Bertha zu befragen. Sie werden ziemlich aufgewühlt sein.«

»Ich weiß nicht. Nach Gerdas Tod haben sie auch keinen sonderlich aufgewühlten Eindruck gemacht. Vielleicht sind sie froh, eine Konkurrentin weniger zu haben.«

»Wie können Sie so etwas Schreckliches sagen! Haben Sie denn überhaupt keine Gefühle?«, fragte sie in plötzlicher Wut.

»Ah, das klingt schon besser«, sagte er und lehnte sich auf seinem Stuhl zurück. »Im ersten Augenblick hatte ich schon gedacht, Sie würden die Nerven verlieren.«

Jetzt wurde sie wirklich wütend. Er hatte sie mit Absicht provoziert, damit sie nicht anfing zu weinen. Typisch Mann, Angst vor ein paar Tränen. Nun, dafür würde er büßen.

»Nun gut, jetzt erzählen Sie mir, was geschehen ist. Wie ist Lisle ...?« So wütend sie auch sein mochte, sie brachte die Worte nicht über die Lippen.

Er zuckte zusammen, erzählte es ihr dann aber. »Sie ist zusammengeschlagen worden, genau wie die anderen. In einer Seitenstraße, nicht allzu weit von ihrer Wohnung entfernt. In der Nähe der Stelle, wo man auch Gerda Reinhard gefunden hat. Warum gehen diese Mädchen überhaupt mit Fremden in dunkle Gassen?«

»Weil sie sich kein Hotelzimmer nehmen können«, teilte Sarah ihm mit, ohne nachzudenken.

»Was?«

Nun musste sie ihm das auch noch erklären. Wie in aller Welt sollte sie das tun, ohne sie beide in Verlegenheit zu bringen? Sie holte tief Luft und ging es tapfer an.

»Prostituierte haben normalerweise ein Zimmer, oder die Männer nehmen sie in ein Hotel mit, aber das geht bei diesen Mädchen nicht. Sie haben Familien, die sie nachts zu Hause erwarten. Wenn sie mit einem Mann allein sein wollen, haben sie nicht viele Möglichkeiten. Diese Seitenstraßen sind dunkel und verlassen und wunderbar geeignet für ein schnelles ... äh ... Rendezvous.«

Malloy war entsetzt. »Meinen Sie etwa ...?«

Sarah nickte zögernd. »Diese Mädchen sind den Männern auf der Straße gefällig. Im Stehen. Was ja auch sinnvoll ist, wenn man bedenkt, wie schmutzig es dort ist.«

Malloy brauchte einige Sekunden, um diese Information zu verdauen. Sie hatte sich nicht vorstellen können, mit ihm über so etwas zu sprechen, aber aus irgendeinem Grund blieb die Verlegenheit, mit der sie gerechnet hatte, aus. Wahrscheinlich lag es auch an Malloys Verhalten. Die meisten Männer hätten jetzt herumgealbert, aber er war genauso entsetzt wie sie.

»Heilige Mutter Gottes«, murmelte er und rieb sich mit beiden Händen das Gesicht.

»War Lisle ... behelligt worden?« Ein dummer, beschönigender Ausdruck für Vergewaltigung.

»Nicht mit Gewalt. Dem Teil hat sie wahrscheinlich zugestimmt, genau wie die anderen. Der Mörder wird immer hinterher wütend und fängt dann an, auf sie einzuprügeln. Das ist es ja, was keinen Sinn ergibt. Ich kann ja verstehen, wenn er wütend wird, weil ein Mädchen ihn abweist, aber das haben diese Mädchen gar nicht getan. Es ist, als wäre er wütend auf sie, *weil* sie zugelassen haben, dass er sie benutzt.«

»Vielleicht ist es ja so«, sagte Sarah. »Er ist vielleicht nicht ganz klar im Kopf, wenn er die Mädchen auf diese Weise umbringt.«

Malloy widersprach ihr nicht.

»Und was tun wir jetzt?«, fragte sie einen Augenblick später.

»*Sie* tun gar nichts«, sagte er. »Ich werde der Familie dieses Mädchens einen Besuch abstatten und so viel wie möglich darüber in Erfahrung bringen, wo sie letzte Nacht gewesen ist.«

»Ihre Familie wird nichts wissen.«

»Und ich werde auch Hertha und Betty befragen.«

»Die werden Ihnen nichts sagen«, warnte Sarah ihn. »Warum lassen Sie mich nicht mit ihnen sprechen?«

»Weil Sie kein Polizist sind«, erinnerte er sie.

»Und wen stört das? Sie werden mir Dinge erzählen, die sie Ihnen nie sagen würden. Wenn Sie überhaupt etwas erfahren wollen, werden Sie mich früher oder später mit ihnen sprechen lassen müssen.«

Sie hatte Recht, und es fiel ihm schwer, es zuzugeben. Nachdem er innerlich mit sich gerungen hatte, gab er auf. »Wissen Sie denn überhaupt, wo sie wohnen?«

»Nein, aber ich kann sie finden.« Sie wusste genau, wen sie fragen konnte. Und damit hatte sie auch die perfekte Ausrede für einen Besuch.

Malloy hasste diesen Teil seines Berufes. Es war nie einfach, die trauernde Familie eines Mordopfers zu befragen. Wenn das Opfer aber eine junge Frau war, war es besonders schrecklich. Er konnte das Weinen schon von der Straße aus hören. Da die Fenster wegen der Hitze offen standen, konnte man natürlich alles hören, was oben in den Wohnungen vor sich ging.

Die Familie des Mädchens wohnte in der zweiten Etage. Als Frank dort ankam, war er in Schweiß gebadet. Die Wohnungstür stand offen, und die Nachbarn hatten sich in der Küche versammelt, um der untröstlichen Mutter des Mädchens beizustehen.

Als sie ihn bemerkten, wurde es still im Zimmer. Selbst Lisles Mutter hörte auf zu weinen. Sie sah ihn mit roten Augen erbarmungswürdig an. Wahrscheinlich hoffte ein Teil von ihr, er wäre gekommen, um ihr zu sagen, dass das Ganze ein Irrtum war.

»Könnte ich Sie unter vier Augen sprechen, Mrs. Lasher?«, fragte er.

»Sie heißt Frankle«, sagte eine der Nachbarinnen hilfsbereit. »Sie ist zum zweiten Mal verheiratet.«

»Mrs. Frankle«, verbesserte er sich.

»Mein Mann kommt gleich zurück«, sagte sie mit einer hilflosen Handbewegung, denn sie wünschte sich verzweifelt, dass man ihr die Qual ersparte, über ihr totes Kind zu sprechen.

»Dann werde ich mich mit ihm unterhalten, wenn er

kommt.« Er sah sie anderen Frauen vielsagend an. Wortlos verließen sie die Wohnung. Eine von ihnen klopfte Mrs. Frankle auf den Handrücken und flüsterte ihr etwas zu, bevor sie den anderen folgte.

Als sie fort waren, schloss er trotz der Hitze die Tür.

»Dann gibt es also keinen Zweifel mehr? Es ist wirklich Lisle?«, fragte sie, und aus ihrem Blick sprach immer noch Hoffnung.

»Kein Zweifel. Ich dachte, es hätte sie jemand identifiziert.«

»Mein Mann, aber er hat gesagt … Er könnte sich geirrt haben. Ich wollte selbst hingehen, aber als man mir gesagt hat … Ich konnte es nicht.«

»Das haben Sie richtig gemacht«, versicherte er ihr. »Behalten Sie sie so in Erinnerung, wie sie war.«

Er nahm sich einen Stuhl und setzte sich ihr gegenüber an den Küchentisch, während sie sich mit einem feuchten Taschentuch die Augen betupfte.

»Wissen Sie, wo Lisle gestern Abend gewesen ist?«

Sie schüttelte den Kopf. »Sie geht fast jeden Abend aus, aber ich weiß nicht, wohin. Sie sagt uns nicht, wohin sie geht. Tanzen, glaube ich. Ihre Freundinnen müssten es wissen.«

»Hatte sie irgendwelche Herrenbekanntschaften?«

»Keine, die hierher kommen«, sagte Lisles Mutter verbittert. »Sie sagt uns nicht, was sie tut und mit wem sie umgeht. Ich sage ihr, dass das nicht gut ist, dass sie wie die kleine Reinhard enden wird, aber hört sie auf mich? Nein, sie hört nie auf mich.«

Sie geriet langsam in Wut. Malloy erfuhr immer mehr, wenn seine Gesprächspartner wütend waren. »Vielleicht hat sie einmal jemanden erwähnt, vor dem sie Angst hatte?«, meinte er.

»Nein, nie«, beharrte Lisles Mutter. Sie erzählt uns gar nichts. Nur …«

»Nur was?«, fragte er, als sie zögerte.

Sie dachte nach, besann sich. »Es gab da eine Fotografie …«

Frank konnte kaum glauben, dass er solches Glück haben sollte. »Was denn für eine Fotografie?«

»Von Lisle. Und ein paar anderen Leuten. In einem Boot, glaube ich. Sie hat versucht, das Bild zu verstecken, aber hier kann man keine Geheimnisse voreinander haben. Das hat sie immer gesagt. Die anderen Kinder durchsuchen ihre Sachen, sodass sie nichts für sich behalten kann. Sie hat mich deswegen oft angeschrien, aber was soll ich denn tun?«

»Auf so beengtem Raum ist es schwierig«, pflichtete Frank ihr bei. »Und die anderen Kinder haben diese Fotografie gefunden?«

»Ja. Ihre Brüder haben sie damit aufgezogen, aber sie hat gesagt, es sei ihr egal, weil sie den Mann nicht mehr mochte. Sie hat ihnen gesagt, sie sollten das Bild verbrennen. Ich glaube, das hat sie nur gesagt, weil sie wusste, dass die Kinder die Fotografie nicht anrühren würden, wenn sie in dem Glauben waren, es sei ihr egal. Aber sie haben das Bild behalten, um sie damit zu necken.«

»Wissen Sie vielleicht, wo es jetzt ist?« Die Chance, dass es ihm helfen würde, war zwar sehr gering, aber er war bereit, sich selbst mit dem kleinsten Hinweis zu befassen.

»Nein, ich …«

»Es könnte aber sehr wichtig sein.«

»Glauben Sie, es könnte Ihnen helfen herauszufinden, wer es getan hat?«

»Das ist möglich.«

»Ich werde versuchen, es zu finden.«

Sarah hörte ein Baby plärren, als sie die Treppe hinaufstieg. Das Geschrei war laut und kräftig, ein gutes Zeichen, wenn es aus der Wohnung der Ottos kam. Die Tür stand offen, und Agnes war damit beschäftigt, das Essen zu kochen, während sie das Baby auf ihrer Hüfte wiegte.

»Sie wächst ja wirklich«, sagte Sarah von der Tür aus.

Offensichtlich erschrocken, drehte Agnes sich um. Sie riss die Augen auf und sah alarmiert aus. »Dem Baby geht es gut«, sagte sie und hielt Sarah das Kind entgegen. »Sie brauchen sich keine Sorgen mehr zu machen. Es gibt keinen Grund mehr für Sie, herzukommen.«

Das Kind hatte tatsächlich zugenommen und sah viel gesünder aus als beim letzten Mal, als Sarah es gesehen hatte.

»Es hört sich so an, als hätte sie Hunger«, meinte Sarah.

»Ich füttere sie, sobald ich hier fertig bin. Lars möchte, dass das Essen auf dem Tisch steht, wenn er nach Hause kommt.«

O ja, den charmanten Mr. Otto hatte sie ganz vergessen. »Ich will Sie nicht aufhalten. Ich möchte Sie nur fragen … ob Sie schon gehört haben, dass gestern Abend noch ein Mädchen ermordet worden ist.«

Agnes riss die Augen auf und murmelte etwas auf Deutsch, das wie ein Gebet klang. Dann bemerkte sie, dass ihre beiden anderen Kinder aus dem Nebenzimmer gekommen waren, um den Besuch zu sehen. Sie schimpfte auf Deutsch mit ihnen und sie zogen sich wieder zurück. Dann wandte sie sich wieder an Sarah.

»Das wusste ich nicht. Wer war es denn?«

»Gerdas Freundin Lisle.«

Agnes erbleichte und ließ sich auf einen der Stühle sinken. Sie murmelte wieder etwas in ihrer Muttersprache. Das Jammern des Babys wurde jetzt lauter und Agnes knöpfte mechanisch ihre Bluse auf und bot ihm die Brust an.

»War es derselbe? Derselbe wie bei Gerda?«, fragte sie, ohne Sarah direkt anzusehen.

Sarah hörte ihre Frage kaum. Sie war viel zu sehr von der bösen Prellung auf Agnes' Schlüsselbein gefesselt.

Als sie sah, dass Sarah sie anstarrte, zog Agnes schnell ihre Bluse darüber. »Meine Haut läuft so schnell blau an«, sagte sie verlegen. »Ist das der Grund, warum Sie gekommen sind? Nur, um mir von Lisle zu erzählen?«

Wie kalt sie bei diesen Worten wirkte! »Nein, nicht ganz. Ich wollte Bertha und Hetty mein Beileid aussprechen, aber ich weiß nicht, wo sie wohnen. Vielleicht können sie mir helfen.«

Agnes schien erleichtert zu sein und nannte Sarah eine Adresse in der Siebenten Straße. »Da wohnt Hetty. Berthas Adresse kenne ich nicht. Bitte, Sie müssen jetzt gehen. Lars kommt gleich nach Hause, und er will Sie hier nicht sehen.«

Daran konnte Sarah sich nur zu gut erinnern. »Ich habe Geschenke für Ihre Kinder mitgebracht«, sagte sie. »Nur Spielsachen«, sagte sie, als Agnes zu widersprechen begann.

»Ich kann sie nicht annehmen«, sagte sie, und ihr Blick war wieder voller Angst. »Lars würde fragen, wo sie herkommen. Er würde wütend werden. Bitte, Sie müssen jetzt gehen.« Sie klang beinahe verzweifelt.

Sarah begann zu begreifen. Sie hatte keine Ahnung, wie sie so begriffsstutzig hatte sein können. Agnes hatte Angst vor ihrem Mann, und das wahrscheinlich mit gutem Grund, wenn der blaue Fleck von seiner Hand stammte, wovon Sarah stark ausging. Nun, sie wollte bestimmt nicht der Grund für weitere Prügel sein.

»Ich verstehe«, sagte sie. »Vielen Dank für die Auskunft. Ich freue mich, dass es dem Baby so gut geht.«

Agnes Blicke flehten sie an zu gehen, daher wandte sie sich ab, doch als sie die Tür erreichte, rief Agnes: »Weiß man …? Weiß man schon, wer der Mörder ist?« Sie bekam die Worte kaum heraus.

Sarah beruhigte sie nur zu gern. »Wir haben einen

dringenden Verdacht. Ich glaube, es wird nicht mehr lange dauern, bis man ihn festnimmt.«

Sie hatte erwartet, dass Agnes erleichtert sein würde. Stattdessen sah sie alarmiert und fast beängstigt aus. »Sie wissen, wer es ist?«

»Ja, oder zumindest sind wir uns ziemlich sicher, dass es ein Mann namens Will ist. Gerda und die anderen Mädchen haben alle kurz vor ihrem Tod einen Mann dieses Namens kennen gelernt.«

»Will?« Sie wiederholte den Namen sorgsam. »Und Sie sind sich sicher?«

»So sicher man sein kann, ohne ihn auf frischer Tat zu ertappen«, übertrieb Sarah ein wenig.

Agnes schloss für einen Moment die Augen, so als spräche sie ein stilles Stoßgebet. Vielleicht dankte sie dafür, dass Gerdas Mörder bald gefasst werden würde. »Danke«, sagte sie, als sie die Augen wieder öffnete.

Sarah wunderte sich über Agnes' Dankbarkeit, doch dann fiel ihr wieder ein, dass Lars bald heimkommen und sich nicht freuen würde, sie hier zu sehen.

»Schicken Sie nach mir, wenn Sie mich brauchen«, sagte sie und verließ die Wohnung. Sie ging schneller als sonst und war extrem erleichtert, als sie die Straße erreichte, ohne Lars Otto begegnet zu sein.

Das war auch gut so. Sie bezweifelte, dass sie ihm gegenüber hätte höflich bleiben können. Es war natürlich möglich, dass sie sich irrte, aber wenn er für die Verletzung auf Agnes' Brust verantwortlich war, dann verdiente er nichts als Abscheu. Und jetzt fiel ihr wieder ein, wie Agnes sich bei ihrem letzten Besuch an die Seite gefasst hatte. War das womöglich eine weitere Verletzung, die ihr Mann ihr zugefügt hatte? Sie hatte schon viel zu viele misshandelte Ehefrauen gesehen, um schockiert zu sein, aber sie würde sich nie mit dieser Art von Gewalt abfinden. Sie hatte das starke Bedürfnis, sich mit dem Ochsenziemer auf solche Männer zu stürzen, auch wenn ihr die Ironie ihres Wunsches, Gewalt mit Gewalt zu bestrafen, bewusst war. Nicht, dass sie je die Gelegenheit bekommen würde, jemanden zu bestrafen, aber dennoch genoss sie die Vorstellung.

Vorerst jedoch hatte sie eine traurige Aufgabe zu erfüllen.

Sarah fand die Adresse, die Agnes ihr gegeben hatte, ohne Probleme, aber Hetty war nicht zu Hause. Die Frau, die ihr aufmachte – wahrscheinlich Hettys Mutter –, betrachtete Sarah zuerst argwöhnisch, bevor sie ihr dies mitteilte.

»Ich bin Sarah Brandt«, sagte Sarah, als würde das die Frau irgendwie beeindrucken. »Ich habe gerade erfahren, dass Hettys Freundin ermordet worden ist, und ich wollte ihr mein Beileid ausdrücken. Wissen Sie, wo …?«

»Sie ist bestimmt bei Bertha. Die beiden haben solchen Lärm gemacht, dass ich sie weggeschickt habe. Ich weiß nicht, wohin sie gegangen sind.«

»Kann es sein, dass sie zu Bertha gegangen sind?«

Die Frau zuckte mit der Schulter und zeigte damit an, dass sie keine Ahnung hatte und es sie auch nicht interessierte. Dennoch konnte Sarah sie überreden, ihr die Adresse zu geben. Ein paar Minuten später schritt sie über die Avenue A und sah Hetty und Bertha auf der Eingangstreppe eines Mietshauses sitzen. Sie machten keinen ›Lärm‹ mehr, aber sie saßen aneinandergelehnt da, und ihre jungen Gesichter waren vom Weinen verwüstet. Sie boten ein Bild der Verzweiflung.

»Hallo«, begrüßte Sarah sie sanft.

Bertha hob den Kopf und riss überrascht ihre rot geränderten Augen auf. »Es ist Mrs. Brandt«, sagte sie und stieß Hetty in die Rippen.

Das andere Mädchen blickte ohne großes Interesse auf, doch dann verhärtete sich ihre Miene langsam. »Sie haben ihr das angetan. Sie haben Lisle umgebracht!«

»Was?«, fragte Sarah überrascht.

»Sie haben Sie dazu gebracht, diesen Polizisten zu George zu führen, und jetzt hat er mit ihr dasselbe gemacht wie mit Gerda.«

»Es ist nicht George gewesen«, sagte Sarah zu ihnen. »Mr. Malloy hat ihn sofort verhört. Er war die ganze Nacht mit seinen Freunden zusammen. Er ist nicht der Mörder.«

Hetty prustete verächtlich. »Das sagen Sie. Woher wissen Sie denn, dass seine Freunde nicht mit ihm unter einer Decke stecken! Vielleicht gibt es ja eine ganze Bande von Mädchenmördern.«

»Wenn es so wäre, hätten wir sie inzwischen entdeckt. Sie würden damit angeben und sich streiten. Es ist unmöglich, so etwas geheim zu halten, wenn mehr als eine Person davon weiß.«

Aber Hetty wollte unbedingt Recht haben. Sie wollte, dass Lisles Tod Sarahs Schuld war, um einen Sündenbock zu haben. Allerdings fiel ihr kein triftiges Argument ein, also funkelte sie Sarah einfach nur an.

»Kann ich Sie auf ein Getränk einladen?«, schlug Sarah vor. »Sie sehen so aus, als könnten Sie eines brauchen.«

»Sie wollen uns doch nur weiter ausfragen«, sagte Hetty verbittert.

»Ich möchte herausfinden, wer Ihre Freundinnen umgebracht hat«, sagte Sarah. »Vielleicht wissen Sie ja etwas, das weiterhelfen könnte.«

Bertha hatte wieder angefangen zu weinen. »Ich will herausfinden, wer es ist«, sagte sie zu Hetty und rieb sich mit dem Ärmel über das Gesicht. »Ich werde ihr helfen.« Sie stand schwankend auf.

»Ich weiß nichts und du auch nicht«, beharrte Hetty, die das Kinn rebellisch vorgeschoben hatte, obwohl ihre Unterlippe verdächtig zuckte.

»Dann kannst du eben nicht helfen. Aber es bleibt bei

meinem Angebot. Ihr habt doch einen Biergarten um die Eckc, oder?«

Widerstrebend stand Hetty von der Treppe auf und folgte Sarah und Bertha die Straße entlang. Ein paar Minuten später hatten beide Mädchen einen Krug Bier vor sich stehen – Sarah befand, dass sie es aus medizinischen Gründen brauchten, und sie selbst trank eine Limonade.

Sie saßen zunächst schweigend da. Sarah hasste es, sie in ihrem Schmerz zu behelligen, doch schließlich sagte sie: »Können Sie mir erzählen, was gestern Abend passiert ist?«

»Nichts ist passiert«, erwiderte Hetty, immer noch mit verkniffenem Gesicht.

»Sie meint es nicht böse«, erklärte Bertha. »Wir sind wie immer in der Harmony Hall gewesen. Es gab Tanzmusik, aber keine von uns hat jemanden gefunden, den wir mochten, also sind wir zusammen wieder gegangen. Wir sind nach Hause gegangen, und als wir zu Lisles Straße gelangt sind, ist sie allein weitergegangen, wie immer. Das ist das Letzte, was wir von ihr gesehen haben.«

»Dann ist sie nicht mit einem Mann zusammen gewesen? Jemandem, mit dem sie freiwillig gegangen wäre?«

»Das haben wir seit Gerdas Tod schon nicht mehr gemacht«, teilte Hetty ihr verächtlich mit. »Wir sind doch nicht dumm.«

»Dann muss ihr jemand gefolgt sein oder sie gesehen und sich auf sie gestürzt haben, als sie allein war.«

»Dann hätte sie doch geschrien«, sagte Bertha überzeugt. »Es sind immer viele Leute auf der Straße, oder sie schlafen auf den Dächern. Es hätte sie jemand schreien hören müssen.«

»Vielleicht konnte sie nicht schreien«, dachte Sarah laut nach. »Vielleicht hat er sie zu schnell gepackt.«

»Oder vielleicht war es jemand, den sie kannte«, sagte Hetty überraschend klarsichtig. »Vielleicht hatte sie anfangs keine Angst.«

Daran hatte Sarah nicht gedacht. »Jemand, vor dem sie keine Angst hatte, sodass sie ihn freiwillig begleitet hat.«

»Vielleicht«, sagte Hetty, die allerdings nicht ganz überzeugt war. Auch Sarah war von der Idee nicht angetan. Wie viele Männer konnten die Mädchen schon für ungefährlich halten, solange die Identität des Mörders nicht feststand?

Sarah versuchte es anders. »Hat eine von Ihnen Lisle jemals von einem Mann namens Will sprechen hören?«

Die Mädchen wechselten einen Blick. »War er nicht derjenige, der …?«

Hetty nickte. »Lisle hat ihn vor einiger Zeit kennen gelernt. Ich glaube, es war im Frühjahr. Er ist mit ihr nach Coney Island gefahren und hat ihr ein Paar Ohrringe gekauft. Er schien der perfekte Gentleman zu sein, und dann …«

»Hat er sie geschlagen«, sagte Bertha unverblümt.

»Wie meinen Sie das?«

»Sie waren …« Bertha hielt inne und sah Hetty an, in deren Stirnrunzeln eine Warnung lag.

»Ich weiß, dass Sie Ihrer Freundin nichts Übles nachsagen wollen, aber das darf uns nicht daran hindern herauszufinden, wer sie umgebracht hat«, rief Sarah ihnen ins Gedächtnis.

»Lisle wollte nicht, dass es jemand erfuhr, vor allem Sie nicht«, sagte Bertha zu ihr.

Sarah war gerührt. Lisle hatte sich gewünscht, dass sie eine gute Meinung von ihr hatte. »Ich glaube, dass Lisle ein gutes, tapferes Mädchen gewesen ist«, sagte sie, und ihre Stimme zitterte, weil sie mit den Tränen kämpfte. »Nichts, was Sie mir erzählen, wird meine Meinung ändern. Und es wird sonst niemand erfahren.«

Hetty war immer noch nicht überzeugt, doch Bertha

musste sich ihrer Last entledigen. »Viele Mädchen tun es, Mrs. Brandt. Es ist für uns die einzige Möglichkeit, einmal etwas Schönes zu bekommen.«

»Ich verstehe«, versicherte Sarah ihnen. »Ich habe auch gern schöne Dinge.«

»Lisle mochte diesen Mann und er ist sehr gut zu ihr gewesen«, sagte Hetty in einem Tonfall, der Sarah warnte, ihr zu widersprechen. »Sonst hätte sie es nie getan.«

»Natürlich nicht«, sagte Sarah.

»Eines Abends ist sie mit ihm gegangen«, sagte Bertha. »Nicht in ein Zimmer oder so. Nur an einen abgelegenen Ort. Sie ließ ihn, Sie wissen schon, und als er fertig war, hat er sie geohrfeigt und eine Hure genannt.«

»Dazu hat er kein Recht gehabt. Er hat gewusst, dass sie keine Hure war«, sagte Hetty.

»Sie hatte Angst, aber ihr Stiefvater hat sie immer verprügelt, deshalb hat sie es sich nicht gefallen lassen«, sagte Bertha.

»Er muss überrascht gewesen sein. Vielleicht hat er gedacht, sie würde sich nicht wehren, weil sie so klein ist«, sagte Hetty.

»Aber sie hat sich gewehrt«, berichtete Bertha. »Hat ihn getreten und gebissen und ist weglaufen, bevor er noch einmal zuschlagen konnte.«

»Sie war furchtbar wütend«, erinnerte sich Hetty. »Konnte es uns kaum in Ruhe erzählen. Sie hätte ihm am liebsten die Augen ausgekratzt, nur, dass er sich nie wieder hat blicken lassen.«

Sarah versuchte, das Ganze zu einem Bild zusammenzufügen, doch noch passten nicht alle Teile des Puzzles. »Hat Gerda davon gewusst?«

»Natürlich«, sagte Bertha. »Lisle hat es uns allen sofort erzählt.«

»Glauben Sie, dass Gerda trotzdem mit ihm gegangen sein könnte?«

Die beiden Mädchen wechselten erneut einen Blick. Sie waren sich offenbar nicht ganz sicher.

»Gerda war eigentlich nicht besonders mutig«, begann Hetty vorsichtig.

»Sie hat sich nur einfach keine Gedanken gemacht«, stellte Bertha klar. »Es mochte ja sein, dass er Lisle geschlagen hat, aber sie war der Meinung, dass er *sie* niemals schlagen würde. Sie hat immer gedacht, sie wäre klüger als wir und könnte Männer zu Dingen überreden, die uns nie gelingen würden.«

»Manchmal hatte sie sogar Recht«, sagte Hetty. »Und dadurch ist es nur noch schlimmer geworden. Sie ist mit jedem Mann gegangen, der ihr ein Geschenk machen konnte. Wir haben versucht, ihr zu sagen, dass das dumm und vielleicht sogar gefährlich war, aber sie hat nicht auf uns gehört.«

Jetzt ergab alles langsam einen Sinn. »Wenn Gerda also diesen Will kennen gelernt und begriffen hat, dass er es war, vor dem Lisle sie gewarnt hatte, dann halten Sie es für möglich, dass sie trotzdem gegen ein Geschenk mit ihm gegangen ist?«

»Natürlich. Ihr war alles egal.« Hetty klang immer noch wütend.

»Aber sie hätte wahrscheinlich nicht gewollt, dass Sie davon erfahren«, vermutete Sarah.

»Es sei denn, sie wollte von uns eine Strafpredigt hören«, sagte Hetty.

Das erklärte, wie sich der Mörder an Gerda heranmachen konnte, aber nicht, wie er sich Lisle nähern konnte, die sicherlich argwöhnischer gewesen war.

»Ich glaube nicht, dass Lisle freiwillig mit diesem Will gegangen wäre, wenn er im Dunklen auf sie zugekommen wäre«, sagte Sarah.

»Nicht einmal bei Tageslicht«, bestätigte Hetty. »Nicht nach den Morden an den anderen Mädchen.«

Sarah dachte nach und versuchte sich vorzustellen,

wie es gewesen sein könnte. Er war auf der Suche nach Lisle gewesen. Vielleicht war er ihr gefolgt und hatte darauf gewartet, sie allein zu erwischen. Oder vielleicht hatte er sie zufällig gesehen und sich daran erinnert, dass sie ihm beim letzten Mal entkommen war. Dann hatte er sie irgendwie in eine Gasse gezerrt, bevor sie schreien und Aufmerksamkeit erregen konnte. Daraufhin hatte er sie zu Tode geprügelt und sich dafür gerächt, dass sie ihm zuvor entwischt war. Ein gut gezielter Hieb in ihre Magengrube reichte, um ihr den Atem zu rauben und sie zum Schweigen zu bringen. Bis sie sich davon erholte, konnte er sie längst besinnungslos geprügelt haben. Sarah hoffte nur, dass die Ohnmacht schnell gekommen war. Sie konnte die Vorstellung, dass Lisle lange gelitten hatte, nicht ertragen.

»Hat eine von Ihnen diesen Mann je gesehen?«, fragte Sarah. »Wissen Sie, wie er aussieht?«

Sie strengten ihr Gedächtnis an.

»Ich habe ihn am ersten Abend gesehen«, sagte Bertha, »als er Lisle um einen Tanz gebeten hat. Aber ich habe ihn nicht groß beachtet. Er war nur einer von vielen. Ich wusste ja nicht ...« Sie zuckte hilflos mit den Schultern.

»Und Sie können sich nicht an ihn erinnern?«, fragte Sarah, deren Hoffnung langsam erstarb.

»Ich glaube nicht, dass ich ihn wiedererkennen würde«, sagte Bertha.

Sarah dachte an den Ladenbesitzer, der Gerda die roten Schuhe verkauft hatte. Er war so in die Betrachtung ihrer Knöchel vertieft gewesen, dass ihm der Mann, der die Schuhe bezahlt hatte, wahrscheinlich gar nicht aufgefallen war. Die einzigen Menschen, die ihn eindeutig hätten identifizieren können, waren tot. Niemand kannte auch nur seinen Nachnamen.

Langsam glaubte Sarah, dass sie ihn nie finden würden.

Lisles Beerdigung, die tags darauf stattfand, war besser besucht als Gerdas. Ihre Familie hatte anscheinend mehr Freunde. Die Deutsch-Lutherische Kirche war gut gefüllt, und viele von ihnen weinten laut. Sarah fragte sich, ob es wirklich aus Trauer über Lisles Tod war, oder ob sie der Familie ihre Solidarität zeigen wollten.

Lisles Mutter war eine müde aussehende Frau, die wahrscheinlich nicht annähernd so alt war, wie sie aussah. Drei kleine Jungen saßen zwischen ihr und dem Mann, der Lisles Stiefvater sein musste. Er sah jedenfalls brutal genug aus, um seine Stieftochter zu schlagen. Oder vielleicht hatte er ja auch nur verhindern wollen, dass sie verlotterte, und die einzige Erziehungsmethode benutzt, die er kannte. Sarah wollte niemanden verurteilen. Dazu hatte sie selbst viel zu viele Schwachpunkte.

Sie saß in einer der hinteren Reihen und war überrascht, als Malloy zu Beginn des Gottesdienstes in die Kirche kam. Er schlüpfte neben ihr in die Bank und zwang sie, ein Stück zu rücken, um Platz für ihn zu machen.

»Dachte ich mir doch, dass ich Sie hier finde«, sagte er, bevor die Orgelmusik jeden Gesprächsversuch unterband.

Sarah wusste nicht genau, ob sie sich freuen sollte, ihn zu sehen, oder nicht, doch seine Miene warnte sie, dass er keine guten Neuigkeiten mitbrachte. Er sah sogar abgehärmt aus, als ob er nicht gut geschlafen hätte. Außerdem wich er ihrem Blick aus. Noch ein schlechtes Zeichen.

Im Verlauf des Gottesdienstes betrachtete sie ihn weiter. Er hatte dringend eine Rasur nötig. Und einen Besuch beim Friseur. Seine Kleider waren zerknautscht, aber das waren sie ja immer. Wahrscheinlich kultivierte er seine Schlampigkeit, um in den ärmeren Vierteln, wo die meisten Verbrechen geschahen, nicht aufzufallen.

Sie versuchte, sich auf die tröstenden Worte des Priesters zu konzentrieren, aber Malloys Anwesenheit lenkte sie immer wieder ab. Er war ihretwegen hier. Was hatte er erfahren?

Was auch immer es war, er schien es nicht eilig zu haben, es ihr mitzuteilen. Er hätte sie schließlich aus der Kirche bitten können. Sie wäre ihm bereitwillig gefolgt, wenn er ihr etwas zu sagen hatte. Stattdessen konzentrierte er sich auf die Trauergäste. Wonach suchte er nur?

Hielt er nach jemandem Ausschau, der möglicherweise der Mörder war? Konnte das sein? Würde der Mörder dreist genug sein, die Beerdigung seines Opfers zu besuchen? Dann begriff sie, dass die Dreistigkeit eines Mannes, der junge Frauen in Hörweite belebter Straßen zu Tode prügelte, keine Grenzen kannte. Doch hier ging es nicht um Wagemut. Er musste ein Narr sein, wenn er sich an einem Ort zeigte, wo man ihn möglicherweise erkannte oder wo jemandem auffiel, dass er ein Außenseiter war. Sarah bezweifelte zwar, dass er ein Narr war, doch Malloy sah sich sicherheitshalber weiter um.

Der Gottesdienst schien sich endlos hinzuziehen, wahrscheinlich, weil Sarah sich die ganze Zeit auf Malloy konzentrierte und es kaum erwarten konnte, unter vier Augen mit ihm zu sprechen. Kein Wort des Trostes würde die Tote wieder zum Leben erwecken oder den Schmerz des Verlustes erträglicher machen, wie Sarah sehr gut wusste. Doch sie war sowieso nicht auf Trost aus. Sie wollte Rache. Während die anderen für Lisles Seele beteten, betete Sarah, dass Malloy etwas Neues über den Mörder erfahren hatte. Während die anderen das Leben nach dem Tod und die Straßen des Himmels besangen, vibrierte in Sarahs Herz das Verlangen, einen bestimmten Mann zur Hölle zu schicken.

Endlich endete der Gottesdienst. Die Familie trat ins Freie, gefolgt von Lisles Sarg, und Sarah und Malloy warteten, bis die letzten Gäste fort waren. In der Stille der leeren Kirche klammerte sich Sarah an seinen Ärmel, als er sich anschickte, den anderen zu folgen.

»Sie wissen doch etwas. Was ist es? Sagen Sie es mir!«

Er blickte auf seine Schuhe hinab, als wartete er auf eine Eingebung. Als sein Blick erneut dem ihren begegnete, lag Trostlosigkeit in seinen Augen. »Ich glaube, ich habe herausgefunden, wer dieser Will ist.«

»Wer denn?«

Er gab keine Antwort. Stattdessen griff er in die Tasche seines Jacketts und zog eine billige Fotohülle aus Pappe hervor. Sie sah genauso aus wie die, die sie unter Gerdas Habseligkeiten gefunden hatte und in der sich das Bild von der Wildwasserbahn befunden hatte. Er reichte sie ihr.

Sie schlug die Mappe auf, und im ersten Moment dachte sie, es sei dasselbe Bild. Im Zwielicht der Kirche hätte es gut so sein können. Es war dasselbe voll besetzte Boot wie auf dem anderen Bild. Doch bei genauerer Betrachtung stellte sich heraus, dass die Bootsinsassen nicht dieselben waren. Sie neigte das Bild und versuchte, es ins Licht zu halten. Einen Moment später entdeckte sie Lisle, die versuchte, ein ängstliches Gesicht zu machen, doch jeder konnte sehen, dass sie sich köstlich amüsierte. Sie klammerte sich an den Arm eines Mannes, und anders als der Mann auf Gerdas Bild, blickte dieser hier nach oben, und sein Gesicht war der Kamera direkt zugewandt.

Es war Dirk Schyler.

12

»Das ist ja Dirk«, sagte sie überflüssigerweise. Ihr Verstand erfasste noch nicht ganz, was das bedeutete.

»Ganz genau. Und er ist mit dieser Lisle zusammen.«

Sie war sich immer noch nicht ganz sicher, was das bedeutete.

»Drehen Sie das Bild um«, meinte er.

Sie drehte die Mappe um und fand nichts auf der Rückseite. Er nahm sie ihr ungeduldig aus der Hand, zog die Fotografie aus dem Papprahmen und gab sie ihr zurück. Sie erkannte Lisles Handschrift von der Nachricht, die sie bei Mrs. Elsworth hinterlassen hatte. Die Worte waren mit Bleistift hingekitzelt, aber sie hätten genauso gut mit Blut geschrieben sein können: *Will und ich in Coney Island.*

»Ach du lieber Himmel«, hauchte Sarah, und dann bekam sie keine Luft mehr. Sie fühlte sich, als sei plötzlich alle Luft aus der Kirche gewichen.

Sie konnte Dirks Gesicht vor sich sehen, Dirk, der lachte und hämisch über ihre Versuche grinste, den Mann namens Will in Coney Island zu finden. Sie erinnerte sich, wie er dem Fotografen zugezwinkert hatte, als sie sich nach ihm erkundigt hatte. Hatte der Fotograf ihn doch erkannt und nur vorgegeben, es nicht zu tun?

Dann erinnerte sie sich daran, wie er sie geküsst hatte, wie er seinen Mund so beharrlich auf den ihren gepresst hatte und wie wütend er gewesen war, als sie sich gegen seine Avancen gewehrt hatte. Jemand stöhnte leise auf, und sie begriff, dass sie es selbst war.

»Setzen Sie sich«, sagte Malloy schroff. Er legte ihr seine kräftige Hand auf die Schulter und zwang sie, sich auf die Bank zu setzen.

Dirk hatte sie angefasst. Dirk hatte sie *geküsst.* Sie fühlte sich schmutzig und rieb sich mit dem Handrücken über die Lippen, um die Erinnerung daran wegzuwischen.

Malloy, dem nie etwas entging, fragte: »Haben Sie ihn etwa *geküsst?*« Seine Stimme klang gleichermaßen ungläubig und angeekelt.

»Nicht freiwillig«, sagte sie nicht minder angewidert.

»Hat er etwa versucht, sich Ihnen aufzudrängen?« Hörte sie da etwa Entrüstung? Zu so etwas schien Malloy doch gar nicht imstande zu sein, also musste Sarah es sich wohl einbilden.

»Er hat versucht, sich einen Kuss zu erschleichen, als wir in einem der Fahrgeschäfte in einem Tunnel waren«, sagte sie, und bei dem bloßen Gedanken daran wurde ihr übel. »Ich habe ihn weggestoßen und ihm gesagt, er solle aufhören, was er dann auch getan hat.«

»Ist er denn nicht wütend geworden?« Malloy saß jetzt dicht neben ihr und beobachtete ihr Gesicht ganz genau, so als könnte es ihm Hinweise liefern.

Sarah versuchte, sich jedes Detail der Szene ins Gedächtnis zu rufen. »Ich konnte seinen Gesichtsausdruck nicht sehen, weil es dunkel war, aber er hat sich auf jeden Fall wütend *angehört*, zumindest anfangs. Allerdings nicht lange. Er hat davon gesprochen, dass ich eine Dame sei und er nicht oft mit echten Damen zu tun hätte. Er sagte, er hätte sich vergessen.« Sie blickte in Malloys dunkle Augen und suchte darin nach Bestätigung. »Ich habe ihn in Rage gebracht, Malloy. Wenn er der Mörder wäre, hätte er mich doch auch umgebracht, oder nicht?«

Sie wünschte sich so sehr, Recht zu haben. Sie *musste* einfach Recht haben, denn sonst war ein Mann, den sie schon ihr Leben lang kannte, ein Mörder.

Aber Malloy schüttelte den Kopf. »Die anderen Mädchen sind ihm alle zu Willen gewesen. Er brauchte sie nicht einmal zu zwingen. Und dann hat er sie zu Tode geprügelt.«

»Aber wir wissen immer noch nicht mit Sicherheit, dass Dirk es war, der sie umgebracht hat«, erinnerte Sarah ihn beinahe verzweifelt. »Selbst wenn er wirklich der Mann ist, den sie alle unter dem Namen Will gekannt haben.«

»Ich glaube, das habe ich auch schon gesagt«, sagte

Malloy, obwohl sie sehen konnte, dass es ihm keine besondere Freude bereitete, im Recht zu sein. Er wollte, dass Dirk der Mörder war, und das nicht nur, weil er sich die Ergreifung des Mörders wünschte. Er wünschte sich ganz besonders, dass Dirk der Schuldige war, weil er ihn nicht mochte. »Wir brauchen Beweise.«

Jetzt fiel Sarah wieder ein, was sie tags zuvor erfahren hatte. »Ich habe mich gestern mit Bertha und Hetty getroffen. Sie haben mir erzählt, dass Lisle einen Mann namens Will gekannt hat, dass sie aber aufgehört hatte, sich mit ihm zu treffen, weil er sie geschlagen hat.«

»Wann war das?«

»Kurz nach Saisonbeginn in Coney Island«, vermutete sie und blickte auf die Fotografie, die sie immer noch in der Hand hatte. »Sie sagen, dass sie … dass sie ihm zu Willen gewesen ist. Danach ist er wütend geworden und hat sie eine Hure genannt und sie geschlagen. Aber sie hat sich gewehrt. Sie ist wohl kräftiger, als es scheint. *War* kräftiger«, verbesserte sie sich stockend. »Sie hat es irgendwie geschafft, ihm zu entfliehen.«

»Hat Gerda davon gewusst?«

»Das ist ja das Seltsame. Die Mädchen sagen ja, und das hätte sie eigentlich vorsichtig machen müssen. Sie hätte aber geglaubt, so etwas könnte ihr nicht passieren. Möglicherweise hat sie den anderen den Namen ihres neuen Freiers nicht gesagt, weil sie sich keine Strafpredigt von Lisle anhören wollte.«

Malloy dachte einen Augenblick darüber nach. »Das passt zu allem, was wir über den Mörder wissen. Vielleicht wird er wütend auf alle Frauen, die sich ihm hingeben, weil er sie für unmoralisch hält und daher findet, dass sie den Tod verdient haben. Aber warum hat er Lisle ein zweites Mal nachgestellt? Er musste doch wissen, dass sie ihm nicht trauen würde.«

»Ach, du lieber Himmel!«, rief Sarah aus und schlug sich die Hände vor den Mund, so als könnte sie die Worte im Nachhinein für sich behalten, die möglicherweise Lisles Tod herbeigeführt hatten.

»Was ist denn?«, fragte er viel zu laut dafür, dass sie in einer Kirche waren.

»Ich … habe ich ihn etwa zu ihr geführt?«

»Wie meinen Sie das?«

»Ich … Er hat mich über die Verbrechen ausgefragt. Ich dachte, er sei nur neugierig!«, rief sie zu ihrer eigenen Verteidigung.

Malloy nickte. »Fahren Sie fort. Was haben Sie ihm erzählt?«

»Er hat mich gefragt … Nein, er hat es mir *vorgeschlagen!* Er war es, der die Theorie geäußert hat, dass Gerda niemandem den Namen ihres neuen Begleiters gesagt hatte, weil sie nicht wollte, dass die anderen erfuhren, wer es war – entweder, weil sie ihn ihr sonst vielleicht abspenstig gemacht hätten oder weil sie ihn einer von den anderen weggeschnappt hatte. Er *wusste,* dass es so gewesen war.«

»Vielleicht«, sagte Malloy zurückhaltend. »Was noch?«

»Er hat mich gefragt … Er wollte wissen, welche von Gerdas Freundinnen am ehesten einen Freier hatte, für den sich Gerda hätte interessieren können. Ich habe gesagt, Lisle. O Malloy, ich habe ihn direkt zu ihr geführt!«, jammerte sie.

»Das können wir nicht wissen«, sagte Malloy so gütig, dass es sie überraschte. Er versuchte, ihr schlechtes Gewissen zu beruhigen, aber es funktionierte nicht.

»O doch, das wissen wir! Ich habe sie umgebracht, so sicher, als hätte ich sie selbst erschlagen!« Tränen stiegen heiß wie Lava in ihren Augen auf und brannten und bissen und drängten darauf, vergossen zu werden.

»Seien Sie doch nicht albern! Er hätte es doch irgendwann selbst herausbekommen. Oder er hätte einfach jedes Mädchen umgebracht, das uns zu ihm hätte führen können. Möglicherweise haben Sie einigen von ihnen das Leben gerettet, indem sie ihm Lisles Namen genannt haben.«

Sie konnte es nicht ertragen, dass er sie in Schutz nahm, denn sie verdiente es nicht. Sie hatte Lisles Tod verschuldet, und sie würde dieses Wissen mit ins Grab nehmen. Wenn sie nicht den Verstand verlieren wollte, musste sie den Mörder hängen sehen.

»Was können wir denn jetzt tun?«, fragte sie. »Werden Sie ihn festnehmen und verhören?«

»Einen Mann in seiner Position wohl kaum«, sagte Malloy. »Wenn ich es täte und nicht beweisen könnte, dass er der Mörder ist, würde mich das meine Stelle kosten. Außerdem stünde es ihm frei, weiter zu morden, weil er ja wüsste, dass auch kein anderer Polizist es wagen würde, ihn noch einmal festzunehmen, aus Angst vor den Konsequenzen.«

»Dann brauchen wir Beweise«, sagte Sarah, und ihre Gedanken überschlugen sich, als sie eine Idee nach der anderen erwägte und wieder verwarf. »Vielleicht könnten ein paar von den anderen Freundinnen der Ermordeten ihn identifizieren?«

»Und dann? Wir wissen doch schon, dass er mit den Opfern bekannt war. Aber solange keine der Freundinnen ihn bei der Tat beobachtet hat, was nicht der Fall ist, bliebe er weiterhin auf freiem Fuß.«

Sarah spürte, wie die alte Ohnmacht in ihr aufstieg, das hilflose, machtlose Gefühl, das sie verspürt hatte, als ihr Mann Tom umgebracht worden war und man seinen Mörder nicht finden konnte. »Dann werde *ich* ihm ein Geständnis entlocken«, sagte sie.

Bei diesen Worten fuhr Malloy zurück. »Und wie wollen Sie das anstellen?«, fragte er voller Sarkasmus.

»Ich weiß es noch nicht, aber mir fällt schon etwas ein. Vielleicht fahre ich mit ihm noch einmal nach Coney Island. Dort hat er noch nie einen Mord begangen, also dürfte mir eigentlich keine Gefahr drohen.«

»Sind Sie verrückt geworden?« Die Frage klang ernst gemeint. Diesen Tonfall hatte sie noch nie bei ihm gehört. Er hörte sich beinahe panisch an.

»Ich versichere Ihnen, dass ich absolut bei Verstand bin. Sie haben ja schon gesagt, dass die übliche Methoden bei Dirk nicht funktionieren werden. Er ist zu reich und mächtig, als dass Sie ihn im Polizeiquartier einlochen und mit Gewalt zu einem Geständnis zwingen könnten. Er wird auch kaum aus freien Stücken zu Ihnen kommen, um sein Gewissen zu erleichtern. Damit bleibt uns keine andere Wahl, als ihn zu überlisten.«

»Mrs. Brandt, Sie sind keine Polizistin«, erinnerte er sie! und in seiner Stimme lag mehr als nur ein Hauch von Unwillen. »Einen Mann wie diesen überlistet man nicht.«

Sie sah ihn geringschätzig an. »Frauen meines Standes werden von Kindesbeinen an dazu erzogen, Männer wie Dirk Schyler zu überlisten, Mr. Malloy. Ich brauche nur ein bisschen Zeit, um mir zu überlegen, wie ich es am besten anstelle.«

Er sah sie an, als hätte er sie noch nie zuvor gesehen. »Und wie wollen Sie das machen?«

Er glaubte immer noch nicht, dass sie zu einem solchen Betrug fähig war. Offensichtlich wusste er immer noch viel zu wenig über die bessere Gesellschaft.

»Zuerst muss ich herausfinden, warum er diese schrecklichen Dinge tut.« Sie wartete einen Augenblick, während ihre Gedanken klarer wurden. »Es ist leider nicht sehr schwer, sich das vorzustellen. Dirk ist sein Leben lang Sklave gesellschaftlicher Konventionen gewesen. Solche Einschränkungen können die Menschen zu seltsamen Handlungen treiben. Mich haben sie zur Hebamme gemacht«, sagte sie achselzuckend. »Das ist wahrscheinlich der Grund, warum er seine Zeit lieber mit Arbeitermädchen verbringt. In ihrer Gesellschaft braucht er sich keine Gedanken über die Regeln zu machen, die zu befolgen man ihm beigebracht hat, und er brauchte erst recht keine sexuelle Zurückhaltung zu üben«, fuhr sie fort.

»Wenn es ihm nur darum ging, warum ist er dann nicht zu einer Prostituierten gegangen?«

Sarah dachte nach. »Wahrscheinlich hat er Hemmungen, oder es ist ihm zu unromantisch. Bei den Arbeitermädchen war das anders. Sie mochten ihn wirklich, oder zumindest taten sie so, und anstatt Geld zu nehmen, sind sie ihm gegen kleine Geschenke gern zu Willen gewesen. Ihnen haftete kein solcher Makel an. Das war es, was er wollte, doch dann konnte er es aus irgendeinem Grund nicht annehmen. Vielleicht hat er geglaubt, er müsste die Mädchen bestrafen, weil sie nicht den strengen Moralregeln folgten, die er gelernt hatte. Vielleicht glaubte er sogar, dass sie den Tod verdient hatten. Wenn ich ihn dazu bringen könnte, das zuzugeben …«

»Und wenn nicht? Was, wenn er beschließt, dass Sie zu viel wissen, und Sie auch umbringt?« Er war wütend oder entrüstet oder vielleicht auch einfach nur erschöpft. Sie war zu aufgeregt, um es herauszufinden, und außerdem spielte es auch gar keine Rolle.

»Er wird mich nicht umbringen, Malloy, weil Sie uns folgen werden und bereit stehen werden, um ihn festzunehmen, sobald er zugibt, was er getan hat.«

Es war völlig verrückt. Die ganze Idee war verrückt. Sarah Brandt war verrückt, weil sie sich das ausgedacht hatte, und Frank war verrückt, weil er sich darauf einließ.

Nicht, dass ihm eine andere Wahl blieb. Sie würde ihren Plan durchführen, egal, ob er ihr half oder nicht. Ein schlechtes Gewissen war etwas Schreckliches, und er wusste ja, dass sie sich für Lisles Tod verantwortlich fühlte. Vielleicht war sie auch tatsächlich mit daran schuld, aber deshalb hatte sie noch lange nicht die Todesstrafe verdient. Und wenn Dirk Schyler wirklich der Mörder war, dann lief sie Gefahr, genau diese Strafe zu erhalten.

Frank hatte alles wieder und wieder durchdacht. Er mochte Schyler nicht. Er mochte Männer dieser Klasse generell nur selten, wahrscheinlich weil sie ihn meistens wie irischen Pöbel behandelten. Schyler tat das noch offensichtlicher als die meisten anderen und forderte Franks Abneigung damit noch mehr heraus.

Und dann war da noch die Tatsache, dass er sich bei Sarah Brandt Freiheiten herausgenommen hatte. Bei einer Frau wie ihr war so etwas tabu. Frank hatte das schon vom ersten Augenblick an gewusst und war seitdem in seiner Meinung nur bestätigt worden. Bei der Vorstellung, dass Schyler sie bedrängt hatte, hätte er am liebsten selbst einen Mord begangen.

Frank wünschte sich, dass Schyler der Mörder war, damit er ihn ins Gefängnis stecken und zusehen konnte, wie er auf diesem modernen elektrischen Stuhl gegrillt wurde. Allerdings war er sich nicht sicher, ob er sich nicht in seinem beruflichen Urteilsvermögen von seinen persönlichen Gefühlen beeinflussen ließ. Übersah er auf seinem Feldzug zur Festnahme Schylers vielleicht einen wichtigen Hinweis? Verdammte er einen unschuldigen jungen Mann, nur weil er eine Landplage war?

Frank hatte jede Menge Zeit, sich darüber Gedanken zu machen, während er an der Straßenbahnhaltestelle von Coney Island auf und ab ging und darauf wartete, dass Sarah Brandt mit Schyler erschien. Sie hatten mehrere Überwachungsmöglichkeiten diskutiert und schnell davon abgesehen, das Paar von Anfang an durch Frank beobachten zu lassen. Dirk kannte ihn, und in der engen Straßenbahn wäre er kaum zu übersehen gewesen. Also hatte Frank seinem Kollegen Broughan die Aufgabe zugewiesen, ihre Hinfahrt zu überwachen. Er hoffte nur, das Broughan nüchtern genug war, um sie nicht aus den

Augen zu verlieren. Frank glaubte nicht, dass Schyler einen Grund hatte, Sarah Brandt jetzt schon umzubringen, aber er hatte ja auch für die anderen Morde keine verständlichen Gründe gehabt. Frank wollte kein Risiko eingehen.

Er kratzte geistesabwesend den falschen Bart, den er trug, damit Schyler ihn nicht sofort erkannte. Er bezweifelte allerdings, dass seine Maskierung irgendjemanden täuschen würde. Er musste einfach darauf achten, vom ihm nicht gesehen zu werden, und genau das hatte er auch vor. Wenn Sarah Brandt in der Menge nicht nach ihm suchte und Schyler damit verriet, dass ihnen jemand folgte, würde alles gut gehen.

Er schritt jetzt schon seit über einer Stunde auf und ab und beobachtete, wie die Bahnen ankamen und sich ihrer Passagiere entledigten. Gerade rollte wieder eine Bahn auf die Station zu, und Frank trat ins Innere des Gebäudes zurück, von wo er den Bahnsteig überblicken konnte, ohne selbst gesehen zu werden.

Noch bevor sie ausstieg, sah er sie. Er hatte sie schon oft mit diesem Hut gesehen, doch wahrscheinlich hätte er sie auch unabhängig von ihrer Garderobe erkannt. Sie war eine Frau, die sich von der Menge abhob. Es hatte etwas mit ihrer Haltung zu tun. Einer Frau wie ihr war er noch nie begegnet. Kathleen war ja schon mutig gewesen, aber nicht einmal sie wäre allein einem Mörder gefolgt. Und ab wann wurde Mut zur Narrheit? Frank wusste nur, dass er nicht der Richtige war, um das zu beurteilen.

Schyler sah aus wie ein Gentleman auf einem Ausflug. Er war so gekleidet, als wollte er mit seinen Freunden aus der besseren Gesellschaft zum Pferderennen gehen. Sarah Brandt sah genauso aus wie immer. War ihr Lächeln vielleicht ein wenig zu breit? Vielleicht ein bisschen angespannt? Würde Schyler es bemerken? Wenn er der Mörder war, würde ihm nichts entgehen.

Frank musste das Bedürfnis unterdrücken, auf den Bahnsteig zu rennen und ihn zur Rede zu stellen, und das verriet ihm mehr als genug über seine Gefühle für Mrs. Brandt. Normalerweise hatte er alle Geduld der Welt, wenn er darauf wartete, dass eine Falle zuschnappte. Normalerweise interessierte ihn allerdings auch das Schicksal des Köders nicht besonders. Das war heute ganz anders.

Und es war ein weiterer Grund, warum er hoffte, dass Schyler der Mörder war. Sobald sie den Mörder all dieser jungen Frauen eingesperrt hatten, brauchte Frank Sarah Brandt nicht mehr zu begegnen. Er konnte zu seiner einsamen Existenz zurückkehren, und alles würde wieder so sein wie zuvor.

Er wünschte nur, er könnte das glauben.

Die beiden stiegen aus der Straßenbahn aus. Schyler bot Sarah seinen Arm an, und Frank spürte, wie ihm heiß und kalt wurde. Doch sie tat so, als merkte sie es nicht und zeigte irgendwo hin, anstatt sich bei ihm unterzuhaken. Sie gingen auf den Park zu. Sah Schyler argwöhnisch aus? Hatte sie sich schon verraten? Frank fühlte sich von seinen Instinkten im Stich gelassen.

Frank wartete, bis sie außer Sichtweite waren, dann verließ er endlich die Station. In diesem Augenblick sah er Broughan aus der Bahn stolpern. Er war betrunken und gab sich keine Mühe, das zu verheimlichen. Frank hätte ihn am liebsten verprügelt. Was, wenn Mrs. Brandt Hilfe gebraucht hätte? Was, wenn sie etwas Falsches gefragt und Schyler in Rage versetzt hätte? Was hätte ihr ein Betrunkener dann genützt?

Um Sarah Brandt nicht in der Menge zu verlieren, begnügte er sich mit einem finsteren Blick zu seinem Kollegen, bevor er die Verfolgung aufnahm.

Sie hatten gerade ihren Eintritt bezahlt und den Park betreten. Frank wartete ab, bis er sah, welche Richtung sie einschlugen, dann tat er dasselbe. Das Lachen und die Freudenschreie der Menge schienen ihn zu verspotten, als er sich unter die Besucher mischte.

Sarah lächelte Dirk zu, obwohl ihr Gesicht sich steif anfühlte. Sie hatte nicht damit gerechnet, sich zu fürchten, und eigentlich hatte sie auch keine Angst. Dirk würde ihr hier nichts antun, nicht inmitten Hunderter von Leuten, und erst recht nicht mit Malloy in der Nähe. Aber sie war nervös. Ängstlich. Unfähig, sich zu entspannen. Ihre Aufgabe war so wichtig, und ein falsches Wort konnte alles ruinieren. Sie hätte auf Malloy hören sollen, als er ihr das Unterfangen ausreden wollte. Er hatte sich wirklich alle Mühe gegeben. Und wahrscheinlich hatte er Recht gehabt. Selbst *wenn* Dirk der Mörder war, war es kaum wahrscheinlich, dass er es Sarah gestehen würde, ganz gleich, wie geschickt sie sich anstellte.

»Wonach suchen wir denn heute?«, fragte Dirk liebenswürdig, während sie durch den Park schlenderten. »Hast du etwas Neues über diesen Kerl herausgefunden, der dieses Mädchen umgebracht hat … wie hieß sie noch? Gilda?«

»Gerda«, sagte Sarah und fragte sich, ob er es wirklich vergessen haben konnte. »Nein«, sagte sie. »Heute möchte ich nichts von Mördern und ihren Opfern hören. Ich möchte mich einfach nur amüsieren.«

»Dafür hast du dir aber ein seltsames Ausflugsziel ausgesucht«, sagte Dirk. »Wir hätten in ein Museum oder ins Theater gehen können, oder ich hätte dich zum Essen einladen können oder …«

»Hast du nicht manchmal genug davon, dich anständig zu benehmen, Dirk?«, fragte sie und hoffte, der rebellische Klang ihrer Worte wäre überzeugend. »Ich schon. Manchmal glaube ich, ich muss schreien, wenn ich noch ein einziges Dinner durchstehen muss.« Nicht, dass sie das oft tat, aber das wusste Dirk ja nicht.

Er zog eine Augenbraue hoch. »Die meisten Frauen,

die ich kenne, würden in Ohnmacht fallen, eine der Ihren so reden zu hören.«

»Die meisten Frauen, die du kennst?«, wiederholte sie skeptisch. »Das Mädchen, mit dem ich dich zuerst hier gesehen habe, aber wohl kaum.«

»Ah, *touché*«, sagte er. »Ich vergaß, du kennst ja meine schmutzigen Geheimnisse.«

»Ach ja?«, fragte sie.

»Nun, du weißt zumindest von meiner Vorliebe für Arbeitermädchen«, erwiderte er mit einem geheimnisvollen Grinsen.

»Gibt es etwa noch mehr davon? Was für schmutzige Geheimnisse könntest du denn noch haben?«

»Keine, die ich mit einer Dame teilen würde«, sagte er.

»Teilst du sie denn mit deinen Mädchen?«

Er runzelte die Stirn. »Sind wir deswegen hier? Damit du mir meine Ausrutscher vorwerfen kannst?«

»Dafür hältst du diese Mädchen also?« Sie wartete keine Antwort ab, da sie wusste, dass er es sowieso nicht zugeben würde. »Nein, ich bin nur neugierig. Wie hast du denn überhaupt entdeckt, dass du eine ... eine Vorliebe für Arbeitermädchen hast?«

»O Sarah, du kannst dich doch nicht allen Ernstes für meine Grillen interessieren«, protestierte er beklommen.

»Doch, es fasziniert mich. Tust du es, um deine Familie zu blamieren? Hast du vor, eines Tages eins dieser Mädchen mit nach Hause zu nehmen und es deiner Familie als die zukünftige Mrs. Schyler zu präsentieren?«

»Mach dich doch nicht lächerlich.« Die bloße Vorstellung schien ihn schon zu schockieren.

»Aber du versuchst doch gegen irgendetwas zu rebellieren, oder? Warum gibst du dich sonst mit solchen Mädchen ab?«

Er fühlte sich sichtlich unwohl bei diesem Gesprächsthema – umso besser. »Darüber habe ich noch nie nachgedacht«, sagte er.

»Nun, dann denk eben jetzt darüber nach«, sagte sie unnachgiebig. »Anfangs habe ich gedacht, es läge einfach nur daran, dass du … Na ja, ich bin verheiratet gewesen, und ich weiß, dass ein Mann seine Bedürfnisse hat. Ich dachte, du würdest diese Mädchen nur benutzen, um diese Bedürfnisse zu befriedigen. Aber dann wurde mir klar, dass ein Mann mit deinen Mitteln sich doch zu diesem Zweck eine Mätresse halten könnte, wenn es ihm nur darum ging. Ein solches Arrangement wäre doch bestimmt ungefährlicher. Du bräuchtest dir keine Sorgen um Krankheiten zu machen, und sie könnte dich auch nicht abweisen. Es erliegen doch wohl nicht *alle* Mädchen deinen Verführungskünsten, Dirk.«

»Sarah, du schockierst mich«, sagte er, und seine Stimme klag heiser und ungläubig.

»Ach ja? Ich schockiere öfter Leute mit meinen Einstellungen. Das kommt wahrscheinlich davon, wenn man allein lebt und sich seinen Lebensunterhalt selbst verdient. Man verliert den Sinn für das, was sich gehört. Aber ich hatte geglaubt, ich hätte in dir einen Seelenverwandten gefunden. Ich dachte, du wärst ein Mann, der weiß, wie es ist, wenn man die Regeln der Gesellschaft bricht. Erzähl mir wenigstens, wie du gemerkt hast, dass dir danach war, diesen Mädchen nachzustellen.«

»Denkst du etwa daran, dir ein Beispiel an mir zu nehmen?«, fragte er, wohl, um sie in die Defensive zu drängen.

»Vielleicht«, gab sie mit einem kleinen Lächeln zu.

Zögernd erwiderte er das Lächeln. »Man hat mich dazu gedrängt«, sagte er. »Zumindest anfangs. Meine Freunde hatten eines Abends Langeweile, und einer von ihnen hat gesagt, er wüsste, wo wir ein paar attraktive … äh … Dirnen kennen lernen könnten. Er hat uns zu einem dieser Tanzsäle gebracht. Wir haben den Türsteher gebeten, uns jemandem vorzustellen, aber er hat darauf beharrt, dass er die anständigen Mädchen nicht von den anderen unterscheiden könnte, und wir waren auf uns selbst gestellt.«

»Und konntet ihr sie unterscheiden?«

»Nicht im Mindesten«, versicherte Dirk, der jetzt langsam auftaute. »Sie haben alle gleich ausgesehen. Und sie schienen sich alle sehr über die Avancen solch gut gekleideter Herren zu freuen. Wir haben ihnen etwas zu trinken spendiert und mit ihnen getanzt. Sie haben sich schockierend aufgeführt, waren aber beleidigt, als wir ihnen Geld für ihre Gefälligkeiten angeboten haben. Meine Freunde haben schnell das Interesse verloren, als sie merkten, dass sie in Bezug auf die Frauen, die zu solchen Tanzabenden gehen, getäuscht worden waren, aber ich war fasziniert.«

»Du liebst Herausforderungen«, vermutete sie.

Er zuckte mit den Achseln. »Welcher Mann tut das nicht?«

Sie zumindest kannte einige Männer, die es nicht taten. »Also hast du dich dieser Herausforderung gestellt.«

»Ich bin an einem anderen Abend allein zurückgekehrt. Diesmal habe ich eine junge Frau getroffen, die nicht ganz so schüchtern war.« Er grinste, ein Grinsen, bei dem Sarah das Blut in den Adern gefror, doch sie überwand sich ebenfalls zu einem Lächeln.

»Deine erste Eroberung?«, fragte sie, um ihn zum Angeben zu verführen.

»Ah, so etwas verrät ein Gentleman nicht«, erwiderte er.

»Verführt ein Gentleman Arbeitermädchen?«, konterte sie.

Er spielte den Beleidigten. »Sarah, du brichst mir das Herz.«

»Das würde ja voraussetzen, dass du eins hast, Dirk.«

»Wie grausam du bist. Ich bin mir sicher, dass deine Manieren besser waren, als du noch im Haus deines Vaters gewohnt hast.«

»Nein«, sagte sie. »Ich hatte nur seltener die Gelegenheit, es zu beweisen.«

Vor Überraschung lachte er bellend auf. Es war kein schönes Geräusch. »Soll das etwa ein Streit werden?«, fragte er.

»Bist du wütend?«

»Noch nicht, aber ich kann für nichts garantieren, wenn du mich weiter beleidigst.«

»Ich kann auch keiner Herausforderung widerstehen«, bekannte sie. »Was, wenn ich dir sagen würde, dass sämtliche Mädchen vor ihrer Ermordung tanzen waren? Und sie hatten noch etwas sehr Wichtiges gemeinsam.«

»Und was war das?«

»Sie waren alle mit einem Mann namens Will bekannt.«

Dirk zuckte mit keiner Wimper. »Das hast du mir schon einmal gesagt, und ich glaube, ich habe dich bereits darauf hingewiesen, dass es ein ziemlich häufiger Name ist.«

»Sie waren alle mit *demselben* Will bekannt. Einem Mann, der ihnen allen ein Geschenk gekauft hat, bevor sie ermordet wurden.«

Er sah sie mitleidig an. »Ich gebe ja zu, dass ich nicht so viel über Morde und Mörder weiß wie dein Freund, der Polizist, aber ist es üblich, dass Mörder ihre Opfer beschenken, bevor sie sie umbringen?«

Natürlich klang das seltsam, aber alles an dieser Situation war ungewöhnlich. »Wir glauben, dass dieser Will die Mädchen verführt hat, und wenn sie sich ihm hingegeben haben, ist er wütend geworden und dann hat er sie erschlagen.«

»Meine liebe Sarah, das ist doch lächerlich. Wer glaubt denn, dass ein Mann in Rage gerät und eine Frau umbringt, *weil* sie sich ihm hingegeben hat? Ist es nicht normalerweise genau umgekehrt?«

»Ja, das stimmt, deshalb ist dieser Fall ja auch so schwierig zu lösen. Aber wir sind gerade auf einen Hinweis gestoßen, der alles zusammenfügt.«

»Einen Hinweis?« Jetzt war er wieder ganz Ohr. »Was denn für einen Hinweis?«

»Wir haben eine Fotografie von diesem Will, Dirk. Es wird dich, glaube ich, nicht überraschen, dass es ein Bild von dir ist.«

Sie beobachtete das Wechselspiel der Gefühle in seinem Gesicht. Zuerst zeigte er sich überrascht und verwirrt, um schließlich belustigt auszurufen: »Du glaubst, dass ich diese Mädchen umgebracht habe?«

Sie wollte es nicht zugeben. Sie wollte so gern Unrecht haben.

»Du hast sie alle gekannt«, sagte sie.

»Das sagst du. Ich weiß ja gar nicht, welche Mädchen ermordet worden sind, daher kann ich es auch nicht leugnen. Aber ich kenne Dutzende solcher Mädchen, Sarah, so sehr es mich beschämt, das zuzugeben. Sie sind doch sicher nicht alle ermordet worden. Nicht einmal ein *Zehntel* von ihnen, sonst würden die Zeitungen Zeter und Mordio über das Gemetzel schreien.«

»Wir wissen nicht, warum gerade diese Opfer ausgewählt worden sind«, sagte Sarah.

»Und wer sind *wir?* Du und dieser Ire? Sarah, weißt du denn gar nichts über die Polizei? Das sind doch selbst alles nur Verbrecher in Uniform. Dieser Detective – wie heißt er noch?«

»Malloy.«

»Malloy«, wiederholte er und zog ein Gesicht, als hätte das Wort einen üblen Nachgeschmack. »Ich habe dir doch schon gesagt, warum er sich so sehr für diesen Fall interessiert. Es interessiert ihn nicht, wer diese Mädchen umgebracht hat. Er tut nur so, um dich zu beeindrucken. Jeder Dummkopf kann sehen, dass er es auf dich abgesehen hat, Sarah. Er muss dich ja für einen tollen Fang halten, wenn er so viel Zeit mit der Jagd nach einem Mörder verbringt, dessen Opfer kaum besser als Prostituierte sind. Warum sollte es ihn kümmern, wie viele davon sterben? Es wäre besser um die Welt bestellt, wenn es weniger solcher Kreaturen gäbe.«

»Dirk!«, rief sie, entsetzt über seine Einstellung, obwohl sie wusste, dass er damit alles andere als allein war. Außerdem hätte sie ihn korrigieren können, was Malloys Interesse an ihr betraf, aber sie glaubte nicht, dass es die Mühe lohnte.

»Tu jetzt nur nicht beleidigt, Sarah. Du hast mich des Mordes bezichtigt. Da habe ich wohl das Recht, meinerseits beleidigend zu werden.«

»Kannst du mir erklären, warum du sämtliche Toten gekannt hast?«, fragte sie.

»Ich habe dir doch gesagt, dass ich Dutzende von solchen Mädchen kenne, tote und lebendige. Ich habe sie beschenkt und ihre Gefälligkeiten genossen. Gib mir wenigstens Gelegenheit, mich zu verteidigen. Wahrscheinlich habe ich ja ein Alibi für die Tatzeiten. Wann sind diese Mädchen umgebracht worden? Ich werde in meinen Kalender sehen und dir Bericht erstatten.« Er schien wirklich getroffen zu sein.

Sarah kam sich allmählich wie eine Närrin vor. Obwohl sie gern gesehen hätte, dass er unschuldig war, hatte sie nicht ernsthaft daran geglaubt. »Dirk, das ist doch wirklich nicht nötig.«

»Aber natürlich ist es das. Ich sehe doch, dass ich mich vor dir rechtfertigen muss, damit nicht für den Rest meines Lebens der Schatten des Verdachtes über mir hängt. Nun sag schon. Was ist mit dieser Gretel, mit der du bekannt warst? Ihr Todesdatum muss dir doch ins Gedächtnis gegraben sein.«

Sarah hätte es am liebsten geleugnet, aber sie kannte das Datum. »Ihr Name war Gerda. Sie ist am Abend des sechsten Juli umgekommen.«

Er starrte sie einen Augenblick an, dann breitete sich ein Lächeln langsam über sein Gesicht. »Ich wusste es doch. Ich dachte, ich müsste nach Hause gehen und nachsehen, aber dieses Datum werde ich nie vergessen. Timothy Vandervort. Er hat vor ein paar Wochen geheiratet. Ich war sein Trauzeuge. An diesem Abend war sein Junggesellenabschied. Wir waren ungefähr zwanzig. Wir hatten eine Suite im Plaza Hotel, und mehrere junge Damen haben uns … äh … unterhalten. Die Männer stammen alle aus den besten Familien New Yorks, und jeder von ihnen wird bezeugen, dass ich die ganze Nacht mit ihnen zusammen gewesen bin. Du siehst also, dass ich deine arme, kleine Gerda unmöglich umgebracht haben kann.«

Malloy würde natürlich diskrete Nachforschungen anstellen, doch sie hegte keinen Zweifel. Dirk würde keine Lüge erfinden, die so einfach zu überprüfen war. Er war nicht der Mörder.

»Was ist denn, Sarah? Du siehst enttäuscht aus.«

»Nein, ich … ich bin einfach nur erleichtert«, sagte sie und begriff, dass es stimmte. Sie war so erleichtert, dass ihr schwindelig wurde.

»Komm, wir suchen uns eine Bank«, sagte Dirk. Er ergriff ihren Arm und führte sie zu einer Bank, auf der zwei alte Männer saßen und die Tauben mit Brotkrümeln fütterten. »Entschuldigung«, sagte er zu ihnen. »Der Dame geht es nicht gut. Würde es Ihnen etwas ausmachen …?«

Die Männer sprangen auf und eilten davon, sodass Sarah sich hinsetzen konnte, bevor ihre Knie ihr vollständig den Dienst versagten. Sie kam sich wie ein kompletter Dummkopf vor.

»Möchtest du etwas trinken?«, fragte er besorgt.

Jetzt bekam sie ein schlechtes Gewissen. Der Mann, den sie gerade des Mordes an einem halben Dutzend junger Frauen bezichtigt hatte, sorgte sich um ihr

Wohlergehen. »O nein, es geht schon. Ich musste nur ... O Dirk, es tut mir so Leid. Wie konnte ich nur glauben ...?«

»Ich weiß es nicht«, erwiderte er und machte ein verletztes Gesicht. »Wie denn?«

»Alles schien darauf hinzudeuten ... Und dann ist Lisle ermordet worden, gleich nachdem ich mit dir über sie gesprochen hatte.«

»Lisle?«

»Sie war es, von der ich dir erzählt habe, dass sie wohl am ehesten einen Freier haben könnte, der Gerda interessieren könnte. Gleich danach ist sie ermordet worden.«

»Guter Gott, wie furchtbar.«

»Und Malloy hat eine Fotografie von dir und Lisle gefunden, die hier im Park aufgenommen worden ist. Sie hatte den Namen Will auf die Rückseite geschrieben.«

»Also war es Malloy, der dir eingeredet hat, dass ich ein Mörder bin«, sagte er, als sei damit alles klar.

Hatte Malloy das wirklich getan? Sarah konnte sich nicht mehr richtig erinnern. Sie glaubte, es sei ihre eigene Schlussfolgerung gewesen, aber jetzt war sie sich nicht mehr sicher. Und Malloy hasste Dirk, so viel stand fest. Er hätte es gern gesehen, wenn Dirk der Mörder war. Hatte er sich von seinen Vorurteilen leiten lassen? Hatte sie dasselbe getan? Sie wusste es nicht. Sie wusste nur, dass Dirk nicht des Mordes schuldig war.

»Hast du mich deswegen hierher gebracht, um mich zu einem Geständnis zu bewegen?«, fragte er. Er machte erneut einen belustigten Eindruck.

»Es hört sich albern an, wenn man es so sagt, nicht wahr? Selbst *wenn* du der Mörder wärst, wäre das ja wohl kaum wahrscheinlich. Es tut mir furchtbar Leid, Dirk. Wirst du mir je verzeihen können?«

»Das weiß ich nicht«, sagte er erstaunlich freundlich.

»Aber ich werde dir gestatten, ein wenig vor mir zu Kreuze zu kriechen, um dich wieder bei mir beliebt zu machen, bevor ich eine Entscheidung treffe.«

»Du bist wirklich großzügig«, bekannte sie.

Er schüttelte verwundert den Kopf und dachte nach. »Ich kann es gar nicht fassen, dass du allein mit mir hierher gekommen bist, wenn du wirklich in dem Glauben warst, dass ich diese Mädchen umgebracht habe.«

Sarah verspürte das Bedürfnis, sich nach Malloy umzusehen, doch sie unterdrückte es. Sie wollte Malloy nicht nervös machen, und außerdem brauchte Dirk ja nicht das ganze Ausmaß ihrer Narrheit zu kennen. Es reichte, dass sie die Blamierte war. Es hatte keinen Zweck, Malloy auch noch bloßzustellen.

»Wir sind ja wohl nicht gerade allein, Dirk«, sagte sie mit einem bedeutsamen Blick auf die vielen Passanten. »Die Morde wurden alle mitten in der Nacht in der Stadt begangen.«

»Und Malloy hat diesem idiotischen Plan zugestimmt?«, fragte er ungläubig.

»Ich ... ich habe ihm nichts davon erzählt«, log sie. Warum sollte sie Malloy genauso dumm erscheinen lassen wie sich selbst?

»O Sarah, und ich dachte, du wärst so vernünftig. Wenn ich daran denke, was hätte geschehen können, wenn du den richtigen Mörder auf diese Weise konfrontiert hättest ...«

»Ich weiß.« Sie holte tief Luft und atmete in einem langen Seufzer aus. »Ich bin wohl doch nicht aus dem richtigen Holz für einen Schnüffler geschnitzt. Ich sollte diese Dinge der Polizei überlassen.«

Dirk machte ein höhnisches Geräusch, das sie daran erinnerte, wie untätig die Polizei meistens war. Sie ignorierte ihn und beschloss, stattdessen ihre widerwärtigen Verdächtigungen wiedergutzumachen.

»Du möchtest jetzt wohl in die Stadt zurückfahren?«

»Warum denn?« Ihre Annahme schien ihn tatsächlich zu überraschen.

»Weil ich mir nicht vorstellen kann, dass du noch mehr Zeit mit mir verbringen möchtest, nachdem ich dich so behandelt habe.«

Er schüttelte erneut den Kopf. »Sarah, vielleicht fällt es dir schwer, das zu glauben, aber eigentlich fühle ich mich fast geschmeichelt.«

»*Geschmeichelt?*« Sie traute ihren Ohren kaum.

»Weißt du, ich glaube, das ist das Interessanteste, was mir je passiert ist. Ich werde in meinem Herrenclub eine fantastische Geschichte darüber erzählen können, wie man mich des Mordes verdächtigt hat. Das ist zu köstlich.«

Sarah konnte sich kaum vorstellen, dass jemand vor seinen Freunden mit so etwas angeben würde, aber Dirk schien geradezu entzückt zu sein.

»Und wir werden ganz bestimmt nicht in die Stadt zurückfahren, zumindest jetzt noch nicht«, fuhr er fort, und sein Gesicht leuchtete vor Aufregung. »Zuerst werden wir uns hier amüsieren, köstlich zu Abend essen und dann unter den Sternen tanzen. Ich möchte, dass dies ein unvergesslicher Tag wird.«

Sarah hätte ihn zwar am liebsten gleich vergessen, aber sie konnte ja nicht unhöflich sein, erst recht nicht, nachdem sie Dirk so behandelt hatte. Wenn er den Tag hier verbringen wollte, würde sie ihr Bestes tun, damit er sich amüsierte. Bei dem Gedanken, dass Malloy den ganzen Tag um sie herum tapsen würde, regte sich ihr schlechtes Gewissen, aber vielleicht konnte sie sich ja irgendwann davonstehlen und ihm sagen, was passiert war, sodass er heimgehen konnte.

Sie setzte ein Lächeln auf und sagte: »Was möchtest du gern zuerst tun?«

»Lass uns Riesenrad fahren.«

Sarah mochte das Riesenrad besonders gern und

stimmte bereitwillig zu. Die Warteschlange war zwar lang, doch sie verkürzte sich rasch, da das Rad groß war und viele Gondeln hatte. Dirk war jetzt fast unnatürlich gut gelaunt. Sie versuchte, dieselbe Begeisterung aufzubringen, doch ihr Herz war nicht bei der Sache. Er war ihr letztlich doch unsympathisch. Selbst wenn er kein Mörder war, hatte er doch eine ganze Reihe junger Frauen schamlos ausgenutzt, um seine Lust zu befriedigen, und sie konnte diesen Fehler nicht einfach ignorieren. Sie würde dafür sorgen, dass sie ihn nie wiedersah, wenn dieser Tag vorüber war.

Als sie an der Spitze der Warteschlange ankamen, trat Dirk an die Seite des Riesenradbetreibers, mit dem er sich leise unterhielt und ihm etwas in die Hemdtasche steckte.

»Was hast du zu ihm gesagt?«, fragte sie, als er zurückkam.

»Ich habe ihn gebeten, uns besonders lange fahren zu lassen. Und dafür zu sorgen, dass wir ganz oben anhalten. Die Aussicht ist atemberaubend.« Er bat mit einem Lächeln um ihre Zustimmung, die sie ihm gern erteilte. Sie konnte ihm doch nicht vorwerfen, dass er bemüht war, ihr den Tag so schön wie möglich zu machen, oder?

Endlich waren sie an der Reihe. Dirk half ihr in die Gondel und setzte sich neben sie. Ein Helfer verschloss die Tür und trat dann zurück, als ihre Gondel ein Stück weiter schwang, damit die alten Fahrgäste die nächste Gondel verlassen und neue einsteigen konnten.

Bald waren sie auf halber Höhe und hielten gerade wieder für einen Augenblick, weil eine andere Gondel die Passagiere wechselte, als Dirk anfing, mit der Gondel hin und her zu schaukeln.

»Was machst du denn da?«, rief sie alarmiert und hielt sich an der Tür fest.

»Hast du Angst, Sarah?«, fragte er lachend. »Keine

Sorge, die Gondel kann sich nicht überschlagen.« Er machte einen Ruck nach vorn und beugte sich über die Tür, sodass die Gondel sich so weit neigte, dass Sarah sie beide schon zu Tode stürzen sah.

»Dirk, hör auf damit!«, rief sie. Sie spreizte die Füße und griff mit einer Hand nach der Rückenlehne, während sie sich mit der anderen immer noch an die Tür klammerte.

Das Rad setzte sich erneut ruckartig in Bewegung und beförderte sie noch ein Stück höher. Als es bremste, schwankte die Gondel, und Dirk brachte sie erneut gefährlich ins Schaukeln.

Sarah sah seinen Gesichtsausdruck und verstand. Er machte ihr absichtlich Angst, um sie für ihre Verdächtigungen zu bestrafen. »Das ist doch kindisch, Dirk. Ich habe dir doch gesagt, dass es mir Leid tut.«

»Das ist erst der Anfang, Sarah«, versicherte er ihr. »Weißt du, du hattest gar nicht so Unrecht, als du mich des Mordes verdächtigt hast.«

»Was?«

»Du hast richtig verstanden. Ich *bin* ein Mörder, Sarah.« Er lächelte, und die Kälte in seinen Augen ging ihr durch Mark und Bein.

»Was meinst du damit?« Sie war froh zu hören, dass ihre Stimme fast normal klang.

»Was ich gesagt habe. Das erste Mal war ein Unfall. Ich wollte das elende, kleine Weibsbild nicht umbringen. Sie ist nur so eine Hure gewesen. Du würdest es nicht glauben, wie billig sie sich verkaufen, Sarah. Eine Glasperlenkette oder ein Paar Handschuhe, und schon heben sie an der nächsten Straßenecke ihre Röcke.«

Das Rad ruckte erneut an, und sie stiegen noch ein Stück höher.

Immerhin hatte Dirk vergessen, mit der Gondel zu schaukeln. Er war zu sehr von seiner eigenen Geschichte in den Bann gezogen.

»Sie sind widerlich, Sarah. Sie wimmern und stöhnen und tun so, als genössen sie es, wenn man sie in einer Drecksgasse an eine Wand drückt. Ich habe sie schon gehasst, während ich sie noch benutzte. Ich habe sie verachtet. Der Drang, sie zu bestrafen, ist mit jedem Mal stärker und stärker geworden, bis ich es nicht mehr ertragen konnte. Ich war gerade mit ihr fertig, und sie machte ein entrücktes Gesicht und tat so, als wäre es wunderschön gewesen, obwohl es doch billig und schmutzig und ekelhaft war, also habe ich sie geohrfeigt. Beim ersten Mal habe ich die flache Hand benutzt. Ein Gentleman schlägt eine Frau nicht mit der Faust. Du hättest ihr Gesicht sehen sollen. Sie war so überrascht, dass ich noch einmal zugeschlagen habe. Sie ist weggelaufen, aber das Triumphgefühl werde ich nie vergessen.«

Sarah konnte ihn nur anstarren. Sie schien vor Schreck gelähmt zu sein. Er schilderte es genauso, wie Malloy und sie es sich ausgemalt hatten. Doch sie empfand keine Genugtuung. Wie sollte sie darauf stolz sein, so etwas Furchtbares richtig erraten zu haben?

»Danach habe ich sie alle geschlagen und ihnen mit jedem Mal mehr weh getan. Ich habe versucht, das Machtgefühl des ersten Mals zu wiederholen, aber es ist jedes Mal schwieriger geworden. Ich musste sie immer fester und öfter schlagen. Ich musste sie schlagen, bis sie um Gnade gewinselt haben, und schließlich habe ich auf eine von ihnen eingeschlagen, bis sie nicht mehr winseln konnte. Ich wusste damals noch nicht, dass sie tot war. Ich dachte, sie wäre nur ohnmächtig. Ein paar Tage später habe ich dann in der Zeitung von ihr gelesen. Man hatte ihre Leiche gefunden.«

»Dirk, wenn du nur versuchst, mir Angst zu machen …«

»Ich versuche es doch nicht nur, oder?«, fragte er

selbstsicher. »Es ist nett, dich einmal in der Klemme zu sehen, Sarah. Ich wusste doch, dass ich dich bei der richtigen Gelegenheit so weit bringen könnte.«

Sie hatte versucht, sich einzureden, dass er das alles nur erfand, um ihr einen Schrecken einzujagen. Wie konnte man so beiläufig von solchen Grausamkeiten erzählen? Doch jetzt begriff sie. Er hatte diese Morde tatsächlich begangen, und aus irgendeinem Grund wollte er, dass sie es wusste. »Und nach diesem ersten Mal«, vermutete sie, »hast du es mit Absicht getan?«

»Natürlich habe ich das. Hätte ich mich etwa mit weniger abspeisen lassen sollen? Von da an gab es kein Zurück mehr, Sarah, und nichts anderes konnte mich zufrieden stellen. Ich kann dir nicht beschreiben, welches Vergnügen es mir bereitet hat, ihre Haut und ihre Knochen unter meinen Fäusten zerplatzen zu spüren. Es gibt nichts, was dem gleich käme.«

Aus seinen Augen strahlte ein seltsames Licht, als sei er nicht von dieser Welt.

Sie wich vor ihm zurück, so weit die Gondel es zuließ, und versuchte Argumente gegen die Wahrheit zu finden.

»Aber du hast mir doch von Tim Vandervort und seiner Feier erzählt!«, erinnerte sie sich. »Du kannst Gerda unmöglich umgebracht haben.«

»Verstehst du denn nicht?«, fragte er höhnisch. »Darin liegt doch die Ironie. Anfangs hast du nach dem Mann gesucht, der diese Gerda umgebracht hat, und bist dabei auf die anderen Toten gestoßen. Ich habe die anderen Mädchen umgebracht, aber nicht Gerda. Vielleicht hätte ich es auch getan. Ich habe sogar darüber nachgedacht. Sie wäre wahrscheinlich die Nächste gewesen, aber mir ist jemand zuvorgekommen.«

Die Gondel ruckte erneut an, und sie stiegen immer höher in den Sommerhimmel.

»Und was ist mit Lisle? Sie kannst du auch nicht umgebracht haben.« Immerhin blieb ihrem Gewissen diese Qual erspart.

»O doch, das konnte ich. Und das habe ich auch. Ich musste es tun, verstehst du? Bei ihr hatte ich versagt. Das ist manchmal vorgekommen. Normalerweise konnte ich beurteilen, welche Mädchen sich wehren würden, aber Lisle hat mich überrascht. Sie sah so zerbrechlich aus, dass ich nie damit gerechnet hätte ...«

»Aber warum hast du sie im Nachhinein umgebracht, wenn du doch nicht Gerdas Mörder bist?«, rief Sarah angsterstickt.

»Weil ihr vielleicht wieder eingefallen wäre, was zwischen uns geschehen ist, und sie es vielleicht mit den anderen Morden in Verbindung gebracht hätte. Für den Mord an Gerda hatte ich ein Alibi, aber nicht für die anderen. Wenn dein Detective mich im Verdacht gehabt hätte, hätte ich ein paar schwierige Fragen beantworten müssen. Normalerweise würde ich bei der Polizei zwar mit einem anständigen Bestechungsgeld davonkommen, aber ich glaube nicht, dass ich Malloy etwas bieten könnte, was ihn zufrieden stellt. Sein Verlangen nach dir macht ihn sehr gefährlich.«

»Dirk, du hättest mir das alles nicht erzählen dürfen.«

»Warum denn nicht, Sarah?«, fragte er, als wüsste er es wirklich nicht.

»Weil mir nichts anderes übrigbleibt, als es Detective Sergeant Malloy zu erzählen. Das musst du doch wissen. Ich kann doch nicht zulassen, dass du noch jemanden umbringst.«

Er wartete, bis das Rad sich wieder in Bewegung setzte und ihre Gondel ganz oben anhielt. »Keine Sorge, Sarah. Du brauchst Mr. Malloy kein Wort zu erzählen, weil du einen furchtbaren Unfall haben wirst und gar nicht in der Lage sein wirst, jemals wieder den Mund aufzutun.«

13

Sarah blickte von ihrem Aussichtspunkt an der höchsten Stelle des Riesenrades nach unten. Der Ausblick war in der Tat atemberaubend. Sie schien nicht mehr in der Lage zu sein zu atmen. Irgendwo dort unten würde Malloy sie beobachten, doch selbst, wenn sie ihm irgendwie ein Zeichen geben konnte, konnte er ihr nicht helfen. Sie musste sich selbst retten.

»Dirk«, sagte sie, erstaunt, dass sie überhaupt sprechen konnte. »Du brauchst mir nichts anzutun. Du weißt doch sicher, dass man reiche Leute wie dich nicht ins Gefängnis steckt. Dein Vater wird die besten Anwälte für dich anheuern. Kein Geschworener wird glauben, dass ein Mann wie du des Mordes fähig wäre.« Die Worte blieben ihr fast im Hals stecken, doch leider wusste sie auch, dass sie nur allzu leicht wahr werden konnten.

»Aber ich müsste damit aufhören, Frauen umzubringen, Sarah«, erörterte er so ruhig und sachlich, dass ihr das Blut in den Adern gefror. »Und ich würde zum gesellschaftlichen Außenseiter. Niemand würde mich mehr besuchen. Was für ein Leben würde ich dann führen?«

»Was für ein Leben wirst du führen, wenn du mich vor den Augen von Tausenden von Menschen umbringst?«, führte sie an.

»Ich werde dich nicht umbringen, Sarah«, sagte er und versetzte der Tür, an die sie sich immer noch klammerte, einen scharfen Ruck, und der Riegel, mit dem sie verschlossen war, öffnete sich. »Wie schon gesagt, du wirst einen tragischen Unfall haben.«

»Nein!«, rief sie und rang mit ihm um die Kontrolle über die Tür. Doch bevor sie ihn aufhalten konnte, hatte er sie so weit aufgestoßen, dass sie sie nicht mehr fassen konnte, und dann saßen sie da, dreißig Meter über dem

Park, und zwischen ihnen und dem Boden war nichts als Luft.

»Du bist furchtbar verstört, Sarah«, sagte er ihr, und sein Tonfall war so ungerührt, als unterhielte er sich über das Wetter. »Du willst um jeden Preis wieder heiraten, aber ich sage dir, dass du aufhören musst, mir nachzustellen. Ich habe kein Interesse an dir, und du machst dich zur Närrin. Ich habe nicht die Absicht, dich zu heiraten, und als du das hörst, stürzt du dich vom Riesenrad.«

Er packte sie bei den Armen. Er war kräftig, viel stärker als sie, doch sie hielt sich krampfhaft an den Wänden der Gondel fest, als er versuchte, sie loszureißen.

»Damit wirst du niemals durchkommen, Dirk! Malloy steht dort unten. Er sieht alles mit an. Er wird wissen, was geschehen ist.«

»Du lügst«, wies er sie zurecht. »Er weiß doch gar nicht, dass wir hier sind.«

»Doch, er weiß es. Er folgt uns schon, seit wir hier angekommen sind. Und in der Straßenbahn war auch ein Polizist. Wir werden schon die ganze Zeit beobachtet.«

»Aber hier ist jetzt niemand, Sarah.«

Er riss eine ihrer Hände los und zog sie am Arm von der Sitzbank hoch, aber sie hatte die Füße gespreizt, und er bekam sie nicht von der Stelle.

»Tu das nicht, Dirk!«, flehte sie ihn an, als er seinen Arm unter ihre Knie schob. Er würde sie hochheben. Wenn er das tat, hatte sie keine Chance mehr. Er brauchte sie dann nur noch hinauszuwerfen, und sie wäre verloren.

Als er ihre Beine hochhob und ihre Füße sich vom Boden der Gondel lösten, trat sie nach ihm, und ihre Schuhspitze traf ihn an der Schläfe. Er schwankte fluchend rückwärts und ließ ihre Beine wieder sinken. Sein Blick war wild wie der eines in die Enge getriebenen Tieres, das bereit ist, um sein Leben zu kämpfen. Wahrscheinlich sahen ihre Augen genauso aus, als sie jetzt in der vergeblichen Hoffnung, Malloy könnte vielleicht etwas tun, laut nach ihm schrie.

Dirk sah sie höhnisch an. »Es ist vorbei, Sarah«, sagte er und holte mit der Faust aus.

Dann schien alles in Zeitlupentempo vor sich zu gehen. Sie sah Dirks Faust auf sich zukommen und wusste, dass sie keine Chance mehr haben würde, wenn er sie traf. Der Schlag würde sie betäuben, und sie würde sich nicht mehr wehren können, wenn er sie aus der Gondel warf. Instinktiv duckte sie sich in letzter Sekunde, bevor seine Faust ihre Wange treffen konnte. Im selben Augenblick schwankte die ganze Welt, und sie wurde beinahe aus der Gondel befördert. Hätte sie sich nicht mit aller Kraft festgeklammert, hätte sie gut zu Boden stürzen können.

Dirk schrie entsetzt auf, und der Schwung, mit dem er ausgeholt hatte, trug ihn aus der Gondel in die Tiefe. Sarah versuchte reflexartig, ihn festzuhalten, doch ihre Hände griffen ins Leere, und fast wäre sie selbst gestürzt, als die Gondel den Gewichtsverlust durch heftiges Schlingern ausglich. Erst jetzt bemerkte sie, dass das Riesenrad sich bewegte. Der Ruck, mit dem es sich im selben Augenblick in Bewegung gesetzt hatte, als Dirk zu seinem Fausthieb ansetzte, hatte ihn aus dem Gleichgewicht gebracht, sodass er aus der Gondel stürzte.

Sie hörte den dumpfen Aufprall seines Körpers, als er neben dem Rad auf den Boden aufschlug, und den entsetzten Aufschrei der Menge. Sarah klammerte sich verzweifelt an die Wand der Gondel, als das Riesenrad erneut abrupt anhielt und ihre Gondel wild zu schwanken begann. Doch jetzt brüllte jemand am Boden Befehle. Selbst von hier oben erkannte sie die Stimme, und Sekunden später setzte sich das Rad erneut in Bewegung. Nach anfänglichem heftigem Rucken nahm es dann endlich seine normale, fließende Fahrt auf und bremste erst wieder, als Sarahs Gondel unten auf der Einstiegsplattform hielt.

Malloy war da. Unter seinem lächerlichen Bart hätte sie ihn zunächst beinahe nicht erkannt, doch sie hörte seine Stimme und gehorchte, als er ihr sagte, sie solle loslassen; sie sei jetzt in Sicherheit. Dennoch musste er ihre Hände quasi mit Gewalt lösen, damit sie aussteigen konnte.

Erst als sie wieder festen Boden unter den Füßen hatte, konnte sie fassen, was geschehen war. Und was ihr selber beinahe zugestoßen wäre.

»Alles in Ordnung?«, fragte Malloy. Er hatte seinen Arm um ihre Taille gelegt und stützte sie, als er sie von dem Riesenrad wegführte.

»Wo ist er?«, wollte sie wissen. »Ich möchte ihn sehen.«

»Er ist tot«, sagte Malloy.

Doch im selben Moment rief eine andere Stimme: »Er lebt noch! Holt einen Arzt!«

Diese Worte erweckten ihre Sinne wieder zum Leben. Schwäche und Angst verflogen. Sie befreite sich aus Malloys Griff, fuhr herum und sah sich nach der Stimme um. »Ich bin Krankenschwester!«, rief sie aus.

Sie raffte ihre Röcke hoch und lief zum Riesenrad zurück, wobei sie den absteigenden Gondeln auswich.

Dirk lag auf dem steinigen, nackten Zwischenraum unterhalb des Rades, der gerade hoch genug war, um dort aufrecht zu stehen. Mehrere Männer hatten sich um ihn gesammelt, doch niemand tat etwas. Wahrscheinlich hatten sie Angst, ihn zu berühren, und sie konnte auch sehen, warum. An der Art, wie er dalag, konnte sie sehen, dass er sich die Wirbelsäule gebrochen hatte. Er bewegte sich nicht und atmete flach. Wahrscheinlich verfiel er langsam in den Schockzustand, der für ihn eine Erlösung sein würde, denn er musste fürchterliche Schmerzen haben. Falls er überhaupt etwas spürte.

»Sind Sie Sarah?«, fragte einer der Männer sie, als sie näher trat.

»Ja«, sagte sie.

»Er fragt nach Ihnen.«

Die Männer traten beiseite, um sie durchzulassen. Dirks Gesicht war schmerzverzerrt und grau, und aus einem Riss in seiner Kopfhaut kam Blut. Seine Lippen bewegten sich, aber sie konnte seine Worte nicht hören. Sie kniete sich neben ihn, um seine letzten Worte ja nicht zu versäumen. Würde er ein Geständnis ablegen und sein Gewissen erleichtern? Sie wünschte sich, ihn sagen zu hören, dass er Gerda ebenfalls umgebracht hätte, damit dieser Albtraum ein Ende hatte.

Doch als sie sich dicht über ihn beugte, sagte er: »Du bist auch einer von meinen Fehlern. Normalerweise kann ich einschätzen, ob sie sich wehren. Ich dachte, ich wäre dir gewachsen.«

»Das Riesenrad ist losgefahren«, sagte sie. »Das hat dich aus dem Gleichgewicht gebracht.«

»Ich habe ihnen gesagt, sie sollen Sie herunterholen.« Es war Malloy, der über ihnen stand. Sie hatte ja gewusst, dass er nicht weit weg sein konnte. »Ich habe gesehen, dass er versucht hat, Sie aus der Gondel zu stürzen.«

Sie warf ihm einen dankbaren Blick zu und wandte sich zu Dirk zurück. »Sag mir die Wahrheit über Gerda, Dirk. Dann stirbst du wenigstens reinen Gewissens.«

Seine Lippen verzogen sich zu einer grotesken Parodie eines Lächelns. »Ich habe sie nicht umgebracht, Sarah. Du musst weitersuchen.«

Sie hörte Malloys Reaktion, doch sie konnte keine Zeit damit verlieren, ihn über alles ins Bild zu setzen. Ihr blieben nur noch ein paar Minuten mit Dirk. »Warum hast du es getan, Dirk. Warum hast du die anderen umgebracht?«

Sein Lächeln verwandelte sich in eine Grimasse. »Weil ich es konnte«, sagte er schlicht.

»Zurück, zurücktreten.« Der Befehl kam von einem offiziell aussehenden Mann, der eine Melone und ein kariertes Hemd mit Ärmelhaltern trug. Hinter ihm standen zwei Männer mit einer Trage. »Aus dem Weg, Miss. Wir müssen ihn zum Arzt bringen.«

»Wenn Sie ihn bewegen, stirbt er«, widersprach Sarah.

»Wenn wir ihn nicht bewegen, stirbt er auch«, antwortete der Mann in aller Logik. »Besser, wenn er nicht vor all diesen Leuten stirbt.«

»Fassen Sie mich nicht an!«, protestierte Dirk erschrocken, als die beiden Männer die Trage neben ihm auf den Boden stellten.

»Schon gut, Mister. Wir wollen Ihnen nur helfen«, sagte einer der Männer.

Aus Dirks Gesicht sprach derselbe blanke Schrecken, den auch Sarah noch kurz zuvor angesichts der Gewissheit verspürt hatte, dass Dirk sie in die Tiefe stürzen würde.

»Genauso haben sich diese Frauen auch gefühlt«, sagte Malloy zu ihm. »Denken Sie darüber nach. Der Schmerz und die Angst. Unangenehm, nicht wahr?«

Dirk gab keine Antwort, weil die Männer ihn jetzt auf die Trage hoben und er vor Schmerzen schrie. Sarah trat instinktiv auf ihn zu, um ihm zu helfen – wenn sie auch keine Ahnung hatte, wie sie das hätte bewerkstelligen sollen –, doch Malloy hielt sie zurück, als sie Dirk davontrugen.

»Alles in Ordnung, Miss?«, fragte der Mann mit dem Karohemd. »Haben Sie sich verletzt?«

Darüber hatte Sarah noch gar nicht nachgedacht. »Ich glaube nicht. Ich hatte nur Angst.«

»Wie ist es passiert?«, fragte er. »Ich bin der Parkverwalter«, fügte er hinzu, damit sie nicht glaubte, er sei nur neugierig.

Sarah überlegte rasch. Sie würde den Vorfall vielen Menschen erklären müssen, darunter auch Dirks Familie. Sie sah Malloy an. Seine Miene war ernst, aber er machte keinen Vorschlag. »Es war ein tragischer Unfall«, sagte sie, und ihr wurde übel bei dem Gedanken, dass sie Dirk damit zitierte. Sie sah Malloy nicht mehr an. Wenn er ihre Ausrede missbilligte, würde sie nicht überzeugend lügen können. »Mr. Schyler hat herumgealbert; ich glaube, er wollte mir einen Schrecken einjagen. Die Verriegelung hat sich gelöst, und die Tür ist aufgeflogen, und gerade, als er danach greifen wollte, um sie wieder zu schließen, hat sich das Rad in Bewegung gesetzt, und er hat das Gleichgewicht verloren.«

»Sind Sie sicher, dass er nicht mit Absicht gesprungen ist? Das kommt öfter vor, wissen Sie«, sagte der Mann.

»Wenn er vorgehabt hätte, Selbstmord zu begehen, hätte er wohl kaum eine Dame mit nach oben genommen, oder?«, wandte Malloy ein.

»Wahrscheinlich nicht«, gab der Mann zu. »Ich möchte nur nicht, dass jemand den Zeitungen erzählt, dass er gesprungen ist. Das bringt die ganzen Verrückten nur auf dumme Gedanken. Und es schadet dem Ruf des Parks.«

»Niemand wird sagen, dass er gesprungen ist«, versicherte Sarah ihm.

Der Mann seufzte. »Sind Sie mit ihm verheiratet?«

»Er ist nur ein Freund der Familie«, sagte Sarah. »Aber ich sollte ihn begleiten. Wohin bringen sie ihn?«

»Zu einem Arzt in der Surf Avenue.«

»Ich bringe sie hin«, sagte Malloy. »Wie kommen wir dorthin?«

Der Parkverwalter ließ sie mit einem Wagen hinfahren. Während sie durch die belebten Straßen fuhren, malte Sarah sich aus, wie Dirks zerstörter Körper auf der Fahrt durchgeschüttelt wurde, und sie zuckte zusammen. Malloy würde sagen, er hätte es nicht besser verdient, und Sarah wusste, dass er damit wohl Recht hatte. Dennoch wurde ihr übel bei dem Gedanken, dass jemand so furchtbar litt.

»Was haben Sie sich nur dabei gedacht, mit ihm Riesenrad zu fahren?«, wollte Malloy wissen, während der Wagen sich seinem Ziel näherte. Er klang wütend.

»Ich habe mir gedacht, dass es bestimmt Spaß machen würde«, erwiderte sie gekränkt. »Er hatte es bis dahin nämlich geschafft, mich von seiner Unschuld zu überzeugen.«

»Sie haben ihn zur Rede gestellt?«, fragte Malloy ungläubig.

»Ich weiß nicht genau, ob man es so nennen kann. Wir haben uns unterhalten, und ich habe ihm gesagt, dass alle Ermordeten mit einem Mann namens Will befreundet gewesen waren und dass wir wussten, dass er dieser Mann war.«

»Haben Sie etwa geglaubt, er würde sich in ein Häufchen Elend auflösen und Sie bitten, ihm die Absolution zu erteilen?« Jetzt war er wieder wütend.

»Nein«, sagte sie, zunehmend verärgert. »Ich dachte, er würde wütend werden und sich verraten.«

»Aber er hat es nicht getan.«

Sarah seufzte über ihre eigenen Naivität. »Er war viel zu schlau für mich. Er hat mich nach dem Datum von Gerdas Ermordung gefragt, und er hatte ein Alibi, das wir leicht überprüfen können.«

»Sie hätten es aber nicht mehr überprüfen können, wenn Sie tot gewesen wären«, sagte er. »Und das war sein Plan. Sind Sie denn gar nicht auf die Idee gekommen, dass er Ihnen etwas vorlügen könnte, um Sie in Sicherheit zu wiegen?«

»Natürlich nicht, sonst wäre ich ja wohl kaum mit ihm Riesenrad gefahren!«, herrschte sie ihn an. Sarah kam der Gedanke, dass ihre Auseinandersetzung dem Fahrer wahrscheinlich genug Gesprächsstoff für den

Rest der Saison lieferte, aber sie konnte es nicht ändern.

Malloy runzelte die Stirn. »Aber schließlich haben Sie ihm ein Geständnis entlockt?«

»Ja, ich glaube ... ich glaube, er brannte darauf anzugeben. Er muss sich gewünscht haben, dass jemand von seinen sogenannten Erfolgen wusste, selbst wenn dieses Wissen nur von kurzer Dauer gewesen wäre. Er hat gesagt, er hätte die anderen Mädchen umgebracht. Auch Lisle. Damit werde ich leben müssen. Aber er schwört, Gerda nicht umgebracht zu haben. Das ist der Mord, für den er ein Alibi hatte.«

»Wahrscheinlich war das gelogen. Er wusste doch, dass Gerda Ihnen nahe gestanden hat. Er wollte Sie quälen.«

»Lisle hat mir auch nahe gestanden, aber diesen Mord hat er ohne Zögern eingestanden. Nein, ich fürchte, er hat die Wahrheit gesagt. Er war bei einer Männergesellschaft. Seine Freunde werden es uns bestätigen können. Dann wissen wir es genau.«

Malloy seufzte angewidert auf. Sie fuhren ein paar hundert Meter schweigend weiter, bis er fragte: »Kommen Sie damit zurecht? Er hat Ihnen doch nichts getan, oder?«

Malloys sorgenvoller Ausdruck wirkte schroff, war aber aufrichtig. Fast hätte sie die Fassung verloren. »Er hatte vor, mich vom Riesenrad zu werfen, Malloy! Vor all diesen Leuten.«

»Wahrscheinlich hätte er den Leuten auch eingeredet, dass es ein Unfall war. Niemand hätte geglaubt, dass er eine solche Dreistigkeit begehen würde. Hätte Ihre Familie eine Aufklärung gewünscht?«

»Mit Sicherheit nicht«, sagte sie überzeugt. Ihre Eltern hätten den Rest ihres Lebens um sie getrauert, aber sie hätten niemals akzeptiert, dass ihr Tod etwas anderes als ein Unfall war. Desgleichen hätten sie niemals geglaubt, dass Dirk, ein Mitglied ihrer Klasse, eines grausamen Verbrechens fähig war. »Und das Schlimmste ist, dass es ihm freigestanden hätte, weiter zu morden.«

»Haben Sie ihm denn nicht gesagt, dass ich Sie beobachte?« Er musste sie ja darauf ansprechen.

»Er … Er hat gedacht, ich lüge.«

Glücklicherweise drang Malloy nicht weiter in sie. Sie hätte nicht gern zugegeben, dass sie Dirk eingeredet hatte, sie wäre schutzlos.

Der Wagen hielt vor einem unauffälligen Haus, das ein wenig von der Straße zurücklag. »Sie haben ihn hierher gebracht«, sagte der Fahrer. Sah er sie merkwürdig an? Sarah wünschte, sie hätte ihm etwas zur Ablenkung sagen können, doch das war unmöglich.

Malloy half ihr von ihrem Sitz und steckte dem Fahrer ein paar Geldstücke zu. Er bat ihn, auf sie zu warten.

Sie trafen den Arzt mit grimmiger Miene an. »Sind Sie Angehörige?«

»Nein, nur … nur eine Freundin«, sagte Sarah, der das Wort fast im Hals stecken blieb.

»Es tut mir Leid. Ich konnte nichts für ihn tun. Er war schon so gut wie tot, als er hier ankam. Ich habe ihm ein Schmerzmittel gegeben, sodass er am Ende nicht allzu sehr gelitten hat.«

Malloy machte ein höhnisches Geräusch, das der Arzt offensichtlich für einen Ausdruck des Schmerzes hielt. Er murmelte ein paar Beileidsworte, die Malloy jedoch ignorierte.

»Was wollen Sie mit der Leiche tun? In dieser Hitze wird sie sich nicht lange halten«, fragte der Arzt verlegen.

»Ich werde seine Familie von seinem Tod in Kenntnis setzen, sobald ich wieder in der Stadt bin«, sagte Sarah. »Sie werden die Leiche sicher sofort holen lassen. Kann sie bis dahin hierbleiben?«

Einige Augenblicke später saßen Sarah und Malloy wieder im Wagen. Malloy bat den Fahrer, sie zur Bahnstation zu bringen. Auf Sarahs fragenden Blick hin meinte er: »Hier können wir doch nichts mehr tun, oder?«

Sie musste ihm beipflichten.

Malloy war dagegen gewesen, dass Sarah Dirks Familie allein aufsuchte. Er hielt dies für eine Polizeiangelegenheit und war der Meinung, dass er die Nachricht überbringen sollte. Sarah hatte eingewandt, dass es erst dann zur Polizeisache wurde, wenn er vorhatte, eine Mordanklage zu erheben, und da der Verdächtige tot war, war das unwahrscheinlich. Sarah hielt es für zwecklos, den Namen der gesamten Familie zu beflecken, indem man ihren Sohn des Mordes bezichtigte, ohne dass er sich hätte verteidigen können. Im Gegenteil, eine solche Anklage hätte nur den Zorn dieser Familie und ihrer gesamten Freunde und Bekannten heraufbeschworen. Das war weder für Malloy noch für Sarah von Vorteil. Mit Dirks Tod war der Gerechtigkeit Genüge getan, und sie mussten sich damit zufrieden geben, dass sie die Einzigen waren, die die Wahrheit wussten.

Eins blieb Sarah allerdings noch zu tun, bevor sie sich ganz zufrieden geben konnte. Sie musste irgendwie Dirks Alibi für den Mord an Gerda überprüfen. Wenn Dirk dieses Verbrechen nicht begangen hatte, war immer noch ein Mörder frei.

Die Schylers wohnten in einem unauffälligen Sandsteinhaus nicht weit von Sarahs Eltern entfernt. Von außen zeichneten sich diese Häuser durch schlichte Eleganz aus, denn die Holländer liebten es nicht, ihren Reichtum öffentlich zur Schau zu stellen. Dagegen war das Innere der Häuser so schlicht oder extravagant, wie es Geschmack – und Geldbeutel – der Bewohner zuließen. Die Schylers, so erkannte Sarah, als man sie in ihr

Haus einließ, waren anscheinend nach wie vor ausgesprochen wohlhabend.

Der Marmorfußboden glänzte im abendlichen Sonnenschein, und die orientalische Vase, die auf dem importierten, englischen Tisch in der Mitte der Eingangshalle stand, war mit frischen Blumen gefüllt. Der Butler hatte sie merkwürdig angesehen, als er sie auf der Eingangstreppe stehen sah. Er konnte natürlich nicht wissen, wer sie war, und ihre Kleider zeichneten sie eindeutig als Mitglied der Bürgerklasse aus. Nur die Mitteilung, dass sie Neuigkeiten von Dirk mitbrachte, verschaffte ihr Einlass. Sie hoffte nur, dass seine Eltern ihren Namen erkannten, damit sie nicht allzu viel erklären musste. Sie hatte nicht das Gefühl, heute noch zu weiteren Fantasiegespinsten imstande zu sein. Sie hatte für den Rest ihres Lebens genug gelogen.

Ein paar Minuten später begleitete der Butler sie in den hinteren Salon, wo sie Dirks Mutter auf einem Sofa vorfand. Das Zimmer war sehr viel weniger grandios dekoriert als die formellen Gesellschaftsräume. Mrs. Schyler trug ein schlichtes Kleid und ihr Haar war nicht frisiert. Sie hatte heute offensichtlich keine Besucher vorgesehen und sah verärgert aus, dass sich dennoch einer eingefunden hatte.

»Sarah Decker, sind Sie das?«, wollte sie wissen, als Sarah eintrat. »James hat mir einen anderen Namen genannt, aber Sie sind es doch, oder?«

»Ja, Ma'am«, sagte Sarah. »Ich bin eine verheiratete Brandt.«

»Aber Sie sind doch verwitwet, meine ich«, sagte Mrs. Schyler und betrachtete Sarah ohne ersichtliche Billigung. Die Jahre hatten ihr alle Rundungen aus dem Gesicht gesengt, und sie sah ausgemergelt und hager aus. Den Falten in ihrem Gesicht nach, lächelte sie nicht besonders oft.

»Ja, das bin ich. Mrs. Schyler, ist Ihr Mann zu Hause?

Ich fürchte, ich habe unangenehme Neuigkeiten, und ich glaube, es wäre besser, wenn …«

»Unsinn«, sagte Dirks Mutter und tat Sarahs Vorschlag mit einer Handbewegung ab. »Sagen Sie einfach, warum Sie hier sind. Es ist ja nicht das erste Mal, dass eine Frau hier auftaucht, um mir vorzujammern, dass Dirk sie ruiniert hat, und dieses oder jenes als Ausgleich zu fordern. Er wird Sie nicht heiraten, das kann ich Ihnen versprechen. Sie mögen ja eine geborene Decker sein, aber jeder kann sehen, dass Sie so gewöhnlich sind wie ein Stück Dreck. Sie können nicht erwarten, dass Dirk sein Leben mit so jemandem verschwendet. Daran hätten Sie denken müssen, bevor sie sich mit ihm eingelassen haben.«

»Ich habe mich nicht mit ihm eingelassen«, sagte Sarah und rief sich ins Gedächtnis, dass sie im Begriff war, das Leben dieser Frau zu zerstören. Allein der Gedanke an den Schmerz, der ihr bevorstand, ermöglichte es ihr, sich unter Kontrolle zu behalten.

»Aber Sie hätten es gern getan«, sagte Mrs. Schyler. »Jeder weiß doch, wie Sie ihm nachgestellt haben. Sie haben sich zum Gespött gemacht, junge Dame.«

Bei dem Gedanken daran, dass ihr Ruf bei den Matronen der Gesellschaft ruiniert war, verspürte Sarah einen Stich der Verärgerung, ein trauriges Überbleibsel aus ihrem früheren Leben. Nun, wenn sie jetzt schon über sie getratscht hatten, was mochte dann erst geschehen, wenn sie herausfanden, wohin ihre Jagd nach Dirk geführt hatte?

»Mrs. Schyler, was ich Ihnen zu sagen habe, hat nichts mit mir zu tun. Es geht um Dirk«, sagte sie. Obwohl man sie nicht dazu aufgefordert hatte, nahm sie auf dem zerbrechlichen, Damast bestickten Stuhl gegenüber ihrer Gesprächspartnerin Platz. »Es ist ein tragischer Unfall geschehen.«

Da war er wieder, der Ausdruck, den auch Dirk benutzt hatte. Sarah erschauerte, als sie begriff, dass Dirk womöglich genau in diesem Augenblick ihren Eltern dieselbe Nachricht überbracht hätte, wenn alles nach seinem Plan gegangen wäre.

»Was denn für ein Unfall?« Mrs. Schyler glaubte wohl nicht, dass es etwas Wichtiges sein konnte.

Womit sollte sie bloß anfangen? »Dirk und ich sind heute nach Coney Island gefahren, und …«

»Wohin?«, fragte Mrs. Schyler entsetzt.

»Nach Coney Island«, wiederholte Sarah und hoffte, dass Mrs. Schyler nicht jedes ihrer Worte infrage stellen würde. Das konnte ja den ganzen Abend dauern! »Es gibt dort einen Park mit Fahrgeschäften, und …«

»Was in aller Welt hatten Sie denn dort zu suchen? Ich kann nicht glauben, dass mein Sohn sich für so etwas hergegeben hat. Obwohl wahrscheinlich Sie auf den Geschmack des Gewöhnlichen gekommen sind, wenn man nach Ihrem Kleid urteilen darf.«

Sarahs Geduld näherte sich rapide ihrem Ende, doch sie erinnerte sich erneut an ihre Aufgabe und schluckte die scharfe Erwiderung herunter, die ihr schon auf der Zunge lag. »Wir sind Riesenrad gefahren, und … und dann ist der Unfall passiert.«

Als Sarah zögerte, wurde Mrs. Schyler ungeduldig. »Weiter, spucken Sie's schon aus«, sagte sie. »Ich habe nicht den ganzen Tag Zeit.«

Sarah holte tief Luft und begann, die Geschichte herunterzubeten, die sich selbst in ihren Ohren allmählich wahr anhörte. »Wir waren ganz oben auf dem Riesenrad, als sich die Tür der Gondel geöffnet hat. Sie ist aufgeflogen, und gerade, als Dirk den Arm ausgestreckt hat, um sie wieder zuzuziehen, hat sich das Rad in Bewegung gesetzt. Er hat das Gleichgewicht verloren und … ist gestürzt.«

»Das war sehr unvorsichtig von ihm«, sagte seine Mutter missbilligend. »Ich nehme an, er hat sich verletzt, sonst wären Sie wohl nicht hier.« Sie seufzte leidgeprüft auf. »Nun gut, wo ist er? Wir sorgen dafür, dass unser Hausarzt unverzüglich nach ihm sieht.«

Sarah hätte gern ein wenig mehr Sorge in ihrer Miene gesehen, selbst wenn sie glaubte, dass er nur verletzt war. Woher wollte sie schließlich wissen, dass es nur eine harmlose Verletzung war? »Man ... man hat ihn dort zum Arzt gebracht, aber ... er konnte nichts für Dirk tun. Es tut mir Leid, Ihnen das sagen zu müssen, Mrs. Schyler, aber Dirk ist an seinen Verletzungen gestorben.«

Mrs. Schyler starrte sie mit ihren erloschenen, blauen Augen an, während ihr langsam die Wahrheit dämmerte. *»Gestorben?«*, wiederholte sie, als hätte sie das Wort noch nie gehört.

»Ja«, sagte Sarah und fügte der langen Liste ihrer Lügen noch eine weitere hinzu: »Es wird Sie jedoch erleichtern zu hören, dass er nicht gelitten hat. Das Ende ist schnell gekommen.«

Mrs. Schylers Gesicht war weiß geworden. Sarah fragte sich, ob sie einen der Dienstboten rufen sollte, um Riechsalz zu holen, doch bevor sie das tun konnte, belehrte Mrs. Schyler sie eines Besseren – sie würde nicht in Ohnmacht fallen.

»Wollen Sie mir damit sagen, dass mein Sohn bei einem Sturz von einem ... wie haben Sie es genannt?«

»Ein Riesenrad«, erklärte Sarah geduldig, »gehört zu einem Vergnügungspark. Es ist ein großes Rad, ungefähr dreißig Meter hoch, und es dreht sich. An dem Rad sind Gondeln befestigt, in denen Leute sitzen ...«

»Und Sie haben Dirk überredet, mit diesem ... diesem *Ding* zu fahren?«

»Nein, es war seine Idee, damit zu fahren«, sagte Sarah. Am liebsten hätte sie noch hinzugefügt, dass er vorgehabt hatte, sie hinunterzustürzen, aber damit hätte sie nichts erreicht.

»Unsinn«, beharrte seine Mutter zum zweiten Mal an diesem Abend. »So etwas Gewöhnliches würde mein Sohn niemals tun. Bestimmt hat er diesen Ort noch nie besucht, bevor Sie ihn dazu verleitet haben. Wie sollen wir das nur unseren Freunden erklären?«

Sie schien außer sich zu sein. Sarah hatte ja schon erlebt, dass Menschen in Trauer ungewöhnlich reagierten, und Wut war eine ganz normale Reaktion. Dem Überbringer der Unglücksnachricht Vorwürfe zu machen war genauso üblich. Allerdings hatte sie erwartet, zumindest eine Andeutung von Schmerz zu sehen. »Es ist wohl kein schöner Tod, aber dennoch keiner, dessen man sich schämen müsste.«

»Schämen! Wie können Sie so etwas auch nur andeuten! Sie, die Sie doch nichts mehr sind als eine Glücksritterin, die versucht hat, meinen Dirk zur Heirat zu verlocken und ihn am Ende stattdessen umgebracht hat.«

Die Wahrheit brannte in Sarahs Innerem, doch sie wusste, dass Mrs. Schyler ihr niemals glauben würde. Im Gegenteil, sie würde Sarah beschuldigen, Lügen über Dirk zu erfinden, um ihre eigene Schuld zu vertuschen. Sie griff in ihre Handtasche und zog ein Stück Papier heraus. »Ich habe den Namen und die Adresse des Arztes in Coney Island aufgeschrieben. Sie können jemanden hinschicken, damit er Dirks ... Dirks sterbliche Überreste abholt. Es tut mir sehr Leid, Mrs. Schyler.« Sie legte den Zettel auf den Tisch, der zwischen ihnen stand.

»Leid! Sie ahnen doch gar nicht, was dieses Wort bedeutet. Ich werde Sie ruinieren! Kein anständiger Mann wird jemals wieder mit Ihnen sprechen.«

Sarah machte sich nicht die Mühe, sie darauf hinzuweisen, dass sowieso kaum je ein anständiger Mann mit ihr sprach. »Ich finde den Ausgang allein«, sagte sie und erhob sich von ihrem Stuhl. Sie war nur zu froh, dieses Gespräch beenden zu können.

Mrs. Schyler war zwar noch nicht fertig, doch Sarah hörte nicht mehr auf das, was sie sagte. Oder vielmehr, was sie kreischte. Sie hatte schon genug gehört. Zumindest verstand sie jetzt besser, was Dirk zum Frauenmörder gemacht haben mochte.

Es war ein schwacher Trost.

»O, meine Liebe, was ist denn nur los?«, rief Mrs. Elsworth aus, als sie Sarah an diesem Abend über die Straße kommen sah. »Mir ist heute eine Schere hingefallen und mit der Spitze im Boden stecken geblieben. Das bedeutet immer schlechte Neuigkeiten. Ich hoffe doch, es ist nicht wieder ein Kleines gestorben, oder?«

»O nein, nichts dergleichen«, versicherte Sarah ihr.

»Hat es etwas mit diesem Kerl zu tun, mit dem ich Sie heute Morgen gesehen habe? Ich wusste schon, dass er nichts als Schwierigkeiten machen würde, als ich ihn das erste Mal gesehen habe. Ich habe Sie doch gewarnt, nicht wahr?«

Sarah wünschte, sie könnte Mrs. Elsworth erzählen, wie Recht sie gehabt hatte. »Dirk wird nie wieder jemandem Schwierigkeiten machen«, sagte sie und war zumindest darüber erleichtert, wie viele junge Frauen jetzt nach seinem Tod in Sicherheit sein würden.

»Oh, das klingt aber ernst«, sagte Mrs. Elsworth und ließ ihren Besen stehen, um Sarah entgegen zu gehen. »Und so, wie Sie aussehen, ist es das auch.«

Sarah spielte mit dem Gedanken, ihr das Märchen aufzutischen, das sie zum Schutz von Dirks Familie erfunden hatte, aber sie brachte es nicht fertig. »Sie hatten Recht, Mrs. Elsworth. Er war durch und durch verdorben. Er hat vorhin versucht, mich auf einem Fahrgeschäft in Coney Island zu erschrecken, und dabei ist er zu Tode gestürzt.«

»Ach du lieber Himmel! Sie armes Ding! Sie müssen ja am Boden zerstört sein.«

»Eigentlich nicht«, sagte Sarah, »aber ich bin erschöpft. Wenn Sie mich entschuldigen, ich möchte …«

»Kommen Sie mit zu mir, und ich mache Ihnen eine Tasse Tee. Ich habe noch etwas Lammeintopf vom Abendessen übrig. Sie haben doch auch bestimmt noch nichts gegessen. Macht nichts, ich kümmere mich um Sie.«

»Ich würde wirklich lieber nach Hause gehen und …«

»Natürlich, Liebes, gehen Sie. Ich bin sofort mit dem Essen bei Ihnen.«

Sarah war zu müde, um ihr zu widersprechen. Sie ließ sich von Mrs. Elsworth etwas zu essen vorsetzen und zu Bett bringen, wo sie von dem gesichtslosen Mann träumte, der Gerda Reinhard umgebracht hatte.

Am nächsten Tag besuchte sie ihre Mutter, die sicher bald von Dirks Tod hören und dann Genaueres erfahren wollen würde. Dieser Besuch war für Sarah sehr anstrengend. Ihre Mutter ging davon aus, dass sie ein romantisches Interesse an Dirk gehegt hatte, und sie konnte sagen, was sie wollte, ihre Mutter war nicht zu überzeugen, dass sie nicht außer sich über den Verlust war. Immerhin brauchte sie so nicht zu erklären, warum sie Dirks Beerdigung fern bleiben würde. Sarah wusste, dass seine Familie sich ihre Anwesenheit verbitten würde, doch sie ließ ihre Mutter in dem Glauben, dass es zu unerträglich für sie war.

An diesem Tag nutzte Sarah die Kühle des Abends, um in ihrem Garten Unkraut zu jäten. Dort traf Malloy sie an.

»Ihre Nachbarin hat mir gesagt, wo ich Sie finde«, erklärte er, als er durch das Gartentor kam.

Sarah erhob sich und zog ihre Arbeitshandschuhe aus. Sie war ein wenig verlegen, weil sie nur das schäbige Kleid trug, das sie zum Putzen anzog, aber dann erinnerte sie sich daran, dass sie Malloy ja nicht zu beeindrucken brauchte. »Haben Sie etwas in Erfahrung gebracht?«

Er sah nicht sehr erfreut aus. »Ich habe herausgefunden, dass Schyler in der Nacht, als Gerda Reinhard ermordet wurde, tatsächlich mit seinen Freunden unterwegs war. Er kann sie nicht umgebracht haben.«

»Verdammt«, sagte Sarah und schleuderte angewidert ihre Handschuhe von sich.

»Aber Mrs. Brandt, ich bin entsetzt«, sagte Malloy in gespieltem Ernst.

»Klappe, Malloy. Sie ärgern sich doch genauso darüber wie ich.«

»Da haben Sie allerdings Recht. Ich hätte es gern gesehen, wenn er der Mörder gewesen wäre, und es schien auch alles darauf hinzudeuten, nur nicht in diesem Fall.«

Sarah seufzte. »Kommen Sie und setzen Sie sich. Mrs. Elsworth hat mir gestern Abend eine Flasche selbst gemachten Holunderwein gebracht. Ich finde, wir haben ein Glas verdient, Sie nicht?«

»Selbst gemacht, sagen Sie?«, fragte Malloy, während er ihr auf die Veranda folgte. »Mein Respekt für die Alte ist gerade gestiegen.«

Sarah musste lächeln. Es war das erste Mal seit Dirks Todessturz, dass ihr danach zumute war.

Als sie auf der Veranda am Tisch saßen, und ihre Weingläser vor sich stehen hatten, fragte Sarah: »Und was tun wir jetzt?«

Malloy starrte in den Garten hinaus. »Ich glaube nicht, dass wir überhaupt etwas tun können. Wir sind wieder genau da, wo wir angefangen haben – viel zu viele Verdächtige, als dass wir auch nur hoffen könnten, den Richtigen zu finden. Und jetzt ist so viel Zeit verstrichen, dass unsere Chancen, den Mörder zu finden, so gut wie dahin sind.«

Er hatte natürlich Recht. Jetzt war wieder jeder einzelne Mann verdächtig, der Gerda je über den Weg gelaufen war, und das waren viele Männer. Selbst wenn Malloy genug Zeit gehabt hätte, sie alle zu verhören, war nicht zu beweisen, welcher von ihnen – wenn es überhaupt einer von ihnen gewesen war – sie umgebracht hatte, es sei denn, er legte ein Geständnis ab. Und das war höchst unwahrscheinlich. Es war ja durchaus möglich, dass sie das Opfer eines Fremden geworden war, und das wiederum bedeutete, dass man ihn auch durch noch so intensive Ermittlungen nicht finden würde.

»Wie werden Sie nur damit fertig?«, fragte sie. »Mit dem Wissen, dass sich ein Mörder auf freiem Fuß befindet und Sie nichts unternehmen können, meine ich?«

Seine dunklen Augen fanden die ihren. Sein Blick war unergründlich. Schließlich sagte er: »Wie werden Sie denn damit fertig, wenn eine Ihrer Patientinnen stirbt?«

Auf diese Frage gab es natürlich keine Antwort. Sie fuhr einfach mit ihrer Arbeit fort, lernte aus den Fehlern der Vergangenheit und gab in Zukunft ihr Bestes. Jetzt verstand sie, dass er das auch tat.

Sie saßen eine Zeit lang schweigend da und tranken ihren Wein. Er war sehr gut, und nach einer Weile schenkte Malloy sich ein zweites Glas ein und goss ihr, ohne sie zu fragen, ebenfalls nach. Vielleicht war es der Wein, der ihr den Mut verlieh.

»Wie ist Ihre Frau gestorben, Malloy?«

Sie spürte, dass er sich sofort verspannte, doch sie wartete ab, ohne die Frage zurückzunehmen.

»Ich habe es Ihnen doch schon gesagt«, sagte er. »Eine Hebamme hat sie umgebracht.«

»Wie ist das genau geschehen?«

Zuerst glaubte sie, er würde nicht antworten, doch sie wartete, um ihm Zeit zu lassen. Ihre Geduld zahlte sich aus.

»Es war eine schwere Geburt. Nach drei Tagen war das Baby immer noch nicht da.«

Sarah konnte nicht verhindern, dass ihr ein Protestlaut entfuhr.

Er sah sie an. »Hätten Sie sie ins Krankenhaus gebracht?«

»Wahrscheinlich«, sagte Sarah. »Obwohl es Methoden gibt, mit denen man eine Geburt erleichtern kann. Das hätte ich zuerst versucht, und dann ...«

»Sarah wollte nicht ins Krankenhaus. Ihre Mutter ist in einem Krankenhaus gestorben. Sie hatte schreckliche Angst davor. Sie wollte auch keinen Arzt. Sie wollte nicht, dass ein Fremder sie so sah. Am Ende habe ich doch einen rufen lassen, aber es war zu spät.«

»Hat die Hebamme denn nichts unternommen?«

»O doch, das hat sie. Sie hat diese ... diese Instrumente benutzt, um das Baby herauszuziehen.«

»Eine Zange«, vermutete Sarah.

»Ja, genau.« Seine Stimme war belegt vor Verbitterung.

»Wissen Sie, dass es illegal ist, wenn eine Hebamme sie benutzt?«

»Jetzt weiß ich es. Und ich weiß wohl inzwischen auch, warum. Sie hat das Baby herausbekommen, aber sie hat etwas in ... Kathleens Innerem zerrissen. Sie hat furchtbar geblutet, und ... da habe ich den Arzt rufen lassen. Als er kam, war sie schon tot.«

Seine Bemühungen, seinen Schmerz zu unterdrücken, verstärkten ihn nur. Grenzenlos bewegt streckte Sarah eine Hand aus und legte sie auf seinen Arm. Sie kannte diesen Schmerz nur zu gut, die Qual, wenn man einen geliebten Menschen auf so sinnlose Weise verlor. »Es tut mir Leid«, sagte sie.

Er sah auf ihre Hand hinab, dann erwiderte er ihren Blick. »Es ist ja nicht Ihre Schuld«, erinnerte er sie. Oder vielleicht rief er es auch sich selbst ins Gedächtnis. Er hatte sie vom ersten Augenblick an gehasst, weil sie Hebamme war, aber jetzt sagte er, dass er ihr das nicht länger vorwarf. Oder zumindest hoffte sie, dass er das sagte.

Was sie betraf, so hatte sie ihm schon lange verziehen, dass er Polizist war. Jetzt, da sie seine Gründe verstand, konnte sie ihn nicht länger verurteilen, weil er das einzig Mögliche tat, um dafür zu sorgen, dass es seinem Sohn an nichts mangeln würde.

Ihr war bewusst, dass sie ein ganz neues, gegenseitiges Verständnis erreicht hatten, und sie zog verlegen ihre Hand zurück und legte sie in ihren Schoß. Das Schweigen zwischen ihnen war nicht länger vertraulich, sondern voller unausgesprochener Dinge. Sie suchte nach einem Weg, es zu unterbrechen.

»Und was tun wir jetzt?«, fragte sie erneut, obwohl sie sich diesmal nicht sicher war, worauf sie sich bezog.

»In Bezug auf Gerdas Mörder, meinen Sie?«, fragte er.

»Ja«, sagte sie und war froh, das geklärt zu haben.

Als sie ihn ansah, glaubte sie, in seinen Augen dieselbe Erleichterung zu sehen, die auch sie verspürte.

»Ich habe Ihnen doch gesagt, dass wir nicht viel tun können«, sagte er.

Aber Sarah Brandt hatte nicht vor, so schnell aufzugeben. Es gab immer noch etwas, das sie tun konnte, und wenn das nicht funktionierte, nun, vielleicht, aber auch nur vielleicht würde sie dann aufgeben.

Epilog

Frank versuchte erst gar nicht, sich vor sich selbst zu rechtfertigen, weil er Sarah Brandt besuchen ging. Er schuldete ihr einen Besuch, und sei es nur, um ihr das Neueste von Lars Otto zu erzählen. Die Straßen der Stadt flimmerten vor Hitze, und Frank blieb vor ihrer Haustür stehen, um sich die Stirn abzuwischen, bevor er anklopfte. Er stellte befriedigt fest, dass die Tür ein neues Schloss hatte und repariert worden war, als sie sich auch schon öffnete.

»Malloy«, sagte sie wie immer. Sie schien sich zu freuen, ihn zu sehen, und überhaupt nicht überrascht zu sein. Er vergaß immer wieder, wie ihr Lächeln zu leuchten schien.

»Ich dachte mir, ich komme mal vorbei und sehe nach, wie es Ihnen geht«, sagte er.

»Das freut mich«, sagte sie. »So brauche ich Ihnen keine Mitteilung zu schicken oder den Zorn Ihrer Mutter zu riskieren, indem ich zu Ihnen nach Hause komme. Kommen Sie herein.«

Wie immer setzten sie sich in den Schatten der Veranda. Hier zwischen den duftenden Blumen schien die Hitze fast unerträglich zu sein. Sarah servierte ihm ein Glas Limonade und Plätzchen, die Mrs. Elsworth gebacken hatte. »Sie bemuttert mich seit jenem Abend pausenlos«, erklärte sie lächelnd. »Ich glaube, sie redet einfach nur gern darüber. Sie war ja die Heldin des Tages.«

Frank durfte gar nicht daran denken, was hätte passieren können, wenn Sarah diese tapfere Alte nicht zur Nachbarin hätte. »Ja, ich sollte wohl damit aufhören, Gemeinheiten über sie zu sagen.«

»Und ich werde mehr Geduld mit ihren abergläubischen Anwandlungen haben. Sie versucht die ganze Zeit festzustellen, ob sie ein Omen gesehen und es nur nicht richtig interpretiert hatte. Sie bildet sich nämlich gern ein, dass sie Dinge voraussehen kann.«

»Sie hat ihre Sache gut gemacht, auch ohne Vorwarnung«, gab Frank zu.

»Das hat sie allerdings.«

Sie verstummten. Frank brannte vor Neugier zu erfahren, warum sie mit ihm in Verbindung treten wollte, aber er würde sie nicht danach fragen. Er räusperte sich.

»Ich wollte Ihnen sagen, dass Otto gestanden hat. Sie haben ihm aber nur zwanzig Jahre gegeben.«

»Hatten Sie gedacht, er würde die Todesstrafe bekommen?«, fragte sie.

Frank wollte nicht sagen, dass er es sogar gehofft hatte, hauptsächlich, weil der Schuft versucht hatte, Sarah umzubringen. »Sie sind gnädig mit ihm umgegangen, weil das Mädchen nicht besonders respektabel war.«

»Das darf doch wohl nicht wahr sein!«

Er hatte damit gerechnet, dass sie wütend reagieren würde. »Ich denke, wir haben noch Glück, dass sie nicht beschlossen haben, dass das Mädchen den Tod verdient hatte, und er nicht ungeschoren davongekommen ist. Wie geht es seiner Frau?«

Sarah runzelte die Stirn und wandte den Blick ab. »Sie weigert sich, mich zu sehen. Sie gibt mir die Schuld dafür, dass Lars im Gefängnis ist. Sie glaubt immer noch, dass Gerdas Tod ein Unfall war und Lars nicht dafür bestraft werden sollte.«

»Obwohl er sie so behandelt hat?« Frank konnte es nicht glauben.

Sie zuckte mit den Achseln. »Ich habe das schon so oft beobachtet. Man sollte meinen, dass eine Frau einen Mann hassen würde, der sie schlägt, aber meistens ist es genau andersherum. Diese Frauen sind oft noch loyaler als Frauen, deren Männer gut zu ihnen sind. Sie sagen nie ein unfreundliches Wort über sie und verteidigen sie bis zum letzten Atemzug. Und dann ist da natürlich noch das Problem, dass sie jetzt, wo ihr Mann im Gefängnis ist, niemanden mehr hat, der sie ernährt. Auch das wirft sie mir vor.«

»Was wird sie tun?«

»Untermieter aufnehmen, vermute ich. Vielleicht verdingt sie sich auch als Wäscherin. Ich weiß es nicht. Ich habe meine Freunde bei der Fürsorge gebeten, ein Auge auf sie zu haben. Das ist in etwa alles, was ich tun kann.«

Sie verstummte erneut und nippte an ihrer Limonade. Frank trank ebenfalls einen großen Schluck, dann fragte er: »War es das, was Sie mir sagen wollten?«

»Was?«, fragte sie, als sei sie mit ihren Gedanken anderswo gewesen. »O nein, es ging um etwas ganz anderes. Es ist wegen Brian.«

Frank spürte, wie er in die Defensive ging, doch er versuchte, es sich nicht anmerken zu lassen. »Was ist denn mit ihm?«

»Haben Sie sich schon entschieden, in welche Schule Sie ihn schicken werden?«

Frank zuckte mit den Achseln. »Dazu ist er noch zu jung. Und ich muss erst einmal meine Mutter davon überzeugen. Immerhin habe ich sie so weit gebracht, dass sie sich bereit erklärt hat, ein taubes Ehepaar kennen zu lernen, das einen Sohn in Brians Alter hat. Dann können wir sehen, wie die Gebärdensprache funktioniert.«

»Es ist bestimmt eine schwierige Entscheidung für Sie. Aber wenigsten wissen Sie jetzt, dass man ihm etwas beibringen kann. Das ist das Wichtigste.«

Frank nickte, denn er fürchtete, dass ihm die Stimme versagen würde.

»Aber darüber wollte ich gar nicht sprechen. Erinnern Sie sich noch, dass ich Ihnen gesagt habe, ich würde mich mit einem Arzt in Verbindung setzen, der möglicherweise Brians Fuß behandeln kann?«

Das hatte Frank ganz vergessen. Er nickte erneut. Die Richtung, die dieses Gespräch nahm, gefiel ihm gar nicht.

»Nun, ich habe mich gerade mit ihm unterhalten. Er würde Brian gern untersuchen und sehen, ob er etwas tun kann. Er kann natürlich nichts versprechen, zumindest nicht vor der Untersuchung, aber er ist sehr gut. Es wäre sogar möglich, dass Brian irgendwann fast normal laufen kann.«

Es war still im Polizeihauptquartier, als Frank an diesem Abend dorthin zurückkehrte. Ein paar Betrunkene saßen aneinander gekettet auf den Bänken, und der Sergeant am Empfang hatte kaum einen Blick für ihn übrig, als er vorbeikam.

Er stieg die Treppe hoch, an den Büroräumen des Commissioners vorbei, in denen tagsüber nach wie vor Teddy Roosevelt Hof hielt, vorbei am Büro des Chiefs und weiter in das verstaubte Zimmer, wo die alten Akten aufbewahrt wurden. Selbst im schwachen Licht der Gaslampe an der Wand hatte Frank keine großen Schwierigkeiten zu finden, was er suchte: die Akte eines ungelösten Mordfalles, drei Jahre alt. Dr. Thomas Brandt.

Frank stellte erleichtert fest, dass er nicht an diesem Fall gearbeitet hatte. Die Akte war dünn. Es hatte überhaupt niemand ernsthaft daran gearbeitet. Alle Spuren würden verwischt sein, der Mörder wäre wahrscheinlich lange tot oder wegen eines anderen Verbrechens im Gefängnis. Es war ziemlich hoffnungslos, diesen Fall aufzuklären. Genauso, wie es hoffnungslos gewesen war, den Mörder dieser jungen Mädchen zu finden, oder den von Gerda Reinhard.

Aber davon würde Frank sich nicht aufhalten lassen. Wenn Brian diesen Arzt besuchte, würde Frank Sarah Brandt Dankbarkeit schulden. Und wenn Brian eines Tages laufen konnte, würde er ihr mehr schulden, als er je zurückzahlen konnte. Wenn er allerdings den Mörder ihres Mannes finden konnte, war das wenigstens schon ein Anfang.

Anmerkung der Autorin

Normalerweise bin ich stolz auf die historische Genauigkeit meiner Romane, aber diesmal habe ich mir eine kleine Freiheit mit den Fakten herausgenommen. 1896 stand das Elephant Hotel, in dem Sarah den Laden mit den roten Schuhen findet, schon seit mehreren Jahren leer. Es ist sogar kurz darauf abgebrannt, im September 1896. Aber es hat existiert, und zu seinen besten Zeiten hat es genauso ausgesehen, wie ich es beschrieben habe. Da es ein so herrlich skurriler Teil von Coney Island war, musste ich es in meinem Buch einfach verwenden, und ich hoffe, Sie vergeben mir diesen Mangel an Genauigkeit um einer Laune willen.

Wenn Sie das erste Buch in dieser Serie, *Mord am Astor Place*, noch nicht gelesen haben, hoffe ich, dass Sie es sich besorgen und nachlesen werden, wie es dazu kam, dass Sarah sich für die Aufklärung von Mordfällen interessiert, und wie ihre Partnerschaft mit Detective Sergeant Malloy begann. Und keine Sorge, ich habe mir große Mühe gegeben, das Ende dieses Buches hier nicht zu verraten, also ist es immer noch eine Überraschung. Und bitte schreiben Sie mir doch, wie Ihnen die beiden Bücher gefallen haben. Sie können mir über meine Web Site eine E-Mail schicken; die Adresse lautet:

http:/members.aol.com/VESTinPA/index.html

Bis zum nächsten Mal!